FANTASY

Autorin

Die in Los Angeles lebende Melanie Rawn ist eines der großen Talente der zeitgenössischen Fantasy. Ihre Drachenprinz-Saga war in den USA nicht nur ein großer Publikumshit, sondern auch ein Lieblingskind der Kritik. »Die Entdeckung des Jahres«, jubelte das Magazin *Rave Reviews.* »Melanie Rawn tut für die Fantasy das, was Frank Herbert mit *Der Wüstenplanet* für die Sience-fiction getan hat.«

Melanie Rawns Drachenprinz-Saga
im Goldmann Verlag:

1. Das Gesicht im Feuer (24556)
2. Die Braut des Lichts (24557)
3. Das Band der Sterne (24558)

Weitere Bände folgen.

FANTASY

Melanie Rawn

DIE BRAUT DES LICHTS

DRACHENPRINZ 2

Aus dem Amerikanischen
von Dagmar Hartmann

GOLDMANN VERLAG

Die Originalausgabe erschien 1988
unter dem Titel »Dragon Prince,
Chapters 19–31« bei DAW Books, New York

Deutsche Erstveröffentlichung

Umwelthinweis:
Alle bedruckten Materialien dieses Taschenbuches
sind chlorfrei und umweltfreundlich.
Das Papier enthält Recycling-Anteile.

Der Goldmann Verlag
ist ein Unternehmen der Verlagsgruppe Bertelsmann

Made in Germany · 2. Auflage · 12/92

Umschlaggestaltung: Design Team München
Umschlagillustration: Whelan/Schlück, Garbsen
Satz: IBV Satz- und Datentechnik GmbH, Berlin
Druck: Elsnerdruck, Berlin
Verlagsnummer: 24557
Lektorat: SN
Redaktion: Antje Hohenstein
Herstellung: Peter Papenbrok/sc
ISBN 3-442-24557-5

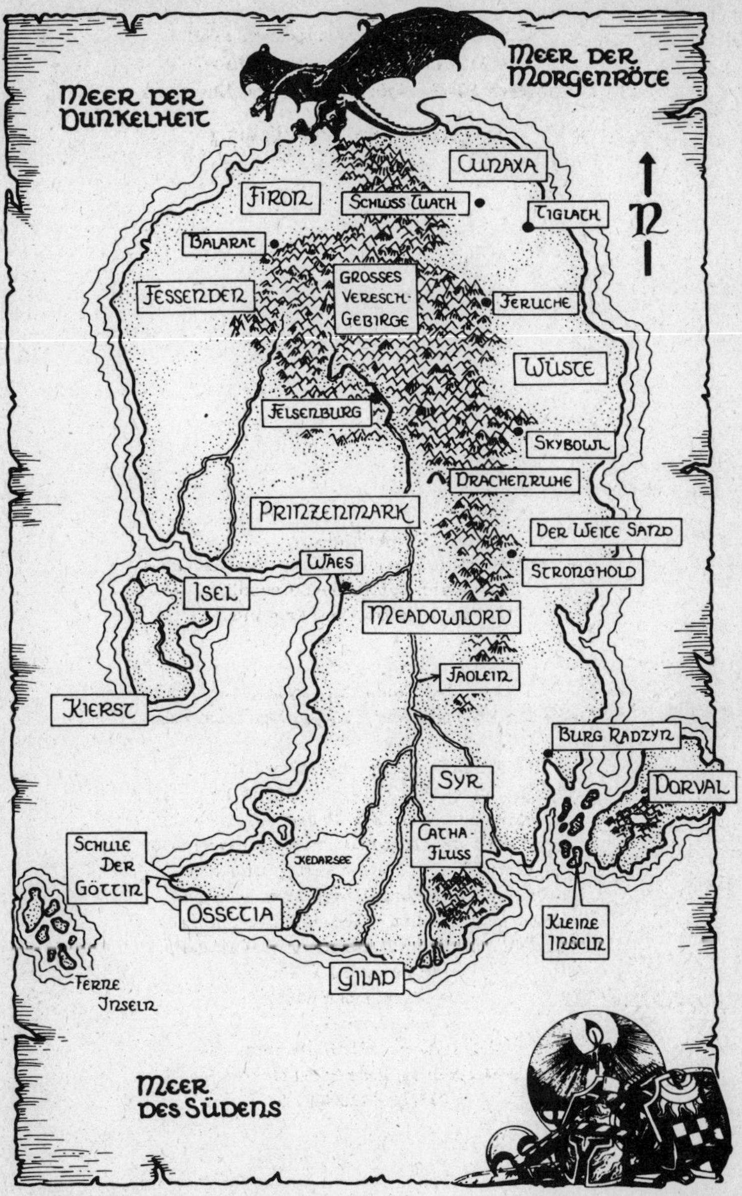

Meer der Morgenröte
Meer der Dunkelheit
Cunaxa
Firon
Schlüss Tuath
Tiglath
N
Balarat
Fessenden
Grosses Veresch-Gebirge
Feruche
Wüste
Felsenburg
Skybowl
Drachenruhe
Prinzenmark
Der Weite Sand
Waes
Stronghold
Isel
Meadowlord
Faolein
Kierst
Burg Radzyn
Dorval
Syr
Catha-Fluss
Schule der Göttin
Kedarsee
Ossetia
Kleine Inseln
Gilad
Ferne Inseln
Meer des Südens

Rache

Kapitel eins

Seiner Hoheit, Prinz Rohan, dem Herrn der Wüste und Herrscher über den Weiten Sand, entbiete ich untertänigste Grüße: desgleichen seiner Gemahlin, Prinzessin Sioned.

Möge es Eure Hoheit erfreuen, zu erfahren, daß die Beobachtungen und Zählungen, die vor sechs Jahren anläßlich der Thronbesteigung Eurer Hoheit angeordnet wurden, nun abgeschlossen sind. Genaue Zahlen sind für die weiteren Studien Eurer Hoheit beigefügt. Auf den Euch hier vorliegenden Seiten jedoch findet sich eine kurze Einschätzung, die ich nach einem langen Gespräch mit Lord Farid von Skybowl höchstpersönlich niedergeschrieben habe.

Die Drachen befinden sich in großer Gefahr. Die gewöhnliche Sterberate aufgrund von Krankheit, Alter, Unfällen und Paarungskämpfen hielt ihre Zahl ziemlich konstant; hinzu kamen zwar noch die beachtlichen Einbußen durch die Jungdrachen-Jagden. Das Töten der sich paarenden Altdrachen richtete allerdings weit größeren Schaden an. Trotzdem gelang es den Drachen bisher immer zu überleben.

Doch vor nunmehr drei Jahren brach die Seuche aus, und deren Auswirkung auf die Drachen war katastrophal.

Im Jahre 698, dem Jahr der Thronbesteigung Eurer Hoheit, wurden 306 Drachen auf dem Flug von den Wüsten-Höhlen in ihre verschiedenen Überwinterungslager gezählt. Dies wurde von Männern berichtet, die in den anderen Prinzenreichen ausdrücklich zu diesem Zwecke abgestellt waren.

Sie zählten 6 geschlechtsreife Drachen, 80 ausgewachsene Drachenweibchen und 220 Jungdrachen, darunter die frisch geschlüpften aus diesem Jahr, die sich auf ihrem ersten Flug befanden. Im Sommer vor der Seuche zogen 234 Drachen über den Veresch. Aber in diesem Frühjahr berichten diese sehr zuverlässigen Männer von nur noch 37 Drachen: 5 Männchen und 32 ausgewachsene Drachenweibchen.

Das drohende Unheil ist offensichtlich. Eure Hoheit können leicht erkennen, daß in diesem Jahr weder Jagden auf ausgewachsene Drachen noch die Jungdrachen-Jagd stattfinden dürfen. Die zwei oder drei Drachen, die den Paarungs-Kampf überleben, müssen sich mit ihren Weibchen paaren können, und jeder Drache, der aus den Höhlen auftaucht, muß die Freiheit haben, zu fliegen. Andernfalls werden die Kinder Eurer Hoheit – mögen sie stark und weise geboren werden – niemals erfahren, was ein Drache ist.

Zahlen über die Drachenbevölkerung in den einzelnen Regionen sind beigefügt. Es handelt sich um die einzige Kopie, die noch existiert. Die Original-Zusammenstellung wurde im Beisein Lord Farids verbrannt. Seine Lordschaft und ich sind außer Euch die einzigen, die von dem bevorstehenden Unheil wissen.

Ich möchte noch einen Gedanken anfügen, der mir gekommen ist, für den ich allerdings keinen wirklichen Beweis habe. Es handelt sich nur um ein Gefühl, aber ich bin mir dessen doch sicher. Ich glaube, daß die Drachen nach den entsetzlichen Verlusten, die sie durch die Seuche vor drei Jahren im Rivenrock Canyon erlitten haben, diesen Ort in diesem Jahr meiden und sich Gegenden zuwenden werden, wo sie nicht von schrecklichen Erinnerungen heimgesucht werden. Drachen meiden Bergspitzen, auf denen einer von ihnen zu Tode stürzte, so erzählt man sich im Hochland. Wenn sie so intelligent sind, wie ich glaube, und auch so sensibel, dann werden sie sicher auch den Ort meiden, an dem so viele von ihnen an der Seuche gestorben sind. Noch einmal: Es handelt sich nur um ein Gefühl, aber ich denke, daß wir schon sehr bald erfahren werden, ob es so ist.

Falls sie sich in diesem Jahr tatsächlich nicht in Rivenrock paaren, werden sie einen anderen Ort aufsuchen – vielleicht fern von der beschützenden Obhut durch Eure Gnaden. Darf ich Eurer Hoheit untertänigst vorschlagen, ein Edikt zu erlassen, das das Töten von Drachen in diesem und in allen kommenden Jahren untersagt. Andernfalls werden wir nie mehr Drachen in der Wüste sehen.

Mit allem Respekt übersenden Lord Farid und ich diese Erkenntnisse. Wir setzen volles Vertrauen darauf, daß Ihr in Eurer Weisheit eine Lösung finden werdet und daß Drachen wieder den Himmel über der Wüste bevölkern werden.

Ehrerbietig und mit den besten Wünschen für die Gesundheit und das Glück Eurer Königlichen Hoheit verbleibe ich

Feylin aus Skybowl

Rohan lehnte sich in seinem Sessel zurück und seufzte laut. Sein Blick wanderte von dem Pergament auf seinem Schreibtisch zu den hohen, weit offenen Fenstern seines privaten Arbeitszimmers. Im Dämmerlicht des Frühlings wirkte Stronghold sicher und heiter, und die Steinmauern wurden von der untergehenden Sonne in ein rosa-goldenes Licht getaucht. Der Duft von Blumen und frischem Gras stieg aus dem Garten empor, und Rohan konnte sogar den Wasserfall in der Grotte riechen, der vom Schmelzwasser aus den fernen Hügeln angeschwollen war. Das alljährliche Wiedererwachen all dieser Schönheit hier war die Rechtfertigung für den Frieden, für den er so lange und hart gearbeitet hatte, und ihr Zauber war überwältigend. In den letzten sechs Jahren hatte es nur wenige Augenblicke gegeben, in denen er sein Heim wirklich genießen konnte.

Feylins besorgniserregende Nachricht hatte ihn zusammen mit einem Stapel anderer Schreiben erreicht. Rohan beäugte den Haufen jetzt und verzog das Gesicht. In diesem Jahr war wieder *Rialla*, das erste seit seinem Auftritt als vermeintlich dummer Prinz – was ihm inzwischen niemand mehr abnahm –, und seine Vasallen brachten ihre Forderungen bereits jetzt mit beinahe unanständiger Eile vor. Er konnte sie nicht guten Gewissens bis zum Spätsommer »vergessen«, und die Nachrichten aus Skybowl konnte er sicher auch nicht ignorieren. Aber wie sehr wünschte er sich, er könnte es, wenigstens noch für eine kleine Weile.

Ein Lächeln zuckte über sein Gesicht, als er über den Spruch nachdachte, ein Prinz mit zuviel Freizeit sei ein Prinz, der seine Aufgabe nicht richtig erfülle. Selbst in guten Jahren waren unendlich viele Dinge zu erledigen, zu beschließen und zu überwachen. Und in schlechten Jahren, wie dem der Seuche –

So viele Tote. So viele Verluste. Als er in jenem ersten Frühjahr seiner Herrschaft die Merida auf der Ebene von Tiglath vernichtet hatte, hatte er Stärke bewiesen. Aber nichts konnte diese stumme Seuche besiegen. Die Macht eines Prinzen mit einer Armee hinter sich war nichts gegen einen Feind, der den Körper befiel und ihm den Atem, den Verstand und schließlich das Leben raubte.

Sie war vor drei Jahren mit dem Flug der Drachen über das Land gekommen. Anfangs war sie den großen Tieren selbst zugeschrieben worden. Als sich Pest und Panik im Prinzenreich ausbreiteten, war Rohan aufgefordert worden, er solle die Drachen ein für allemal ausrotten. Aber dann hatte auch sie der Tod ereilt.

Als der erste riesige, stinkende Leichnam im Sand entdeckt worden war, ohne daß an ihm Kampfspuren sichtbar waren, war Rohan zu verzweifelt gewesen, um sich über den Tod der Drachen Sorgen zu machen. Seine Mutter war eine der ersten in Stronghold gewesen, die sich mit der Pest angesteckt hatte, und sie war als erste gestorben. Die Krankheit ließ die Lungen anschwellen, brannte das Fleisch herab von den schmerzenden Knochen, und Fieber tobte im Körper. Kein Mittel half dagegen. Heftiger Durchfall, Koma und Tod folgten. Prinzessin Milars Kampf hatte zwölf schreckliche Tage lang gedauert. Andere hatten ein wenig länger überlebt, aber vier von zehn Menschen in Stronghold wurden krank – und keiner überlebte.

Dieselbe Kunde kam von anderen Höfen und Burgen, übertragen von *Faradh'im*, die die schreckliche Botschaft oft mit letzter Kraft durchs Sonnenlicht wirkten. Prinzessin Seldeen, Durriken und Vissarion, die Lords Daar, Kuteyn, Dalinor, Bethoc und Reze, Gemahlinnen, Söhne und Töchter und unzählige Gefolgsmänner – alle waren tot. Andrade selbst sandte die traurige Botschaft, daß in der Schule der Göttin Mardeem mit der goldenen Stimme zusammen mit einer Reihe anderer der Krankheit erlegen war. Kein Schloß oder Herrenhaus und auch keine Hütte blieb verschont, mit Ausnahme der isolierten Merida in ihrer Wildnis und den Inseln Dorval und Kierst-Isel. Prinz Lleyn hatte seine Häfen für alle Schiffe geschlossen, und Volog und Saumer waren seinem Beispiel gefolgt. Ja, in ihrem Fall erwies sich die Plage fast als Segen, so makaber das war, denn die beiden Widersacher waren gezwungen, gemeinsame Sache zu machen, sollte ihr Volk nicht verhungern.

Und dann geschah das Wunder. Im Mittsommer zuckte die Kunde durch das Sonnenlicht, daß ein Mittel gefunden worden sei. Eine Infusion mit einem nahezu unbekannten Kraut, zusammen mit den traditionellen Mitteln, senkte das

Fieber und war auch gegen den Durchfall wirksam. Die Opfer erhielten eine Chance zu überleben.

Rohans Finger hatten sich um die Lehnen seines Sessels verkrampft. Ganz bewußt entspannte er sie jetzt. Die Erinnerung an jene Zeit sandte noch immer pulsierende Wut durch sein Blut. Dieses Kraut aus dem Veresch war *Dranath* gewesen. Roelstra wachte darüber und kontrollierte die Verteilung. Nicht offen, natürlich, denn dann wären alle anderen Prinzen ohne Rücksicht auf seinen Status als Hoheprinz wütend in sein Reich eingefallen. Er hatte das kostbare Kraut durch seine Händler vertreiben lassen und sich an der Verzweiflung bereichert.

Rohans Blick wanderte zur Landkarte, einem Wandteppich, der an goldenen Schnüren von der Wand hing. Seine Lippen verzogen sich zu einem bitteren Lächeln. Roelstra hatte die Droge nur zögernd zur Verfügung gestellt. So hatte sich der Hoheprinz einiger Gegner entledigt und hatte viele Prinzenreiche geschwächt. Die Karte erinnerte ihn daran, wie viele Herrscher gestorben waren und wie verletzlich ihre Länder nun waren. Rohan wußte im tiefsten Innern, daß Roelstra ganz bewußt Ladungen mit *Dranath* zurückgehalten hatte, die nach Gilad gehen sollten. So hatte man hier den mächtigsten *Athri* wie auch den regierenden Prinzen verloren. In den Städten Einar und Waes, den Burgen Snowcoves, Kadar Wasser und Catha-Höhen hatte der Tod alle jene Herren geholt, die dem Hoheprinzen nicht genehm gewesen waren.

Die Macht anderer schwächen zu können, war für Roelstra ein unerwarteter Gewinn gewesen; er brauchte nichts weiter zu tun, als die Versorgung mit *Dranath* zu verzögern, bis er erfuhr, daß jene, die er tot sehen wollte, wirklich tot *waren*. Zusätzlich zu den riesigen Geldmengen hatte er reichlich Gelegenheit bekommen, Unheil zu stiften. Es bereitete

Rohan nur wenig Vergnügen, daß dieser Plan in der Wüste fehlgeschlagen war – und auch das nur durch den Segen der Göttin.

Rohan hatte seine Schatzkammer geöffnet, und die Droge war bis nach Radzyn gelangt, wo Chaynal auf seinen schnellsten Pferden Reiter ausgesandt hatte, die das lebensrettende *Dranath* verteilten. Zu spät, um den Tod von Milar, Camigwen und Chays Sohn Jahni abzuwenden, aber noch rechtzeitig genug, um zahllose andere zu retten.

Und dann hatte das Drachensterben begonnen, und es war kein Geld mehr da, um für sie *Dranath* zu kaufen. Und wer war schon so dumm, die Drachen retten zu wollen!

Lord Farid hatte aus Skybowl Nachricht gesandt, daß in seinen Hügeln gesunde Drachen gesichtet worden seien. Rohan reiste dorthin. Gemeinsam hatten er und Farid die Idee gehabt, zur Vorbeugung die Bittersüß-Pflanzen auf den Klippen mit *Dranath* zu versetzen. Es war ihre einzige Hoffnung. Aber sie konnten nichts von der Droge erübrigen, und große Mengen waren nötig, um auch nur diese wenigen Drachen zu retten. Rohan hatte vor der unschönen Entscheidung gestanden, entweder jeden einzelnen Taler fordern zu müssen, den seine Vasallen besaßen, oder aber einen Handel mit Roelstra zu schließen.

Ein leises Klopfen an der Tür veranlaßte den Prinzen, den Kopf zu wenden. »Herein«, rief er, und einen Augenblick später blickte er in Walvis' mißbilligendes Gesicht. »Ich weiß, ich weiß«, sagte Rohan, noch ehe sein früherer Knappe ein Wort sagen konnte. »Ich habe das Mittagsmahl versäumt und bin fast schon zu spät zum Abendessen, und meine Gemahlin wird mich über ihrem eigenen Feuer rösten.« Er lächelte und erhob sich. Sorgfältig sammelte er die losen Blätter von Feylins Bericht ein.

»Sie würde ihre Energie sicher nicht derart vergeuden,

Herr«, erklärte Walvis ernst. »Ihr habt nicht einmal genug Fleisch auf den Knochen, um das Interesse eines verhungernden Drachen zu wecken.« Rohan schloß den Bericht achselzuckend in eine Truhe. Er legte den Schlüssel an einer langen Kette um seinen Hals, reckte sich und trat an die Fenster. Walvis gesellte sich zu ihm. Walvis war inzwischen siebzehn Jahre alt, und in seinem Gesicht kämpften Sommersprossen mit stolzen Bartstoppeln um die Vorherrschaft. Im vergangenen Winter war er vom Knappen zum Ritter aufgestiegen und hatte darum gebeten, weiterhin in Stronghold bleiben und Rohan dienen zu dürfen, in welcher Eigenschaft auch immer. Das sollte der Prinz entscheiden. Rohan war mehr als froh gewesen, ihn behalten zu können. Walvis lernte jetzt das A und O des Präfekten von Ostvel, während die täglichen Pflichten eines Knappen auf einen anderen Knaben übergegangen waren, nämlich auf Sioneds Neffen Tilal. Überglücklich hatte Lord Davvi die Verwandtschaft mit dem mächtigen Prinzen begrüßt, den seine Schwester so unerwartet geehelicht hatte, und seine Gemahlin hatte bereits mehrere Male den Versuch unternommen, sich selbst nach Stronghold einzuladen. Sioned hatte sich dieser Heimsuchung widersetzt. Sie wußte, daß Lady Wisla Vergünstigungen erbitten wollte und daß Rohan, der Sioned liebte und ehrte, diese nicht ablehnen würde. Endlich hatte sie die perfekte Lösung gefunden: Sie wollte ihren jüngsten Neffen in ihren Haushalt aufnehmen. Es gehörte zur Ausbildung eines Knappen, von seiner Familie völlig getrennt zu sein, bis er zum Ritter wurde, und so brauchte Sioned keine weiteren Zudringlichkeiten zu befürchten. Ihre Schwägerin war angesichts der Ehre, daß ihr Sohn in einem prinzlichen Haushalt erzogen werden sollte, schwach geworden und war glücklich in River Run geblieben, um dort jedem gegenüber, den sie kannte, entsprechend anzugeben.

Rufe drangen jetzt aus dem Garten herauf, und Rohan sah Tilal einen Pfad entlanglaufen, wobei er immer wieder über seinen Umhang stolperte, der ihm viel zu groß war. Ostvels Sohn Riyan jagte mit einem Holzschwert in der Hand hinter ihm her. Tilal ging mit einem sehr realistischen Flügelschlagen zu Boden, als Riyan sein Schwert gegen den »Drachen« erhob. Die beiden Knaben wälzten sich laut lachend im Gras.

Rohan lächelte, aber sein Herz schmerzte, als er an zwei andere Knaben dachte, beide gerade fünf Jahre alt, so wie jetzt Riyan, die vor Entzücken gekreischt hatten, als sie einen anderen Drachen erlegten. Maarken war im letzten Jahr allein zu Prinz Lleyn gezogen, wo er als Knappe ausgebildet wurde, denn Jahni war an der Seuche gestorben.

»Tilal mausert sich zu einem prächtigen Kerl«, bemerkte Walvis. »Wenn ich daran denke, was er für ein Biest war…! Ich hätte nie geglaubt, daß ein Blutsverwandter meiner Herrin so schrecklich sein kann!«

Es hatte Zeit gebraucht und mehr als nur einen Schlag mit Walvis' flacher Hand, Tilal die Tendenz auszutreiben, sich über die anderen Knappen zu erheben. Inzwischen kannte er seine Pflichten und seinen Platz und versuchte nicht mehr, ständig seine Verwandtschaft mit Sioned ins Spiel zu bringen. Es war jedoch offensichtlich, daß sie nahe Verwandte waren; sie hatten dieselben grünen Augen und die helle Haut, aber Tilal hatte das dunkle Haar seiner Mutter. Diese Kombination ließ ihn auffallen, und schon mit nur zehn Wintern war er auf dem Weg, ein schrecklich selbstgefälliger Mensch zu werden. Aber auch das hatte ihm Walvis in den vergangenen beiden Jahren ausgetrieben.

»Ihn von seiner Mutter zu trennen war seine Rettung«, fuhr Walvis fort. »Stimmt es, daß sie dieses Jahr zum *Rialla* kommen wird?«

»Um ihren kostbaren Sohn zu sehen? Ich habe so etwas gehört.«

»Meine Herrin wird nicht erfreut darüber sein.«

Rohan unterdrückte ein Lachen. Ein Großteil von Walvis' Bemerkungen in den vergangenen sechs Jahren hatte sich um Sioned gedreht, und es war nie schwer gewesen, den Grund dafür zu erkennen. Rohan billigte sein Gefühl. Er selbst hatte Sioned vom ersten Augenblick an geliebt. Sein früherer Knappe war überzeugt, es wäre sein Geheimnis, daß er seine Herrin anbetete, und Sioned ging perfekt mit ihm um. Manchmal spielerisch wie eine Frau mit einem jüngeren Bruder. In der Öffentlichkeit aber behandelte sie ihn ernst und höflich wie einen erwachsenen Mann, niemals wie einen kleinen Jungen. Als Rohan sie mit ihrem jungen Kameraden aufzog, erwiderte sie heiter, daß sie nur sichergehen wollte, daß die Frau, in die sich Walvis einmal verlieben würde, wirklich einen wunderbaren Ehemann bekäme. Würde sie sich über seine Gefühle lustig machen oder versuchen, sie zu ändern, so würde das vielleicht dazu führen, daß er Frauen ablehnte. So aber war er damit zufrieden, die Gemahlin seines Herrn anzubeten und ihr zu dienen. »Er wird damit aufhören, sobald er ein hübsches Mädchen in seinem eigenen Alter kennenlernt«, hatte sie Rohan erklärt. »Ich muß zugeben, daß ich meinen Knappen vermissen werde. Aber ich wette, daß das Mädchen rote Haare haben wird; er wird seine erste Tochter nach mir nennen.«

Rohan war klug genug, die Wette nicht anzunehmen.

Tilal und Riyan waren inzwischen aufgestanden. Sie kicherten noch immer. Da sie spürten, daß man sie beobachtete, winkten sie zu Rohan und Walvis empor. Riyan, dunkel wie seine Mutter und mit ihren auffallenden Augen, sprang auf und nieder und schrie aufgeregt: »Spielt doch noch einmal den Drachen, Prinz!«

»Noch einmal? Ich habe neulich den ganzen Nachmittag für dich den Drachen gespielt, und ihr habt mich mindestens zehn Mal umgebracht! Selbst ein Drache braucht etwas Ruhe. Und außerdem scheinst du einen anderen gefunden zu haben, der viel besser ist als ich.«

»Prinz!« verlangte das Kind. Sein Tonfall verriet, daß Riyan sicher war, daß Rohan nachgeben würde. »Kommt herunter und spielt Drachen!«

Walvis holte Luft, um zu schimpfen, aber Rohan legte beruhigend eine Hand auf seinen Arm. »Ich würde viel lieber Drachen spielen, als diese ganzen Berichte zu lesen«, murmelte er traurig.

»Ihr habt noch nicht zu Abend gegessen, Herr. Und meine Herrin wird es mir übel vermerken, wenn ich zulasse, daß Ihr Euch erneut mit diesen beiden Wirbelwinden erschöpft.«

»Walvis«, meinte er müde, »du und meine Frau, wenn ihr doch endlich aufhören würdet, mich zu behandeln wie ein Drachenweibchen ein einzelnes Ei! Sehe ich in euren Augen denn so zart und kränklich aus? Oder glaubt ihr, daß ich alt werde? Klapprig und sabbernd mit siebenundzwanzig?« Er schnaubte. Dann lehnte er sich aus dem Fenster und rief den Knaben zu: »Heute abend muß ich den Prinzen spielen. Wir heben uns den Drachen für morgen auf!«

Eine andere Stimme klang von unten herauf, und Rohan grinste, als Ostvel in den Garten stürzte. »Riyan! Tilal! Ihr wißt genau, daß ihr nicht soviel Lärm machen und Euren Prinzen stören sollt!« Mit einer Hand schützte er seine Augen gegen die untergehende Sonne und blinzelte zum Fenster empor, wo Rohan stand. »Es tut mir leid, Herr. Wenn nicht fünfzig Augen auf ihnen ruh'n, verschwinden die beiden.« Ostvel packte mit einer Hand Riyans Schulter, als der Knabe sich anschickte, zum Tor zu fliehen.

»Schon gut«, erklärte Rohan, ohne sich um die väterlichen Erziehungsversuche zu kümmern. »Es tut gut zu sehen, daß sie Spaß haben.«

»Nun ja, heute gibt es jedenfalls keine Drachenspiele mehr«, befahl Ostvel und nahm seinen Sohn in den Arm. »Komm mit, Tilal. Ich bin sicher, du möchtest jetzt gern die Grasflecken aus meinem Umhang entfernen, und das dauert eine ganze Weile.«

»Aber ich muß heute abend bei Tisch bedienen«, fing der Knabe an und warf einen hoffnungsvollen Blick zu Rohan hinauf.

»Das sollst du auch«, willigte Ostvel ein. »Der Umhang kann auf dich warten.«

Rohan wandte sich vom Fenster ab. Er verbarg seine Sehnsucht nach eigenen Kindern hinter einem Lächeln. Es sollten *seine* Söhne sein, die dort unten lachten und heranwuchsen und Drachen spielten. Seine Söhne... Sein Blick fiel auf die vielen Berichte auf seinem Schreibtisch, und er faßte einen schnellen Entschluß. »Ich werde heute *nicht* den Prinzen spielen, Walvis. Ich wünsche ein Bad, mein Abendessen und meine Gemahlin – in dieser Reihenfolge.«

Der junge Mann grinste ihn an. »Dann kommt meine Herrin also inzwischen erst an dritter Stelle, nach Säuberung und Sättigung?«

»Wenn Sie keinen schmutzigen, übellaunigen Gemahl wünscht, dann ja!«

Walvis begab sich mit seinen Befehlen nach unten, und der Haushalt, den Camigwen vor Jahren organisiert hatte, setzte sich reibungslos in Bewegung. Während Rohan in der Wanne schwelgte, wurde ein üppiges Mahl für zwei zubereitet und in die luftigen Gemächer einer Hoheit gebracht. Wie die meisten Menschen, für die solche Anstrengungen geschaffen werden, war sich Rohan ihrer gar nicht bewußt. Er wußte nur, daß die wenigen Befehle, die er überhaupt geben mußte, prompt, ruhig und mit einem Minimum an Wirbel ausgeführt wurden – ganz ohne das ständige Händeringen des früheren Kammerherrn.

Als er in dem blau-weiß gekachelten Bad allein war, kehrten Rohans Gedanken wieder zur Vergangenheit zurück. Als er das *Dranath* beschaffte, hatte er jemanden wiedergesehen, den er nicht erwartet hatte: Prinzessin Ianthe. Roelstra hatte dem Preis nicht widerstehen können, den Rohan für die Droge geboten hatte, und so war eine Abordnung seiner Truppen vom Veresch nach Feruche gesandt worden. Rohan und Farid hatten die Gruppe auf halbem Weg zwischen Ianthes Schloß und Skybowl getroffen, und Säcke mit Gold waren gegen Säcke mit *Dranath* getauscht worden. Ianthe hatte vom Sattel einer prächtigen weißen Stute aus zugesehen, reizvoller denn je und schamlos – ja, sogar triumphierend – schwanger. Noch immer hatte sie keinen Gemahl, aber Rohan vermutete, daß der schöne junge Mann an ihrer Seite der Vater ihres Kindes war. Sein Charme reichte gewiß aus, um Lust selbst in keuscheren Herzen als in Ianthes zu wekken. Rohan sprach kein Wort mit ihr und begegnete ihrem Blick nur einmal – doch was er da in ihren Augen sah, hatte ihm das Blut in den Adern gefrieren lassen.

Und wie hatte er für diesen *Dranath*-Schatz gezahlt, der den Drachen das Leben gerettet hatte? Wie hatte er ihr Überleben gesichert und auch einiges von der Droge in andere Prinzenreiche liefern können, ohne Bezahlung zu verlangen? Rohan räkelte sich in dem kühlen Wasser und schüttelte amüsiert den Kopf, als er sich an sein Erstaunen erinnerte, als Farid ihm beiläufig das Gold zeigte.

Fünfzehn Jahre lang hatte der *Athri* von Skybowl Drachenschuppen geschmolzen, die er in den Höhlen in seinen Hügeln fand. Er hatte es auf Zehavas Befehl hin heimlich getan, und seine Leute waren treu bis zum letzten Atemzug. Sie brachten das Gold, das es Zehava ermöglicht hatte, seine Macht in der Wüste zu festigen. Alle hatten immer über Skybowls Reichtum gestaunt, über diese rauhe Burg ohne anständiges Farmland, ohne Wiesen und Weiden. Jetzt hatte Rohan endlich die Quelle für Farids Wohlergehen in guten wie in schlechten Zeiten entdeckt. Drachengold. Zehava hatte dem *Athri* verboten, Rohan davon zu erzählen, denn er wünschte, daß sein Sohn aus eigener Kraft stark würde, ohne daß er sich vom Beginn seiner Herrschaft an auf diesen uneingeschränkten Reichtum verließ.

»Aber *warum*?« Rohan hatte getobt, als Farid ihm das erzählte. »Ich selbst habe vor Jahren schon Goldstaub in einer Drachenhöhle gefunden. Ich hatte nie die Zeit, diese Entdekkung zu verfolgen. Warum habt ihr es vor mir geheimgehalten?«

Farid zuckte mit den Schultern. »Erinnert Ihr Euch, wie er Euch als kleinen Jungen in den See warf?«

»Und jetzt ziehst du mich heraus – so wie damals!«

»Ich wollte es Euch ohnehin irgendwann erzählen, sobald Ihr als Prinz Fuß gefaßt habt. Euer Vater wollte nicht, daß es für Euch zu einfach ist.«

»*Einfach?*« wiederholte Rohan erstaunt. »Mit den Merida und Roelstra und den Drachen – ganz abgesehen von all den verdammten Prinzessinnen – *einfach*?«

Farid hatte gelacht, und nach kurzer Zeit hatte Rohans Sinn für Humor über seine Wut gesiegt. Seine Freude rührte teilweise von dem Streich her, den er Roelstra spielen würde. Anstatt daß er betteln oder Zugeständnisse machen mußte, gab es grenzenlos Gold, um seine Schatzkammern zu füllen, selbst nachdem er diese wahnwitzige Summe für das *Dranath* bezahlt hatte. Aber in seinem Lachen hatte auch Bitterkeit gelegen, denn schließlich hatte Zehava weiterhin die Drachen getötet, obwohl er wußte, wie wichtig und notwendig sie waren. Rohan vermutete, daß sein Vater seinen Ruf als Krieger höher eingeschätzt hatte als das Überleben der Drachen und daß er außerdem annahm, daß Rohan schon eine Möglichkeit finden würde, ihre Zahl zu bewahren und damit ihren Ausstoß an Gold, sobald er Prinz geworden war.

Zehava war ein kluger und risikofreudiger Mann gewesen – aber er hatte nicht mit der Seuche gerechnet. Wieder schüttelte Rohan den Kopf und stieg aus der Wanne. Er ließ sich von der Luft trocknen und begab sich, in eine dünne, seidene Robe gehüllt, in sein Schlafgemach. Die stille Heiterkeit der Räume, die seine Mutter für ihn und Sioned geschaffen hatte, tröstete ihn. Wie immer. Nichts, das seinen Eltern gehört hatte, war geblieben, bis auf das riesige Bett, in dem Generationen von Prinzen empfangen worden waren, ihren ersten Schrei ausgestoßen und ihren letzten Atemzug getan hatten. Die leuchtenden Farben aus Zehavas Zeiten waren dunklen Grün- und Blautönen gewichen, die Sioneds feuergoldenem Glanz und Rohans Blond schmeichelten. Die Tische, Stühle und Schränke aus dem schweren, dunklen Holz waren durch hellere, leichtere Möbel ersetzt worden. Er hatte sich in diesen Räumen kaum wohl gefühlt, als seine Eltern sie bewohnt hatten, und war überrascht gewesen, wie schnell sie für ihn zu einem Refugium geworden waren. Hier hatten er und Sioned sich nächtelang geliebt, hatten sie Geheimnisse und Pläne und Zukunftsträume miteinander geteilt. Und hier hatte er mit ihr auch über den Verlust ihrer Kinder geweint.

Das erste Mal war es im Winter nach ihrer Hochzeit gewesen; das zweite Mal im darauffolgenden Herbst. Sie trug jedes Kind gerade lange genug, daß es ein wenig sichtbar wurde. Als sie im Sommer der Seuche wieder schwanger war, war es nicht die Krankheit gewesen, die ihr das Kind raubte; es war das *Dranath* gewesen. Die große Dosis, die nötig gewesen war, ihr Leben zu retten, hatte ihre *Faradhi*-Sinne verwirrt und sie beinahe von der Droge abhängig werden lassen. Selbst bei Normalsterblichen hatte die erforderliche Dosis Halluzinationen hervorgerufen. Rohan konnte sich daran gut erinnern, da er selbst krank gewesen war. Er und Sioned hatten überlebt, ihr Kind jedoch nicht, und seither hatte es kein Zeichen für ein weiteres gegeben.

Rohan ließ sich an einem Tisch nieder, der mit Seide und Silber gedeckt war. Auch die Fironeser Kristallkelche, die Sioned vor sechs Jahren beim *Rialla* auf dem Markt gekauft hatte, standen dort. Ianthe hatte ihnen damals den Abend verdorben. Bei diesem Gedanken zog Rohan wieder die Stirn kraus. Sie hatte drei hübsche Söhne von drei verschiedenen Liebhabern, und sie hatte sie und ihr Schloß gegen die Seuche geschützt, indem sie befahl, daß jeder, der Anzeichen einer Krankheit erkennen ließ, die Klippen hinabgestürzt wurde. Rohan konnte ihr Verhalten nicht direkt verurteilen. Er wußte, daß er sich wahrscheinlich genauso verhalten hätte. Wenn auch nur die geringste Hoffnung bestanden hätte, seine Mutter oder Camigwen oder Jahni dadurch zu retten, Sioned auch nur einen Augenblick Leid zu ersparen oder das Kind in ihr am Leben zu erhalten. Er selbst hatte sieben Menschen mit seinem Schwert getötet, Menschen, die *Dranath* gehortet hatten, um es zu überhöhtem Preis zu verkaufen. Aber vor dem Gesetz hatte er gerechte Strafe verhängt, während Ianthe gemordet hatte. Und trotzdem konnte er sie nicht verdammen. Er verstand sie.

Ein kleiner Wirbelwind stürzte herein und vergaß, die Tür hinter sich zu schließen. Rohan stöhnte auf, als Riyans kleine Gestalt an seine Brust prallte, doch er erwiderte die Umarmung.

»Papa sagt, ich soll mich entschuldigen«, erklärte der Knabe. »Es tut mir leid!«

»Ich nehme deine Entschuldigung an, wenn du mich atmen läßt!« Rohan lachte und setzte Riyan auf sein Knie. Camigwens wunderschöne Augen blickten ihn aus dem verschmitzten Gesicht ihres Sohnes heraus an. Rohan verbarg seinen Schmerz über deren Verlust hinter einem Lächeln, als Ostvel in der Tür erschien. »Schimpf nicht mit ihm. Er ist nur gekommen, um mir zu sagen, daß es ihm leid tut.«

»Das sollte es auch. Und jetzt hat er Euer Abendessen gestört!« Grinsend hob Ostvel die Hände. »Sioned sagt, Ihr sollt ohne sie anfangen.«

»Das habe ich bereits.« Er hielt Riyan auf Armeslänge von sich. »Aber wenn es jetzt Zeit für mein Abendessen ist, dann ist es an der Zeit für Euch, junger Mann, ins Bett zu gehen. Nehmt es als königlichen Befehl von Eurem Prinzen.«

Das Kind seufzte. »Als Drache machst du viel mehr Spaß«, jammerte es.

»Das habe ich schon von anderen kleinen Knaben gehört. Es hat damals nichts geholfen, und so ist das auch heute. Ab ins Bett mit dir.« Er stellte den Knaben auf die Füße, und Riyan lief zu seinem Vater. Rohan mußte sich abwenden, als er sah, wie die kleinen Finger in Ostvels Hand verschwanden.

»Herr?«

Als er dem Blick seines Freundes begegnete, lächelte er schon wieder sehr beherrscht. Ostvel ließ sich nicht zum Narren halten, aber nur seine Augen verrieten sein Mitgefühl. Laut sagte er: »Sioned hat übrigens etwas erwähnt wie ›Schleichen im Dunkeln‹.«

Bei dieser Bemerkung zuckte ein echtes Lächeln um Rohans Lippen. »Ach ja, hat sie das gesagt?«

»Ist das ein neues Spiel?« erkundigte sich Riyan eifrig. »Darf ich mitspielen?«

Ostvel zwinkerte Rohan zu. »Wenn du älter bist! Jetzt sag deinem Prinzen gute Nacht.«

»Gute Nacht«, echote Riyan gehorsam. »Vergeßt das Drachenspiel nicht.«

»Gewiß nicht. Schlaf gut.«

Als sich die Tür hinter ihnen geschlossen hatte, aß er mit solchem Appetit weiter, daß Walvis ihn gelobt hätte. Zusammen mit Sioned kämpfte der ständig gegen seine Neigung, zuviel zu arbeiten und zuwenig zu essen. Als Rohan mit dem Essen fertig war, lehnte er sich bequem zurück, ein Weinglas in der Hand. Wie sie es sich einst scherzhaft versprochen hatten, trafen er und Sioned sich häufig spätabends im Garten. Die Bediensteten grinsten und taten so, als bemerkten sie nichts. Sie hielten sich streng an die Regel, daß nichts und niemand den Prinzen und seine Prinzessin stören durfte, wenn sie verschwanden, es sei denn, Roelstras Armeen ständen vor den Toren. Diese köstliche Spielerei war genau das, was Rohan heute brauchte, und als es dunkel war, nahm er eine volle Weinflasche und die Gläser und verließ das Zimmer.

Barfuß, nur in seine dünne, seidene Robe gehüllt, schritt er die geheimen Stufen hinab und durch den leeren Garten bis hin zur Grotte. Sioned war wie hingehauchte Erregung überall an seinem Körper, wie eine kühle Brise, die durch sein Herz und seinen Geist fuhr. Er stand am Wasserfall und schloß die Augen. Er spürte ihre Gegenwart schon einen Wimpernschlag bevor sich ihre Arme um seine Taille legten und sie ihren Körper an seinen Rücken schmiegte. Er genoß das Entzücken, als ihre Lippen seinen Nacken streiften.

Ihre ersten Worte jedoch brachten den Zauber und seine Zufriedenheit zum Schmelzen. »Du hast dich den ganzen Nachmittag über mit diesen Berichten eingeschlossen. Wir haben Probleme, nicht wahr?«

»Nichts, was nicht noch Zeit hätte.«

Sie ließ ihn los, und er wandte sich zu ihr um. »Erzähl es mir, Rohan.«

Traurig hielt er die Flasche und die Gläser hoch. »Und ich dachte, wir würden –«

»Oh, aber das werden wir doch auch«, versicherte sie ihm und besiegelte ihr Versprechen mit einem Kuß. »Aber ich habe dich den ganzen Tag lang nicht gesehen. Komm, sprich mit mir, Geliebter.«

Sie setzten sich nebeneinander ins weiche Moos. Ihr Kopf ruhte an seiner Schulter. Den Wein stellten sie für später beiseite. Ihre Arme hatten ihm Freude geschenkt und ihre Liebe ihm Kraft gegeben. Aber was er am meisten an ihr liebte, war vielleicht der Trost, den ihr Verstand ihm spendete. Die meisten Prinzen hatten bloß Gemahlinnen; er jedoch hatte in Sioned eine Prinzessin gefunden, die den königlichen Reif verdiente, den er ihr geschenkt hatte.

Er erzählte ihr von den Drachen, und da er sie in den Armen hielt, konnte er die Reaktion ihres Körpers fühlen. Sie konnte eine so kühle und neutrale Miene aufsetzen wie Andrade, aber wie die trommelnden Finger seiner Tante ihre Laune verrieten, so brauchte Rohan nur Sioneds Hand zu berühren, um ihre wahren Gefühle zu kennen. Sie war jetzt angespannt, und die geschmeidigen Muskeln waren hart.

»Wir müssen das Treffen mit den Vasallen in diesem Jahr streichen«, erklärte sie, als er geendet hatte. »Dann wird niemand da sein, der eine Jungdrachen-Jagd verlangen könnte.«

»Ich habe auch schon daran gedacht. Feylin hat recht. Die Drachen werden nicht hierher zur Felsenburg kommen, also werden die Vasallen ohnehin keinen Spaß haben. Aber wir müssen sie trotzdem zusammenrufen. Dies ist das erste *Rialla* nach sechs Jahren. Wir müssen alle lange und gründlich miteinander reden, und diejenigen, die erst nach der Seuche ihr Erbe angetreten haben, müssen sich uns anderen in aller Form anschließen.«

»Wirst du ihnen von dem Drachengold erzählen? Sie haben sich schon gefragt, woher du das Geld für das *Dranath* genommen hast, weißt du. Als Farid im letzten Jahr hier war, hat er erzählt, sein Volk wüßte, woher das Gold stammt...«

»Aber sie haben bisher keine Silbe davon verlauten lassen, seit zwanzig Jahren nicht«, erinnerte er sie.

»Natürlich nicht. Aber diejenigen, die nicht in den Höhlen arbeiten, glauben, es wäre eine Mine wie alle anderen. Sie kennen die Verbindung zu den Drachen nicht. Vielleicht sollten wir den Vasallen es auch so erzählen.«

»Ich mache mir ihretwegen nicht soviel Sorgen wie wegen Roelstra.« Als er den Hoheprinzen erwähnte, verspannte sie sich nur noch mehr. Tröstend streichelte er sie. »Es wurden schon viele Beobachter nach Skybowl entsandt – Händler, Reisende und so weiter. Bei ihrer Rückkehr waren sie keinen Deut klüger. Farid ist ein listiger, alter Lügner, Gott schütze ihn. Aber Roelstra hatte drei Jahre Zeit, auszuknobeln, woher ich so schnell so viel Gold bekommen habe. Und ich kann mir nicht vorstellen, daß auch er glaubt, ich wollte die Drachen nur aus irgendwelchen sentimentalen Gründen am Leben erhalten.«

»Soll er doch glauben, was er mag! Solange niemand einen Beweis findet, was kümmert es uns? Dein Vater hatte die richtige Idee. Laß dein Volk doch glauben, dein Reichtum stamme aus den Kriegen.«

»Ha, aber trotzdem fragen sich viele, woher er tatsächlich kommt. Die Merida hatten doch keine zwei Münzen in der Tasche, als wir sie gegen Norden getrieben haben. Und wir mußten eine Menge ausgeben, um die Tiere zu ersetzen, die an der Seuche gestorben sind.«

»Wir sind vorsichtig gewesen«, protestierte sie. »Wir können immer sagen, daß der rege Handel in unserem Land unsere Schatzkammern wieder gefüllt hat.«

»Und daß ich ein Geizhals bin!« Er kicherte. »Nein, Liebes. Es wird immer noch nicht wieder regelmäßig Handel getrieben. Das ist es eben. Wir hatten noch nicht genügend Zeit, um dadurch reich zu werden. In diesem Jahr wird sich sicher alles um den Handel drehen, mehr denn je zuvor. Jetzt, wo so viele Prinzen und *Athr'im* gestorben und so viele Jünglinge an ihre Stelle getreten sind, hat sich die Macht verschoben. Und ich fürchte, in Roelstras Richtung, nicht in meine. Ich muß dem entgegenwirken, und meine beste Waffe ist das Drachengold.«

»Du willst sie kaufen?« Ihre Worte klangen, als schmeckten sie sauer. »Wie können sie sich denn ihm zuwenden, wo doch du es warst, der ihnen das *Dranath* geliefert hat?«

»Ich könnte sagen, sie sehen die Toten, nicht die Lebenden, die verschont worden sind, und es wäre wahr. Ich könnte sagen, sie verdächtigen mich, die Droge zu Beginn gehortet zu haben, und auch das wäre von ihrem Standpunkt aus gesehen richtig. Aber der wahre Grund –«

»– ist, daß Roelstra Einfluß bei diesen jungen Herren hat, die nur diese eine Art von Macht verstehen. Seine Art. Wir werden sie unterweisen müssen.«

»Das werden wir. Aber ich habe nicht vor, sie zu kaufen.«

»Nun, du wirst dir aber einen guten Grund ausdenken müssen, warum du nicht da draußen bist und einen der sich paarenden Altdrachen erlegst, weißt du. Sie erwarten das von dir.«

»Ich weiß«, seufzte er. »Die Leute haben so absurde Vorstellungen davon, wie ein Prinz seine Männlichkeit beweisen sollte. Das verdanke ich meinem Vater.«

Ihre Schultern zuckten, und er verfluchte sich selbst.

»Durch mich wird jedenfalls nie mehr jemand Ähnliches beweisen müssen«, flüsterte sie.

»Sioned – mein Vater war vierzig Jahr alt, als ich geboren wurde. Wir haben noch Zeit.«

Sie löste sich aus seinen Armen und sah ihn an. »Ich habe doch kein Kind lange behalten. Seit der Seuche bin ich auch nie mehr schwanger gewesen. Ich werde dir niemals Kinder schenken, Rohan, das wissen wir doch beide.«

»Hör auf damit. Wir sind beide jung und gesund –«

»Du brauchst einen Erben.«

Er sog scharf die Luft ein. »Wenn es dazu kommen sollte, obwohl es das nie wird, dann fällt meine Wahl auf Maarken. Aber du solltest dir deshalb keine Gedanken machen, Sioned.«

»Wie könnte ich das je vergessen? Rohan, ich habe alle Vorschriften studiert. Nirgendwo steht geschrieben, daß dein Erbe der Sohn deiner Gemahlin sein muß – nur der anerkannte Abkömmling deines Körpers.«

»Sioned!« Grob packte er sie bei den Schultern. »Was redest du da?«

»Ich werde meinen Platz als deine Gemahlin und Prinzessin nicht räumen, aber du brauchst einen Erben.«

Er starrte sie an. »Du willst also irgendein Mädchen in mein Bett schicken und dann zuschauen, wie ihr Körper mit meinem Kind anschwillt? Könntest du das tun, Sioned?«

»Dein Herz und deine Seele gehören doch mir.«

»Und mein Körper auch. Auf ewig. Nur dir. Sag mir, daß du das niemals tun könntest, Sioned.«

»Ich könnte es«, beharrte sie, obwohl ihr dabei Tränen in die Augen stiegen.

»Und wenn das Kind geboren ist, was dann? Würdest du seine Mutter fortschicken? Oder sie hierbehalten und zuschauen, wie sie als Mutter meines Sohnes immer mehr den

Ton angibt? Hast du darüber überhaupt schon einmal nachgedacht, du kleine Närrin? Du würdest aus mir einen neuen Roelstra machen!«

»Ich habe auch daran gedacht! Rohan, ich kann dir –«

»Ich wünsche mir nichts, was du mir nicht geben könntest. Und eines Tages werden wir uns einen Sohn schenken. Sioned, ich möchte kein Kind von einer anderen Frau. Ich könnte einen Sohn nicht anschauen, wenn er nicht dich in seinem Gesicht und seinen Augen haben würde.« Er blickte in ihre schönen, zweifelnden grünen Augen. »Aber siehst du denn nicht, daß es nicht so wichtig für mich ist? Du bist genug. Du bist mehr, als ich je zu besitzen erhofft habe. Sioned, du bist mein Leben.«

Und um es ihr zu beweisen, auf die einzige Art, die er kannte, zu beweisen, liebte er sie im weichen Moos, während der Wasserfall in der Nähe rauschte. Sie weinte ein wenig, bittersüße Tränen der Liebe zu ihm und aus Verzweiflung, weil sie kein Kind bekommen konnte. Anschließend wiegte er sie in seinen Armen, und ihr Haar breitete sich wie ein seidener Vorhang über ihre Körper. Als sie schließlich still lag, ließ er sie los und stützte sich auf einen Ellbogen, um sie anzusehen. Die Jahre, die sie nun schon in der Wüste lebte, hatten ihre blasse Haut zu hellem Gold gewandelt und hatten ihr Haar ein wenig bleicher werden lassen. Blonde Strähnen zeigten sich darin, die ihre strahlenden Augen nur noch mehr betonten. Stolz, die Gewißheit seiner Liebe und das Selbstbewußtsein einer Prinzessin sprachen aus jeder Linie ihres Gesichtes, das jetzt so königlich wirkte, als wäre sie dazu geboren. Sioned war ein reizendes Mädchen gewesen, aber jetzt war sie zur schönsten Frau herangereift, die er je erblickt hatte. Mit einem Finger fuhr er leicht ihre elegant geschwungene Schulter entlang und lächelte zärtlich.

»Übrigens, Frau, wie kommst du darauf, daß ich mit einer

anderen überhaupt ein Kind zeugen könnte? Ich habe eine ausgeprägte Vorliebe für langbeinige Rotschöpfe mit grünen Augen.«

»Dummkopf«, schalt sie.

»Ich weiß«, stimmte er zu und freute sich, daß sie wieder zu einem Lächeln bereit war. »Weißt du noch – damals, in diesem ersten Sommer? Ich habe wieder und wieder versucht, ein Mädchen zu finden, mit dem ich ins Bett gehen konnte – hör auf, über mich zu lachen!« schimpfte er, als sie zu kichern begann. »Du warst so schrecklich zu mir, das weißt du selbst. Würdest du mir diese Schande noch einmal antun?«

»Warum nicht. Du bist einfach zu arrogant geworden, mein guter Prinz.«

»Sioned, wag ja nicht, mich zu kitzeln! Sioned!«

Am Schluß lachten sie, und Rohan war erleichtert, daß ihre düstere Stimmung gewichen war. Er öffnete die Weinflasche, und sie tranken aus den Kelchen aus Firon, lauschten dem Wasserfall und betrachteten die Sterne. Doch ein Teil von ihm sorgte sich weiterhin. Es war nur zweitrangig für einen Sohn, daß er legitim war – und für seine Fähigkeit als Herrscher. Es war gut möglich, daß der eheliche Sohn eines Prinzen sich als Narr erwies, während sein unehelicher Sohn besser geeignet war, die Verantwortung für das Prinzenreich zu tragen. Aber Rohan konnte sich nicht vorstellen, je irgendeine andere als seine Ehefrau zu berühren, und noch viel weniger, einen Bastard-Sohn zu zeugen.

Maarken würde sein Erbe sein, wenn es nötig werden würde. Und falls Chay und Tobin beschließen sollten, daß ihr Erstgeborener mit Radzyn allein glücklicher wäre, dann waren da noch immer die jüngeren Söhne, Sorin und Andry. Auf jeden Fall würde ein Prinz von Zehavas Blut über die Wüste herrschen, wenn Rohan gegangen war.

Erst viel später, als er und Sioned endlich hinaufgegangen waren, wurde ihm bewußt, daß er sich bereits eingestanden hatte, daß er vielleicht niemals eigene Söhne haben würde.

Kapitel zwei

Prinzessin Ianthe riß das Siegel ihres Vaters auf und faltete das Pergament auseinander. Sie runzelte die Stirn, als ihr das Datum des Briefes auffiel. Dann dachte sie an die Warnung der lieben, toten Palila bezüglich Falten und gab ihrem Gesicht gleich angenehmere und glatte Züge. Aber ihr Zorn ließ sich nicht so einfach vertreiben; zehn volle Tage hatte dieser Brief benötigt, um von der Felsenburg hierher zu gelangen. Im Schnee des Winters, im Schmelzwasser des Frühjahrs, in der Hitze des Sommers und dem Regen des Herbstes – ganz abgesehen von Erdrutschen, Banditen oder einfach nur Pech –, niemals waren die Kuriere zu ihr wirklich schnell. Andrades Bann, der auf der Felsenburg und Feruche lag, war unangenehm. Aber die Botschaften, die zwischen Vater und Tochter einhergingen, hätten ohnehin keinem Lichtläufer anvertraut werden können, nicht einmal einem, der wie Crigo von *Dranath* abhängig war.

Wie üblich verlor Roelstra auch diesmal keine Zeit mit Familiennachrichten. Weder er noch Ianthe machten sich etwas aus ihren Schwestern. Außerdem hatte sie ihre Spione in seinem Haushalt, so wie er Beobachter in ihrem hatte. Es gehörte zu dem zynischen, amüsanten Spiel, das sie miteinander spielten und das hieß: »Ich vertraue dir.« Seine Anrede »Liebste Tochter« gehörte ebenfalls dazu.

Durch die zahlreichen Todesfälle hat uns die Seuche viele ausgezeichnete Möglichkeiten eröffnet. Ich denke dabei für mich an Einar und an Tiglath für Dich. Kuteyn von Einars überlebender Sohn ist ein heute gerade zehnjähriger Knabe, und seine Witwe ist ein jammerndes Nichts, unfähig allein schon, über ihre Kammerfrauen zu herrschen, geschweige denn über die Stadt und die Ländereien. Außerdem sind gewisse Dokumente gefunden worden, die andeuten, daß diese Ländereien einst zur Prinzenmark gehörten. Pimantal von Fessenden wird erzürnt darüber sein, denn er hat ebenfalls ein Auge auf dies Gebiet geworfen. Saumer von Isel wird meinen Anspruch unterstützen – was Du gewiß gerne hörst –, da wir kürzlich ein geheimes Abkommen getroffen haben, das auch festhält, daß ich über Einar herrsche. Du kannst seine Agenten an deinem Hof dahingehend informieren – und auch in Vologs Hallen, damit er entscheiden kann, ob sein Profit darin liegt, mich oder Fessenden zu unterstützen. Der hat sich nämlich daran gewöhnt, mit Saumer zusammenzuarbeiten, als die Seuche sie dazu zwang. Es könnte so bleiben.

Was nun Tiglath anbelangt, so ist Dir natürlich bekannt, daß Eltanin seine blondhaarige, liebe Braut im Kindbett und ihren ersten Sohn durch die Seuche verlor. Der zweite Sohn blüht und gedeiht, aber von Eltanin selbst heißt es, er wäre als Folge dieser Verluste und seiner nur zögernden Genesung nach der Seuche sehr gealtert. Andere sind gleichermaßen geschwächt; davon ein anderes Mal mehr.

Unsere Merida-Verbündeten haben mir berichtet, sie würden einen Angriff auf Tiglath vorbereiten, sobald sich Rohan beim Rialla befindet. DAS DARF NICHT GESCHEHEN. Wir müssen uns an unseren ursprünglichen Plan halten. Ich warne Dich, liebste Tochter, ein zügelloses Leben wäre jetzt fatal.

Die Lippen der Prinzessin verzogen sich zu einem spöttischen Lächeln. Diese Anspielung auf ihre zahlreichen Liebhaber war unnötig. Seit Anfang des Winters hatte niemand mehr sie angerührt, und sie hatte auch dafür gesorgt, daß der ganze Haushalt wußte, daß sie allein schlief. Es gab Besucher genug in Feruche, die ihre Keuschheit in den letzten Wochen bezeugen konnten. Menschen, für die bei dem Spiel, das sie und ihr Vater bald spielen würden, nichts auf dem Spiel stand.

Sprich bei nächster Gelegenheit mit Deinen Merida. Ihr hitziges Blut darf unsere Pläne in bezug auf Rohan und diese Lichtläuferhexe nicht ruinieren. Laß Deine Merida ausdrücklich wissen, daß sie sich noch nach ihrem dürren Heimatland sehnen werden, wenn sie in den düstersten Verliesen in den tiefsten Tiefen der Felsenburg schmachten, falls sie unseren Plan verderben.

Was nun Deine Bemerkungen über die Zukunft deiner Söhne anbelangt, so wird es nicht gut sein, ihnen zu erzählen, was sie haben werden, wenn sie erwachsen sind – jedenfalls wenn sie so sind wie Du und ich, was ich vermute. Derzeit kämpfen Rusalka und Kiele um die Vorherrschaft über den jungen Herrn Lyell von Waes, der eine Braut sucht. Ich finde dies ebenso amüsant wie die Tage, als Du Dich mit Deinen Schwestern wegen Rohan gezankt hast. Töchter streiten sich miteinander um die Männer – aber Söhne kämpfen um Schlösser und Macht. Laß uns abwarten, wie sich Deine Söhne entwickeln, ehe wir ihnen etwas versprechen.

Auf jeden Fall werden sie mit etwas Glück über die Wüste herrschen, Ianthe, wenn sie erwachsen sind. Sie können warten und sich dann nehmen, was sie wollen.

Sie seufzte resigniert. Sie hatte diese Antwort erwartet und eigentlich nicht damit gerechnet, daß ihre Vorschläge von ihrem Vater günstig aufgenommen werden würden. Es wäre nützlich gewesen, schriftlich zu haben, daß ihren Söhnen Land und Schloß geschenkt werden würde, aber Roelstra hatte in mancherlei Hinsicht recht: Sie würden nur versuchen, sich gegenseitig auszutricksen. Ianthe wünschte jedoch, daß sie so sehr zusammenarbeiten sollten, wie ihr ehrgeiziges Wesen es ihnen erlaubte. Sie machte sich keine Illusionen darüber, denn sie kannte ihr besitzgieriges Wesen. Der vierjährige Ruval und der knapp dreijährige Marron kämpften bereits jetzt um fast alles, und selbst der einjährige Segev beobachtete die Kämpfe seiner Brüder mit großem Interesse.

Ihre Väter waren edle Männer von exzellenter Herkunft und spektakulärer Schönheit. Ianthe seufzte, als sie jetzt an sie dachte: Chelan mit den glühenden Augen und dem perfekten Körper, Evais' unglaubliche Phantasie im Bett, Athils erotische Spielchen. Der arme Athil. Er war nicht wie die anderen mit Kleidern, Juwelen und Pferden zufrieden gewesen. Er hatte die Ehe mit der Lieblingstochter des Hoheprinzen gewünscht. Seine lichten Sonnenfarben hatten sie an Rohan erinnert, und es war ihr überraschend schwergefallen, seinen Tod zu befehlen, so ärgerlich seine Forderungen auch geworden waren. Wenigstens waren Chelan und Evais vernünftig gewesen und gegangen, als man es ihnen sagte. Die Vorstellung, daß sie, als sie noch in der Felsenburg lebte, jeden einzelnen von ihnen gern geheiratet hätte, amüsierte sie jetzt. Die zurückliegenden Jahre, in denen sie in ihrer eigenen Burg absolut und autoritär geherrscht hatte, hatten sie gelehrt, daß die Ehe nichts für sie war.

Aber die Erinnerungen an die Nächte mit ihren Liebhabern erregten sie, und sie verfluchte den Plan, der sie zu anhaltender Keuschheit zwang. Ihre Spione in der Felsenburg berichteten ihr, daß ihr Vater sich mit allem amüsierte, was Röcke trug, aber es hatte keine Kinder mehr gegeben – nicht einmal Töchter. Ianthe kicherte, denn in den Berichten wurde auch angedeutet, daß Roelstra inzwischen impotent sei. Das geschah ihm recht.

Sein Brief schloß mit der Warnung, daß dies nun für lange Zeit das letzte Mal sei, daß sie miteinander kommunizierten. Ianthe spürte kein Bedauern. Sie verbrannte das Pergament und verließ ihre privaten Gemächer. Sie war eher froh, daß sie sich nicht die Mühe machen mußte, eine Antwort aufzusetzen. Dabei wäre sie gezwungen gewesen, ihre Wut auf ihren Vater im Zaum zu halten, und das fiel ihr immer schwerer, je mehr Jahre verstrichen.

Ihre Frauen waren im Webzimmer bei der Arbeit. Der große Teppich mit den passenden Decken und Bettvorhängen war nahezu fertig, und Ianthe inspizierte das Werk mit wachsender Erregung. Der Teppich stellte verschiedene Szenen aus dem Paarungsritual der Drachen dar. Es waren faszinierende Bilder in leuchtenden, grellen Farben, die die Prinzessin selbst ausgewählt hatte. Eine Bahn zeigte Drachen, die im Sand kämpften, ihre Krallen leuchteten karmesinrot und orange, und Blut tropfte aus den aufgerissenen Fängen und den Rissen in ihrem Panzer. Diese Darstellung von Gewalt setzte sich in der nächsten Bahn fort, auf der zehn Weibchen, schwer unter ihrer Last aus Eiern, eine Klippe umkreisten, auf der sich ein Drache beim rituellen Tanz zur Schau stellte. Seine Männlichkeit wirkte fast obszön.

Die dritte Bahn zeigte einen Drachen und ein Drachenweibchen beim Akt selbst, die Säbelzähne entblößt, mit heraushängenden Zungen und Körpern, die sich sichtbar wanden. Goldfarbener Sand wirbelte in der heißen Dunkelheit der Höhle um sie auf. Die schreckliche Faszination, die von der Darstellung dieser Paarung ausging, ließ Ianthe lächeln.

Die letzte Bahn war fast fertig. Ungefähr die Hälfte war nur mit einem Faden skizziert und noch nicht ausgefüllt. Die Szene stellte Jungdrachen dar, die miteinander kämpften. Weiße Schuppen wetteiferten mit blauen, scharlachroten, bronze- und kupferfarbenen Panzern. Ein kräftiger junger Drache schlug seine Krallen in einen toten Bruder: bereit, ihn zu verschlingen. Aber in den Schatten wartete schon ein weiterer Jungdrache. Seine Augen glühten in lebhaftem Rot, während er das Gemetzel beobachtete und auf seine Chance wartete.

Die Kissen zeigten kleinere Darstellungen von Drachen bei der Paarung und kämpfenden Altdrachen, von Jungdrachen, die sich verschlangen, und von Flammen, die in den Schatten der Höhlen züngelten. Es handelte sich dabei um Entwürfe, die sie für den großen Wandteppich abgelehnt hatte. Die Bettvorhänge zeigten weitere Szenen wilder Paarung. Wenn sie sich um ein Bett schlossen, würden die reichbestickten Vorhänge eine kleine Höhle heftiger Erotik bilden.

Ianthe lächelte und verließ den Raum. Als sie zu den Zinnen hinaufstieg, dachte sie an den Liebhaber, für den sie diese Arbeiten erdacht hatte. Sie wollte dort oben die trokkene Brise genießen, die ihr Haar um ihren Nacken spielen und den Saum ihres Gewandes flattern ließ. Unter ihr lag die Grenze. Rohans Wachsoldaten hatten sich in ihre Unterkünfte zurückgezogen, die in die Klippen gehauen worden waren. Dreimal hatte Ianthe in den letzten Jahren den Hauptmann rufen lassen, weil die Merida Handelskarawanen überfallen hatten. Sie hatte diese Überfälle sorgfältig geplant und den Zeitpunkt so gewählt, daß der Prinz erfahren mußte, daß sie einen Sohn zur Welt gebracht hatte. Sie lachte leise und lehnte sich an die rosafarbene Steinwand. Sie dachte an das Vergnügen, das es ihr bereitet hatte, mit ihren Söhnen anzugeben – Söhnen, die seine *Faradhi*-Hexe ihm niemals schenken würde. Das vierte Mal hatte sie den Hauptmann erst vor knapp fünfzehn Tagen rufen lassen, aber diesmal aus einem anderen Grund. Als der Hauptmann der Wache eingetroffen war, hatte Ianthe ihn zum Abendessen eingeladen, wie es inzwischen üblich geworden war – und sie hatten über Drachen gesprochen. Weiter oben in den Bergen gab es uralte Höhlen, die die großen Tiere in diesem Jahr vielleicht aufsuchen würden, um sich zu paaren. Rohan war an allem interessiert, was die Drachen betraf, und er hatte inzwischen gewiß von diesen Höhlen erfahren. Aber auch für den Fall, daß er nicht persönlich nachforschen sollte, hatte Ianthe Pläne. Sie hatte durch harte Erfahrung gelernt, daß man immer auch noch andere Pläne haben mußte.

Sie drehte sich um, als sie ihren ältesten Sohn wütend schreien hörte und sah, daß das Kindermädchen gerade alle drei Knaben für ihren abendlichen Besuch zu ihr brachte. Sie küßte sie und hob den Jüngsten strahlend auf den Schoß. Es waren kräftige, gesunde Knaben, groß und gutaussehend wie ihre Väter, klug und gewandt wie sie selbst. Ruval und Marron berichteten plappernd von den Erlebnissen des Tages, stritten wie üblich, wer einen Ball weiter geworfen hatte und wer schneller gelaufen war. Sie hatte drei Söhne geboren, während die Lichtläuferin ein Kind nicht einmal eine halbe Schwangerschaft hindurch hatte behalten können. Sie wußte genau Bescheid über Sioneds Versagen, einen Erben zu gebären, und freute sich, daß diese Schwierigkeit naturgegeben war und daß sie sich nicht die Mühe hatte machen müssen, Fehlgeburten für die *Faradhi* zu arrangieren.

Sie fragte sich, was die Wüste ihrer Rivalin in den vergangenen sechs Jahren wohl angetan hatte. Dürr und welk war sie sicher, sagte sich Ianthe, mit faltiger, rauher Haut, denn sie achtete sicher nicht besonders sorgfältig auf ihr Aussehen. Die Schwangerschaften hatten Ianthes Schönheit reifen lassen, hatten mädchenhafte Zartheit in üppige Kurven an Brust, Hüften und Schenkeln gewandelt, wenngleich sie darauf geachtet hatte, ihre schmale Taille nicht zu verlieren. Genauso sorgfältig hatte sie ihre Haut und ihr Haar vor der heißen Sonne und dem Wind geschützt, und Palilas Ratschläge hatten ihr bei dem Bemühen, Spuren der Schwangerschaften von ihrem Fleisch fernzuhalten, gute Dienste erwiesen. Sie mußte perfekt sein für dieses Spiel, und sie wußte, daß sie makellos schön war.

Marron kletterte auf ihren Schoß und stieß dabei Segev beinahe herunter, der kreischte und sich mit einer Hand an ihr festklammerte, während er mit der anderen nach Marron schlug. Ianthe drückte beide an sich und genoß den Triumph, daß sie sie hatte. Wenn sie erwachsen waren, würden sie die Wüste besitzen und außerdem noch über die Prinzenmark herrschen. Der Weg zur Macht ging für eine Frau über die Männer, die sie beherrschte, und sie lachte laut, als sie mit ihren Söhnen spielte. Land und Schlösser mochten ja deren Besitz werden, aber *sie* würden immer ihr gehören.

Tobin faltete die Hände im Schoß und blickte zu ihrem Gemahl auf. Als die Morgensonne auf sein dunkles Haar fiel, zeigten sich darin die ersten Spuren von Silber. Er trug Reitkleidung aus geschmeidigem Leder, die seine langen, muskulösen Beine umschmiegte, und das am Hals offene Hemd enthüllte ein wenig seine kräftige Brust, die von den langen Tagen im Freien sonnengebräunt war. Er stand vor ihr, die Stiefel fest in den Sandstrand gestemmt und die Stirn gerunzelt.

»Du siehst mich schon wieder so an«, beobachtete sie.

»Du warst weit fort von mir«, gab er zurück.

»Ich bin immer genau hier, Liebster.«

»Dein Körper vielleicht.« Er ließ sich neben ihr nieder, stützte die Ellbogen auf die angezogenen Knie und starrte auf das Meer der Morgenröte. »Ich kann aber nicht behaupten, daß ich auch wüßte, wo sich der Rest von dir befindet.« Achselzuckend fuhr er fort: »Wenn du nur immer zurückkommst, Tobin. Ich denke noch immer an die Nacht von Zehavas Ritual. Ich hätte dich fast verloren.«

Tobin starrte auf ihre Hände hinab. Am Mittelfinger der Linken steckte der erste Lichtläuferring, den Andrade ihr vor zwei Jahren gesandt hatte, besetzt mit einem kleinen Stück ungeschliffenen Bernsteins. Ihr Talisman gegen die Gefahr, erinnerte sie sich selbst und seufzte. Sie spürte, daß sie jetzt Schutz nötig hatte.

Sie und Chaynal waren am Strand unterhalb von Burg Radzyn früh ausgeritten. Weiße Gischt zeigte sich auf dem Meer, das gierig am Sand leckte. Eine Länge nach Norden befand sich ihr Hafen. Schiffe aller Größen holten hier die Segel ein und bildeten einen winterkahlen Mastenwald, während die Fracht entladen wurde. Es tat gut, wieder Schiffe im Hafen zu sehen; sie bedeuteten, daß der Handel nach den Jahren der Pest und ihren Folgen wieder normal verlief. Radzyn war der einzig sichere Ankerplatz entlang der Wüstenküste, und Chays Vorfahren waren durch den Handel reich geworden, lange bevor sie mit der Zucht der besten Pferde auf dem Kontinent begonnen hatten.

Tobin hatte ein provisorisches Frühstück mitgebracht, und nachdem sie die Pferde an einem schweren Treibholzblock angebunden hatten, hatte sie zarte, mit Obst und Fleisch gefüllte Pasteten ausgebreitet. Doch auch dieser Morgen war auf eine Art und Weise gestört worden, an die sie sich im Laufe der Jahre mehr oder weniger gewöhnt hatte. Ein zartes Wispern drang in ihren Geist, und gleichzeitig fühlte sie Sioneds Farben. Wieder einmal fühlte sie sich befangen in diesem sonderbaren und wundervollen Etwas, das Sioned sie gelehrt hatte. So oft sie auf diese Weise auch schon kommuniziert hatten, jedes Mal wieder war sie entzückt von der süßen Reinheit des Lichtes ihrer Schwägerin. Es gab zwar Zeiten, da zeigten die Farben auch Spuren von Dunkelheit, weil Sioned unglücklich oder besorgt war, aber immer waren sie frisch und leuchteten mit der Schönheit ihres Geistes. Tobin schätzte ihre Berührung.

Ihr Blick kehrte zu Chay zurück, und dabei glitt wieder ein Lächeln über ihre Züge. Er war aus Rubin, Smaragd und Saphir gemacht, all den starken Tönen, die perfekt mit ihrem eigenen Bernstein, Amethyst und Diamant harmonierten. Es hatte Sioned beeindruckt, daß Tobin in Schmucksteinen dachte, denn schon die alten *Faradh'im* hatten ihre Lichtmuster mit Edelsteinen symbolisiert, in denen sie die Repräsentanten von bestimmten Kräften und Eigenschaften sahen. Es hatte Tobin gefreut, daß Andrades Geschenk, ihr erster Lichtläuferring, ausgerechnet mit einem Bernstein besetzt war. Der Gedanke an einen Schutz vor Gefahr brachte sie zum Ausgangspunkt ihrer Überlegungen zurück.

»Rohan will in Skybowl auf Drachenjagd gehen, vielleicht sogar bis in den Norden, bis nach Feruche!« berichtete sie.

Chay starrte sie an. »Du machst wohl Witze! Ich habe diesem Idioten ausdrücklich erklärt, er dürfte sich Feruche nicht weiter als bis auf fünfzig Längen nähern!«

»Wann hat er sich von irgendeinem von uns schon jemals etwas sagen lassen?« gab sie eine rhetorische Frage zurück. Sie grub die Finger in den warmen Sand und spürte die körnige Kühle darunter und den Druck, der ihre Hände gefangen hielt. »Sioned scheint sich deshalb keine Sorgen zu machen.«

»Aber da ist noch etwas, nicht wahr? Und was, das ist nicht schwer zu erraten.« Chay schüttelte den Kopf. »Sie muß die Gerüchte doch gehört haben. Es gibt mehrere Vasallen, die fordern, daß Rohan sich eine andere Gemahlin nimmt oder zumindest eine Geliebte, die ihm einen Erben schenken kann.«

»Und sie ist dumm genug, darauf zu hören. Chay, sie würde ihn niemals aufgeben – und er würde sie nie gehen lassen.«

»Geliebte Frau, das weiß ein jeder. Aber du weißt auch, wer der voraussichtliche Erbe ist, nicht wahr? Das heißt, daß ich kein Wort sagen kann. Wenn ich Sioned verteidige, wird man glauben, ich täte das nur, damit Maarken der nächste Prinz wird. Und ich will verdammt sein, wenn ich den Gedanken an eine neue Frau oder Mätresse ermutige.«

»Es muß doch möglich sein, daß wir etwas tun können. Ich bin nicht sicher, ob Maarken wirklich die Last eines Prinzenreichs tragen will. Seit Jahnis Tod ist er zu zerbrechlich.« Noch immer sah sie ihn auf der Suche nach seinem Bruder durch Radzyn streifen und hörte, wie er mitten in der Nacht aufwachte und nach ihm rief.

Mit einem Finger zeichnete Chay Muster in den Sand. »Er braucht die Wüstenkrone nicht auf seinem Kopf. In mancher Hinsicht ist er wie ich, Tobin. Wir sind gut, solange es um eine Größenordnung wie Radzyn geht, aber verloren, wenn wir über ein ganzes Prinzenreich herrschen sollten.«

»Ich bin zwar nicht dieser Meinung, aber ich verstehe, was du sagen willst. Ihr wäret beide unglücklich, wenn ihr irgendwo anders leben müßtet als hier am Meer. Maarken hat ziemlich lange gebraucht, um sich an Lleyns Hof zu gewöhnen, so gern er den alten Prinzen auch mag. Meath hat mir über das Sonnenlicht berichtet, daß es ihm besser ging, als sie ihm einen Raum mit Blick auf die Bucht zuwiesen.«

»Wohin hätten wir ihn sonst schicken sollen? Es gibt keinen sicheren Ort. Ob es uns nun gefällt oder nicht, er ist Rohans Erbe.«

»Niemand würde es wagen, Maarken nach dem Leben zu trachten!«

»Nicht, solange er sich in Lleyns Obhut befindet. Aber was glaubst du wohl, wo Roelstra aufhören würde? Und wenn er es nicht schafft, dann sind da auch noch die Merida. Sie bringen mir nicht gerade zärtliche Gefühle entgegen, meine Liebe. Graypearl ist der beste Aufenthaltsort für Maarken, bis er alt genug ist, sich selbst zu verteidigen.« Er lächelte flüchtig. »Selbst wenn ihm übel wird, wenn er Wasser überquert. Hätten wir damit rechnen sollen?«

»Andrade hat es wohl getan. Und er arbeitet mit Meath und Eolie.« Ihre Hände verkrampften sich im Sand. »Zum Teufel mit Roelstra!«

»Rohan will sich jetzt also in Reichweite von Ianthe begeben?« Chay schüttelte den Kopf. »Habe ich dir jemals gesagt, daß dein Bruder ein Narr ist?«

»Ich kenne ihn länger als du. Er ist dumm genug, jedem an die Gurgel zu gehen, der irgend etwas gegen Sioned andeutet. Bist du sicher, daß es nichts gibt, was wir tun oder sagen können, damit die Vasallen ruhig bleiben? Sie erwähnen es bestimmt.«

»Sie sollen es nur versuchen«, erklärte er grimmig. »Wir müssen uns einfach auf das bißchen Verstand verlassen, das Rohan noch hat, damit er Sioned davon abhält, aus einer Laune heraus zu handeln.« Er blinzelte ins Sonnenlicht und sprang auf die Füße. »Da kommen Segel, ein türkisfarbenes Banner. Das Syrener Schiff hat es endlich geschafft!«

»Von Prinz Jastri? Was will er? Und warum kommt er mit dem Schiff?«

»Er will Pferde. Was wohl sonst? Und das Schiff bedeutet,

daß er sie schnell will. Ich bin nur ein kleiner *Athri*, Liebes. Ich handle mit dem, wovon ich etwas verstehe, und überlasse anderen die Politik.« Er half ihr auf die Füße. »Ich werde Jastris Abgesandten zu dir schicken, sobald wir mit dem Handeln fertig sind. Du kannst aus den Worten der Leute Dinge heraushören, die ich dort niemals höre.«

»Kleiner *Athri*«, spottete sie. »Ein Kriegsheld, Abkomme von zehn Generationen von Piraten – und legalisierter Dieb dazu!«

»Das macht mich doch zum perfekten Partner solcher Drachenbrut, wie du es bist, oder nicht?«

Sioned stand in ihrem Gemach am Fenster und betrachtete den Sand und den Himmel. Nie zuvor hatte sie so viele Farben gesehen wie hier in der Wüste. Mit dieser Vielfalt hatte sie nicht gerechnet, als sie Rohan heiratete. Sie hatte nicht einmal im Traum erwartet, daß ihre *Faradhi*-Sinne hier Schattierungen im Licht vorfinden würden, die sie nirgendwo sonst erblickt hatte.

Das Heim ihrer Kindheit in River Run war in Blau und Grün gehalten, üppig mit Blumen und dem leuchtenden Gefieder von Vögeln übersät. Die Sonnenuntergänge in der Schule der Göttin brachten alle zum Staunen, die sie sahen. Sie war durch sonniges Farmland und schattige Wälder gereist und hatte die Farben eines reichen Lebens in sich aufgesogen. Aber selbst jetzt, nachdem sie sechs Jahre lang zugesehen hatte, wie sich in der Wüste die Jahreszeiten änderten, war sie gefangen von den einzigartigen Farben dieses rauhen Landes. Jeder Sonnenaufgang über dem Weiten Sand brachte wunderbare Variationen von Blau, Rot und Gelb; manchmal durchzogen Wolken den Morgenhimmel wie windschiefer Weizen in tausend verschiedenen Tönen. Die gleißende Sonne zeigte sich in sprödem Silber und bleichem

Gold auf dem Sand, die Schatten der Dunkelheit stahlen sich an den Felsen entlang, und alles Weiß war so rein, daß es die Augen schmerzte. Der Abend schuf, vor allem im Frühjahr und Herbst, einen rosigen Glanz und sonderbare, grünliche Schatten, die auf den Dünen zu Purpur verblaßten und Stronghold in eine geheimnisvolle Wärme tauchten, wenn sich die Nacht herabsenkte. Und die Sterne – sie hatte in ihnen immer bloß so etwas wie Nadelköpfe gesehen, die am Himmel strahlten, aber hier in der Wüste spürte sie ihre Farben, Scharlach und Blau und Feuerrot – und sie drohten ihre Sinne zu sprengen. Ganz besonders liebte sie diese Farben, die sie in den Sternen fühlte.

Die meisten hätten sicher gesagt, die Wüste sei leblos. Abgesehen von kleinen, abgeschiedenen Orten gab es keine Bäume, kein Gras, keine Blumen; es gab keine kleinen Geschöpfe, die einander in der Stille etwas vorsangen; keine Fische glitzerten in Flüssen; keine Ernte, kein Obst reifte zwischen breiten Blättern. Es war hier anders als an allen Orten, an denen Sioned je gelebt hatte, und doch wußte sie, daß hier Leben war. Sie konnte es mit ihren *Faradhi*-Sinnen berühren. Das Leben der Wüste lag in den Millionen Farben.

Sie wandte sich um, als jemand das Vorzimmer betrat, und lächelte über die lebhaften Farben, die ihr Neffe Tilal trug. Sie ging zu ihm und setzte ihm eine Mütze auf die dunklen Locken. »Da – das gibt der Ausstattung den letzten Schliff. Komm, sieh dich mal im Spiegel an.«

Er gehorchte und riß die Augen auf. »Oh! Du hast die Farben von River Run mit denen meines Herrn gemischt!«

»Eines Tages wird dein Rittergewand dieselbe Kombination haben – Rohans Blau und Silber, dein eigenes Schwarz und Grün, wenn dein Vater damit einverstanden ist.«

»Mama wird entzückt sein«, antwortete Tilal und grinste spöttisch.

Vergeblich bemühte sich Sioned, ein Lächeln zu unterdrücken. Um den Mangel an Respekt vor ihrer Schwägerin zu verbergen, kehrte sie ans Fenster zurück und schaute in den Hof hinab. Die Pferde waren gesattelt und bereit. Soldaten füllten am Brunnen ihre Wasserschläuche, und Ostvel marschierte zwischen ihnen auf und ab und überprüfte eine Liste. Sein Anblick erinnerte Sioned an etwas anderes, und sie winkte den Knaben zu sich her.

»Hat Ostvel dir die Börse gegeben, die deine Mutter dir geschickt hat? Du wirst eine Menge Dinge finden, für die du dein Geld ausgeben möchtest, aber vergiß nicht, dir noch etwas fürs *Rialla* aufzuheben.«

»Ich habe nur die Hälfte mitgenommen, aber ich hoffe, es reicht, um neue Saiten für Ostvels Laute zu kaufen.«

Sioned zog überrascht die Brauen hoch. Ostvel hatte die Laute schon seit langem nicht mehr zur Hand genommen – und zwar nicht, weil die Saiten alt waren, sagte sie sich traurig. Er ließ sich nicht überreden, Musik zu machen, nachdem Camigwen ihm nicht mehr zuhören konnte.

»Ich habe ihm das Versprechen abgenommen, Riyan zu unterweisen«, erklärte Tilal selbstzufrieden.

»Das war sehr klug von dir! Ich wünschte, ich wäre selbst schon eher auf diesen Gedanken gekommen!« Sie nahm ein paar Münzen aus einer Schüssel und warf sie dem Knaben einzeln zu, der sie lachend auffing. »Nimm die, um davon die Saiten zu kaufen, und gib dein eigenes Geld für dich selbst aus.«

»Danke, Mylady. Jetzt weiß ich, daß ich mir auch die anderen Sachen leisten kann, die ich begehre.«

»Was denn zum Beispiel?«

»Das ist ein Geheimnis.«

»Sogar vor mir?« schmeichelte sie.

Er zögerte. »Äh... nun ja. Ist das in Ordnung?«

»Natürlich. Aber such etwas, das du haben möchtest, Tilal. Riyan hat wirklich genug Spielzeug.« Sie lachte, als der Knappe seine grünen Augen weit aufriß, weil sie richtig geraten hatte. Es war nicht sehr schwer gewesen. Das selbstsüchtige Kind, das nach Stronghold gekommen war, hatte eine Menge Veränderungen durchgemacht, und alle zu seinem Besten. »Deine Mutter hat das Geld geschickt, damit du dir selbst ein paar schöne Dinge kaufen kannst«, erinnerte sie ihn. »Und es ist nichts Unrechtes dabei, wenn du dir selbst hin und wieder ein Geschenk machst.«

»Danke, Tante Sioned«, sagte er, als er die Münzen in die Tasche schob. Walvis bellte seinen Namen im Hof unten, und Tilal beugte sich aus dem Fenster und brüllte zurück: »Ich komme!« Dann ging er noch einmal zum Spiegel hinüber, um sich erneut zu inspizieren.

»Du siehst sehr erwachsen aus«, neckte Sioned. »Und in ein paar Jahren wirst du all dein Geld ausgeben, um die Damen zu beeindrucken.« Sie rückte seinen Mantel zurecht. »Du wirst dafür sorgen, daß der Herr in dieser Hitze nicht zu weit und nicht zu schnell reitet, ja? Und achte darauf, daß er gut zu Abend ißt, entweder in der Halle unten oder oben in seinen eigenen Gemächern. Du weißt ja, wie er ist.«

»Ja«, antwortete Rohan von der Tür her. »Wir wissen alle, wie er ist. Tilal wird dafür sorgen, daß ich fett und verweichlicht wiederkehre, ohne auch nur einen Fingernagel abgebrochen zu haben. Frau, du machst dir zu viele Sorgen.« Spielerisch zog er dem Knaben die Kappe über die Ohren. »Laß dir das eine Lehre sein. Such dir eine Frau, die davon überzeugt ist, daß du älter bist als zehn Winter und für dich selbst sorgen kannst.«

Der Knabe rückte seine Kappe zurecht und grinste zu Rohan hoch. »Ich habe noch nie gesehen, daß Ihr ihr in dieser Sache Unterweisungen gebt, Mylord.«

Rohan schnaubte. »Lauf nach unten und sage Ostvel, daß ich bald komme.«

Tilal verbeugte sich formell vor den beiden und verließ das Zimmer. Er dachte aber noch daran, sowohl die innere wie auch die äußere Tür hinter sich zu schließen. Als sie mit ihrem Gemahl allein war, stellte Sioned plötzlich fest, daß sie nichts zu sagen hatte, ihm nicht einmal in die Augen sehen konnte. Ihr Blick wanderte an der silbernen Stickerei auf seinem goldenen Seidengewand entlang, und sie dachte, daß er im Sonnenschein vom Scheitel seines blonden Kopfes bis hinab zu den Sohlen seiner auf Hochglanz polierten Stiefel blitzen würde. Unter der ärmellosen, knielangen Robe trug er eine blaue Hose und ein weißes Hemd, dazu einen Topas in Silberfassung, der unter der Vertiefung an seinem Hals hing.

»Ich weiß, daß du mit mir kommen willst«, erklärte er ruhig. »Aber wenn die Gerüchte wahr sind und die Merida sich zu einem weiteren Angriff auf Tiglath bereit machen, dann möchte ich, daß du hier im Süden in Sicherheit bist.«

Sie nickte. Das Ganze war schließlich ihre Idee gewesen. Wenn er jede Burg besuchen würde, würde ihnen das eine Versammlung der Vasallen hier in Stronghold vor dem *Rialla* ersparen. Sioned wollte die südlichen Güter aufsuchen, während Rohan den Norden bereiste. Diese Taktik war in mancher Hinsicht zufriedenstellend. Jeder einzelne *Athri* würde sich durch die Gegenwart des Herrschers oder der Herrscherin geehrt fühlen. Das würde seine persönliche Beziehung zu ihnen noch stärken und Sioneds Status als arbeitende Prinzessin unterstreichen – aber auch die Vasallen daran hindern, zusammenzukommen und sich in ihrem üblichen Jammer zu ergehen. Davon abgesehen würden Rohan und Sioned in der Lage sein, selbst den Zustand eines jeden Besitzes zu beurteilen, und würden sich nicht auf andere Informationsquellen verlassen müssen, wenn es um Ernte und Viehzucht ging. Die Versammlung der Vasallen würde in diesem Jahr nach der Rückkehr aus Waes stattfinden, und bei diesem Anlaß wollte Rohan ihnen mitteilen, was er von den anderen Prinzen für sie erbeten hatte.

»Ich werde dich vermissen«, sagte er und strich mit einem Finger über ihren Zopf.

»Du wirst doch gut auf dich achtgeben?« fragte sie.

»Walvis und Tilal ebenfalls. Ich bin sicher, du hast jedem eine Liste mitgegeben, die mindestens eine Länge lang ist.« Er nahm ihr Gesicht zwischen seine Hände. »Lächle für mich, Geliebte. Wenn du nicht lächelst, ist die ganze Welt in Dunkelheit getaucht.«

Sie rieb die Wange an seiner Hand und schloß die Augen.

»Manchmal wünschte ich, ich wäre auch ein Lichtläufer oder hätte wenigstens ein wenig von dem geerbt, was Tobin hat. Dann könnte ich mit dir reden, wenn wir getrennt sind.« Er umarmte sie und wiegte sie zärtlich. »Paß gut auf dich auf, Mylady.«

»Ostvel hat gesagt, wenn du ihm zu diesem Thema noch einen einzigen Vortrag hältst, reißt er sich die Haare aus.«

»So schlimm war ich doch gar nicht, oder?«

»Schlimmer.« Sie lächelte. »Vergiß nicht, Eltanins kleinem Sohn das Geschenk zu geben, das ich mitschicke. Walvis hat es, und auch Geschenke für die anderen.«

»Hadaan wird wütend sein, daß ich dich nicht mit nach Remagev bringe, damit er mit dir flirten kann.«

»Dein Verwandter ist ein süßer alter Teufel, der mit seinem einen Auge besser flirtet als die meisten Männer mit beiden! Gib ihm den von mir.« Sie küßte Rohan schallend auf den Mund.

Als sie zurücktrat sagte er: »Ich werde ihm davon erzählen. Den Großteil von dem, was du da eben gesagt hast.«

»Nun, erzähl ihm besser nicht von dem hier.«

Er legte einen Arm um ihre Taille, als sie durch die Halle gingen. »Kommst du mit mir nach unten?«

»Bestimmt nicht. Da wird eine riesige Staubwolke aufgewirbelt, und ich werde tagelang husten müssen. Ich werde eine brave, einsame Ehefrau sein, auf den Zinnen stehen und mit meinem Schal winken.«

Rohan verzog das Gesicht. »Und da nennen die Leute mich einen Narren!« Oben an der Treppe blieb er stehen. »Einer von Andrades reisenden Lichtläufern wird bald in Tiglath eintreffen. Wenn es Neuigkeiten gibt, sende sie mir dorthin.«

»Das werde ich.« Sioned strich sein Haar zurück und lächelte. »Möge die Göttin dich beschützen und sicher heimbringen, Geliebter.«

Nachdem er die Innenseiten ihrer beiden Hände geküßt hatte, eilte er in den Hof hinab. Kurz darauf ritt er an der Spitze der siebzehn Reiter, die sich ihren Weg durch den Tunnel hinaus in die Wüste suchten. Tilal befand sich direkt hinter ihm, Rohans Standarte stolz in seinen rechten Steigbügel gesetzt. Als nächstes kam Walvis als Kommandeur der Schwadron. Als sie aus dem Tunnel ins gleißende Tageslicht kamen, wartete Rohan, bis er sicher war, die Burg sehen zu können, und drehte sich dann im Sattel um. Er hätte fast laut gelacht, denn da war tatsächlich wie versprochen Sioneds schlanke Gestalt – und sie schwenkte ein Stück Seide von der Größe eines Kriegsbanners. Er befahl einen Halt, und Walvis, der sein Zwinkern verstand, ließ die Reiter elegant salutieren.

Rohan sah das Lächeln selbst auf den härtesten Soldatengesichtern. Seine Leute liebten Sioned fast so sehr wie er selbst. Sie waren stolz auf ihre Schönheit und ihren Status als Lichtläuferin; sie schätzten ihre Fürsorge für ihn und waren froh, daß er mit ihr sein Glück gefunden hatte; und sie liebten sie um ihrer selbst willen. Sie behandelte ihre Wunden und Krankheiten, half ihren Frauen im Kindbett und hatte für die Kinder eine Schule eingerichtet. Von ihrem Haushaltsgeld bezahlte sie die Mitgift für die heiratsfähigen Söhne und Töchter. Daß sie zwei linke Hände hatte, wenn es um die alltäglichen Pflichten im königlichen Haushalt ging, bot Grund genug zu liebevollem Gelächter. Es war eine Schwäche, die sie ihnen nur noch teurer machte. Rohan wußte, sollte er jemals den Verstand verlieren und versuchen, sich eine Geliebte zu nehmen, dann würde sein eigenes Gefolge dafür sorgen, daß er schnellstens wieder normal wurde.

Aber früher oder später würden seine Vasallen anfangen, über seine Kinderlosigkeit zu sprechen. Er war fruchtbar; es war Sioneds Unfähigkeit, ein Kind auszutragen, die ihnen Schwierigkeiten machte. Die *Athrim* respektierten und ehrten sie; die Hälfte aller Schreiben aus Stronghold trugen einzig ihre Unterschrift, und ihre Autorität war inzwischen überall anerkannt. Sie hatte die Gesetze und Gebräuche der Wüste gründlich studiert. Ihre Entscheidungen waren klug und gerecht, wenn sie in Rohans Abwesenheit allein zu Gericht saß. Aber die Vasallen würden die Sicherheit wünschen, die nur ein männlicher Erbe ihnen geben konnte. Ärgerlich, fast schon wütend zuckte Rohan mit den Schultern. Es war fast so, als würden sie eine Frau nur danach bewerten, wie viele Söhne sie geboren hatte, ganz gleich, was sie ansonsten fertigbrachte, wieviel sie sonst gab.

Aber darüber mußte er sich wenigstens in den nächsten Tagen keine Gedanken machen. Sein erstes Ziel war Burg Remagev, letzte einer ganzen Reihe von Burgen, die einst den Weiten Sand bis hin zum Meer überzogen hatten. Im Laufe der Jahre waren die Burgen eine nach der anderen verlassen worden, da es selbst mit den zähesten Schafen und Ziegen unmöglich wurde, sich von diesem Grund und Boden zu ernähren. Remagev war die einzige Burg, die noch nicht in Trümmern lag, und von hier aus hatten Rohans Vorfahren die Eroberung der Wüste betrieben und die Merida gen Norden getrieben. Sein entfernter Vetter, Lord Hadaan, war jetzt hier der Burgherr. Da er kinderlos und der letzte der königlichen Linie war, hatte er Rohan vor geraumer Zeit gebeten, einen würdigen *Athri* für Remagev zu finden – und ein Grund dafür, daß Ostvel seine Stellung bei dieser Reise Walvis überlassen hatte, war der, daß Rohan wünschte, der junge Mann würde Hadaan auffallen.

Nach dem Besuch in Remagev wollten sie nach Skybowl reisen und danach mehrere kleinere Güter besuchen. Am Ende ihrer Route stand Tiglath. Gerüchten zufolge lauerten die Merida in den Felsen auf den richtigen Augenblick für einen weiteren Angriff. Rohan fragte sich wütend, ob sie es wohl je lernen würden. Sioned hatte im vergangenen Winter einen Spion in Stronghold ertappt, einen Wanderer, der ein paar Nächte lang bei ihnen Schutz gesucht hatte und dabei erwischt worden war, daß er versuchte, in Rohans privates Arbeitszimmer einzubrechen. Sie war dafür gewesen, den Mann, in viele kleine Kistchen verpackt, zurück an sein Volk zu schicken. So sanft seine Gemahlin sein konnte, so war sie doch von einer gewissen Grausamkeit, wenn es darum ging, die Ihren zu schützen – vor allem Rohan selbst. Sie hatte angeordnet, daß man dem Spion ein Pferd, aber kein Wasser mitgab und ihn in der Wüste aussetzte, mit ein paar harschen Worten als Warnung für seine Merida-Herren.

Aber die gaben niemals auf. Das wußte Rohan nur allzu gut, und es stimmte ihn traurig. Ein Krieg war eine solche Verschwendung an Leben und an Zeit. Aber ihm blieb keine Wahl. Die Merida hatten geschworen, Stronghold einzunehmen und jedes Mitglied von Rohans Familie niederzumetzeln. Also mußte er weiterkämpfen und mußte sie zurückdrängen. Er mußte sie dort festnageln, wo sie keinen ernsten Schaden anrichten konnten. Er verfluchte den Mangel an Alternativen, aber wie es schien, würde er noch einige Jahre mit dem Schwert leben müssen, damit seine Söhne in Frieden leben konnten.

Seine Söhne. Da war es wieder, das verbotene Thema. Er rief Walvis zu sich. Als der junge Mann sich im Sattel formell verneigte, zog er die Brauen hoch.

»Ich übe gutes Benehmen«, erklärte Walvis. »Wir besuchen doch Lord Hadaan, er hängt sehr an der Etikette.«

»Wenn es ihm Spaß macht – oder wenn er sein zweites Auge eingesetzt hat! Mein Vater hat mir erzählt, Hadaan würde das Auge, das er beim Kampf mit einem Drachen verloren hat, in seiner Tasche aufbewahren. Und manchmal tauscht er es gegen das künstliche aus, das er sonst benutzt. Wenn er den Leuten Angst machen will. Ich habe ihn immer angestarrt, versucht herauszufinden, welches das richtige ist! Aber ich möchte, daß du beide Augen offenhältst, Walvis, und dir Remagev gut ansiehst. Ich kann mir ein paar Veränderungen hier gut vorstellen. Es könnte sich zu einem wertvollen Besitz entwickeln, wenn wir uns etwas Mühe geben. Hadaan ist eher Krieger als *Athri*, und als wir die Burg das letzte Mal besuchten, war sie in keiner guten Verfassung. Ich würde sie nicht gerne aufgeben müssen.«

»Ich bin noch kein Experte, obgleich Ostvel mich gut unterwiesen hat. Aber ich werde mir alles ansehen, so gut ich kann, Herr, und Euch dann berichten, was ich denke.«

Rohan lenkte das Gespräch auf andere Themen. Er war zufrieden mit seinem Komplott. Wenn sie Remagev verließen, würde Walvis voller Aufregung sein über die Pläne, es zu renovieren, und er würde auch keinen Verdacht hegen, wenn es galt, die Arbeiten zu überwachen. Und dann konnte Hadaan seinen Entschluß bekanntgeben. Wenn alles vereinbart worden war, konnte Sioned anfangen, sich nach einer Braut für den Knaben umzusehen – nach einer Rothaarigen, schoß es ihm durch den Kopf. Rohan würde Walvis zum *Athri* von Burg Remagev erheben. Hadaan sollte die letzten Jahre seines Lebens ohne die Belastung der Pflichten verbringen, die er ohnehin niemals gern erledigt hatte, und dabei Walvis von den Erfahrungen profitieren lassen, die er in der Wüste gemacht hatte – und am Ende würde Rohan dann eine neu erblühte Burg, einen loyalen Vasallen und die Befriedigung haben, den besitzlosen Knaben für die vielen Jahre belohnen zu können, in denen er ihm zu Diensten gewesen war.

Ja, überlegte er lächelnd, manchmal war es wirklich eine ausgezeichnete Sache, ein Prinz zu sein.

Nachdem Rohan abgereist war, wandte man sich den Vorbereitungen für Sioneds Reise gen Süden zu. Sie wollte sich mit Ostvel direkt nach Radzyn begeben und dort einige Tage verbringen, ehe sie die Besitztümer entlang der Küste bis zum Faolain bereisten. Sioneds Bruder, Lord Davvi, sollte dort den Fluß überqueren und sie auf Rohans Vorschlag hin privat treffen, sowohl um der Familienpflicht Genüge zu tun, als auch aus politischen Gründen. Prinz Jastri, ein Verwandter des *Athrim* von River Run, hatte die Nachfolge im Prinzenreich seines Vaters Haldor angetreten, und Rohan hatte ein paar Ideen für die Erweiterung des kleinen Hafens an der Flußmündung. Eine Zusammenarbeit könnte sich hier als gewinnträchtig erweisen. Sioned würde dann nordwärts reisen und die reichen Ländereien an den Grenzen zu Syr und Meadowlord besuchen, aus denen der Großteil der Nahrungsmittel für die Wüste kam. Dort wollte sie auf Rohan warten, um gemeinsam mit ihm nach Waes zu reisen.

Sie freute sich auf die Reise. Wenn sie sich auch wünschte, daß Rohan bei ihr wäre, so konnte sie es doch kaum erwarten, ihr Ansehen bei den Vasallen zu kräftigen, in denen sie jetzt ebenso ihre wie Rohans Vasallen sah. Bis spät in die Nacht blieb sie noch auf und ging in Gedanken alles durch, was sie über jeden einzelnen Lord und seinen Besitz wußte, wählte die Geschenke für seine Gemahlin und seine Kinder aus und diskutierte alle Eventualitäten mit Ostvel. Aber vor ihrer Abreise rief das Mondlicht sie gegen Mitternacht noch in den Garten hinaus.

Sie stand vor Prinzessin Milars Brunnen und sah zu, wie sich das Wasser in einen Vorhang aus silbrigem Licht verwandelte. Nichts regte sich, auch nicht der leiseste Windhauch war zu spüren. Tropfen fielen in perfektem Kreisrund auf die blauen und weißen Kacheln, die den weiten Weg von Kierst hierher gebracht worden waren. Sioned ließ sich am Rand des Beckens nieder und tauchte die Finger ins Wasser. Ihre Ringe glitzerten. Was hatte sie Stronghold gebracht, fragte sie sich. Milar hatte aus der rohen Burg ein Wunder an Schönheit und Bequemlichkeit gemacht. Überall konnte man sie spüren. Was würde Sioned hinterlassen?

Sie kannte ihren eigenen Wert, privat wie auch politisch; die letzten sechs Jahre als Gemahlin und Prinzessin waren eine Herausforderung gewesen, der sie sich gewachsen gezeigt hatte. Abgesehen davon, daß sie kein Kind bekommen hatte. Aber wenn man schon von einer einfachen Ehefrau erwartete, daß sie ihrem Ehemann Söhne schenkte, wieviel mehr erwartete man es dann erst von einer Prinzessin?

Tobin hatte Söhne. Einer von ihnen würde Zehavas Linie fortsetzen, wenn Sioned das nicht vermochte. Ianthe hatte auch Söhne, erinnerte sie sich verbittert – drei gleich, während ihr eigener Vater keinen einzigen hervorgebracht hatte. Wie es schien, hatte Sioned doch etwas mit Roelstra gemein.

Aber Rohan würde sich niemals so verhalten wie er, er würde niemals Söhne in den Körpern anderer Frauen suchen. Sie schüttelte den Kopf. Sie hätte den Baum der Mutter aufsuchen sollen, ehe sie die Schule der Göttin verließ, sagte sie sich. Aber wenn sie das getan und gesehen hätte, wie sie mit leeren Armen dastand, dann wäre sie niemals in die Wüste gekommen. Das Mädchen, das sie damals gewesen war, hätte nicht gewußt, daß eine Prinzessin deshalb so wertvoll war, weil sie mehr konnte als bloß männliche Erben hervorbringen.

Aber was immer sie für Rohan darstellte, eines wußte sie: Sie würde niemals die Mutter seiner Kinder sein. Sie spreizte die Finger im Wasser und zählte ihre Ringe – dieser für das Herbeirufen von Feuer, dieser für die Beschwörung des Mondlichts, und ein weiterer zeichnete sie als Lichtläufermeister aus. Sie würde sie alle für einen Sohn geben – alle. Bis auf den großen Smaragd an ihrer linken Hand. Dieser Stein war Symbol der Hoffnung und Erneuerung, der Frühlingsstein der Fruchtbarkeit. Ihre Lippen verzogen sich leicht. Wie sich der Stein doch über sie lustig machte.

Und wie sein grünes Feuer plötzlich funkelte, wie er mit einer Farbgerte nach ihr ausholte. Der Sprühnebel aus Wassertropfen wurde zu einer Quelle feuriger Funken, die direkt vor ihren Fingern niederfielen. Und in diesem Bogen grüngolden-silbernen Lichts sah sie sich selbst, mit einem Kind im Arm.

Ein neugeborener Knabe kuschelte sich nackt an ihre nackte Brust. Rohans goldenes Haar rahmte sein kleines Gesicht im Licht wie eine seidene Kappe. Das Feuer zauberte grünliche Schatten in die blauen Augen des Kindes, als es eine winzige Faust nach ihrem offenen Haar ausstreckte. Sioned sah, wie sie das Baby fester hielt und ihm die Brust gab, damit es trinken konnte. Staunend hielt sie den Atem an. Ein Kind, ein Sohn – aber dann sah sie sich selbst, wie sie aufblickte, und schrak vor den feurigen, wütenden, grünen Augen zurück. Striemen zogen sich über ihre Stirn und eine entblößte Schulter, in die Haut gebrannt von ihrem eigenen Feuer.

Die Vision verblaßte, und die Quelle war wieder nur Wasser. Wassertropfen wurden ihr von einem plötzlichen Wind ins Gesicht getrieben. Sie schauderte, zog die Hände aus dem Wasser und trocknete sie abwesend an ihrem Rock. Dann schloß sie die Augen, webte noch einmal den Wasserkreis und sah noch einmal die Vision vor ihrem geistigen Auge. Ein Sohn, den sie eifersüchtig an ihre Brust preßte; die Flammen der Lichtläufer, die ihr Gesicht und ihren Körper zeichneten. Ein plötzliches Zittern schüttelte sie, aber sie wollte gar nicht wissen, ob es Freude oder Furcht war, die sich dahinter verbarg.

Kapitel drei

Fünf Tage später, als er den steilen Pfad nach Skybowl emporritt, kicherte Rohan noch immer, wenn er an die Abschiedsworte von Lord Hadaan dachte. »Paßt auf, daß der Knabe seinen Verstand und seine Glieder noch eine Weile gebrauchen kann«, hatte der alte Mann mürrisch befohlen. »Beides wird er brauchen, wenn er aus diesem alten Wrack was machen will.« Weiter war zu der Sache nichts gesagt worden, aber ein Schlag auf die Schulter und diese hingeknurrte Bemerkung hatten verraten, daß Hadaan Rohans Wahl billigte, was den kommenden *Athri* von Remagev anging. Das war sehr erfreulich, selbst wenn seine Schulter dank dieses enthusiastischen Abschieds durch seinen Verwandten noch den ganzen Tag lang geschmerzt hatte.

Als die Reiter am Rand des alten Kraters eintrafen, zügelte Rohan sein Tier, um den weiten, blauen See zu bewundern. Burg Skybowl kauerte am Strand wie ein schlechtgelaunter, grauer Drache, die Flügel gefaltet, die Klauen tief in den steinigen Boden geschlagen. Eine Straße, breit genug für drei Pferde, führte um den See herum, und ein schmaler Pfad wand sich an der anderen Seite des Sees nach oben, um dann jenseits der Klippen zu verschwinden. Er führte zu den Drachenhöhlen.

»Ist das schön!« ließ sich Tilal neben Rohan vernehmen. »All das Wasser!«

»Das hört sich ja an, als wärest du auch in der Wüste gezeugt worden. Vielleicht werden die Drachen kommen, um etwas zu trinken, während wir hier sind.«

»Glaubt Ihr das, Herr? Ich habe noch nie einen aus der Nähe gesehen, nur wenn sie über River Run geflogen sind. Sind die wirklich so groß, wie die Leute immer erzählen?«

»Größer.« Rohans Aufmerksamkeit wurde von einer kleinen Gruppe Reiter angezogen, die die Burg verließen, und er blinzelte gegen die Sonne. Lord Farid ließ sich an seinen weiten, weißen Gewändern und dem schweren Bart leicht ausmachen, aber die vier anderen kannte Rohan nicht. Er hieb die Fersen in Pashtas Rippen und ritt vor.

»Hoheit!« rief Farid ihm zu. »Wenn Ihr Drachen sucht, wir haben soeben Kunde erhalten, daß sie sich auf den hohen Klippen befinden!«

»Dann wollen wir sie ansehen!« Er winkte Walvis zu sich und sagte: »Bring die anderen in die Burg, und kümmere dich um die Pferde. Tilal, würde es dir gefallen, mich zu begleiten?«

»Darf ich, Hoheit?« Der Knabe hüpfte in seinem Sattel, und sein Pferd schnaubte zornig. »Ich werde auch ganz bestimmt nicht im Weg sein, das verspreche ich.« Dabei warf er Walvis aus den Augenwinkeln einen Blick zu. Der lächelte und streckte die Hand aus, um die prinzliche Standarte zu übernehmen.

Rohan und Farid tauschten ihre Neuigkeiten aus, während sie auf den Klippenpfad zuritten. Nach einer Weile rief der alte Mann jemanden aus seiner Eskorte zu sich. Bei der Vorstellung vergaß Rohan völlig seine Manieren und konnte Feylin aus Skybowl nur anstarren. Wie es schien, handelte es sich bei dem Drachenzähler um eine Frau – und noch dazu um eine junge und hübsche.

Sie nahm seine Überraschung mit einem trockenen Lächeln zur Kenntnis, das ihr tiefbraunes Gesicht erhellte. »Es ist mir eine Ehre, Euch endlich kennenzulernen, Herr. Und mit Euch Drachen zu jagen.«

»Die Ehre ist ganz auf meiner Seite«, erwiderte er und riß sich zusammen. »Verzeiht, daß ich Euch so angestarrt habe, aber Ihr seid sehr jung. Ich staune, daß Ihr schon so viel wißt und so viel Gutes für mich tut.«

»Neunzehn im letzten Herbst«, antwortete sie fröhlich. »Noch jung, das gebe ich zu, aber scharfsichtig – und zählen kann ich auch. Und daraus Wissen ziehen.«

»Das habe ich gemerkt.« Er lächelte. Ihre lockere Art gefiel ihm. »Habt Ihr schon immer Drachen beobachtet?«

»Seit ich ein ganz kleines Mädchen war. Dort, wo wir lebten, nahe der Grenze zu Cunaxa, waren sie so nah, daß wir den Wind ihrer Flügel spüren und Messer aus ihren Zähnen machen konnten.« Sie zog einen Dolch aus ihrem Gürtel und gab ihn Rohan mit dem Heft zuerst.

Das Messer eignete sich zum Stechen, nicht zum Schneiden, aber die Spitze war nadelscharf und würde durch den

Unterleib eines Mannes bis zu seinem Rückgrat dringen. »Mußtet Ihr mit dem Drachen sehr streiten, dem das gehörte?« erkundigte sich Rohan, als er ihn zurückgab.

Feylin lachte und schob den Dolch in die Scheide zurück. »Ich doch nicht, Herr! Ich bin immer erst in die Nähe ihrer Behausungen gegangen, wenn ich wußte, daß sie in den Süden gezogen waren. In die Nähe derartiger Zähne? Wo die meisten doppelt so groß sind wie dieser? Aber ich doch nicht!«

Sie erreichten den schmalen Pfad, der an der Seite des Kraters emporführte, und waren gezwungen, hintereinander zu reiten. Rohan war ärgerlich, daß er das Gespräch mit diesem grauäugigen Mädchen nicht fortsetzen konnte, das seine Drachen zählte und wahrscheinlich genauso viel darüber wußte wie er. Aber er versprach sich selbst ein gutes, langes Gespräch unter vier Augen mit Feylin, wenn sie wieder in der Burg waren.

Auf dem Grat kamen sie nur langsam voran, und während Rohan Pashta dicht hinter Farids Apfelschimmel hielt, stellte er sich vor, wie es sein mochte, diesen Pfad schwer mit Drachengold beladen entlangzureiten. Eine bessere Straße jedoch hätte Außenstehende auf die sonderbaren Vorkommnisse in Skybowl aufmerksam gemacht. Von den Klippen ritten sie einen schlüpfrigen Weg hinab in einen Canyon, in dem der Wind schöne und groteske Skulpturen geschaffen hatte. Klotzige Burgen reckten grazile Türmchen gen Himmel; zahlreiche Glieder sprossen aus häßlichen Kreaturen; riesige Felsen thronten auf zerbrechlichen Türmchen, die scheinbar kaum stärker waren als eine Schwertklinge. Die Farben der Felsen wandelten sich von Granat zu Bernstein und Onyx. Die Farben schossen in fremdartigen, betäubenden Winkeln durcheinander. Der Hof des Sturmgottes wurde dieser Ort genannt, und Rohans lebhafte Phantasie spiegelte ihm eine Vielzahl von unmöglichen Monstern vor, die in den Schatten lauerten. Er hatte den Canyon in fast allen seinen Stimmungen erlebt, vom strahlenden Morgen bis zum Sonnenuntergang und weiter bis zum kalten Mondlicht, wenn die Schatten verschwammen und sich manchmal verdreifachten, je nachdem, wie die Monde am Himmel standen.

Ein volle fünf Längen langer, gefährlicher Pfad wand sich durch den Hof, und die Reiter bewahrten respektvolles Schweigen. Dann führte Farid sie von den Höhlen fort in entgegengesetzte Richtung. Über die Schulter hinweg erklärte er Rohan, daß das nahe Tal der perfekte Ort für die Drachen war, um ihre Tänze auszuführen. Jenseits gab es noch weitere Klippen, wo sie sogar jetzt noch Bittersüß verschlingen konnten. Rohan kannte den Weg gut; die Bittersüß-Pflanzen dort hatten Farid und er mit *Dranath* versetzt.

Er sah sich nach Tilal um, dessen Augen groß, erstaunt und neugierig blickten. Ein Jammer, daß er der jüngere Sohn war und nicht der Erbe von River Run. Die Ausbildung und Erfahrung, die er in der Wüste erhielt, hätten ihn zu einem prächtigen *Athri* gemacht. Vielleicht konnte Rohan später, wenn Tilal in Walvis' Alter und ein Ritter war, einen Platz für ihn finden, an dem er die Fähigkeiten einsetzen konnte, die er jetzt erwarb.

Nachdem sie den steilen Weg aus der Talsenke nach oben erklommen hatten, machten sie auf einem Gipfel Pause und schauten dort über ein sandiges Tal. Drachenweibchen ruhten in der Sonne und genossen die Wärme. Helles Bronze, dunkles Scharlach und tiefes Silbergrau – ihre Schuppenhäute sogen die Nachmittagssonne förmlich auf; hier und da wurde langsam eine Schwinge ausgebreitet, um soviel Wärme wie möglich aufzufangen, und ihre großen Köpfe fuhren mit blitzenden Kiefern herum, wenn eine der anderen zu nahe kam. Sie waren riesig, tödlich und die schönsten Wesen, die Rohan je gesehen hatte – aber nur so wenige! Hastig zählte er sie und stellte fest, daß von den zweiunddreißig Drachenweibchen, von denen Feylin berichtet hatte, nur neunzehn hier im Sand lagen. Er winkte das junge Mädchen zu sich heran und fragte: »Wo sind die anderen?«

Achselzuckend warf sie ihren zerzausten, dunkelroten Zopf über die Schulter. »Ich weiß es nicht, Herr. Vielleicht sind sie auf der Suche nach anderen Höhlen davongeflogen. Sie wollen nicht einmal in die Nähe der Höhlen von Skybowl gehen. Lord Farid hat diese vor zwanzig Tagen säubern lassen, in der Hoffnung, die Drachen würden sie in diesem Jahr aufsuchen, aber ich bin sicher, sie spüren, daß dort Menschen gewesen sind. Drachen sind viel intelligenter, als die Leute glauben.«

Farid lenkte sein Pferd zu ihnen und meinte: »Ich mache mir auch Sorgen wegen der Altdrachen. Vielleicht sind sie bei den anderen Drachenweibchen, aber wo?«

»In Nord-Vere ist es zu kalt«, überlegte Feylin. »Die Eier würden zu lange brauchen. Unten im Süden ist es warm genug, aber abgesehen von Rivenrock sind dort die meisten Höhlen zusammengebrochen. Ich habe mir letztes Jahr einen Überblick verschafft, Herr«, erklärte sie, als Rohan sie mit hochgezogenen Brauen ansah. »Die einzigen geeigneten Höhlen sind hier und an einem anderen Ort, vor den Toren von Schloß Feruche. Warm genug, groß genug, fest genug und mit Bittersüß in der Nähe, damit die Altdrachen bereit sind.« Sie grinste. »Dafür sind diese Pflanzen nämlich, wißt Ihr.«

Rohan wäre fast an seinem Lachen erstickt. »Wirklich? Ich werde etwas einwickeln und Roelstra als Geschenk übersenden müssen.«

Farid, mit ausdruckslosem Gesicht, aber einem fröhlichen, boshaften Funkeln in den Augen, erklärte: »Wie es heißt, hat die Produktion von Töchtern nachgelassen, weil gewisse Dinge Schwierigkeiten haben, hochzukommen.«

Tilal, der den Blick nicht von den Drachen gelassen hatte, rief leise: »Herr! Ich glaube, sie haben uns gesehen!«

Rohan wandte seine Aufmerksamkeit dem Tal zu. Mehrere Weibchen hatten den Kopf gehoben und starrten zu dem Gipfel empor. »Dann machen wir uns am besten davon. Ich möchte diese Damen nicht bei ihrem Nickerchen stören. Aber ich würde gern einen Blick auf die Altdrachen werfen. Farid, glaubt Ihr, daß sie oben auf den Klippen sind? Es wird noch eine Zeit dauern, bis es dunkel wird.«

Sobald sie außer Sichtweite der Drachenweibchen waren, konnten sie ohne Angst, ungewollte Aufmerksamkeit auf sich zu ziehen, ihr Tempo beschleunigen. Da sie vom Gipfel herab einem alten Flußbett folgten und dann einen weiteren Hang emporstiegen, kamen sie jetzt auch leichter voran. Sie hörten die Drachen, lange ehe sie den Gipfel erreichten, der über einer von Felsbrocken übersäten Schlucht emporragte. Auf den fernen Klippen waren drei massige Altdrachen damit beschäftigt, Bittersüß mitsamt den Wurzeln auszureißen. Gelegentlich brüllte einer von ihnen die beiden anderen an, und das Echo löste krachende Steinlawinen aus.

Tilals Kinn war bis auf die Brust gesunken. »Herr, habt Ihr wirklich einen von denen getötet?« hauchte er.

»Ja«, antwortete Rohan knapp, denn er wollte nicht daran erinnert werden. »Laß uns näher gehen, Farid.« Er warf einen amüsierten Blick auf Feylin und fügte hinzu: »Ich entschuldige Euch. Ihr braucht nicht mit uns zu kommen.«

»Danke, Herr«, erwiderte sie, während ihre großen Augen die drei Altdrachen genau beobachteten.

Gestrüpp überzog den Gipfel, trockenes Gebüsch, das kaum Grün aufwies und in dem ein paar Vögel hockten, die auf dem Weg anderswohin waren. Die Schatten wurden tiefer, als die Sonne langsam niedersank, aber Rohan dachte nicht an die Zeit. Er wollte diese Drachen aus der Nähe sehen – starke, gesunde, stolze Kreaturen, keine Kadaver, die im Sand verwesten.

»Da oben, Herr!« keuchte Tilal und zeigte zum Himmel.

Auf mächtigen Schwingen segelte ein Dutzend Drachen durch die Luft, die fehlenden Weibchen auf ihrem Flug gen Norden. Sie kümmerten sich nicht um die Altdrachen, die kreischten, um ihre Aufmerksamkeit auf sich zu lenken. Kupfer und Schwarz und Grün-Braun, so zogen die Drachenweibchen in ihrer arroganten Kraft dahin, und Rohan lachte plötzlich laut auf vor Freude über ihre Freiheit. Er gab seinem Glücksgefühl nach und trieb seinen Hengst zum Galopp. Farid rief ihm eine Warnung hinterher, die er ignorierte. Er trieb Pashta zu immer mehr Schnelligkeit an. Sie rasten über den felsigen Boden, und seine goldene Robe blähte sich hinter ihm wie Flügel. Auch er war auf einmal ein Drache in freiem Flug.

Der Weg führte eine halbe Länge abwärts und dann wieder steil nach oben. Er konnte die Drachen über sich sehen und wußte, daß sie ihn bald abhängen und in den Bergen um Feruche verschwinden würden – zum Teufel mit Ianthe, die wahrscheinlich ihren neuesten Liebhaber ausschicken würde, damit er einen Drachen für sie abschlachtete. Der Wind wirbelte um ihn her, blies Pashtas Mähne in seine Augen, peitschte sein Gesicht und entblößte seine Brust. Er setzte über einen riesigen Felsbrocken, fühlte nur einen Augenblick lang die Muskeln und Schwingen, die ihn zusammen mit den Drachen zum Himmel tragen würden.

Ein heftiger Schmerz durchzuckte seine rechte Schulter. Zuerst glaubte er, sein Pferd hätte mit den Hufen einen Stein aufgewirbelt. Aber irgend etwas zerrte an der Wunde. Er griff mit der linken Hand nach hinten, zügelte mit der rechten, die langsam gefühllos wurde, das Tier, und seine Finger umklammerten sein Messer.

Vor ihm befanden sich ein paar dürre, trockene Sträucher, und daraus stürzten plötzlich sechs Männer hervor, zu Fuß, einige mit Bogen, andere mit Schwertern. Pashta rutschte auf den losen Steinen, wieherte seine Aufforderung zum Kampf heraus, wie es sein Blut und seine Ausbildung von ihm verlangten, und bäumte sich auf, heftig mit den Hufen schlagend. Rohan klammerte sich fest, zückte mit der Linken sein Schwert und mit der Rechten eines seiner Stiefelmesser. Die Männer stürzten sich auf ihn, einer packte die Zügel des Hengstes, als das Pferd wieder zum Stehen kam; ein kräftiger Ruck ließ den Pferdekopf herumwirbeln, und der Mann verlor ein großes Stück aus seinem Ärmel, samt einem großen Fetzen Haut. Aber das Gleichgewicht war dahin. Noch während Rohan auf erhobene Arme einhieb und einigen in die Brust stach, taumelte Pashta, und Rohan stürzte zu Boden.

Schwarze Regenbogen explodierten vor seinen Augen, als eine Hand an dem Messer in seiner Schulter zerrte und dort Muskeln durchtrennte. Sein Schwert wurde ihm aus der Hand gerissen. Er versuchte sich fortzurollen, aber der Mann hielt das Messer immer noch fest und drehte die Klinge erneut. Reiner Instinkt ließ ihn seinen Ellbogen zurückschnellen und dem Mann in den Bauch treiben. Vorübergehend frei, zerrte er das Messer aus seinem Fleisch. Vor Schmerz wurde ihm übel.

Er hörte Farid seinen Namen rufen und hörte Tilals verzweifelte Schreie. Rohan wirbelte herum und rief ihnen den Befehl zu, sich nicht um ihn zu kümmern. Er konnte nichts sehen, nichts hören und spüren, außer dem unglaublichen Brennen in seiner Schulter und einem neuen stechenden

Schmerz an seinem Schenkel. Er tastete danach, und als er den Pfeil entfernte, klärte der Schmerz seinen Blick. Eine Bewegung, die er mehr spürte als sah, ließ ihn herumfahren und mit dem Messer zustechen, an dem noch immer sein eigenes Blut klebte. Aber seine Augen spielten ihm einen Streich. Sein Blick irrte zu dem Pfeilschmuck, und er erwartete, dort die Merida-Farben zu entdecken und somit seinen Verdacht bestätigt zu finden. Doch dieser Blick war ein unverzeihlicher Fehler, denn er machte ihn offen für den Schlag, der ihn schließlich fällte. Als er in den Staub sank, waren es nicht die Farben der Merida – Braun und Grün –, die ihn in die Bewußtlosigkeit trieben, sondern Violett und Gold. Roelstras Farben – und Ianthes.

Feylin sah zu, wie die Schatten das Tal erfüllten wie eine Flutwelle, Indigo, Dunkelbraun und ein sonderbares, grünliches Schwarz. Die Altdrachen auf den Klippen schienen mit dem Stein verschmolzen zu sein. Sie schüttelte den Kopf und fragte sich, warum Männer so verdammt leichtsinnig sein mußten. Drachen waren wahre Wunder, und man mußte sie bestaunen – aber aus hübscher, sicherer Entfernung. Prinz Rohan, Lord Farid und der junge Knappe hätten längst von ihrer närrischen Drachenjagd zurück sein müssen, und genau dies sagte sie zu dem Mann an ihrer Seite.

Darfir zuckte die Achseln und warf einen besorgten Blick durch die Schlucht zu den unsichtbaren Drachen hinüber. »Seine Hoheit kennt den Weg nach Hause.«

Wenngleich Darfirs Worte locker klangen – seine Hände glitten doch beständig an den Zügeln auf und ab, und seine Augen überflogen unaufhörlich den Weg. Feylin biß sich auf die Lippen. »Wir werden auf sie warten«, erklärte sie und spähte in das ersterbende Licht.

Gleich darauf stieß Darfir einen erstickten Fluch aus und

deutete auf die Klippen. Ein großer, geflügelter Schatten tauchte am dämmrigen Horizont auf und schwang sich zum Flug empor. Feylins Blut gefror, als der Drache seinen Jagdschrei ausstieß, der ihr aus ihrer Kindheit her vertraut war.

»Gütige Göttin«, hauchte Darfir. »Ist er hinter uns her?«

»Nein«, sagte ein anderer Mann. »Seht.«

Der Drache stürzte sich in die Schlucht hinab und wurde von der Dunkelheit verschluckt. Das Wiehern eines Pferdes erklang und erstarb. Etwas später erhob sich der Altdrache erneut in die Lüfte und flog zu einem fernen Posten. Eine große, schlaffe Gestalt hing von seinen Fängen herab. Selbst auf diese Entfernung hin verriet das scheckige Fell, daß es sich um das Pferd des Knappen handelte.

»O nein«, hauchte Feylin und hieb im nächsten Moment schon ihre Fersen in die Flanken des Pferdes. Die anderen folgten ihr. Das Klappern der Hufe stimmte perfekt überein mit dem unsicheren Hämmern ihres Herzens.

Plötzlich zügelte sie ihr Tier, denn vor ihr trabte Lord Farids Wallach Richtung Heimat. Darfir ritt vor und packte ihn an den Zügeln. Eine schnelle Untersuchung zeigte Risse im Fell des Tieres und Blut an den Zügeln dort, wo Farids Hände sie gehalten haben mußten.

»Es kennt den Weg zurück zum Stall, im Gegensatz zu dem, das der Drache erwischt hat«, erklärte Darfir grimmig. »Was aber den Hengst des Prinzen angeht – der kann jetzt überall sein.«

»Sie sind nicht von den Pferden gefallen«, sagte Feylin leise.

Der älteste der Männer, Lhoys, brummte in seinen Bart: »Was immer sie von ihren Pferden getrennt hat, ging auf zwei Beinen und hat Stahl gegen sie erhoben.«

»Oder Glas«, fügte Feylin hinzu. »Und sie werden wohl kaum auf uns warten. Kannst du die Spuren finden, Lhoys?«

Der alte Mann nickte und stieg ab, um den Boden zu untersuchen. »Bringt den Wallach. Vielleicht brauchen wir ihn.«

Feylin warf Darfir einen Blick zu. »Was glaubst du, was passiert ist?«

»Sind vielleicht Merida ohne unser Wissen so weit südlich gekommen?«

»Das würden sie nicht wagen.« Aber es war ein schwacher Protest.

Lhoys hatte sich ein Stück von ihnen entfernt und wandte sich jetzt um. Er hatte Erfolg gehabt. Nach wenigen Schritten fanden sie die Stelle, an der sich das Pferd des Knappen der Schlucht zugewandt hatte. Die Abdrücke deuteten auf panischen Galopp hin. Schweigend ritten sie weiter, während das Licht schlechter und die Schatten immer bedrohlicher wurden. Schließlich hielt Feylin an. Sie sah Gebüsch vor sich und einen dunklen Umriß am Boden liegen. Da stieß sie einen Schrei aus und sprang aus dem Sattel.

Farid lag in einer staubdicken Lache seines eigenen Blutes, eine klaffende Wunde an der Seite, das Schwert noch immer in der Hand, die Klinge dunkel von Blut. Sein Gesicht war auch im Tod nicht sanfter, und als sie neben ihm niederkniete, erwartete sie fast, daß er sich gleich aufsetzen und seine Wut herausbrüllen würde, ehe er sich wieder auf seine Angreifer stürzte. Sanft glättete sie seine Züge, schloß seine blicklosen Augen und beugte den Kopf.

»Seht mal«, rief Lhoys. Sie blickte auf, Tränen in den Augen. Der alte Mann zeigte ein paar Schritte entfernt auf den Boden. »Da ist überall Blut. Unser Herr und Seine Hoheit haben gut gekämpft. Da sind Spuren von Körpern, die geschleift worden sind – seht Ihr die Spuren im Sand? Drei Männer konnten nicht mehr gehen, als es vorbei war.«

»Oder zwei von ihnen und Prinz Rohan«, bemerkte Feylin schaudernd.

»Hat er Sporen getragen? Diese drei ja.«

»Ich weiß nicht. Ich kann mich nicht erinnern.«

»Von seinem Vater erzogen und von Lord Chaynal auf ein solches Pferd gesetzt? Kein Sporn hat diesen Hengst jemals berührt – noch irgendeinen anderen, den Prinz Rohan je geritten hat.«

Sie preßte die Hände auf die Augen. »Darfir, hebe unseren Herrn auf sein Pferd. Wir werden ihn heimbringen.«

»Wir folgen den Spuren, soweit wir können«, knurrte Lhoys.

»Wir haben dafür kein Licht mehr«, protestierte Darfir.

Lhoys fluchte und spuckte aus, machte sich dann trotzdem auf den Weg. Feylin holte ihn ein. »Und wenn wir sie finden? Vier von uns gegen wie viele von ihnen? Und noch dazu mit einem Schwert an Prinz Rohans Kehle? Und was ist mit dem Knaben?«

»Der ist klein genug, um getragen zu werden. Ich dachte, du wüßtest Bescheid über Spurensuche.«

»Und ich dachte, du wärest ein Goldschmied.«

Lhoys schnaubte. »Erst seit ich die Nase voll davon hatte, die Reichtümer anderer Leute durch die Berge zu bringen, Mädchen. Es gibt weniger gefährliche Arten zu leben.«

Das Zwielicht führte sie zu einem bewachsenen Felsvorsprung. Lhoys schüttelte bedauernd den Kopf. »Sechs Pferde, den Kahlstellen nach zu urteilen, wo sie angebunden waren. Von hier aus haben sie den steinigeren Weg genommen. Nicht einmal ich könnte sie jetzt noch finden.«

»Lhoys, sieh mal, dort.« Feylin hob einen kleinen, glänzenden Gegenstand auf. »Das ist eine Münze – nein, eine Medaille.«

Er nahm sie ihr ab und fuhr mit einem Finger über die beiden Seiten. »Die ist geprägt worden, als die Merida Stronghold besaßen. Damals hatten sie einen legendären Goldschmied. Ich erkenne die Arbeit.« Wieder spie er aus. »Merida – zum Teufel mit ihnen!« Als sie zu den anderen zurückkehrten, fragte er: »Hast du jemals die Prinzessin gesehen?«

»Nein. Immer, wenn sie zu Besuch kamen, war ich auf der Jagd nach Drachen.«

»Feuer im Haar, und sie kann es in ihre Hände rufen, wenn sie es will – aber das ist nichts, verglichen mit dem Feuer, das um die Merida aufflammen wird, wenn sie hiervon erfährt. Sie wird ganze Armeen aussenden, um ihn zurückzuholen.«

»Die bringen sie um, wenn sie es versucht!«

Lhoys' Augen funkelten in der Dämmerung. »Du hast die Prinzessin wirklich nie gesehen!«

Beliaev rieb über die rituelle Narbe an seinem Kinn und sah wütend zu den schmalen Mondsicheln hinüber, die zwischen den zerklüfteten Bergen kaum sichtbar waren. In wenigen Tagen schon wären sie voll, und sie würden in ihrem Licht reiten können. Im Augenblick war er ständig in Gefahr, auf losen Steinen zu stolpern oder eine wichtige Landmarke zu übersehen. Der Zeitpunkt war ganz falsch gewählt, jammerte er vor sich hin, während er sein Pferd antrieb, und die Prinzessin würde nicht erfreut sein. Nun, das war ihr Problem, sagte sich Beliaev und fluchte, als sein Wallach auf den Steinen stolperte. Wie hätte er wissen können, daß dieser dumme Prinz schon so bald ausreiten würde, um die Drachen zu besichtigen? Wie hätte er ahnen können, daß Rohan genau durch eben die Hügel reiten würde, in denen Beliaev und seine Männer Deckung suchten?

Sie waren erst gestern eingetroffen. Dieses magere Gestrüpp war von Beliaev nicht als Deckung ausgewählt worden, aber er sagte sich, daß die Dinge trotz der Hast, mit der alle Vorbereitungen getroffen werden mußten, gut gelaufen waren. Er zog am Zügel und machte sich das Vergnügen, auf den blonden Kopf des Prinzen zu spucken. Rohan war wie ein Mehlsack auf einem Sattel festgezurrt. Die Seile, mit denen seine Handgelenke und Knöchel gefesselt waren, liefen fest unter dem Bauch des Pferdes hindurch. Neben ihm lag einer von Beliaevs Toten. Ein dickes Tuch war fest um den fast abgetrennten Arm gewickelt, damit sie nicht von einer Blutspur verraten wurden. Das königliche Schwert, das für diesen und einen weiteren Toten verantwortlich war, befand sich jetzt in Beliaevs Besitz, zusammen mit den Messern des Prinzen – davor war er gewarnt worden – und der ärmellosen goldenen Robe. Er rieb die Wange an seiner Schulter. Glatte Seide und stechende Silberstickerei waren Luxus auf seiner Haut. Ein Jammer, daß das Gewand durch Risse und Blut ruiniert worden war, aber vielleicht konnten die Damen der Prinzessin es ja nähen und reinigen. Jetzt, da sie mit den verteufelten Drachen-Teppichen fertig waren, hatten sie wenig zu tun.

Die Hufe seines Pferdes rutschten wieder, und Beliaev bellte den Männern hinter sich eine Warnung zu. Zwei von ihnen waren verletzt, zwei tot und über die Sattel gezurrt, und einer hielt den gefesselten und geknebelten Knappen vor sich. Es hatte kostbare Zeit erfordert, die Verletzten zu versorgen, und sie kamen nur langsam voran, weil sie drei Pferde an der Longe führen mußten. Aber es war undenkbar, die Männer zurückzulassen. Sie gehörten Ianthe und ließen sich durch ihre Kleidung identifizieren – und dann hatte es noch lange gedauert, bis sie diesen verdammten Pfeil im Sand gefunden hatten. Die Leute des Prinzen mußten glauben, daß die Merida allein für Rohans Gefangennahme verantwortlich waren; deshalb hatte er die Medaille so liegen lassen, daß sie bestimmt gefunden wurde. Beliaev grinste bei dem Gedanken, wie Lord Chaynal an der Spitze der Wüsten-Armee nach Norden reiten würde, in die Ebenen um Tiglath – direkt an Feruche vorbei, wo Rohan festgehalten werden würde, bis Ianthe getan hatte, was immer sie mit ihm zu tun beabsichtigte. Was ihn persönlich anging, so hätte Beliaev den Prinzen ebenso gern in Stücke geschnitten und diese dann an seine Lichtläufer-Gemahlin gesandt, aber Ianthe hatte das verboten. Sie hatte ihm versichert, daß das Ergebnis auf ihre Art weit befriedigender sein würde, und ein derart höllisches Glühen hatte in ihren Augen gestanden, daß es jeglichen Zweifel unmöglich machte.

Nicht, daß er ihr vertraut hätte, überlegte er, als er sich jetzt im Sattel ein wenig nach hinten lehnte, um so seine Rückenschmerzen zu erleichtern. Lord Farid hatte dort einen mächtigen Tritt gelandet, als er noch im Sattel saß, und es war ein wahres Vergnügen gewesen, dem alten Mann das Schwert in die Seite zu bohren. Auch sonst hatte er noch zahlreiche blaue Flecken, die vom Reiten nicht gerade besser wurden. Noch weitere dreißig Längen bis nach Feruche. Dort würde er die Aufmerksamkeiten der Hofdamen genießen, während Rohan Ianthe übergeben wurde. Beliaev traute ihr ganz und gar nicht, aber jegliche Änderung des Planes konnte ihm im Augenblick nur schaden. Was ihre Pläne mit dem Prinzen anging, so waren ihm verschiedene Möglichkeiten durch den Kopf geschossen, die er jedoch alle mit einem Achselzucken abgetan hatte. Ob sie Rohan als Schoßhündchen behielt oder ihn von den Klippen stieß, Beliaev kümmerte es nicht.

Er streckte sich, konnte jedoch keine Hand von den Zügeln oder der Longe nehmen, um sein Kreuz zu massieren. Er dachte darüber nach, wie er seine Brüder im Norden auf dem schnellsten Weg informieren könnte, daß die Vorbereitungen beschleunigt werden mußten. Der Angriff auf Tiglath – ein kühner Plan – würde früher als geplant stattfinden müssen. Ianthe und Roelstra hatten zwar davor gewarnt, aber es würde nie einen besseren Zeitpunkt geben, um die Stadt in Schutt und Asche zu legen. Der Hoheprinz würde schon bald, zusammen mit dem jungen Prinzen Jastri aus Syr, militärische Manöver auf der Syrener Seite des Faolain durchführen. Roelstras Plan war es, diese Armeen einzusetzen, um in einer einzigen entscheidenden Schlacht alle Truppen zu vernichten, die die Wüste aufbringen konnte. Deshalb hatte er den Merida befohlen, nicht gegen Tiglath vorzugehen, weil dies Lord Chaynal zwingen würde, seine Truppen aufzuteilen und nach Norden und Süden zu schikken. Aber da lag Tiglath, wie eine reife Frucht, die nur darauf wartete, gepflückt zu werden, und wenn der Hoheprinz glaubte, die Merida würden diese Chance verstreichen lassen, dann war er im Irrtum. Wenn sich Lord Radzyns Armee teilte, um Tiglath ebenso wie die Grenze am Faolain zu verteidigen, nun, dann war das Pech für Roelstra. Eigentlich, so sagte sich Beliaev, tat er Roelstra doch nur einen Gefallen, indem er sich für ihn um die eine Hälfte der Wüste kümmerte. Und außerdem, mit Tiglath in Merida-Hand würde Roelstra keine Möglichkeit mehr haben, sein Versprechen zu brechen, daß die nördliche Wüste wieder in den Besitz ihrer rechtmäßigen Eigentümer übergehen werde. Beliaev traute dem Hoheprinzen nicht.

Er blickte nach unten, als sich Rohans heller Kopf bewegte und ein ersticktes Stöhnen über dessen Lippen kam. Beliaev zog den Fuß aus dem Steigbügel und versetzte Rohan sorgfältig einen Tritt direkt über dem Ohr. Weiteren Schaden konnte er ihm aus Angst vor Ianthes Zorn nicht zufügen. Der Prinz versank erneut in Bewußtlosigkeit. Schwaches Mondlicht glänzte auf dem Blutflecken an seiner Schulter, und Beliaev lächelte. Schlechte Zeit oder nicht, er hatte Rohan in sicherer Gewalt und würde ihn abliefern, wie er versprochen hatte. Im Winter würden die Merida endlich wieder von Stronghold aus herrschen.

Diese glückliche Zukunftsvision hielt ihn in den nächsten paar Längen auf den kurvenreichen Bergpfaden aufrecht. Endlich streckte die Sonne die ersten Finger am östlichen Himmel empor, und Beliaev beschleunigte leicht ihr Tempo. Er verfluchte die Notwendigkeit, die Wüstengarnison unterhalb von Feruche weiträumig zu umgehen, denn dieser Umweg verlängerte ihre schier unendliche Reise um weitere zehn Längen. Aber alles wäre umsonst, wenn Rohans Männer diese merkwürdige Gesellschaft nach Feruche einreiten sehen würden.

Die Sonne brannte den ganzen Tag lang sommerheiß vom Himmel, und selbst in der Dämmerung war sie noch brutal. Schließlich jedoch führte Beliaev sein Grüppchen einen schmalen Weg entlang. Überraschte Wachen auf ihren einsamen Posten riefen ihn an, aber er antwortete nur mit einem Schnauben. Die Türme der Burg erhoben sich über den Felsen, aber es dauerte noch volle drei Längen, ehe er endlich die Tore erreichte. Im Hof schwang er sich vom Pferd. Jeder Muskel schmerzte ihn, als er dem ersten Diener, der sich näherte, den Wasserschlauch entriß. Nachdem er gierig getrunken hatte, stieß er einen langen Seufzer aus und drehte sich um. Ianthe rief ihn ungeduldig von der Treppe her zu sich.

»Warum bist du so schnell zurück?«

»Sei froh, daß ich überhaupt wieder da bin«, gab er zurück. Im Namen der Göttin, die Frau war schön! Sein Blick wanderte über ihren perfekten Körper, der kaum von einem gelben, seidenen Morgenmantel verhüllt wurde. Ihr Haar war wirr, ihre Füße nackt, und es war offensichtlich, daß sie durch seine Ankunft in ihrem Mittagsschlaf gestört worden war. Als ihr Gesicht jedoch plötzlich von innen her erstrahlte, wußte er, daß sie Rohan entdeckt hatte.

»Er ist doch nicht verletzt, oder?« erkundigte sie sich so besorgt wie eine gute Mutter. Aber in ihren scharfen, dunklen Augen lag keine Zärtlichkeit.

»Nicht sehr. Eine Wunde an der Schulter und ein schmerzender Kopf. Er gehört ganz Euch, Prinzessin. Macht mit ihm, was Ihr wollt.«

»Genau das ist meine Absicht.« Sie winkte ihre Damen herbei. Diese ließen den Prinzen zu Boden gleiten, und zwei Männer mit einer Trage eilten herbei. Als Rohan in die Burg getragen wurde, fiel Ianthes Blick auf den Knaben. »Wer ist das?«

»Ich würde sagen, sein Knappe. Farid starb bei dem Kampf. Ich dachte mir, Ihr hättet nichts dagegen, aber Kinder töte ich nicht.«

»Soso, du hast also Prinzipien. Wie interessant. Nimm den Knebel fort. Ich will hören, was er zu sagen hat.«

Steif von einer langen Nacht und einem noch längeren Tag, den er über den Sattel gebunden zugebracht hatte, erhitzte sich das Blut des Knaben sofort, als er Gelegenheit bekam, seiner Wut Luft zu machen. Er spuckte auf den Boden, als das Tuch aus seinem Mund entfernt wurde, und spuckte dann noch einmal, diesmal auf Ianthe.

Mit wütendem Gesicht trat sie einen Schritt zurück. »Versuch das nicht noch mal, Bursche! Wie heißt du?«

Er biß stur die Zähne zusammen und funkelte sie an.

»Sprich, solange du noch eine Zunge hast, um das zu tun!«

Die grünen Augen wurden groß, aber er sagte nichts.

»Das sind nicht Rohans Farben, die du da trägst«, murmelte Ianthe nachdenklich. »Das Blau und das Silber ja, aber das Schwarz und das Grün –« Mit einem Finger tippte sie an ihre makellose Wange und fing dann an zu lachen. »Oh, ich hätte es an den Augen sehen müssen! Du bist mit der Lichtläuferin verwandt, mit dieser Hexe! Ein Verwandter aus River Run!« An Beliaev gewandt, sagte sie: »Wie klug von dir, ihn nicht zu töten. Er wird mein Bote sein. Weißt du, was du Sioned erzählen wirst, Bürschchen?« wandte sie sich mit einem boshaften Lächeln wieder an den Knappen. »Daß eine ganze Armee von Lichtläufern ihren kostbaren Prinzen nicht mehr zu ihr zurückholen kann, nicht einmal mit Andrade an der Spitze, und nicht einmal, wenn sie vor meinem Vater, dem Hoheprinzen, auf die Knie fällt. Rohan gehört jetzt mir, Kleiner, wie es von Anfang an hätte sein sollen. Ich werde dir deine Zunge wohl doch noch lassen, damit du Sioned genau erzählen kannst, was du zu sehen bekommen hast, während du hier warst.«

»Sie wird Euch umbringen!« platzte der Knabe los.

»Eine *Faradhi*, töten? Niemals! Sie hat nicht den Mut. Keiner von denen. Mit mir ist das etwas anderes. Das wird dein Prinz schon sehr bald feststellen. Beliaev, sorg dafür, daß der Bursche gesäubert und gefüttert wird. Ich will, daß er für seine Reise zurück nach Stronghold in guter Verfassung ist.«

»Was werdet Ihr mit meinem Herrn machen?« schrie der Knabe auf.

»Dinge, die dich erst interessieren, wenn du älter bist«, lachte sie. »Aber ich lasse dich vielleicht zuschauen, damit du etwas lernst – und damit du der Hexe genau beschreiben kannst, wie hier für ihren Geliebten gesorgt wird.«

Sie rauschte die Treppe hinauf und rief nach ihren Damen, damit sie sich um die Wunden des Prinzen kümmerten. Beliaev, der endlich begriff, was sie wirklich von Rohan wollte, erinnerte sich an die Drachen-Teppiche und war auf einmal sehr froh, daß sie nicht in Gedanken an ihn gestickt worden waren.

Kapitel vier

Kleve hatte vierzehn seiner vierundvierzig Jahre damit verbracht, die nördlichen Prinzentümer zu bereisen, begleitet nur von zwei ausdauernden Bergponies. Das einsame Leben eines reisenden *Faradhi* gefiel ihm; er mied jeden Ort, der größer als ein Dorf war, mit demselben Eifer, wie er es vermied, Wasser zu überqueren. Aber in jedem Frühjahr verbrachte er ein wenig Zeit in Tiglath und genoß die Gesellschaft einer gewissen Gastwirtswitwe. Er beglückwünschte sich selbst zu seinem Entschluß, sein Leben fern von Mauern und Städten zu verbringen.

Kleve zeigte sich wie immer auch an Lord Eltanins Hofe, in dessen Palast aus sonnengelbem Stein. Es war ein trauriger Hof seit dem Tod der reizenden jungen Lady Antalya. Kleve erwartete, daß Seine Lordschaft ihn wie üblich auffordern würde, Kontakt mit Prinzessin Sioned aufzunehmen, mit Berichten, die zu heikel waren, um sie dem Pergament anzuvertrauen, und die geheimzuhalten er sich durch seinen *Faradhi*-Eid verpflichtet hatte. Doch Eltanin, dessen Gesicht von tiefen Falten durchzogen war, die ihn ebenso alt wie Kleve aussehen ließen, hatte nur zwei Nachrichten für die Prinzessin: Die Merida bedrohten Tiglath, und Prinz Rohan war viele Tage überfällig.

So kam es, daß Kleve die Sonne in Tiglath nur ein einziges Mal aufgehen sah, ehe er wieder in die Wüste aufbrach. Die Prinzessin hatte ihm über das Sonnenlicht aufgetragen, sich nach Skybowl zu begeben, um herauszufinden, wo ihr Gemahl sich befand und um dort vor den Merida zu warnen. Ihre Farben waren streng kontrolliert, wie es sich für eine hohe *Faradhi* und eine Prinzessin gebührte, aber darunter hatte Kleve düsteren Schrecken gespürt, der ihrem Auftrag tiefe Dringlichkeit verlieh.

Eltanin hatte ihn wieder mit einem Pferd versehen, das so groß war wie Kleves eigenes, treues Pony. Die kräftigen, glatten Bewegungen verrieten, daß das Tier aus Lord Chaynals Zucht stammte. Kleve hatte nie zuvor ein so schönes und schnelles Tier geritten, und insgeheim leistete er seinem alten Freund Abbitte, weil er die Geschwindigkeit des Wallachs so sehr genoß.

Aber Schnelligkeit allein hätte ihn nicht vor der Gefahr bewahren können, die an diesem ersten Nachmittag seiner Reise vor ihm auftauchte. Vier Reiter näherten sich ihm aus der Sonne. Kleves Finger krampften sich um die Zügel, als er den tröstenden Druck der Ringe an seinen Fingern suchte. Nur fünf an der Zahl, aber sie reichten aus, daß er sich mit Feuer und einem kleinen bißchen Beschwörung retten konnte, wenn es nötig werden sollte. In seiner Zeit als reisender Lichtläufer war er öfter Banditen und Räubern begegnet, die ihm kaum Respekt entgegenbrachten. Immer hatte er dem Befehl gehorcht, niemanden zu töten, aber niemals hatte er Skrupel gekannt, seine Angreifer für ihre Dummheit zu bestrafen.

Er zügelte das Pferd und traf seine Vorbereitungen, als die vier Reiter auf ihn zukamen. Als sie nahe genug waren, um ihn deutlich zu sehen, hob er die rechte Hand, spreizte die Finger und drehte sie so, daß sich das Licht in seinen Ringen brach.

»Der Göttin sei Dank!« rief eine jugendliche Stimme. »Lichtläufer, wir brauchen Euch.«

Kleve blieb, wo er war, als sie näherritten – ein Jugendlicher, ein Mädchen etwa im selben Alter, ein Mann, der älter war als Kleve, und ein Knabe mit grünen Augen, die in einem wütenden, geschundenen Gesicht blitzten. Er bemerkte auf den ersten Blick Schwerter, Messer und vielsagende Farben sowie die Qualität der Gewänder unter dem Schmutz. Ein junger Ritter, ein Waffenträger, der sich in friedlichere Berufe zurückgezogen hatte, ein Knappe und ein Mädchen, dessen Stellung nicht sofort erkennbar war. Erleichtert nickte der *Faradhi* vor sich hin. Die einzigen Bedenken, die er haben mußte, galten ihren Pferden, die allesamt Anzeichen dafür aufwiesen, zu schnell und zu lange geritten worden zu sein.

»Wie kann ich helfen?« erkundigte sich Kleve höflich.

»Wo soll ich anfangen?« fragte das Mädchen verbittert und strich sich das Haar aus dem Gesicht.

»Namen könnten eine Hilfe sein«, schlug er vor. »Mich nennt man Kleve, und ich denke, ich bin derjenige, den ihr suchen sollt. Meinetwegen habt ihr Skybowl verlassen.«

»Genau«, bestätigte der junge Mann. »Wir haben Nachrichten für Prinzessin Sioned, die keinem Kurier anvertraut werden können – und sie ist ohnehin fern von Stronghold.« Er machte eine Pause, kniff die blauen Augen zusammen. »Woher aber wißt Ihr, daß wir aus Skybowl sind?«

Kleve lächelte, nahm den verspäteten Tribut an seine Beobachtungsgabe und seine Schlußfolgerungen hin. Es waren Talente, die ihm in der Schule der Göttin eingebleut worden waren. Allerdings ließ er die Frage unbeantwortet. Er warf einen Blick zur Sonne, die die Hügel im Westen kaum berührte. »Erzählt mir schnell, welche Nachricht ich senden soll, ehe das Licht abnimmt und es unmöglich für mich wird, sie vor Mondaufgang zu erreichen.«

»Sie haben ihn entführt!« platzte der Knabe heraus. »Prinzessin Ianthe hat meinen Herrn nach Feruche entführt.«

Der junge Ritter brachte ihn mit einem Blick zum Schweigen und fing mit seiner Erzählung an. Ihre Namen waren Walvis, Riyan, Feylin und Lhoys, die beiden letzteren aus

Skybowl, die ersteren aus dem Gefolge des Prinzen. Nur Lhoys trug nichts zu dem Bericht bei, sondern saß düster auf seinem Pferd, während die drei anderen abwechselnd und schnell die ganze Geschichte vor Kleve ausbreiteten. Während er zuhörte, bereitete Kleve sich vor, reduzierte alles auf das Wesentliche und fing schon damit an, das Licht zu weben, auf dem er sich in die Faolain-Tiefebene begeben wollte, wo sich die Prinzessin aufhielt. Auf den Strahlen der verblassenden Sonne flog er dahin. Es war seine zweite derartige Reise an diesem Tag. Er war dankbar für ihre sofortige Reaktion und ihre kräftige, festigende Berührung auf dem Licht.

Die Göttin segne Euch, Mylady. Hört mich schnell an, denn die Sonne erstirbt, und ich habe nur fünf Ringe. Euer Prinz begab sich auf die Suche nach Drachen und geriet dabei in einen Hinterhalt. Er wird nun in Feruche festgehalten. Sein Knappe wurde unverletzt freigelassen und fand andere, die die Wüste durchquerten, um mich in Tiglath zu treffen. Eure Garnison unterhalb von Feruche wurde niedergemetzelt. Skybowl verfügt nicht über die notwendigen Truppen, um die Burg zu stürmen. Lord Farid ist tot. Tiglath kann nicht helfen, denn der Knappe hat erfahren, daß die Merida es in wenigen Tagen angreifen wollen. Gebt mir Eure Befehle, und ich werde sie Walvis weitergeben.

ROHAN! Ihr Schmerzensschrei zerstörte beinahe das Sonnenlicht selbst, und Kleve wunderte sich, daß die vier anderen ihn nicht hören konnten. Dann zwang sie sich zur Ruhe, aber die Farben der Wut, die in ihr tobte, ließen Kleve zusammenzucken.

Die Göttin segne Euch, Lichtläufer. Schickt Walvis mit der Nachricht über die Merida nach Tiglath. In meinem Namen soll er den Norden dort zum Kampfe zusammenrufen. Begleitet ihn und sendet mir Nachricht. Mittags, wenn die

Sonne am stärksten ist. Ich werde die Armeen des Südens zusammenrufen – und im Namen der Göttin, ich werde Feruche dem Erdboden gleichmachen!

Und dann ließ die Sonne die hohen Gipfel in Dunkelheit versinken, und Kleve sammelte sich wieder in sich selbst. Er holte mehrmals tief Atem, um sein rasendes Herz zu beruhigen, denn es war knapp gewesen. Nur noch wenige Augenblicke, und die Dämmerung hätte ihn verschlungen. Dann wäre er den Schattentod gestorben.

Als er wieder sprechen konnte, erzählte er den anderen von Prinzessin Sioneds Anweisungen. Wie es von einem so jungen Ritter zu erwarten war, fühlte sich Walvis hin- und hergerissen zwischen dem intensiven Wunsch, die Feinde seines Prinzen zu bekämpfen, und dem ebenso starken Bedürfnis, ihn vor Prinzessin Ianthe zu retten.

»Lord Eltanin kann den Norden anführen«, sagte er schließlich. »Ich aber habe Pflichten gegenüber meinem Herrn.«

Feylin funkelte ihn wütend an und fauchte: »Darüber haben wir den ganzen Weg seit Skybowl gestritten! Es war nicht Eure Schuld, daß der Prinz entführt worden ist! Wie hättet Ihr das wissen können? Wie hätte irgend jemand das wissen können? Eure Pflicht ist es, der Prinzessin zu gehorchen und den Norden zum Sieg über die Merida zu führen!«

Kleve unterdrückte ein unziemliches Lächeln, als das Paar sich anfunkelte. Seiner Schätzung nach waren beide noch keine zwanzig Winter alt, voll Stolz und jugendlicher Ungeduld. Er fing Lhoys' Blick auf und sah darin dieselbe Belustigung, ehe die Miene des älteren Mannes wieder ernst wurde und er sprach.

»Geh«, befahl er Walvis. »Sie hat es befohlen. Tilal wird mit uns nach Skybowl zurückkehren. Er wird gebraucht werden, um ihr über Feruche zu berichten.«

Walvis warf dem Knappen einen strengen Blick zu, als dieser sich in stummem Protest aufrichtete. »Schweig«, kommandierte er. »Du reitest mit ihnen zurück. Ich sollte allerdings auch dort sein.«

»Gelobt sei die Göttin und gepriesen!« rief Feylin aus. »Warum sind Männer nur so dumm? Prinzessin Sioned hat Euch befohlen zu gehen, also geht!« Sie wandte sich dem Knaben zu. »In meinem Arbeitszimmer gibt es Pergament und Stifte. Lhoys kann es dir zeigen. Zeichne alles, was du von dem Schloß und den Klippen darum herum noch weißt, und schreibe alles auf, was in dem Schloß vorgeht, wie viele Truppen du gesehen hast, einfach alles. Die Göttin schütze dich, und überbringe der Prinzessin meinen Respekt.« Sie warf Walvis einen herausfordernden Blick zu. »Kommt Ihr, oder wollt Ihr noch mehr Zeit damit vergeuden, Kleinigkeiten zu diskutieren, während die Merida zum Angriff rüsten?«

Sie ersparte ihm eine Antwort, indem sie ihr Pferd zum Galopp antrieb – Richtung Tiglath. Erst jetzt begriffen die anderen, daß sie beabsichtigte, Walvis und Kleve in die Stadt zu begleiten. Der junge Ritter fluchte; Tilal und Kleve starrten hinter ihr her. Aber Lhoys schlug sich auf den Schenkel und brüllte vor Lachen.

»Frauen des Nordens! Erwähnt nur den Namen Merida, und sie greifen nach dem nächstbesten Schwert! Am besten holt Ihr sie ein, mein Junge, sonst übernimmt sie noch persönlich das Kommando über die Truppen!«

Das persönliche Kommando über die Truppen war genau das, was Sioned selbst übernehmen wollte, als sie sich von Kleves Nachricht erholt hatte. Lord Baisal, dessen Eingabe um eine neue Steinburg einen Spaziergang bei Sonnenuntergang über den vorgeschlagenen Bauplatz einschloß, hatte vor Erstaunen zu stottern angefangen, als Sioned mitten in einem Satz zu sprechen aufhörte und den abwesenden Ausdruck eines Lichtläufers annahm, der sich über das Licht unterhielt. Sechs Jahre zuvor war er Zeuge ihrer Vorstellung in der Großen Halle in Stronghold gewesen, als sie das Mondlicht benutzt hatte, um den abtrünnigen Lichtläufer zu pakken, der für Roelstra spionierte, aber so nah bei einem *Faradhi* zu stehen, während der mit dem Licht arbeitete, noch dazu bei einem Lichtläufer, der gleichzeitig seine Herrin war, das war etwas ganz anderes.

Sein Gestammel verstummte bei den ersten Worten, die sie wieder an ihn richtete. Baisal, ein ruhiger, unkomplizierter Mann, fuhr zurück, als sie ihm wutbebend befahl, seine Untergebenen für eine Inspektion am folgenden Morgen zusammenzurufen und zu demselben Zweck auch Reiter in die umliegenden Gutshöfe und Burgen zu senden. Die Ungeheuerlichkeit dieser Anordnung raubte ihm einen Moment lang die Sprache. Als er sich wieder gefaßt hatte, marschierte sie schon mit langen Schritten auf die Mauern der Burg zu, und er mußte rennen, um sie einzuholen.

»Aber – Herrin – Vorräte, Pferde, Waffen!« stöhnte er. »Das läßt sich nicht an einem einzigen Tag vorbereiten.«

»Ihr werdet Entschädigung für alles das erhalten, was Ihr zusätzlich zu dem liefert, was Ihr für gewöhnlich in Kriegszeiten aufbringt. Ich bin kein Dieb. Pferde grasen auf Euren Weiden. Fangt sie heute nacht ein, und haltet sie morgen früh gesattelt für mich bereit! Was die Waffen angeht – was seid Ihr für ein *Athri*, daß Ihr sie nicht jederzeit griffbereit habt?«

»Ein friedliebender!« rief er, bebend vor Empörung. »Herrin, warum sprecht Ihr von Krieg? Was ist geschehen?«

»Roelstra«, zischte sie. »Roelstra und seine Tochter Ianthe. Lord Baisal, ich fordere Euch hiermit offiziell als meinen Lehnsmann auf, Euren Prinzen aus den Händen der Tochter des Hoheprinzen in Schloß Feruche zu befreien. Ist das deutlich genug für Euch?«

Baisal blieb bei ihren Worten abrupt stehen. Sie ging ohne ihn weiter. Sioned wußte, wenn sie stehen blieb, um ihre eigenen Gefühle ganz oder auch nur lange genug zu erklären, dann würde sie zu schreien anfangen. Rohan wurde von Ianthe gefangengehalten – die Tilal zweifellos freigelassen hatte, damit er Einzelheiten übermittelte, die sich Sioned mit eigener Phantasie ausmalen konnte. Der Aufruhr, der auf einmal im Mittelhof entstanden war, bedeutete da eine willkommene Abwechslung für sie, und sie konzentrierte sich darauf, Ostvel unter den Menschen auszumachen.

Statt dessen traf sie ihren Bruder.

»Sioned!« rief er aus, als er sie erblickte. Er warf seine Zügel einem Stallknecht zu und eilte herbei. Er ließ sie in einer Umarmung versinken, die nach Schweiß, Pferd und Leder roch. Verblüfft blickte sie über seine Schulter und registrierte endlich, daß der Hof überfüllt war.

»Davvi!« Sie stemmte sich von ihm ab und starrte ihren Bruder mit offenem Mund an. Es war das erste Mal, daß sie ihn sah, seit er vor zwei Jahren Tilal nach Stronghold gebracht hatte. »Was machst du hier? Und all die Soldaten in voller Rüstung – Davvi, erklär mir das!«

Die grünen Augen ihrer Mutter betrachteten sie von oben herab. Er war zwölf Jahre älter als sie, aber der Staub, der sich in den feinen Fältchen um seine Augen gesammelt hatte, ließ ihn doppelt so alt wirken. Furchen schnitten in seine Wangen, bildeten den Rahmen für die zusammengekniffenen Lippen.

»Ich habe alle Soldaten gebracht, die ich mitnehmen konnte – natürlich nicht alle in einer Gruppe, sonst hätte Jastri noch Verdacht geschöpft. Zwei weitere Trupps mit jeweils zwölf Mann folgen mir, aber ich habe den kürzesten Weg genommen. Die anderen sollten auch morgen oder so hier sein.«

»Wovon redest du überhaupt? Was würde Jastri vermuten?«

»Komm mit in die Halle, dort können wir uns unterhalten. Ich bin erschöpft. Ich bin zwei Tage lang geritten, ohne zu schlafen – oder waren es drei?«

Verblüfft folgte sie ihm in das Haus aus Stein und Holz, das Baisal als Speisesaal, als Gerichtssaal und als Schlafquartier für seine Diener diente. Am anderen Ende befand sich eine hölzerne Treppe, die zu einem kleinen Anbau führte, den Privatgemächern der Familie. Sioned führte Davvi nach oben in den Raum, den Baisals Töchter für sie freigemacht hatten. Dabei redete sie die ganze Zeit, erhielt aber keine Antwort.

»Verdammt, erzähl mir, weshalb du hier bist!« forderte sie und bohrte ihre Fingernägel in seinen Arm. »Du solltest mich doch in fünf Tagen an der südlichen Brücke treffen!«

»Es ist weit bis nach River Run«, bemerkte er unzusammenhängend.

»Das weiß ich!« Sie hörte selbst die Hysterie in ihren Worten, schlug die Tür hinter sich zu und preßte die Handflächen gegen das Holz. Dann atmete sie mehrmals langsam und tief durch. Als sie sich wieder umdrehte, saß ihr Bruder auf einem Schemel, einen Weinkelch in der Hand. Sioned stemmte die Fäuste in die Hüften, und nachdem sie noch einmal tief Luft geholt hatte, forderte sie ihn auf: »Erzähle.«

Mit einem Zug trank Davvi fast den halben Kelch leer. »Ist es unter der Würde einer Prinzessin, mir Wein nachzuschenken? Du selbst solltest auch welchen trinken, Sioned.«

»Wenn du mir nicht augenblicklich erzählst, warum du mit einer halben Armee hier bist, dann gieße ich dir das hier über den Kopf!« Sie füllte seinen Kelch erneut, ehe sie seinem Rat folgte und auch sich selbst etwas einschenkte.

»Wenn es doch bloß eine halbe Armee wäre!« Er seufzte, preßte die Hände um den Kelch, stützte die Ellbogen auf die Knie und ließ die Schultern hängen. »Roelstra hat Euren jungen Prinzen genau dort, wo er ihn haben will.«

Einen Moment lang glaubte sie, er spräche von Rohan und fragte sich, woher er etwas über ihn wissen konnte. Doch dann begriff sie, daß er Prinz Jastri meinte, den sechzehnjährigen Sohn ihres Verwandten Prinz Haldor, der an der Seuche gestorben war. »Was willst du damit sagen?«

»Ich war dort bei Hofe, in Hoch Kirat, als Roelstras Mann kam. Keiner von uns hat sich viel dabei gedacht. Jastri ist kein dummer Kerl, nur eben sehr jung. Und ehrgeizig. Er und Roelstra haben militärische Manöver in den Ebenen des Catha-Flusses vor. Militärische Manöver«, wiederholte er dumpf. »Ich sollte mich zu ihnen gesellen, bin aber statt dessen hierher gekommen. Er ist nur ein entfernter Vetter. Aber du bist meine Schwester.«

Sioned erblaßte, als sie aus dem allen den Schluß zog, der offensichtlich war. »Gütige Göttin«, hauchte sie und sah den Wandteppich mit der Landkarte in Rohans Arbeitszimmer, als würde er erst jetzt vor ihr ausgebreitet. Die Merida im Norden, Roelstra und Jastri mit Truppen im Süden. Kein vernünftiger Prinz – und keine Prinzessin – konnte auch nur eine dieser Gefahren ignorieren.

»Du weißt natürlich, worauf es der Hoheprinz abgesehen hat«, fuhr Davvi fort. »Jastri wird seinen Platz einnehmen. Das alles unter dem Vorwand, daß er dem Knaben beibringen muß, wie er ein General wird – das muß jeder Prinz sein, und Haldor hat nicht lange genug gelebt, um seinen Sohn in der Kriegskunst zu unterweisen. Roelstra wird Truppen aufgestellt haben, die in die Wüste einmarschieren sollen.

Sioned, er ist nur noch einen Tagesmarsch vom Faolain entfernt. Du kannst meine Leute haben, wenn du sie brauchst. Es kümmert mich keinen Deut, wenn ich den Eid breche, den ich Jastri geleistet habe. Er hat ihn mir gegenüber gebrochen, und auch jedem anderen *Athri* in Syr gegenüber, weil er mit Roelstra gemeinsame Sache macht.«

»Aber –«

»Du wolltest es wissen, also laß mich jetzt auch alles sagen.« Er trank noch mehr Wein und reckte den Rücken. »An deiner Stelle würde ich sofort jemanden zu Lord Chaynal senden und ihn auffordern, sich zum Krieg bereit zu machen. Roelstra wird irgendeinen Vorwand finden, um den Faolain zu überqueren. Vielleicht kann dein Rohan seine drachenschlaue Zunge einsetzen, um sich herauszureden, aber ich halte das für unwahrscheinlich. Ich bin überzeugt, daß Roelstra Rohan bis zum *Rialla* aus dem Weg haben möchte, damit die Wüste ihm gehört – oder den Merida, was auf dasselbe hinausläuft.« »Rohan –« Sie stöhnte auf, faßte sich dann aber, indem sie den Smaragdring an ihrer linken Hand anstarrte. »Die Merida werden den Norden schon bald angreifen. Das habe ich soeben über das Sonnenlicht erfahren. Unsere Streitkräfte werden gespalten sein, Davvi. Ich wollte sie zusammenrufen und alle –«

»Beim Gott des Sturmes – Sioned, das ist genau Roelstras Vorwand! Der Angriff der Merida – der bringt dieses verdammte Abkommen zur gegenseitigen Verteidigung ins Spiel! So wird er es machen: Er wird den Faolain überqueren und vorgeben, Rohan gegen die Merida zu Hilfe zu eilen! Es ist ein verdammt langer Marsch bis nach Tiglath, und unterwegs kann alles mögliche passieren!«

»Welche Rolle spielt noch ein Vorwand?« schrie sie. »Begreif doch! Ianthe hat Rohan! Sie hält ihn auf Feruche gefangen!«

Davvi riß die Augen auf, ließ den Kelch zu Boden fallen und sprang auf, um sie in die Arme zu nehmen. »O Sioned«, flüsterte er.

Es hätte so gut getan zu weinen. In ihrer Kindheit, ehe Lady Wisla als Davvis Braut nach River Run gekommen war, waren sich Bruder und Schwester sehr nahe gewesen. Sioned hätte gern alles ihm überlassen, damit er es in Ordnung brachte. Aber dieses vertrauensvolle Gefühl gehörte zu dem kleinen Mädchen, das sie schon lange nicht mehr war. Sie konnte in seinen Armen nicht einmal mehr weinen; seine Umarmung bedeutete für sie keine Heimat mehr, und es bedeutete keinen Trost, von einem anderen Mann als ihrem Gemahl umarmt zu werden.

Sie löste sich aus seinen Armen und stellte fest, daß sie noch immer ihren Weinkelch umklammert hielt. Sie trank einen großen Schluck und strich sich das Haar aus dem Gesicht. »Du hast recht. Ich muß eine Botschaft nach Radzyn schicken. Heute nacht wird der Mondschein ausreichen.«

Davvi zuckte zusammen und schüttelte den Kopf. »Ich vergesse immer wieder, was du bist. Es ist komisch – ich kann dich als Prinzessin akzeptieren, aber...«

»...aber nicht als *Faradhi*-Hexe?« beendete sie den Satz für ihn und lächelte leicht. »Wenn die Monde aufgehen, Bruderherz, wirst du es glauben.«

»Bis es soweit ist, setz dich und ruh dich aus. Keine Widerrede. Prinzessin und Lichtläuferin oder nicht, ich bin noch immer dein älterer Bruder, Mädchen.« Er drückte sie sanft aufs Bett und setzte sich neben sie. »So, und jetzt erzähl mir, wie das passiert ist.«

Sie erzählte ihm alles, was sie wußte, und verfluchte sich selbst, als er erbleichte, weil sie seinen Sohn erwähnte. »Er ist in Sicherheit, keine Sorge«, fügte sie hastig hinzu. »Ianthe hat ihn laufenlassen, wahrscheinlich, damit er zurückkehrt und mir genau erzählt, wie sie Rohan töten will.« Blicklos starrte Sioned in ihren Wein. »Ich werde sie umbringen, Davvi. Ich schwöre, ich bringe sie um.«

»Lady Andrade –«

»Kann sagen, was sie will! Ich werde Ianthe mit meinen eigenen Händen töten! *Faradh'im* dürfen vielleicht nicht töten, aber Prinzen schon. Hast du noch nicht davon gehört? Mord gehört zu den Privilegien des Herrschers.« Sie sah, wie ihre Hand zitterte, und stellte den Kelch ab. Sie hatte bereits getötet; wie viele Male noch, ehe sie akzeptierte, daß sie keine Lichtläuferin mehr war, die durch Eide gebunden war, die eine Prinzessin unmöglich einhalten konnte? Schwüre, die sie um Rohans willen gebrochen hatte. »O Göttin, mein Rohan –« Sie schlang die Arme um sich und preßte sie gegen den stechenden Schmerz in ihrer Brust ganz fest zusammen. So wiegte sie sich in dem vergeblichen Versuch, dem Schmerz zu entfliehen, vor und zurück.

»Sie wird ihn nicht töten.« Davvi streichelte ihre Schultern.

»Nicht, ehe sie mit ihm fertig ist! Aber dafür werden sie mit ihrem Leben bezahlen. Sie wollen die Wüste, nicht wahr? Nun gut, der Weite Sand wird sie verschlingen.«

»Jastris und Roelstras Truppen zusammengenommen sind neunhundert Krieger, die auf der anderen Seite des Faolain stehen«, warnte er.

Sioned zwang sich, sich aufzurichten. Sie streckte beide Hände vor sich aus. Die *Faradhi*-Ringe funkelten, und der Smaragd schien in Flammen zu stehen. »Sieh sie dir gut an, Davvi. Hat Roelstra auch nur einen einzigen Verbündeten, der so etwas trägt? Das ist es, was Andrade immer gewünscht hat. Nicht auf diese Art, das weiß ich, aber ihr Ziel sind *Faradhi*-Prinzen. Das Feuer selbst gehorcht meinem Ruf. Diese Ringe sind mindestens soviel wert wie die neunhundert.«

Sioned, ich weiß nicht viel über Lichtläufer, aber ich weiß, daß ihr Eid ihnen verbietet, zu töten.«

»Und mein Eid als Prinzessin? Als Gemahlin? Andrade hat genau gewußt, was sie tat, als sie mich als seine Braut zu Rohan sandte. Ich denke, sie hat im Sinn gehabt, daß wir *Faradhi*-Kinder zeugen – aber ich bin unfruchtbar, Davvi. Die Seuche hat meine letzte Hoffnung auf ein eigenes Kind zunichte gemacht. Deshalb ist es jetzt an mir, einzusetzen, was ich weiß und was ich bin.« Sie lächelte ihn traurig an. »Ich glaube nicht, daß Andrade damit gerechnet hat. Aber sie hat sich diese Last aufgeladen, und wenn ich sie richtig kenne, wird sie dorthin gehen, wohin sie gelenkt wird. Sie ist nicht dumm.«

Auf Davvis Stirn zeigten sich noch tiefere Sorgenfalten. »Keinen solchen Höhenflug, Sioned«, warnte er.

»Aber ich bin doch mit einem Drachen verheiratet, Bruder.«

Prinzessin Tobin, in einem weinroten Seidengewand prachtvoll anzusehen, betrat das Zimmer ihrer Söhne, um ihnen eine gute Nacht zu wünschen. Sie war in Eile, denn ihr Haar war noch nicht frisiert, und sie wollte an diesem Abend ein kleines Abschiedsessen für den Botschafter aus Syr geben. Sie warf den schweren Zopf über die Schulter und betrat das Schlafgemach, bereit zum Kampf mit den Zwillingen. Nur selten schlüpften sie brav in ihre Betten, und wenn es der Fall war, dann waren sie entweder krank oder wollten ihr einen Streich spielen.

Natürlich waren sie wieder bei einer wilden Kissenschlacht mit ihrem Erzieher und den beiden glücklosen Knappen, die ihnen zugeteilt worden waren. Die letzteren hatten sich hinter umgestürzten Stühlen verschanzt. Tobin seufzte, weil sie wußte, daß sie zu spät zum Abendessen kommen würde, wenn sie hier erst wieder Ruhe herstellen mußte.

»Genug!« brüllte sie in den Aufruhr. Der Erzieher, der gerade einen königlichen Knöchel packen und einen Angriff mit einem bestickten Kissen starten wollte, blickte auf, lief dunkelrot an, verlor das Gleichgewicht und stürzte Hals über Kopf in einen undefinierbaren Haufen. Die Knappen sprangen hinter den Möbeln hervor und flohen. Ihrer Beute beraubt, bewaffneten sich die Zwillinge mit Kopfkissen, die fast so groß waren wie sie selbst, und schlichen sich an den Erzieher heran. Tobin machte ein paar Schritte in den Raum, packte je einen mit der Hand am Kragen und schüttelte ihre Söhne spielerisch.

»Zwei gegen einen – ist das etwa ritterliches Verhalten?« schalt sie. »Laßt den armen Gervyn in Ruhe!«

Dunkelhaarig, blauäugig, einander so ähnlich wie Drachenjunge aus demselben Ei, zeigten Sorin und Andry keinerlei Reue. Da man sie um ihr Opfer betrogen hatte, das sich klugerweise inzwischen aus dem Staub gemacht hatte, griffen sie sich jetzt gegenseitig an und brüllten vor Lachen, als eine Naht riß und Federn flogen.

»Zum Teufel, was soll ich bloß mit euch machen?« schimpfte Tobin, deren Gewand nun von oben bis unten mit Feder-Schnee bedeckt war. Sie packte mit jedem Arm einen Zwilling, hob sie hoch und deponierte sie auf ihrem Bett. Dann baute sie sich mit einem, wie sie hoffte, wütenden Blick vor ihnen auf. Doch dieser Versuch, bei dem sie mit weißen Federn übersät war, wurde von dem schelmischen Grinsen ihrer Söhne zunichte gemacht. Tobin gab ihre Bemühungen als sinnlos auf und lachte. »Ihr seid eine Plage, und ich weiß wirklich nicht, womit ich euch verdient habe«, erklärte sie und umarmte sie beide. »Ich sollte euch den Hintern versohlen.«

»Mit Lichtläufer-Flammen, so wie Sioned es immer androht?« erkundigte sich Sorin spitz.

»Ihr haben wir auch nicht geglaubt«, fügte Andry grinsend hinzu und hüpfte von seinem Bett in das seines Bruders, um auch seinen Teil mütterlicher Zärtlichkeit abzubekommen.

Tobin küßte die beiden und zog sie an sich. »Laßt es mich mal so sagen: Wenn ihr noch mehr Streiche, Scherze oder sonstiges ausheckt, dann dürft ihr in diesem Jahr nicht nach Stronghold, wenn euer Vater und ich in Waes sind.«

»Aber Sioned hat versprochen, wir könnten die Drachen sehen!« heulte Sorin.

»Und es wäre doch ein Jammer, wenn euer Verhalten sie daran hindern würde, ihr Versprechen zu halten, nicht wahr? So, und jetzt wird geschlafen. Nachdem ihr den ganzen Nachmittag geritten seid und jetzt noch diesen kleinen Krieg auf die Beine gestellt habt, wagt es bloß nicht, mir zu erklären, ihr wäret nicht müde!«

Andrys kleine Gestalt erstarrte plötzlich in ihrer Umarmung. Der dunkle Kopf des Knaben wandte sich den Fenstern zu, durch die das silbrige Licht des Mondes aufs Bett fiel. Seine blauen Augen waren groß und schattig, seine Wangen bleich, und seine Lippen bewegten sich in tonlosem Wispern.

»Andry? Was ist los, Liebling?« fragte Tobin und fürchtete, den Grund nur allzu gut zu kennen.

Sorin fuhr herum und berührte den Arm seines Bruders. Seine glatte Stirn war in sorgenvolle Falten gelegt. Aber was der eine Zwilling spürte, konnte der andere nicht fühlen. Tobin trat ins Mondlicht und stöhnte bei der Berührung.

Die Göttin segne dich, Schwester. Verzeih mir, daß ich Andry erschreckt habe. Tobin, o Tobin, sie hat Rohan gefangengenommen, Ianthe hält ihn auf Feruche fest! Roelstra la-

gert in der Nähe des Faolain und plant einen Angriff, und die Merida sind vielleicht schon im Norden mit uns im Krieg. Chay muß die Vasallen des Südens zusammenrufen und bald schon den Kampf mit Roelstra aufnehmen. Ianthe hat Rohan. Die Armee des Nordens muß Tiglath verteidigen – es gibt niemanden, der nach Feruche gehen kann. Bitte Chay, schnell zu kommen, bitte! Er muß es tun!

Tobin schwankte und preßte als doppelten Anker in der Realität ihre Söhne an die Brust. Sie verfluchte ihren Mangel an Ausbildung, der es ihr unmöglich machte, auf den Strahlen des Mondlichts Fragen an Sioned zurückzusenden. Es gab einen scharfen Bruch, ganz anders als der sonst übliche sanfte Abschied, und Tobin schrie leise auf.

»Mama?« hauchte Sorin verängstigt und zupfte an ihrem Ärmel. Sie blickte mit einem beruhigenden Lächeln auf ihn. Dann wandte sie sich Andry zu. Er war benommen und verwirrt von dem, was er unbeabsichtigt erlebt hatte, und als er die Augen aufschlug, wirbelte Mondschein darin.

»Es ist alles gut, Liebling«, tröstete sie. »Nur die Monde, weiter nichts. So, jetzt wollen wir euch zwei mal zu Bett bringen.«

»Aber Mama –«

»Pst, Sorin. Es waren nur die Monde.« Sie beschäftigte sich mit den tröstenden, vertrauten Aufgaben des Zudekkens, küßte die beiden auf die Stirn, lächelte und wünschte ihnen eine gute Nacht. Sorin war bereit zu glauben, daß nichts Ungewöhnliches geschehen war, und legte sich schlafen. Aber Andry, ihr zweites Lichtläuferkind, war noch immer beunruhigt. Aber nicht ängstlich, stellte Tobin stolz fest, so wie auch Maarken nicht ängstlich gewesen war, als er entdeckte, welche Gaben er geerbt hatte. Sie streichelte Andrys Wange und flüsterte: »Schlaf jetzt, mein Schatz. Es ist alles in Ordnung, das verspreche ich.«

Er biß sich auf die Lippen. Dann nickte er und rollte sich auf die Seite. Sie zwang sich, zu warten, bis beide eingeschlafen waren, ehe sie in ihre Gemächer eilte, um sich umzuziehen. Sie bürstete ihr Haar und ließ es offen, ein Bruch der Etikette, denn verheiratete Frauen trugen ihr Haar in Gesellschaft niemals offen, aber das kümmerte sie nicht. Sie eilte die Treppe hinab und sah, daß Chay gerade dabei war, ihre Gäste in ihr privates Speisezimmer zuführen. Tobin gesellte sich lächelnd zu ihm und verbarg ihre sorgenvolle Ungeduld, bis sie beide direkt vor der Tür allein waren.

»Finde schnell eine Entschuldigung«, flüsterte sie hastig. »Ich muß mit dir reden. Sofort.«

»Tobin, sie warten alle.« Er sah sie genauer an, und die Muskeln in seinen Wangen spannten sich an. »Also gut. Warte hier.«

Sie hörte, wie er sich bei den Gästen aus Syr charmant entschuldigte und anordnete, daß das Mahl augenblicklich begann. Dann kehrte er zu ihr zurück und schloß die Tür hinter sich. »Erzähle.«

Sie wartete keinen Augenblick damit.

»Ianthe!« spie er deren Namen förmlich aus. »Im Namen des Teufels, der sie gezeugt hat – Tobin, bist du sicher?«

»Sioned ist es. Ich weiß nicht, wie oder warum, aber Ianthe hat Rohan.« Sie suchte plötzlich seine Kraft, denn sie hatte Angst um ihren Bruder, um sie alle. »Chay, sie wird ihn töten –«

»Nein. Das ist nicht ihre Art.« Sein schlanker Körper bebte vor Wut, als er zurücktrat und sie bei den Schultern nahm. »Geh hinein. Erzähl ihnen, was du willst, wohin ich gegangen bin. Nur erzähl ihnen nicht die Wahrheit.« Sie schaute in seine Augen auf und sah das Silbergrau wie eine Sturmwolke. Seine Wut nährte seine kriegerischen Instinkte und verwandelte sein Gesicht in eine wütende Maske. »Jetzt weiß ich, warum vom Syrener Hof schon vor dem *Rialla* zusätzliche Pferde gekauft wurden. Roelstras Truppen bedrohen die Wüste – ich werde ihn persönlich niedermetzeln.«

»Wie viele der Prinzen werden mit ihm gegen uns sein?«

»Darüber können wir uns später noch Gedanken machen. Ich habe viel zu erledigen.«

»Ich werde dafür sorgen, daß das Essen kurz gehalten wird, dann helfe ich dir. Beeile dich, Chay.« Sie reckte sich, um ihm einen Kuß zu geben. Dann zwang sie sich entschlossen zu einer königlichen Haltung und ging ins Speisezimmer, um Lügen zu erzählen.

Kapitel fünf

Als er zum ersten Mal erwachte, glaubte er, erneut an der Seuche erkrankt zu sein. Der bohrende Schmerz in seinem Kopf, das Fieber, die geschwollenen Augen und die dicke Zunge, der Geschmack von *Dranath* – alles genauso. Aber als er sich aus dem Nebel der Krankheit und aus der Betäubung der Drogen kämpfte, da fühlte er das Brennen in seiner rechten Schulter und roch die Medizin der Verbände. Derselbe Geruch hatte den Raum erfüllt, in dem sein Vater gestorben war. Rohan sah sich der Erinnerung gegenüber und der Möglichkeit, daß auch er sterben könnte. Er tastete nach seiner Schulter, um über das Ausmaß seiner Verletzung Bescheid zu wissen. Seine Handgelenke wurden fest umklammert, und eine Stimme, die er nicht erkannte, befahl ihm, sich ruhig zu halten.

Panik zuckte durch seinen geschwächten Körper. Zunge

und Verstand waren benommen, und er war Gefangener von Muskeln, die nicht reagierten. »Sioned –« versuchte er zu sagen.

»Pst. Schlaf jetzt, dann wird es dir bald besser gehen.«

Etwas an dieser Stimme quälte sein Gedächtnis, und er wehrte sich gegen die Hände, die seine eigenen umklammert hielten. »Sioned!«

»Du mußt jetzt schlafen.«

Schwerer, mit *Dranath* und etwas anderem versetzter Wein wurde ihm eingeflößt, und er würgte. Eine andere, männliche Stimme fluchte. Ein zweites Paar Hände hielt sein Gesicht, und noch mehr Wein rann durch seine Kehle. Ein Hustenanfall riß ihm fast den Schädel entzwei, und Muskelkrämpfe zogen seinen Bauch, die Schultern und den Rücken zusammen.

»Leg dich hin«, befahl der Mann, und da der Wein sich in ihm ausbreitete, hatte er keine andere Wahl, er mußte gehorchen. »Ich hatte eingewilligt, ihn herzubringen, nicht, ihn zu pflegen«, fuhr der Mann zornig fort.

»Schweig«, sagte die Frau. Sie klang gelangweilt. »Wenn du vorsichtiger gewesen wärst –«

»Wie du siehst, ruft er nach ihr«, höhnte der Mann. »Hast du erwartet, er würde nach dir rufen? So fest habe ich ihn nicht an den Kopf getreten.«

»Deine Spitzen sind genauso durchsichtig wie dein verdammtes Zeitgefühl«, gab die Frau eisig zurück.

»Bis morgen wird er schon in Ordnung sein. Das Fieber wird bald fallen.«

»Du begreifst nicht, wie groß das Risiko ist.«

»Er muß doch nur dazu fähig sein. Ich nehme doch nicht an, daß du wünschst, er wäre zu einem klaren Gedanken fähig.«

»Dein Feingefühl setzt mich ebenfalls in Erstaunen.«

Rohan hatte es fast. Er wußte fast, wo er diese Stimme schon einmal gehört hatte. Doch während er noch nach der Erinnerung suchte, setzte die Wirkung des Weins ein, und er fiel in tiefen Schlaf.

Sioned schob ihre Finger in die Reithandschuhe aus Drachenhaut, während sie auf der kalten Veranda des Gutes darauf wartete, daß man ihr Pferd brachte. Sie war sich der Menge in Lord Baisals Hof und der verstohlenen Blicke, die sie streiften, bewußt, und so ging sie weder auf und ab, noch wirkte sie nervös. Die eisige Ruhe der Prinzessin war ein nützlicher und sonderbar tröstlicher Schutz; indem sie sich weigerte, Gefühle zu zeigen, konnte sie auch verhindern, daß sie sie empfand.

Ihr Bruder näherte sich, als ihr grauer Hengst von den Stallungen herübergebracht wurde, und Sioned unterdrückte ihre Ungeduld angesichts der Auseinandersetzung, die ihr nach seinem Gesichtsausdruck bevorstand. Sie hatte keine Zeit.

»Du bist also immer noch zu dieser verrückten Sache entschlossen?« fragte er vorwurfsvoll und nahm dem Knecht die Zügel ab. »Dann nimm wenigstens mehr Leute zu deinem Schutz mit! Du kannst nicht wissen, was dich da draußen erwartet – oder wer.«

»Gerade darum ist meine Gruppe so klein. Mein verräterisches Haar ist verborgen worden, und meine königlichen Abzeichen wurden entfernt«, gab sie zurück. »Gütige Göttin! Eine Prinzessin, die verkleidet durch ihr eigenes Land reitet!« Sie entriß ihm die Zügel und schwang sich auf den Rücken des Grauen. Sie wünschte, sie hätte den Kopf unbedeckt lassen können, um die leichte Brise zu spüren. Die Sonne stand erst zwei Fingerbreit am Himmel, und schon war es heiß. Sechs Jahre lebte sie nun schon in der Wüste, aber sie hatte sich noch immer nicht an das brutale Klima gewöhnt, und dabei ging gerade erst das Frühjahr zu Ende. Im Sommer würde sie bereits ausgelaugt sein.

»Ich wünschte, du würdest Lord Chaynals Ankunft abwarten«, erklärte Davvi.

»Du weißt, was du ihm zu sagen hast, wenn er kommt.« Sie sah sich nach Ostvel um. »Ich weiß, was ich tue.«

»Das bezweifle ich. Sei vorsichtig, Sioned. Um der Göttin willen, bitte sei vorsichtig.«

»Um meines Gatten willen.« Sie beugte sich hinab, um ihm auf die Schulter zu klopfen, und fügte sanfter hinzu: »Mach dir nicht so viele Sorgen.«

Sein Schnauben zeigte, was er von dieser Warnung hielt. »Du weißt, daß Ostvel auf meiner Seite steht, was das angeht. Wir haben uns letzte Nacht lange unterhalten.«

»Ich habe von euch beiden nichts anderes erwartet. Ich bin sicher, er wird für dich über mich wachen.« Sie entdeckte Ostvel inmitten der stampfenden Pferde, der Soldaten und Diener, und sagte: »Ich muß los. Paß auf dich auf, Davvi.«

Sie wendete ihr Pferd und ritt zu den Toren hinüber, wo Ostvel mit zwei bewaffneten Männern wartete. Aber sie wurde von Lord Baisal aufgehalten, der aus dem Lager vor der Stadtmauer herbeieilte, in dem Davvis Männer und diejenigen, die sich über Nacht von den fernen Gütern eingefunden hatten, untergebracht waren. In wenigen Tagen würden die Weiden und Hügel mit Zelten bedeckt sein, und erst Chay würde diesem Chaos Sinn geben. Aber Sioned konnte nicht bleiben, um zu sehen, was für eine Macht sie befehligte.

»Herrin«, flehte Lord Baisal, »bitte, reitet nicht so bald schon fort! Was soll ich denn tun, bis Lord Chaynal eintrifft?«

»Gebt den Männern zu essen, versorgt die Pferde, bereitet Euch auf den Krieg vor. Wenn Euch bei alledem noch Zeit bleibt, dann könnt Ihr damit beginnen, Eure neue Burg zu entwerfen. Lebt wohl.«

Er starrte ihr mit offenem Mund nach, seine Miene eine komische Mischung aus Angst und Entzücken. Ostvel, der neben ihr ritt, warf ihr einen kurzen Blick zu.

»Er wird dich darauf festnageln, weißt du das?«

»Wenn es ihm gelingt, seinen Verstand beisammen zu halten und zu tun, was nötig ist, dann hat er seine Steinburg auch verdient.«

Sie ritten durch das quirlige Lager außerhalb der Burgmauern am Faolain entlang nach Norden. Sioned wußte, wie verrückt ihr Verhalten auf jedermann wirken mußte, und war entschlossen, ihren Plan durchzuführen, ehe Chay und Tobin mit neuen Einwänden kommen konnten. Nicht, daß sie ihn mit irgend etwas hätten ins Wanken bringen können. Es gab niemanden sonst, der tun konnte, was sie tun mußte, und es war direkt eine Erleichterung, daß ihre Wünsche zufällig ihrer Pflicht als Gemahlin und Prinzessin entsprachen.

Lord Eltanins Streitkräfte waren durch die Verteidigung von Tiglath gebunden; von dort würde es für Rohan keine Hilfe geben. Mit Roelstra im Süden konnte Chay keinen Angriff gegen Feruche führen. Das Schloß war ohnehin nicht leicht anzugreifen, da es hoch oben auf den Felsen thronte und nur von zwei Seiten zugänglich war. Beide Wege wurden schon in Friedenszeiten sorgfältig bewacht. Im Krieg sicher noch besser. Rohans einzige Hoffnung war Sioned, seine Lichtläufer-Prinzessin. Sie fragte sich, ob Ianthe sich so sicher war, daß sie nie fähig wäre, ihren Eid zu brechen, niemals zu töten. Sie hoffte es; das würde die Dinge einfacher machen, wenn erst die Zeit des Mordens kam.

Die Dunkelheit umsummte ihn, abwechselnd warm und kalt auf dem Schweiß, der seinen Körper netzte. Mit aufgerissenen Augen und klopfendem Herzen schüttelte er den Kopf und versuchte, in der Realität seines eigenen Fleisches Halt zu finden. Aber der Wind traf ihn wieder, die Dunkelheit blähte sich, und Drachen griffen mit scharfen Krallen nach ihm.

Er kauerte sich an die Höhlenwand, spürte harte Steine in seinem Rücken und starrte entsetzt auf die Szenen, die ihn umgaben. Drachen, die kämpften, Drachen, die sich paarten und töteten; Rachen, von denen Blut tropfte, Augen, die wie explodierende Juwelen blitzten; sich windende, stoßende Leiber, schlagende Flügel, peitschende Schwänze. Daneben riesige, aufgesprungene Eier, aufgeplatzt mit einem schrecklichen Laut, um wütende Jungdrachen zu enthüllen, die einander mit Zähnen und Krallen bearbeiteten und Feuer aus ihren Kehlen spien, das strahlend und heiß wie der Sonnenschein die wirbelnde Dunkelheit der Höhle durchdrang.

Er schrie auf, als Drachenfeuer die Haut in seinem Gesicht und an seinen Armen verkohlte. Der Geruch brennender Haut überdeckte sogar den Gestank von Drachenblut und Drachensamen. Noch hatten sie ihn nicht gesehen, und er versuchte, mit der Höhlenwand zu verschmelzen. Sie kämpften weiter, paarten sich, stießen Feuer aus und metzelten sich gegenseitig nieder, getrieben von dem Drang zur Paarung und dem Bedürfnis zu überleben. Der Wind fuhr raschelnd wie Seide durch die Höhle, und er wich zurück. Schweiß und Blut trockneten, erkalteten und platzten dann heiß und salzig auf seiner geschwärzten Haut auf. Gewalt tobte um ihn her, und er bebte vor Entsetzen und Angst, daß diese Juwelenaugen ihn finden, daß diese blutigen Klauen das noch verbleibende Fleisch von seinen Knochen fetzen könnten. Ein rasender Altdrache ragte vor ihm auf, herbeigebracht von einem Windstoß, und er schrie und verschluckte sich an einem Strahl bitterer Flüssigkeit, die nach *Dranath* schmeckte.

»Rohan –!«

Blindlings griff er nach ihr und klammerte sich zitternd an ihren kühlen Körper. »Sioned –«

»Ruhig, Liebling, jetzt ist alles gut. Ich bin da.« Es gab einen scharfen, metallischen Ton wie bei einem Schwert, das aus der Scheide gezogen wird, und er kniff benommen die Augen zusammen, als Sonnenschein in die Höhle strömte. Sioned, seine Lichtläuferprinzessin, die die Sonne mit sich brachte. »Wir sind in Sicherheit, Liebling.«

Er konnte die Drachen nicht mehr riechen, ebensowenig sein eigenes Blut, fühlte auch den feurigen Atem nicht länger auf seiner Haut. Die sanfte Brise, die ihn nun berührte, duftete süß, war sanft wie ihre Liebkosung auf seinem Rükken und Nacken. Er schauderte und barg das Gesicht an ihrer Schulter. Er hatte vergessen, was *Dranath* dem Verstand antun konnte.

Es hatte keine Höhle gegeben, keine Drachen, kein Feuer. Nur die Droge und sein Fieber, und beide hatten keine Macht mehr über ihn. Er lehnte an Sioned und schämte sich seiner Panik. Sie kuschelte sich auf dem Bett an ihn und wisperte zärtliche Worte, bis er einschlief.

Ein harter Ritt den ganzen Tag und die folgende Nacht hindurch brachte Sioned bis kurz vor Mittag nach Stronghold. Sie wäre beinahe zusammengebrochen, hielt sich aber aufrecht, als sie über den Haupthof schritt, wo die Hitze aus den Steinen aufstieg wie ein sengender Springbrunnen. Als die Sonne ihren höchsten Stand erreichte, fühlte sie die vorsichtige Berührung von Kleves Farben, gesammelt in den Lichtstrahlen, und hörte ihn sprechen.

Die Göttin segne Euch, Mylady. Wir haben Tiglath erreicht und Lord Eltanin gewarnt. Bislang gab es noch keinen Angriff, aber die Anzeichen dafür mehren sich mit dem Sand am Horizont. Walvis plant und bereitet alles vor, und wir warten auf Eure Befehle.

Sioned nickte erfreut. *Die Göttin segne Euch, Lichtläufer. Bereitet Euch weiterhin auf den Krieg vor, wie es auch im Süden geschieht, wo Roelstras Armeen jenseits das Faolain lagern. Es wird keine Hilfe geben. Ihr müßt alles allein durchstehen. Sagt Walvis, er soll ja keinen Versuch machen, Feruche anzugreifen. Er muß Tiglath verteidigen. Der Prinz wird schon bald befreit werden, das verspreche ich Euch. Nun öffnet Euch mir, Kleve, und ich werde Euch Prinzessin Tobins Farben zeigen. Sendet Eure Botschaften von nun an sie. Sie ist keine trainierte Faradhi und wird Euch nicht antworten können, aber gebt ihr bitte jede Information, die Ihr auch mir geben würdet.*

Mylady – was ist mit Euch? Was habt Ihr vor?

Ich bin unwichtig. Paßt jetzt gut auf, und fühlt, damit Ihr in der Lage seid, sie im Sonnenlicht zu finden.

Sie konzentrierte sich darauf, das lichte und hübsche Muster auszubreiten, an dem der ferne Lichtläufer Tobin erkennen konnte. Als sie sicher war, daß er die Prinzessin finden und kontaktieren konnte, durchtrennte sie die verbindenden Lichtbänder, ehe er weitere Fragen stellen konnte.

»Ich hoffe, du bist fertig und kannst aus diesen Strahlen kommen«, sagte Ostvel.

Sie schaute ihn an. Seine Gegenwart überraschte sie. »Ja. Walvis wird bald erfahren, daß aus dem Süden keine Hilfe kommen kann. Er muß die Verteidigung von Tiglath selber anführen.« Sie blickte sich im Hof um. Das Gewirr von Menschen, Lärm und Licht war plötzlich zuviel für sie. »Ostvel – bring mich hinein, ehe ich umfalle«, hauchte sie.

Sorgfältig bemühte er sich, den Anschein zu erwecken, seine Hand an ihrem Ellbogen wäre eine Geste reiner Höflichkeit einer Prinzessin gegenüber, denn es geziemte sich nicht für sie, schwach zu erscheinen. Die Treppe schien endlos, aber endlich war sie in ihren Gemächern und sank in einen weichen Sessel am Fenster. Ostvel brachte ihr Wasser und ein feuchtes Tuch, während sie den schweren Schal von ihrem Kopf nahm und das Haar offen fallen ließ.

»Siebzehn Winter alt«, flüsterte sie. »Walvis ist zu jung, um eine Armee zu leiten, Ostvel. Die Göttin helfe mir, was tue ich ihm da an!«

»Er wäre beleidigt gewesen, wenn du ihn nicht darum gebeten hättest. Hier, laß mich dir die Stiefel ausziehen.«

»Ich habe Frauen, die mir dienen«, protestierte sie.

»Aber keine, die dich in diesem Zustand sehen sollte«, widersprach er. Er wischte ihr Gesicht und ihren Nacken mit dem feuchten Tuch ab und half ihr dann aus den heißen Drachenhaut-Stiefeln. »Und jetzt wirst du dich bis Sonnenuntergang ausruhen.«

»Wenn ich das tue, wirst du mir dann Maeta heraufschikken?«

Er beäugte sie mißtrauisch. »Warum willst du denn die Kommandantin der Wache sprechen?«

»Ich bin für Strongholds Verteidigung verantwortlich«, erklärte sie ausweichend.

»Nein«, verbesserte er. »Ich bin es. Aber ich werde sie heraufschicken, wenn die Sonne untergeht, und keinen Augenblick früher.«

Nachdem er fort war, ging sie dennoch nicht ins Nebenzimmer, um sich auszuruhen. Sie war nicht einmal bereit, das Bett auch nur anzusehen, das sie mit Rohan teilte. Stattdessen streckte sie sich auf einer Liege, einem Geschenk von Prinzessin Milar, aus, schloß die Augen und entspannte systematisch ihren Körper von den Zehen- bis zu den Fingerspitzen. Aber sie ruhte sich nicht wirklich aus. Sie plante ihren Angriff auf Feruche.

Als Maeta kam, war Sioned bereit. Die Kommandantin hatte ihre Stellung von ihrer Mutter geerbt, der gefürchteten Myrdal, die selbst jetzt noch beachtlichen Respekt in der Truppe genoß. Myrdal mochte Prinz Zehavas Halbschwester gewesen sein oder auch nicht; der Respekt, den man ihr und ihrer Tochter entgegenbrachte, war weniger auf die mögliche Verwandtschaft mit ihrem Herrscher zurückzuführen, als vielmehr auf ihren eigenen Ruf als Kriegerinnen. Sioned bot Maeta einen bequemen Platz und Erfrischungen an und fragte sich, wieviel von dem, was vorging, die Frau wissen mochte.

Alles, so schien es. Ihre ersten Worte waren: »Mit den Merida an der einen und dem Hoheprinzen an der anderen Front wird es schwer sein, Rohan zu befreien.«

Erleichtert darüber, daß sie keine langen Erklärungen abgeben mußte, meinte Sioned: »Wie ich sehe, haben Ostvel und die Männer geredet. Gut. Maeta, ich brauche das kräftigste und schnellste Pferd im Stall, Wasser und etwas zu essen, und dazu größte Geheimhaltung. Und ich brauche all das heute nacht.«

Maeta biß in einen Apfel, kaute, schluckte und antwortete: »In der Nähe der Grotte gibt es ein Tor, das Ihr benutzen könnt. Es führt auf die Klippen hinaus und ist groß genug für einen einzelnen Reiter, um sicher und unbemerkt hindurchzugelangen.«

Sioned blinzelte. »Rohan hat mir nie erzählt –«

»Weil er es nicht weiß. Eines Tages werden meine Mutter und ich Euch alle Verbesserungen zeigen müssen, die Zehava vornehmen ließ. Milar war nicht die einzige, die Stronghold ihren Stempel aufgedrückt hat.«

Sioned bewunderte die Verschwiegenheit und Geschicklichkeit, die für einen solchen Weg aus der Burg heraus nötig gewesen waren. »Ich freue mich darauf.«

»Was nun den Zeitpunkt angeht – vor Sonnenaufgang. Wir müssen abwarten, bis alle tief schlafen, aber es darf sich auch noch kein Frühaufsteher rühren.«

»Ich überlasse dir die Vorbereitungen.«

Maeta nickte. »Herrin, ich habe nachgedacht. Wir haben die Chance, gegen die Merida vorzugehen, und nicht nur in Tiglath.«

»Ja?« Sioned war verwirrt, aber auch interessiert.

»Evakuiert Stronghold, laßt nur die besten Bogenschützen hierbleiben, und schickt alle anderen des Nachts nach Remagev. Die Merida werden glauben, sie wären mit Lord Chaynal gen Süden oder nach Feruche gezogen.« Sie grinste wie ein Drache, der eine leichte Beute erspäht hat. »Wir werden verletzlich für einen Angriff erscheinen. Und dem werden sie nicht widerstehen können.«

Sioned lachte. »Sie werden sich aufteilen, um ihren Vorteil auszunutzen, und wir greifen sie von den Klippen aus an! Und wenn sie sich dann neu gruppieren, gehen wir mit den Truppen, die nach Remagev geschickt worden sind, von Osten gegen sie vor.«

»Sehr gut, Herrin«, lobte Maeta. »Wir machen aus Euch noch eine richtige Kriegerin. Soll ich dann morgen diesen Befehl geben?«

»Ja, bitte! Weihe Ostvel morgen in den Plan ein. Ich weiß, daß er ihm gefallen wird.« Zufrieden überlegte sie, daß dieser Plan auch Walvis und Eltanin helfen würde – und Ostvel würde zuviel zu tun haben, um ihr folgen zu können. Dann schoß ihr ein anderer Gedanke durch den Kopf. »Maeta, warum hast du keinerlei Einwände gegen mein Vorhaben geäußert?«

»Ihr seid die Herrin hier und könnt tun, was Euch gefällt und wann es Euch gefällt.« Die schwarzen Augen tanzten bei diesen frommen Worten, und Sioned wußte, daß sie und Maeta sich perfekt verstanden. »Und niemand rechnet mit einer *Faradhi*«, fügte Maeta hinzu.

»Rohan muß es.«

»Aber Ianthe tut es nicht. Darum lasse ich Euch tun, was Ihr vorhabt, obwohl Ostvel mir dafür die Haut bei lebendigem Leibe abziehen lassen wird. Ich kenne Lichtläufer – und ich kenne Euch, Herrin.« Sie machte eine kurze Pause und lächelte wieder. »Ich weiß auch ein bißchen über Feruche.«

Sioned starrte sie an und nickte dann zögernd. »Verstehe.«

Ganz plötzlich wurde die Außentür aufgerissen, und Riyan stürzte herein und vergrub sein Gesicht an Sioneds Schulter. Sie zog ihn an sich und versuchte seine gestammelten Worte zu begreifen. Maeta zog sich unterdessen unbemerkt zurück, ehe Ostvel seinen Sprößling einholen und Fragen stellen konnte, die Maeta nicht beantworten wollte.

»Aber, aber, nicht so stürmisch!« Sioned wiegte Riyan auf ihren Knien und sah ihm in die Augen, die denen von Camigwen so ähnlich waren, daß es manchmal wehtat, ihn anzusehen. Sie strich ihm das weiche Haar aus der Stirn und wünschte, ihre Freundin könne jetzt bei ihr sein. Cami würde alles verstehen. »Erzähl mir, was los ist.«

»Tilal ist daheim!« Er hüpfte von ihrem Schoß und raste aus dem Zimmer. Kurz darauf kehrte er zurück und zerrte Tilal an der Hand hinter sich her. »Schnell, schnell«, drängte Riyan.

Der Knappe sah so erschöpft aus, wie Sioned sich fühlte. Sie stand auf, umarmte ihn zärtlich und trat dann zurück, um ihn zu mustern. Ein junger Mann blickte sie aus seinen Augen an, kein Knabe mehr. Sioned zog ihn zu einem Sessel hinüber, bat ihn Platz zu nehmen und bedeutete Riyan mit einer Geste, er solle still sein.

Anfangs erzählte Tilal alles in knappen Sätzen, die klangen, als hätte er sie auf dem ganzen Weg von Skybowl hierher geprobt. Er war ein Soldat, der Bericht erstattete, kein Knabe, dem das, was er gesehen hatte, Angst und Wut eingejagt hatte. Aber als er weitersprach, wurden seine sonnengebräunten Wangen rot, seine grünen Augen blitzten, und seine Worte überschlugen sich förmlich.

»... und wir sind nach Skybowl zurück, und ich habe eine Karte gezeichnet, genau wie Feylin es mir aufgetragen hat.« Er zog ein zerknautschtes Stück Pergament aus seiner schmutzigen Tunika. »Die ist vom Schloß, von allem, was ich davon gesehen habe. Ein schrecklicher Ort, Herrin, man kann sie überall spüren! Feylin hat mir aufgetragen, das zu zeichnen, damit Ihr wißt, wo alles ist.« Er reichte es ihr, und sie faltete es auf und erkannte augenblicklich, daß ihre ursprüngliche Idee nicht greifen würde. Tilal sah sie die Stirn runzeln und fuhr fort: »Mit genug Soldaten – Ihr seid eine Lichtläuferin, und wir könnten –«

»Das einzige, was du jetzt zu tun hast, ist ein Bad zu nehmen und dann zu schlafen«, ließ sich Ostvel von der Tür her vernehmen. Alle drei schauten sich um, überrascht, daß er die ganze Zeit über dort gewesen war.

»Aber Papa, ich habe noch nicht alles gehört!« protestierte Riyan.

»Morgen ist dazu mehr als genug Zeit. Kleine Jungen müssen jetzt schlafen.«

Tilals ganzer Körper erstarrte. Sioned schüttelte warnend den Kopf und sagte: »Es gibt noch einiges, das ich hören muß, und auch einiges, das ich ihm sagen muß. Riyan, du kannst deine Fragen morgen stellen. Geh jetzt bitte mit deinem Vater mit.«

Ein strenger Blick von Ostvel ließ den Knaben verstummen, und er trottete aus dem Zimmer. Sein Vater schloß die Tür, und als sie mit Tilal allein war, musterte Sioned noch einmal das Gesicht ihres Neffen. Es zeigte Spuren schlechter Behandlung, Erschöpfung und Sorgen, die viel zu groß waren für ein Kind seines Alters.

»Ich habe deinen Vater gesehen, als ich im Süden war«, fing Sioned an. »Der Hoheprinz lagert mit dem jungen Prinzen Jastri aus Syr jenseits des Faolain. Sie erklären, es wäre nichts weiter als ein Manöver, aber dein Vater ist klug und weiß, daß ihr wahrer Grund ein Krieg gegen die Wüste ist. Er kam auf Lord Baisals Besitz, um uns zu warnen und sich uns anzuschließen.«

Die grünen Augen wurden groß. »Aber – was ist mit Mutter und all den anderen daheim?«

»Es ist noch niemals jemandem gelungen, die Burg einzunehmen, Tilal. Außerdem ist River Run weit von dem Ort entfernt, an dem der Kampf stattfinden wird.«

Er dachte darüber nach und nickte. »Lord Chaynal wird die Truppen anführen, und mein Vater wird ihm helfen. Aber was ist mit Prinz Rohan? Sie hat ihn!«

»Nicht mehr lange«, erklärte Sioned grimmig. »Diese Karte ist genau das, was ich brauche, Tilal. Du hast das sehr gut gemacht.«

»Wann brechen wir nach Feruche auf?«

»Nicht wir.« Sie bedauerte ihre scharfe Antwort sofort, als er sich angesichts eines Angriffs auf seine Männlichkeit, wie er ihn hinter ihrer Bemerkung vermutete, empört aufrichtete. »Tilal, du mußt mir vertrauen und mir in dieser Angelegenheit gehorchen. Bitte, versprich es mir.«

Rebellion flackerte in seinen Augen auf, aber nach einem Moment nickte er und beugte den Kopf. »Ja, Herrin«, flüsterte er. »Bitte, beeilt Euch. Sie wird ihn töten.«

»Nein. Wenn sie seinen Tod wünschte, dann hätten die Merida ihn bereits getötet, als du gefangengenommen wurdest.«

Der Knabe sah sie mit neuer Hoffnung an; diese Logik war ihm bisher entgangen. »Das ist wahr! Und sie haben unterwegs sogar sorgfältig darauf geachtet, ihn am Leben zu erhalten, selbst als er gefesselt und bewußtlos war.«

Sie vermied es, zusammenzuzucken, als das Bild vor ihrem geistigen Auge auftauchte, und erklärte: »Ich möchte, daß du dich morgen Maeta vorstellst. Ich wünsche, daß du ihr Knappe wirst und alles tust, was sie dir aufträgt.«

»Das werde ich. Aber was wird dann geschehen?«

»Sie wird es dir erklären. Sie hat einen sehr interessanten Plan, wie sie den Merida die blauen Flecken, die du hast, heimzahlen kann und auch ihre Mitwirkung an Prinzessin Ianthes Plan. Vergiß nur nicht, Maeta zu sagen, daß ich dich bei allem, was Remagev betrifft, zu Walvis' Vertreter bestimme.«

Tilal runzelte die Stirn, versuchte, diese Anordnung zu verstehen, und richtete sich dann lächelnd auf. »Ihr wollt ihm die Burg übertragen, nicht wahr? Deshalb wollt Ihr, daß auf sie besonders achtgegeben wird.«

»Ja, und du bist mit dafür verantwortlich, daß der Besitz dies alles unbeschadet übersteht. Also, wenn du da bist, schau dir alles an, was du kannst, und bleib dort und überwache alles, denn deine scharfen Augen sind es, die am besten vor den Merida warnen können.« So, dachte sie, sie hatte den Stolz des Knaben gerettet, hatte ihm eine sinnvolle Aufgabe übertragen und dafür gesorgt, daß er sicher in Remagev blieb, ohne daß sie ihm verbieten mußte, am Kampf teilzunehmen. »Tilal, ich würde mich gern weiter mit dir unterhalten, aber es war ein langer Ritt von der Faolain-Tiefebene bis hierher.«

»Ihr solltet schlafen«, meinte er, stand auf, jeder Zoll der junge Edle, der sich um die Bequemlichkeit seiner Herrin sorgt. Doch kaum einen Atemzug später legte er die Arme um sie und wollte sich anschmiegen. Jetzt war er wieder der kleine Junge. »Es tut mir so leid«, flüsterte er traurig. »Ich hätte ihm mehr helfen müssen, und ich habe es nicht getan –«

»Du hast alles getan, was du konntest. Und du hast mir die Information gebracht, die ich brauche, um ihn zurückzuholen.« Sioned streichelte sein Haar. »Glaubst du, ich hätte Walvis' künftigen Besitz einem Feigling anvertraut – oder einem Dummkopf?«

Tilal faßte sich und trat zurück. »Ich werde Euch nicht enttäuschen, Herrin. Gute Nacht.«

Wieder allein, trat Sioned zu den beiden Stühlen vor den Gartenfenstern und ließ sich müde auf einen davon fallen. Rohans Stuhl an ihrer Seite blieb leer, und diese Leere entsprach der in ihrem Innern. Sie hatten hier soviel Zeit verbracht und hatten Pläne geschmiedet, wie sie ihre Träume wahr werden lassen konnten. Ianthe würde ihn nicht töten, aber es gab andere Arten des Sterbens, nicht nur die körperliche.

Sioned wartete, bis die Monde am Himmel aufstiegen und ihr kühles Licht über ihr Gesicht und ihre Hände ergossen. Sie sammelte ihre Strahlen zusammen, denn sie wußte, daß sie überall hingehen, alles sehen und mit jedem *Faradhi* sprechen konnte, den sie auswählte. Aber es gab einen Strahl, den sie in dem Mondlicht nicht berühren würde, denn wenn Andrade eine Ahnung von ihren Plänen hätte, würde sie sie verbieten und sie für alle Zeiten ausschließen. Und obwohl Sioned für ihren Gemahl alles riskieren würde, brauchte sie doch noch die anderen *Faradh'im*.

Geschickt verwob sie das Mondlicht zu einem sicheren

Pfad, schwang sich gen Norden, vorbei an dem großen See von Skybowl, der im Mondschein leuchtete. Sie glitt weiter, bis sie die stolzen Türme von Feruche erkannte. Die Garnison unterhalb der Burg war dunkel und verlassen, aber die Fenster des Schlosses waren hell erleuchtet.

Beide Zugänge waren tatsächlich streng bewacht. Es gab keine Schwachstellen. Sie hätte es besser wissen müssen, hätte nicht hoffen sollen, daß Ianthe aus Arroganz leichtsinnig werden würde. Sie hatte gedacht, sie könnte ihre Fähigkeiten ausnutzen, um sich irgendwo heimlich in den Besitz einzuschleichen, um Wachen und Bedienstete mit dem Feuer und der Luft zu täuschen, die sie beschwören konnte, um sie zu erschrecken, bis sie Fehler machten, die es ihr ermöglichen würden, unbemerkt einzudringen. Aber als sie jetzt die Menschen zählte und ihr Tun beobachtete, wußte sie, daß dieser Plan unmöglich war.

Welches Fenster es wohl war, fragte sie sich auf ihrem Platz auf dem Mondlicht. Aber gab es überhaupt ein Fenster dort, wo Rohan schlief? War er hoch oben im Turm oder unten im Steinkeller, ohne Licht? Wut stieg in ihr auf, ihre Beherrschung geriet ins Wanken, und sie brauchte eine Weile, um sich wieder zu fangen.

Sie spähte wahllos in verschiedene Zimmer, sah, wo Bedienstete schliefen und welche Räume leer waren, und berichtigte im Geiste Tilals Karte. Sie konnte nur so weit gehen, wie das Mondlicht in jedes Zimmer fiel, aber das war genug. In einem Raum standen drei reich verzierte Betten, jedes mit einem schlafenden Kind darin. Ianthes Söhne, dachte Sioned, und jedes war genau wie die Mutter, denn selbst im Schlaf waren ihre Gesichter böse und verschlagen. Wie mußte Roelstra sie schätzen; selbst ohne Söhne hatte er nun Enkel, die Ianthe in seinem Sinne aufzog.

Sie suchte alle Fenster ab, die dem Mondschein zugewandt waren, und ihre Angst wuchs, Rohan könnte tatsächlich in irgendeinem Verlies im Keller oder in einem Raum auf der anderen Seite der Türme eingesperrt sein, irgendwo, wohin sie nicht gehen konnte. Doch endlich fand sie ihn. *Rohan!* schrie sie. Aber niemand hörte sie.

Sein schlafendes Gesicht war von Schmerz und Fieber verwüstet, tiefe Ringe lagen um die geschlossenen Augen. Die feinen, kräftigen Wangenknochen und das Kinn zeichneten sich scharf ab, sein Mund war eine angespannte, erschöpfte Linie. Ein dunkles Seidentuch war bis zur Taille herabgeschoben worden, und als er sich unruhig auf die Seite warf, sah sie den Verband an seiner Schulter. Seine Haut glänzte feucht, und auch sein Haar war schweißnaß. Er befand sich außerhalb der Reichweite des Mondscheins, der auf den Teppich neben dem Bett fiel, aber weder seinen Körper noch sein Gesicht berührte. Wäre das der Fall gewesen, hätte sie ihn vielleicht berühren können, jenen Teil von ihm, der Spuren der *Faradhi*-Gabe verbarg. Aber sie konnte es nicht.

Jemand bewegte sich im Licht, ein kurvenreicher Umriß, die Nacktheit von einer Kaskade dunklen Haares halb verborgen, das bis zu den Hüften hinabreichte. Sioned zitterte und fühlte, wie sich ihre Ringe in die verkrampften Finger bohrten, dort, wo ihr Körper in Stronghold saß. Ianthe wand sich unter dem Laken und glitt dich an Rohans Körper. Sie legte eine Hand auf jede Seite von ihm, schüttelte ihr Haar, bis es sein bloße Brust und seinen Bauch bedeckt, und neigte dann langsam den Kopf zu seinem.

»*Nein!*«

Der Aufschrei ihrer eigenen Stimme ließ Sioned zu abrupt in ihren Körper zurückfahren. Farben wirbelten wirr und chaotisch um sie herum und weigerten sich, ihr vertrautes Muster zu bilden. Ihre Ringe spien smaragdgrünes, saphirblaues, bernsteingelbes und onyxfarbenes Feuer in ihre schmerzenden Augen und wurden zu brennenden Kreisen, die ihr Fleisch in Brand setzten. Der große Smaragd pulsierte, als wollte er sich bis zum Bersten mit Licht anfüllen. Er schwoll an und wurde zu einem einzigen Ding, wie sie sah, und ließ sie in seine grünen Tiefen eintauchen, als sie vor Entsetzen laut aufschluchzte.

Aber in dem strahlenden Stein sah sie sich selbst wieder, brennend von ihrem eigenen Feuer hielt sie ein neugeborenes Kind in den Armen, das Rohans goldblondes Haar hatte.

Rohans Sohn. Und Ianthes Sohn.

Lange Zeit danach, als sie sich wieder daran erinnerte, wer und was sie war, hob sie die Hände. Ihre Haut wies unter den Ringen keine verkohlten Kreise auf. Kühles Silber und Gold umfing ihre Finger und hielt sie zum Narren. Sie war Lichtläufer genug, um zusehen zu müssen, aber nicht, um mit ihren Künsten verhindern zu können, was Ianthe vorhatte.

Sioned schlug die Hände vor ihr Gesicht und weinte.

Schmeichelnde, wissende Finger erweckten ihn zu neuem Leben. Er konnte sie kaum sehen, weil das Mondlicht in ihrem Rücken war, aber er fühlte ihren vertrauten, süßen Körper in seinen Armen, fühlte die Seide ihrer Haut und ihres Haares.

»Sioned«, hauchte er an ihren Lippen.

»Liebe mich! Rohan, liebe mich – jetzt!«

Feuer entbrannte zwischen ihnen. Ihre Schenkel öffneten sich, ihre Brüste reckten sich ihm entgegen, und er verlor sich im Geschmack, im Duft und der Wärme ihres Körpers, überrascht von ihrem verzweifelten Drängen. Aber später würde noch genug Zeit sein, um sie zu liebkosen und das magische Band zu erneuern, das ihn nur mit ihr verband und das er nur mit ihr wünschte. Er füllte ihren Körper, füllte sich selbst mit seinem Bedürfnis nach ihr, erfüllte die Nacht mit dem singenden, sengenden Drachenflug des Liebesaktes.

»Ja – oh, ja – jetzt!« schrie sie und bäumte sich heftig auf – und es machte für ihn keinen Unterschied, daß das Fleisch unter seinen Händen zu voll war, die Brüste zu schwer, die Taille zu breit und die Hüften zu geschmeidig. Er suchte blind zwischen ihren weichen Schenkeln und trank aus einem Mund, der versuchte, alles Leben aus ihm zu saugen. Ihr dickes, parfümiertes Haar war wie ein Lebewesen, das sich um ihn wand und ihn an sie kettete. Er drehte den Kopf fort und rief laut und schmerzerfüllt Sioneds Namen.

»Nein, kleiner Prinz«, lachte Ianthe, glücklich, höhnisch und atemlos und wand sich um ihn wie eine Schlange. »Du weißt, wer ich bin und was ich will – was du willst! Gib es mir! Gib mir deinen Sohn!«

Noch während sein Fleisch vor ihr zurückschrak spürte er, wie es geschah. Er wußte, daß sie gewonnen hatte. Sie gab ihn frei. Taumelnd kam er auf die Füße, klammerte sich an den Bettpfosten, riß die Vorhänge an ihren Metallringen beiseite – Bilder von Drachen in all ihrer Lust und Gewalttätigkeit.

Ianthe räkelte sich auf dem Bett. Ihre Beine waren breit gespreizt, ihr Kopf war zurückgeworfen, aber ihre Arme umschlangen ihre Brüste, als würde bereits ein Kind daran saugen. Ihre allzeit bereite Fruchtbarkeit würde seine gedankenlose Gabe willkommen heißen – wenn beides in ihrom Bauch aufeinanderstieß und verschmolz und ein Leben schaffen würde, das zum Teil ihm und zum Teil Ianthe gehörte. Jetzt verstand er, warum die Zeit für sie so wichtig gewesen war, wozu er »fähig« sein sollte.

Lange Wimpern enthüllten Augen von der Farbe toter

Blätter. »Manchmal genügt schon ein einziges Mal«, schnurrte sie. »Aber das werde ich nicht riskieren. Komm her zu mir, Prinzchen. Wir wollen doch sicher sein, daß du einen Sohn gezeugt hast.«

Einen Sohn! »Ich bringe dich um«, flüsterte er.

»Nein, das glaube ich nicht.« Sie lachte zu ihm auf. »Komm, Rohan. Du hast sie eben bereits betrogen. Was macht einmal mehr da schon aus? Ich mache Söhne, und sie kann nicht einmal ein Kind austragen!«

Ihre Schenkel spreizten sich für ihn, ihre Arme reckten sich ihm entgegen, und er hörte ihr triumphierendes Lachen. Etwas Häßliches erwachte in ihm, genährt von seinem Haß, und er fühlte sich fähig zu morden. Wieder lachte Ianthe, als sich seine Finger in ihren Hals bohrten. Sie wand sich unter ihm, packte ihn, verführend, gierig. Wut züngelte durch seinen Körper. Er ragte hoch über ihr auf und verstärkte seinen Griff. In gedankenloser Wut stieß er in sie hinein und hob eine Hand, um sie zu schlagen. Angesichts des Blutes, das von ihren Lippen tropfte, lachte er irre auf. Sie schrie. Es war ein heiserer, ängstlicher Schrei, und dennoch war er schrill vor Lust. Und er lachte wieder.

»Du hast mich haben wollen, Ianthe? Mal sehen, wie sehr du das hier willst.«

Er suhlte sich in ihr und erging sich in einem Racheakt, der doch nur ihren Sieg über ihn unterstrich. Er wußte es und konnte nicht aufhören. Er ließ es weitergehen, immer weiter und hinterließ Spuren seines Hasses auf ihrem Fleisch. Als er fertig war, fiel er auf die Seite. Sein eigener Körper erregte Übelkeit in ihm, und er haßte sich selbst, weil er nicht die Kraft gehabt hatte, sie zu töten, wo sie war. Aber sie hatte etwas gesagt, das es ihm unmöglich machte, sie zu töten. Sie hatte von einem Sohn gesprochen.

Lange Zeit verging, ehe sie sich erhob, geschunden und

blutig, und aus dem Bett glitt. Rohan sah, wie sich ihre Finger über ihrem Bauch spreizten. Sie lächelte auf ihn hinab, strich das zerzauste Haar aus ihrem Gesicht und leckte sich das Blut von den Lippen.

»Mein Vater macht nur Mädchen«, bemerkte sie mit rauher, kehliger Stimme. »Deine Lichtläuferin schafft nicht einmal das. Oh, sie wird dich zurückbekommen, Rohan, gesund und munter – ich brauche dich lebendig, damit du bestätigen kannst, daß dieses Kind von dir ist.« Wieder lachte sie und genoß es, als er zusammenfuhr. »Du hast mich all die Jahre gewollt – all diese Jahre, seit jener Nacht beim *Rialla*, als ich zu dir gekommen bin, hast du mich gewollt. Gib dir keine Mühe, es zu leugnen. Wir wissen beide, daß es so ist. Aber du hast Sioned erwählt. Sag mir, Rohan – kannst du sie jetzt noch berühren, nachdem du mit mir geschlafen hast?«

»Nein«, flüsterte er, wenn er es auch anders meinte, als sie es hörte. Er würde Sioned nie wieder berühren können, nicht, nachdem er sich mit Ianthe beschmutzt hatte. Er konnte sie noch immer auf seiner Haut und an seinem Fleisch fühlen.

Die Tür fiel schwer hinter ihr ins Schloß. Sie hatte gewonnen – für den Augenblick. Wenn sie wiederkam, würde er sie töten. Er mußte es tun.

Kapitel sechs

In diesem Winter war die Schule der Göttin die meiste Zeit von heftigen Regenschauern heimgesucht worden. Unberechenbare Wolkendecken ließen die Kommunikation unter den *Faradh'im* bestenfalls sporadisch stattfinden. Andrade war gereizt, weil sie sich auf konventionellere Mittel verlassen mußte, wenn es darum ging, Neuigkeiten zu erfahren, und unterzog Besucher daher einer so eindringlichen Befragung, daß sie erschreckt davonzogen. Als das Frühjahr kam, wallten dichte Nebel um die Schule, und die Lichtläufer wurden so rastlos wie Habichte, die am Fliegen gehindert werden. Sie waren es müde, immer zu lesen, Schach zu spielen, Unterricht zu haben oder zu putzen, waren auch die Gesellschaft der anderen leid und waren sich nur einig darin, Andrade mit einem an religiöse Hingabe grenzenden Eifer zu meiden.

Aber endlich lichtete sich der Nebel, die Sonne schien wieder, und nahezu jedes Lebewesen verließ das Schloß – einschließlich der Feld- und Waldbewohner, die in der Schule überwintert hatten und jetzt heimkehrten. *Faradh'im* und Lehrlinge und das gemeine Volk durchkämmten die Hügel, halb trunken vom Sonnenlicht. Andrade sah ihnen von den Zinnen aus zu und wartete, bis sie alle in den Wäldern oder auf den Klippen außer Sichtweite waren. Dann löste sie ihre silberblonden Zöpfe und fuhr sich mit den Fingern durchs Haar. Sie schwelgte in der Wärme der Frühlingssonne. Ihr letzter Spaziergang vor wenigen Tagen war eine deprimierende Angelegenheit gewesen; das Schloß war in Nebel gehüllt gewesen, was den letzten kleinen Scherz des Sturmgotts nach einem langen, wenig amüsanten Winter darstellte. Aber jetzt beanspruchte die Göttin den Himmel wieder für sich selbst.

Sie flocht ihr Haar neu und verzog das Gesicht, als sie weiße Strähnen darin entdeckte. Sie war sich sicher, daß die Schuld daran einzig Roelstras unmögliche Töchter trugen. Täglich bereute sie den Impuls, aus dem heraus sie die beiden sechs Jahre zuvor hatte haben wollen.

Die dreiundzwanzigjährige Pandsala hatte sich, bei aller königlichen Erziehung, erschreckend unwissend gezeigt. Sie verfügte über eine gewisse Schlauheit, die sie davor bewahrte, in totale geistige Unberührtheit abzusinken, aber sie besaß keinerlei Bildung. Es hatte ihr gar nicht gepaßt, daß sie zusammen mit den jüngeren Schülern ins Schulzimmer geschickt wurde, aber diese Maßnahme hatte die doppelte Wirkung, ihr eine gewisse Menge an Wissen einzuhämmern und sie andererseits von einigen ihrer weniger schönen arroganten Gedanken zu befreien.

Pandsala war jetzt neunundzwanzig und hatte sich ungeheuer verändert. Sie war so lange in ihren Versuchen entmutigt worden, die Rolle der gefangenen Prinzessin zu spielen, bis sie die Mühe aufgegeben hatte. Jetzt war sie fast erträglich. Aber es war die verblüffende Entdeckung ihres Lichtläufer-Potentials gewesen, die in ihr das nötige Gefühl für ihren wirklichen Wert geweckt hatte. Im vergangenen Sommer hatte sie ihren dritten Ring errungen.

Chiana war ein ganz anderes Problem. Die Frauen in der Schule hatten sie adoptiert, hatten sie wegen ihres traurigen Schicksals bemitleidet und sie verwöhnt. Sie war schnell an Körper, Geist und Seele. Niemand wußte, was sie als nächstes tun würde. Neben Roelstras aristokratischen Zügen und Palilas vollem kastanienbraunen Haar besaß Chiana einen eigenartigen Charme, außerdem ein Paar grünbraune Augen, die vor Tränen oder Verschlagenheit glänzen konnten. Andrade und Urival beobachteten sie genau, denn sie vermuteten, daß ihre reizonde Art noch Probleme mit sich bringen würde, wenn man sie nicht sorgfältig führte.

Pandsala sorgte für Disziplin. Da sie in ihrer Schwester die Ursache für ihr eigenes Exil sah, ließ sie sich von ihr nicht um den Finger wickeln. Seltsamerweise benahm sich Chiana ihr gegenüber, denn sie wünschte sich die Anerkennung und gute Meinung ihrer Schwester, so war eine Art familiäres Band zwischen den beiden entstanden. In diesem Winter hatte sich Pandsala damit beschäftigt, Chiana das Lesen beizubringen, und schien seither mit ihrem Schicksal viel zufriedener.

Andrade fragte sich, wie lange sie das Paar wohl bei sich behalten mußte. Trotz der Umstände ihrer Geburt würde Chiana irgendwann heiraten, und wenn Roelstra schließlich jedermann den Gefallen tat, zu sterben, dann würde Pandsala frei sein und tun können, was ihr gefiel.

Der Gedanke an den Hoheprinzen erinnerte Andrade daran, warum sie heute hier heraufgekommen war – nicht, um den Frühling einzuatmen, sondern um zu sehen, was um sie her geschah. Sie warf ihr offenes Haar zurück und schloß die Augen. Sie seufzte vor Vergnügen, als sie über die flachen Weiden von Ossetia ostwärts nach Gilad streifte, wo überflutete Güter repariert wurden; sie warf einen Blick zu den Catha-Höhen, wo Herden zu den reichen Gründen an der Küste getrieben wurden; ein lobender Blick fiel auf die weißen Segel von Lleyns Schiffen, die jetzt wieder regelmäßig ihre Handelsrouten abfuhren, nachdem die Sturmgefahr gebannt war. Im Süden war alles schön und gut, und Andrade lächelte zufrieden.

Aus reinem Vergnügen folgte sie den breiten Flußwindungen nach Norden. Hier empfand sie das Sonnenlicht als kühl, als es auf dem Wasser tanzte. Bis hinauf zu den unteren Hügeln des Großen Veresch-Gebirges flog sie und verhielt hier, um die schneebedeckten Gipfel zu bewundern. Das Vergnügen verging, als sie auf die Felsenburg hinabblickte, und Zorn trat an seine Stelle. Doch der wurde schnell ersetzt von Neugier, als ihr die Stille des Ortes auffiel. Trieb sich Roelstra irgendwo herum? In einer seiner Jagdhütten? Sie konnte nur ein paar seiner Töchter sehen, die sich im Garten aufhielten, nur einige wenige Diener und gerade genug Soldaten, um das Torhaus zu bewachen.

Andrade eilte über die Berge, benommen von dem Strahlen des weißen Schnees unter ihr, und warf dann ihre Stränge westwärts aus, nach Fessenden. Auch für sie hier war es ein harter Winter gewesen, das konnte sie sehen; noch immer lag der Schnee hoch, Fischerboote drängten sich im Hafen, und die Hafenstadt Einar zitterte im kühlen Sonnenschein. Sie würde schon bald Berichte von dem Lichtläufer erhalten, der am dortigen Hofe lebte, und würde erfahren, welche Art von Hilfe Lord Kuteyns Witwe benötigte, um ihr vom Winter verwüstetes Land wieder aufzubauen.

Ein schneller Blick hinüber nach Kierst-Isel machte ihr Freude; die Garnisonen entlang der Grenze hatten in diesem Frühjahr Ruhe, wo sie normalerweise mit ihrem Gezänk beschäftigt waren. Die Erinnerung an Rohans Vorschlag, Grenzen gesetzlich festzulegen, ließ sie lächeln; vielleicht hatten sich Volog und Saumer endlich geeinigt, wem was gehörte. Ein Satz über die breite Bucht zwischen Insel und Festland, und sie befand sich über Meadowlord, das vom Schmelzwasser des Frühjahrs aufgeweicht war. So oft sie sich auch gefragt hatte, warum die alten *Faradh'im* die Schule der Göttin gerade an diese neblige Küste gebaut hatten, so oft hatte sie ihnen auch dafür gedankt, daß sie nicht die sumpfige Tiefebene mit den feuchten Sommern und nicht endenwollenden Heerscharen von Insekten gewählt hatten.

Weiter, nach Syr, einem reichen und fruchtbaren Land zwischen Flüssen, dessen Boden dunkel war von Pflügen und Neubepflanzen – und schließlich ein verklärter Blick auf das Heim ihrer eigenen Kindheit, das Freisassengut Catha, das niemals anderen als ihrer eigenen Familie gehört hatte, von der nie jemand das Knie vor dem Prinzen gebeugt hatte. Beim Tode ihres Vaters war es an Syr zurückgefallen, denn sie selbst hatte jeglichen Anspruch daran aufgegeben, und es lag zu weit von der Wüste entfernt, um von Zehava wirksam regiert zu werden. Der schlichte Steinturm erhob sich stolz und weiß aus einer Senke zwischen niedrigen Hügeln, in Blickweite – für eine *Faradhi* auf dem Flug – von River Run, dem Besitz von Sioneds Familie. Sie verhielt hier, um den riesigen Besitz zu betrachten, und runzelte die Stirn, als sie entdeckte, daß auch er fast leer war.

Noch einen Platz wollte sie heute aufsuchen; Firon und Cunaxa, wo gewiß noch Schnee lag, konnten bis zum nächsten Mal warten. Sie wollte die Wüste sehen, Stronghold und den Weiten Sand, und möglicherweise einen Blick auf die beiden erhaschen, die dort so klug und gut herrschten, wie sie es immer vorhergesehen hatte. Aber als sie erneut über die Syrener Felder glitt, sah sie Zelte. Und Pferde, Bogenschützen und Schwertsoldaten in strenger Formation. Und auf einer Anhöhe, von der aus man das Ganze überblikken konnte, entdeckte sie zwei riesige Fürstenzelte: eines türkis, das andere violett, Syr und Prinzenmark. Sie lagerten nicht einmal einen Tagesmarsch von der Grenze zur Wüste entfernt.

Andrade eilte in die Faolain-Tiefebene, wo Lord Baisals Besitz vor Geschäftigkeit summte und wo Chaynals rotweiße Kriegsfahne flatterte. Wut packte sie. Warum hatte ihr niemand davon erzählt? Und warum flatterten da nicht Rohans eigene Farben? Und wer gehörte zu der schwarz-grünen Flagge, die auf den Feldern vor dem Gutshaus aufgestellt worden war, wo sich die Truppen zum Krieg sammelten?

Obwohl sie Sioned finden und eine Erklärung von ihr fordern wollte, kehrte Andrade statt dessen in die Schule der Göttin zurück. Sie würde durch ihre *Faradh'im*, die sich an den Höfen aufhielten, die anderen Prinzen informieren müssen. Doch als sie über den Kadar-See hinwegschwebte, stöhnte sie vor Schreck laut auf. Auf der Hauptstraße dort unten marschierte eine beachtliche Streitkraft bewaffneter Männer, Offiziere zu Pferde, die rot-gelbe Stander als Soldaten des jungen Lord Lyell aus Waes auswiesen. Sie hielten direkt auf die Schule der Göttin zu.

Bei Einbruch der Nacht hatte sich Andrades Zorn in tiefen Haß gewandelt. Sie rief alle in die Halle und wartete in schrecklichem Schweigen, bis jeder seinen Platz an einer der langen Tafeln eingenommen hatte, Urival und die Senior-*Faradh'im* auf der einen Seite von ihr, die anderen je nach Rang um sie herum.

»Truppen, die zu Lord Lyell von Waes gehören, der mit des Hoheprinzen Tochter Kiele versprochen ist, haben sein Banner in einem Lager vor unseren Toren aufgestellt. Man sagt uns, es sei zu unserem Schutz. Man sagt uns, Lord Lyell sorge sich in diesen unruhigen Zeiten um unsere Sicherheit, jetzt, wo der Hoheprinz Roelstra und Prinz Jastri aus Syr nahe der Grenze zur Wüste ihr Lager aufgeschlagen haben und wo die Merida Tiglath belagern. Man sagt uns, Lord Lyell habe die Aufgabe übernommen, uns zu verteidigen. Man sagt uns, er tue dies, weil er wisse, daß es den *Faradh'im* untersagt ist, zu töten, selbst zu ihrer eigenen Verteidigung.« Sie unterbrach sich und lächelte grimmig. »Man erzählte uns vieles – meistens Lügen.

Viele von Euch sind heute auf der Suche nach Informationen im Sonnenlicht geflogen. In einigen Fällen habt Ihr die anderen *Faradh'im* vergeblich gesucht, denn die Lords und Prinzen, die sich mit Roelstra verbündet haben, haben sie fern vom Licht eingesperrt. Sie sind Gefangene wie wir – und wie Prinz Rohan auf Schloß Feruche.«

Die meisten hatten davon nichts gewußt, und ein überraschtes Gemurmel lief durch die Versammlung. Andrade hob ruhegebietend beide Hände hoch.

»Von Prinzessin Sioned, einer von uns, haben wir keine Nachricht. Ich habe sie persönlich gesucht und nicht gefunden. Aber wir wissen vom Lichtläufer Kleve in Tiglath, daß Ianthe, die Tochter des Hoheprinzen, Prinz Rohan festhält.«

Urival, der direkt neben ihr saß, murmelte: »Nicht lange, wie ich Sioned kenne.«

Andrade versuchte, über die Panik hinwegzukommen, die seine Bemerkung in ihrem Herzen hervorrief. »Wenngleich wir frei sind, das Sonnenlicht zu weben, so sind wir doch in diesem Schloß gefangen. Urival und ich haben über Möglichkeiten gesprochen, wie einige von uns in aller Heimlichkeit freikommen können, während die anderen hier bleiben und Lord Lyells Truppen glauben machen, wir wären noch alle seine Gefangene. Wir haben –«

»Ich kann das tun.«

Andrade starrte durch die Halle zu Pandsala hinüber, die sich von ihrem Stuhl erhoben hatte.

»Ich kann einigen von uns die Freiheit verschaffen«, erklärte die Prinzessin. »Lyells Männer werden die Tochter meines Vaters nicht an der Flucht aus der Schule hindern.«

Urival sog scharf die Luft ein, und Andrade verfluchte sich, weil sie nicht schon früher an Pandsala gedacht hatte. Mißtrauen zuckte durch ihren Geist, aber sie ließ Urival ihre Bedenken aussprechen.

»Ist dies eine Flucht zu unserem Wohle – oder zu deinem?« erkundigte er sich kalt.

»Ich verstehe Euer Zögern«, antwortete Pandsala. »Es ist wahr, ich wäre lieber draußen in der Welt. Aber ich hatte schon früher Gelegenheiten, von hier fortzugehen, und habe sie nicht wahrgenommen. Glaubt Ihr, ich würde meinem Vater helfen, der mich gegen meinen Willen hierher geschickt hat? Er hat mich ausgestoßen. Ihr habt mich aufgenommen. Ich trage drei *Faradhi*-Ringe. Wenn Ihr mir nicht traut, dann benutzt mich nicht.«

Urival hätte sie gerne noch weiter befragt, aber ihre würdevolle Antwort hatte Andrade beeindruckt. Sie bedeutete ihrem Präfekten zu schweigen und sagte: »Was schlägst du vor?«

Die Prinzessin verschränkte die Hände vor sich, nicht ganz fest genug, um ihr aufgeregtes Zittern zu verbergen. »In der Dämmerung, wenn das Licht unbestimmt ist und Fackeln benötigt werden, werde ich mit denen, die Ihr auswählt, durch das Seitentor hinausgehen. Wenn wir in Reichweite von Lord Lyells Lager sind, müßt Ihr hier mit einem Aufschrei den Eindruck stärken, daß ich mit meinen Freunden entflohen bin.«

»Und dann?« bohrte Urival, noch immer mißtrauisch.

»Ich bin eine verängstigte Prinzessin«, fuhr Pandsala mit dem Anflug eines Lächelns fort. »Ich werde Wachen verlangen, die mich zum Lager meines Vaters in Syr geleiten. Lord Lyells Truppen um zehn oder zwölf Krieger zu verringern ist zwar nicht viel, aber es könnte eine kleine Hilfe sein. Und außerdem müßte mindestens ein Mann, wahrscheinlich sogar zwei nach Waes reiten, um Seine Lordschaft von meiner Tat zu unterrichten. Wenn wir Glück haben, können wir fünfzehn Mann von der Schule der Göttin abziehen.«

»Fünfzehn oder fünfzig«, grübelte Urival.

»Und ich werde darauf bestehen, daß mich nur die allerbesten Kämpfer begleiten«, fügte Pandsala raffiniert hinzu. »Das ist schließlich mein gutes Recht.«

Andrade nickte langsam. »Sehr gut. Urival, Pandsala, kommt mit in mein Zimmer. Ihr anderen – schlaft Euch heute nacht aus, denn morgen gibt es viel für Euch zu tun.«

Als sie den langen Gang zwischen den Tischen hindurchschritt, schlossen sich Urival und Pandsala ihr an. Andrades Blick wanderte zu Chiana – die plötzlich ihrem Vater viel ähnlicher sah, als es für Andrades Seelenfrieden gut war.

»Wenn Rohan diesen Ort noch nutzen will, wenn das alles vorbei ist, dann können wir hier nicht länger lagern.« Chay wandte sich vom Fenster ab und seiner Frau zu, die ihre schmutzigen Reitkleider gegen saubere auswechselte. Er sah sie mit gerunzelter Stirn an. »Tobin, ich wünschte, daß du hier auf dem Gut für Ordnung sorgst. Du wirst nicht mit mir in den Krieg ziehen.«

»Versuch nur, mich aufzuhalten«, erklärte sie und zog ihre Stiefel an. »Du bist der Befehlshaber des Militärs, aber ich bin die Tochter meines Vaters. Und bis Rohan und Sioned eintreffen –«

»Was ist nur in diese Frau gefahren, Stronghold zu verlassen?« brummte er und ging so voller Aufregung im Zimmer auf und ab, wie er es niemandem sonst gezeigt hätte. »Von allen dummen –«

»Aber begreifst du denn nicht?« rief Tobin aus. »Niemand außer Sioned kann Rohan helfen!«

»Soviel habe ich schon begriffen, danke«, fuhr er sie an. »Aber ich behaupte immer noch, daß mit einer kleinen Truppe –«

»Du vergißt, wie Feruche gebaut ist. Und auch, was Sioned kann.« Tobin stand auf und stampfte mit den Füßen auf, damit die Stiefel richtig saßen. »Hast du etwa erwartet, sie würde hier sitzen und darauf warten, daß wir kommen und ihr ihren Plan ausreden? Im Namen der Göttin, wie sehr wünschte ich, eine echte Lichtläuferin zu sein! Wir haben niemanden, der sie oder Andrade oder irgendwen sonst kontaktieren kann!« Sie stopfte sich die Bluse in die Hose und fuhr fort: »Laß uns reiten, Chay. Ich möchte mir die Vorkehrungen im Feldlager ansehen. Und außerdem hast du recht, was den Umzug angeht. Lord Baisal kann hier nicht länger alle ernähren.«

Unten im Hof hatte das Eintreffen von Chays Truppen das Chaos nur noch verstärkt. Pferde, Fußsoldaten, Bogenschützen, Schwertkämpfer – und Lord Baisals gesamte Diener – schwärmten ohne erkennbare Ordnung durcheinander. Chay war zuversichtlich, daß sein Hauptmann bis zum Anbruch der Nacht alles in Ordnung gebracht haben würde, und so bestiegen er und Tobin ihre Pferde und ritten zu Lord Davvi ans Tor.

»Ich habe getan, was ich konnte«, erzählte Sioneds Bruder ihnen. »Aber ich verfüge hier nicht über wirkliche Autorität, außer bei meinen eigenen Leuten. Ich bin froh, daß Ihr hier seid, Herr.«

»Titel sind in der Öffentlichkeit ja schön und gut – aber bitte, nenn mich Chay. In gewisser Weise sind wir schließlich Brüder, nicht wahr.«

Tobin unterdrückte ein amüsiertes Grinsen, als das Lächeln ihres Gatten die übliche Wirkung zeigte. Mit nur zwei Sätzen hatte er Davvi zu seinem Gefolgsmann gemacht, der in jede Schlacht ziehen würde, die Chay austragen wollte.

»Danke«, entgegnete Davvi einfach. »Wir werden jetzt das Lager besichtigen, und ich –«

Er wurde durch einen schrillen Schrei hinter ihnen unterbrochen. Ihr Instinkt als Eltern ließ Tobin und Chay in Sekundenbruchteilen von ihren Pferden springen. Beide hörten deutlich das Drängen in Sorins Stimme. Chay bahnte ihnen einen Weg zu der Ecke des Hofes, wo die Zwillinge ihre Pferde striegelten. Sorin rannte zu seinem Vater und klammerte sich erschreckt an dessen Arm. Andry stand in einem Brunnen aus Sonnenlicht, starr und bebend, die blauen Augen weit aufgerissen.

Tobin kniete neben Andry nieder. Als sie das Sonnenlicht mit ihm teilte, spürte sie, wie sie es erwartet hatte, die betäubende Berührung einer mächtigen *Faradhi*. Aber es war nicht Sioned, die sie auf dem Sonnenlicht fühlte. Es war Andrade.

Tobin? Gütige Göttin, Mädchen, warum hast du mir nicht erzählt, daß der Knabe so talentiert ist? Nun, das ist jetzt nicht wichtig. Dieser junge Idiot Lyell aus Waes versucht, die Torte zu schützen, die er selbst verspeist. Er hilft dem Lord seiner toten Schwester in Tiglath und marschiert außerdem mit seinen Truppen hierher, um mich festzuhalten, während Roelstra und Jastri im Süden Unheil anrichten. Urival und ich arbeiten daran, aber ich bin nicht sicher, wie wir es schaffen sollen. Ich habe Nachricht an jeden Hof gesandt, wo meine Lichtläufer nicht vom Licht ausgeschlossen sind – ich glaube sicher, das war ein Befehl von Roelstra an jene, die er unter seiner Knute hat. Dazu zählen wohl auch Syr und Cunaxa – in der Hoffnung, nach dem Merida-Krieg Anteile an der Wüste zu bekommen. Saumer aus Isel insgeheim wohl auch, Volog aus Kierst sagt, es gehen Gerüchte über Handelsabkommen. Waes spielt ein Doppelspiel, und ich bin sicher, Clutha hat Anfälle und könnte Lyell dazu bringen, sich einzureihen. Trauen – kann man wohl nur Lleyn, und vielleicht Pimantal aus Fessenden, denn Roelstra hat ein Auge auf Einar, seine Stadt, geworfen. Erzähl das Sioned, wenn du sie finden kannst, denn ich vermag es nicht. Ich weiß Bescheid über Feruche. Bring Andry nach Stronghold und Sorin mit ihm. Dort ist er in Sicherheit, denn Roelstra wird angreifen, sobald er beschließt, den Abfall von Lord Davvi zu erkennen. Paß auf dich und Chay auf – ich komme, sobald ich kann.

Tobin fühlte, wie kräftige Arme sie hochhoben und aus dem heißen Sonnenschein ins kühle, dunkle Gutshaus trugen. Die Erleichterung hätte sie fast zum Weinen gebracht. Es dauerte lange, bis sie sich von der Dauer und rücksichtslosen Kraft erholt hatte, die in Andrades Berührung gelegen hatte, und als sie wieder bei vollem Bewußtsein war, lag sie im Bett, schlapp vor Erschöpfung und unfähig, einen Streit mit Chay auch nur in Erwägung zu ziehen, als der ihr die Kleider auszog und sie zudeckte.

»Andry?« murmelte sie.

»Er ist in Ordnung. Sorin hat ihn in den Schatten geführt, und jetzt ruht er sich in seinem Zimmer aus.« Chay saß neben ihr und preßte ihre Hand an seine Wange. »Verdammt, Tobin«, murmelte er heiser. »Ich hasse das.«

»Mir geht es wieder gut, Lieber«, tröstete sie. »Andrade ist einfach nicht so sanft wie Sioned.« Sie erzählte ihm von den Neuigkeiten, und seine Schultermuskeln arbeiteten unter neuer Spannung.

»Perfekt!« krächzte er. »Wundervoll! Hilfe von Lleyn und Pimantal und Volog! Inseln zu beiden Seiten der Welt, und ein Prinzenreich, das ebensogut auch dort liegen könnte! Wo soll denn da die Hilfe sein?«

»Die anderen haben sich entweder mit Roelstra verbündet, oder sie haben Angst vor ihm. Ohne ein einziges *Rialla* in den vergangenen sechs Jahren, wo doch so viel auf dem Spiel steht jetzt –«

Grimmige Entschlossenheit sprach aus seinen grauen Augen und dem vorgereckten Kinn. »Roelstra wird weder in diesem noch in irgendeinem anderen Jahr am *Rialla* teilnehmen«, erklärte er ruhig.

Tobin sah ihn gehen, und erst als er fort war, erschauderte sie. Nie zuvor hatte sie Mordlust in seinem Blick gesehen.

Der Bericht von Chays Hauptmann am nächsten Morgen machte Davvi nicht gerade Mut, und das sagte er auch. »Einhundertdreiundsechzig Pferde, einhundertundfünf Bogenschützen – und nicht annähernd genug ausgebildete Soldaten.« Er blickte Chay aus besorgten grünen Augen an. »Wenn wir dann noch diejenigen zählen, die zwar eine Sense, aber kein Schwert führen können –«

»Bist du jemals von einem Mann mit einer Sense angegriffen worden, Davvi? Einem Mann mit den Muskeln eines Mähers, der nichts anderes im Sinn hat, als dir den Kopf abzuschlagen wie einen Getreidehalm?« Chay lächelte schmallippig. »Wir schaffen das prima. Zweihundertundsechsunddreißig Schwerter und Sensen. Zu Pferde sind deine Leute die bestausgebildeten –«

»Abgesehen von deinen eigenen«, unterbrach Davvi ihn trocken, und Chay zuckte mit den Schultern. »Von denen, die Lord Baisal mitgebracht hat –«

»Ja, aber die haben diesen bestimmten Ausdruck in den Augen. Es sind ihre eigenen Felder, die sie verteidigen. Wenn du mir einen Gefallen tun willst, dann hilf mir bitte bei den Plänen für die Verlegung. Wir werden morgen ein neues Lager aufschlagen. Der Kampf *für* das eigene Land ist ein ungeheurer Antrieb, aber der Kampf *darauf* macht die Leute nervös.«

Das hatte Chay von Zehava gelernt. Als er jetzt nach oben zu seiner Frau ging, verspürte er flüchtig den Wunsch, daß der alte Prinz hier wäre, um diese Schlacht zu leiten. Oder, noch besser, es würde überhaupt keine Schlacht geben. Feine Gedanken für einen alten Krieger, sagte er sich mürrisch. Rohan hatte ihn tatsächlich mit seinen Friedensplänen angesteckt, und Chay vermutete, daß man sich von dieser ›Krankheit‹ nicht erholte, wenn sie sich erst einmal im Blut und im Gehirn breitgemacht hatte. Aber man wollte es wohl auch nicht.

Tobin hatte den Vormittag mit Arbeit im Gutshaus verbracht und hatte Baisals tüchtige, aber verwirrte Bedienstete in eine effiziente Kriegsmaschine verwandelt. Aber am späten Vormittag suchte sie freiwillig wieder ihr Bett auf, um sich auszuruhen. Der Kontakt mit Andrade hatte sie mehr erschöpft, als sie gedacht hatte. Chay beobachtete sie eine Weile. Er war erleichtert darüber, daß wieder Farbe in ihre Wangen zurückgekehrt und daß ihr Schlaf tief und ruhig war. Sie war jetzt schöner als am Tag ihrer Hochzeit – geistreicher und mit königlicher Haltung. Die Tochter des Drachen war ruhiger geworden, aber sie war nie gezähmt worden. Er strich ihr das schwarze Haar von den Schultern und küßte sie auf die Stirn. Dann verließ er sie, um den Geruch der morgendlichen Arbeit abzuwaschen.

Als sie erwachte, war er sauber und frisch gekleidet und saß an einem kleinen Tisch beim Essen. »Komm und iß«, lud er sie ein.

Sie reckte sich, gähnte und gesellte sich zu ihm – nackt, wie neugeboren. »Ach, wer außer dir kann mich schon sehen?« meinte sie achselzuckend als Antwort auf seine hochgezogenen Brauen. »Und du bist daran gewöhnt. Es ist zu heiß für Kleider, Chay.«

»Mein schamloser Liebling, wenn ich einmal an deinen Anblick gewöhnt sein sollte, dann nur, falls ich blind geworden bin – und selbst dann würden meine Finger dich ansehen. Hier, iß ein wenig Käse. Der ist recht gut. Ich frage mich, womit die ihre Ziegen füttern.«

»Hat Roelstra schon etwas unternommen?« wollte sie wissen, als sie sich setzte.

»Der Wein ist auch nicht schlecht. Ich fürchte, wir werden von Baisals privater Reserve wenig übriglassen.«

»Sind noch weitere Truppen im Anmarsch? Wie viele haben wir inzwischen?«

»Schon deine Zunge lieber, und leck damit den Löffel ab.«

Sie schnitt ihm eine Grimasse, aber der Hunger war jetzt stärker als ihre Neugier. Nachdem sie sich gründlich über das Essen hergemacht hatte, teilte ihr Chay die Beobachtungen mit, die er an diesem Tag gemacht hatte. Er wollte ihre Meinung dazu hören. Er würde sie vermissen, überlegte er, wenn sie nach Stronghold abgereist sein würde. Aber ihre Sicherheit und die ihrer Söhne waren wichtiger.

Ihre Sprößlinge hatten sich rundheraus geweigert, in Burg Radzyn zu bleiben, und erklärt, wenn ihre Mama in den Krieg zöge, dann sollte man es auch ihnen erlauben – und wenn sie jetzt nicht mitgenommen würden, dann würden sie sich heimlich davonstehlen. Chay kannte seine Söhne zu gut, um auch nur einen Augenblick daran zu zweifeln, daß sie genau das tun würden, und er überlegte, daß es besser wäre, sie unter Beobachtung zu haben, als nicht zu wissen, was sie vorhatten. Morgen jedoch würde er sie nach Stronghold schicken, aber Tobin wußte noch nicht, daß sie mit ihnen gehen sollte. Als er es schließlich erwähnte – beiläufig, während er von einem Apfel abbiß –, erinnerte ihn ihre Reaktion daran, warum er Messer in ihrem Schlafzimmer verboten hatte.

»Ich werde nicht gehen! Du brauchst mich hier!«

»Ich brauche die Gewißheit, daß du in Sicherheit bist.«

»Niemand sonst kann als *Faradhi* fungieren, und selbst das bißchen, was ich tun kann, kann sicherstellen, daß du auch weiterhin informiert wirst. Verdammt, Chay, ich werde nicht gehen!«

»Würdest du bitte vernünftig sein? Wir müssen Sorin und Andry in Sicherheit bringen – vor allem Andry! Ich werde sie auf ihre Pferde binden und sie von ihren Knappen bewußtlos schlagen lassen, wenn es sein muß. Zwing mich nicht, bei dir genauso zu verfahren.«

»Das würdest du nicht wagen!«

Es war erstaunlich, wie ähnlich sie Zehava sah, wenn sie wütend war. »Hör zu. Du bist hier nützlich für mich, ja. Aber ich will meine Zeit nicht mit Sorgen um deine Sicherheit verbringen. Glaubst du etwa, die Jungs würden ohne dich abziehen? In Stronghold kannst du Sioned helfen. Muß ich etwa alle die Gründe anführen, die du doch bereits kennst, Tobin?«

Sie funkelte ihn wütend an. »Du bist schrecklich, wenn du vernünftig bist.«

Er dankte der Göttin dafür, eine Frau zu haben, die nicht nur Verstand, sondern auch Temperament besaß. Er streckte die Hand nach ihr aus, denn er wollte ihre Hand nehmen und seine Dankbarkeit für alle ihre Tugenden ausdrücken, die ihn manchmal ablenkten. Als sie jetzt ihre Finger zurücknahm, lächelte er. Der Stolz verbot es ihr, jetzt nett zu sein. Also lehnte Chay sich zurück und musterte sie wohlwollend, wie sie ihm gegenübersaß, ein Bein untergeschlagen, nur von dem schwarzen Umhang ihre Haare verhüllt.

Seine stumme Bewunderung fand ein Ende, als heftig an die Tür gehämmert wurde. Während er aufstand, um zu öffnen, warf er seiner Frau sein Hemd zu und wartete ab, bis sie es angezogen hatte. Es reichte bis an ihre Knie und bedeckte auch sonst alles Notwendige, aber als Chay die Tür öffnete, sprangen Baisals Augen fast aus ihren Höhlen, und seine Wangen liefen rot an. Direkt hinter ihm stand Maarken, der bleich und krank aussah. Chay starrte erstaunt seinen Sohn an, den er zwei Jahre lang nicht gesehen hatte; der abrupte Wechsel vom Kind zum großen, selbstbewußten jungen Knappen war mehr, als er mit einem Blick aufnehmen konnte. Vater und Sohn starrten sich eine Weile an, bis Chay Maarken in die Arme nahm und heftig an sich drückte.

»Gütige Göttin, wie schön, dich zu sehen! Was machst du hier?«

Tobin stieß einen glücklichen Schrei aus und stürzte auf sie zu. »Maarken – oh, Maarken, wie bist du groß geworden!« Ihre Augen füllten sich mit Tränen, als sie ihren Sohn umarmte.

Der Knabe lächelte müde. »Ich habe allen in Graypearl gesagt, wie schön du bist, Mutter. Jetzt können sie dich selbst sehen und werden feststellen, daß ich nicht übertrieben habe.«

Chay wandte sich in dem Wunsch nach einer Erklärung zu Baisal um. Der ältere *Athri* räusperte sich, peinlich berührt sowohl davon, Zeuge dieser Familienszene zu werden, als auch durch die unübliche Kleidung der Prinzessin, deswegen wohl noch mehr. Es war Maarken, der die unausgesprochene Frage seines Vaters beantwortete.

»Ich bin mit den Bogenschützen gekommen, Vater – mit fünfzig Mann, von Prinz Lleyn gesandt. Wir haben gestern morgen ganz früh Segel gesetzt und sind den Faolain heraufgekommen, so weit wir konnten.« Er zuckte kurz mit den Achseln. »Und dann mußten wir laufen.«

»Kein Wunder, daß du so grün bist«, bemerkte Chay. An Baisal gewandt, fuhr er fort: »Bittet meinen Hauptmann, Plätze für die Neuankömmlinge zu finden. Ihr und ich und Lord Davvi, wir werden mit demjenigen sprechen müssen, der die Bogenschützen anführt.«

»Wie Ihr wünscht, Herr.« Nach einem letzten, verstohlenen Blick auf Tobin zog sich Baisal zurück.

Die Prinzessin versuchte ihren Sohn zu überreden, etwas zu essen, und Chay grinste, als das Gesicht seines Sohnes noch bleicher wurde. »Laß ihn, Tobin. Er wird essen, sobald er sich davon erholt hat, auf dem Wasser gewesen zu sein. Ehrlich gesagt, ich bin erstaunt, daß er noch aufrecht steht. Was hat Lleyn vor, Maarken?«

»Genau das, was du erwarten würdest. Es tut ihm nur leid,

daß er in der kurzen Zeit nicht noch mehr Krieger bereitstellen konnte. Aber sie werden bald kommen, und mit ihnen Schiffe.«

Chay sank in einen Sessel und dachte darüber nach. Er hatte noch nie einen Krieg zu Schiff geführt, aber die Möglichkeiten reizten ihn.

»Der *Faradhi* oben in Tiglath hat vorgestern mit Meath – das ist Lleyns zweiter Lichtläufer – Kontakt aufgenommen«, fuhr Maarken fort. »Das Sonnenlicht ist mit Nachrichten dicht übersät, Vater. Als Urival Meath gestern in der Morgendämmerung anrief, hatte Lleyn bereits alles zusammengestellt, so daß wir so schnell wie möglich aufbrechen konnten.« Er machte eine kurze Pause und sah seinen Vater dann mit gequältem Blick an. »Ist das mit Ianthe wahr?«

»Ja. Ich bin froh, daß Lleyn so schnell gehandelt hat – nicht nur, was die Bogenschützen angeht, sondern auch, daß er dich hierher geschickt hat.« Er warf Tobin einen Blick zu. »Jetzt gibt es keine Entschuldigung mehr für dich, nicht nach Stronghold zu gehen. Maarken kann gleichzeitig Knappe und Lichtläufer sein.«

»Meath und Eolie haben mir genug für den ersten Ring beigebracht, Mutter«, erzählte Maarken, als sich Tobins Brauen zusammenzogen. »Sie wollen Lady Andrade um Erlaubnis bitten, mich weiter auszubilden. Ich kann dasselbe tun wie du – ehrlich.«

Chay sah die Gefühle seiner Frau in ihrem Gesicht miteinander streiten: Zorn, weil man ihr den Grund genommen hatte, hier zu bleiben, Stolz auf ihren Sohn, Trauer darüber, daß ihr nur wenig Zeit mit ihm blieb, ehe sie am nächsten Morgen abreisen mußte. Aber alles, was sie sagte, war: »Wenn Meath so klug gewesen ist, deine Farben bekannt zu machen –«

»Der *Faradhi* in Tiglath kennt sie. Er kann es den anderen

erzählen. Du kannst guten Gewissens nach Stronghold ziehen, Mutter.«

Chay hustete, um sein Lachen zu verbergen. Es war nicht ihr Gewissen gewesen, das Tobin hier festgehalten hatte, und nun sollte es sie gar nach Stronghold treiben?

»So. Damit ist es deinem Vater nun ja gelungen, seinen Willen durchzusetzen. Wie immer.«

Ihre Kapitulation war genug; Chay hatte schon vor langer Zeit gelernt, nicht über seine seltenen Siege über sie zu triumphieren. Denn das war der sicherste Weg, ihr Temperament zu entfesseln und ihre unglaubliche Hartnäckigkeit auf den Plan zu rufen. Jetzt wechselte sie das Thema. »Ich würde gern noch vor morgen mit dir über Andry sprechen, Maarken. Schon zweimal ist er in einer *Faradhi*-Arbeit gefangen worden, und er versteht das nicht. Du hast von Meath und Eolie sicher genug gelernt, um es ihm erklären zu können.«

»Die ersten paar Male ist es wirklich ein bißchen erschreckend«, gab Maarken mit der ganzen Weisheit desjenigen zu, der einen Lichtläuferring verdient hat, aber noch nicht trägt. Chay sagte sich, daß er seinen Sohn von nun an nicht mehr wie einen kleinen Jungen, sondern wie einen Mann behandeln mußte, und einen Augenblick trauerte er dem Kind nach, das Maarken gewesen war. Er hätte sich keinen besseren Kameraden wünschen können als den Jüngling, den er jetzt vor sich sah – kaum elf Winter alt, und doch verhielt er sich genau so, wie der Sohn eines Prinzen es sollte. Dennoch…

»Ich ziehe mir etwas an«, sagte Tobin, »und dann gehen wir die Jungs suchen.« Sie verschwand hinter einem hohen Wandschirm in einer Zimmerecke.

Maarken sah seinen Vater nachdenklich an. »Soll ich wirklich dein Knappe sein?«

»Ich nehme an, Lleyn und sein Sohn Chadric haben dich entsprechend ausgebildet.«

Der Knabe nickte. »Aber heißt das, daß ich an deiner Seite in den Krieg ziehen kann? Daß ich nicht nur in deinem Zelt herumsitzen soll?«

Chay hörte einen leisen Ton von Tobin. *Die Göttin helfe mir*, dachte er. *Ich will nicht, daß meine Söhne aufwachsen und in so jungen Jahren in die Schlacht ziehen müssen. Rohan hat recht – das hier muß der letzte Krieg sein. Wenn Sioned ihn nur befreien kann, damit er ihn durchkämpfen kann, und niemals wieder einen anderen führen muß –*

»Vater?«

»Ja, Maarken. Ich gehe nicht davon aus, daß du viel in meinem Zelt herumsitzen wirst.«

Wieder war es Nacht, heiß und stickig. Die sechste Nacht seit Ianthe. Rohan wandte sich von dem Abendessen ab, das man vor ihn gestellt hatte. Essen, Wein, selbst Wasser war ihm verdächtig. Er traute weder seiner Zunge noch seiner Nase, denn alles schmeckte und roch für ihn nach *Dranath*. Er hatte das Schlimmste hinter sich, denn er hatte in den letzten Tagen nur Dinge gegessen, die er für wenig gefährlich hielt – Obst, das er selbst schälte, Drachenschwanzkaktus-Wurzeln, von denen er die Soßen abgewaschen hatte, und ein paar andere Sachen. Sein Magen knurrte immer wieder vor Leere, aber er hatte keine andere Möglichkeit, sicherzugehen, daß er nichts mehr von der Droge zu sich nahm. Er fand, es war eine Ironie, daß das *Dranath*, das seine Drachen gerettet hatte, eine so große Gefahr für ihn darstellte.

Aber er konnte sein Handeln nicht ausschließlich seiner Verwirrung durch die Droge und das Fieber zuschreiben. Sein Blick glitt in die Ecke, wo er die obszönen Vorhänge und den Wandteppich gestapelt hatte. Er hatte alles herabgerissen, nachdem Ianthe ihn verlassen hatte, beschämt und wütend angesichts der Erinnerungen, die sie in ihm erweckten, und er wünschte, er wäre *Faradhi* – dann hätte er sie in Brand setzen können. Aber ihm war nicht einmal eine einzige Kerze erlaubt, geschweige denn ein Hilfsmittel, diese auch anzuzünden. Die Stickereien waren auch nutzlos, wenn er an Flucht dachte, denn sein Gemach lag sieben Stockwerke hoch über dem Hof. Und er hatte die Absicht, nur dann zu sterben, wenn er Ianthe mit in den Tod nehmen konnte.

Sie war schlau und vorsichtig gewesen. In seinem Zimmer fand sich nichts Scharfes, nicht einmal Messer oder Gabel zum Essen. Außerdem gab es nichts, das schwer genug gewesen wäre, um sie umzuwerfen, oder dünn genug, um in eine wirksame Schlinge gedreht zu werden. Alles, was er hatte, waren seine Hände – seine schuldigen, verräterischen Hände, die das Leben schon vor sechs Nächten aus ihr hätten herauswürgen sollen. Er hätte sie bereits damals töten sollen.

Er fragte sich, wann sie wieder zu ihm kommen würde. Ob überhaupt. Er hatte niemanden außer dem Wachtposten gesehen, der ihm sein Essen brachte. Er beschäftigte sich damit, zu beobachten, das draußen vor seinen Fenstern vorging, und prägte sich ein, wann die Mahlzeiten eingenommen und die Wachen gewechselt wurden, aber auch die Anzahl von Soldaten und Bediensteten. Zwei Tage lang hatte er das Schloß zu diesem Raum bearbeitet, ohne etwas zu erreichen. Sein Wächter hatte die schweren, bronzenen Vorhangstangen entfernt; es gab kein anderes Möbelstück als das schwere Bett, um daraus eine Waffe anzufertigen; nichts in dem großen Zimmer, das er hätte benutzen können. Und Flucht kam für ihn nicht in Frage.

Jemand mußte kommen, um ihn zu befreien. Ein Sturm

auf das Schloß, ein Versuch, ihn zu holen, irgend etwas. Er verachtete sich selbst, weil er sich auf andere verließ, während er einen Ausweg suchte, aber ihm blieb keine andere Hoffnung. Allmählich machten sich in ihm Entsetzen und der Gedanke breit, daß seine eigene Gefangennahme nur ein kleiner Teil eines weit umfassenderen Planes war und daß alle anderen entweder gefangen oder tot waren. Eingesperrt und rastlos lief er Nacht für Nacht auf dem bloßen Steinboden hin und her, beschwor vor seinem geistigen Auge nicht nur die Zerstörung von Feruche, sondern auch die der Felsenburg und der ganzen Prinzenmark. Er sah sich selbst an der Spitze der Wüsten-Armeen, wie er das Land verwüstete und Rache nahm. Und den Hoheprinzen richtete er persönlich mit seinem Schwert hin, während die anderen Prinzen und Lords zusahen und angesichts dieser Demonstration seiner Macht erbebten.

Hübsche Vorstellung, sagte er sich verbittert. Sein Schwert, das den Tod brachte. Land, kahl und tot, Tausende von Toten, Zehntausende, die heimatlos waren. Soviel zu seinen Idealen. All die prächtigen, kindischen Vorstellungen seiner Jugend, dahin wie Sand im Wind, und er sah sie verschwinden und empfand nichts weiter als Scham.

Nicht, weil sie vergingen oder weil er sie gehen ließ. Scham darüber, daß er sich so getäuscht hatte. Das Leben war nicht zivilisiert. Die Menschen waren nicht bereit, das Gesetz zu befolgen. Sie alle waren Barbaren, und Rohan selbst war der schlimmste. Er war ein Prinz, mit der Macht der Wüste und dem Reichtum des Drachen an seiner Seite. Er hatte sich zum Narren gemacht, als er sich sagte, er wäre besser als die anderen, er mit seinen edlen Zielen und seinem Ehrgeiz. Die anderen hatten immer gewußt, wer und was sie waren. Sie waren ehrlich in bezug auf ihr Leben gewesen, hatten sich ihm gestellt und ohne Illusion gemordet.

Roelstra kannte die Wahrheit. Er spielte jeden gegen jeden aus und sammelte die Vorteile für sich ein. Er herrschte durch List und Tücke und arbeitete immer auf Trennung hin, nicht auf Kooperation. Er setzte auf die niedrigeren Gefühle – Gier, Eifersucht, Feigheit – und lachte über den dummen, kleinen Prinzen, der in den Verstand der Menschen Ehrgefühl und in ihr Herz Frieden bringen wollte.

An die Frau, die Rohans Überzeugungen geteilt hatte, deren Intelligenz und Glauben ihn gestärkt hatten, wagte er überhaupt nicht zu denken. Indem er sie verriet, hatte er alle und alles verraten, denn Roelstras Tochter hatte ihm gezeigt, was seine Wahrheit war. Er war genau wie der Hoheprinz, genau wie jeder Mann, der sich selbst wiedergeboren sehen wollte. Er sehnte sich nach einem Sohn. Das erste Mal mit Ianthe ließ sich ja vielleicht noch entschuldigen. Aber das zweite Mal, als er gewußt hatte, wer sie war und was sie von ihm wollte – das konnte er nicht rechtfertigen.

O ja, er war genau wie alle anderen, all diese egoistischen, barbarischen Prinzen, die erst töteten und dann erst nachdachten. Aber wenngleich sein Verstand ihm befriedigende Szenen vorgaukelte, wie der Hoheprinz von seinem Schwert fiel – niemals beschwor Rohan Ianthe herauf. Er wußte sehr wohl, warum. Er würde sie nicht töten. Er konnte es nicht.

Das Klappern von Hufen und Schwertern im Hof rief ihn zum Fenster. Rufe drangen zu seinem Gemach empor. Die schweren Bronzetore schwangen mit schrecklichem Stöhnen in ihren Steinangeln nach außen. Er konnte den Grund für den Aufruhr nicht erkennen, sondern sah nur die Wachen, die in den Haupthof einmarschierten.

»Die Ringe!« rief jemand. »Ohne die sind sie hilflos!« Es gab wieder einen Tumult, und dann krächzte einer der Soldaten triumphierend: »Ich hab' sie! *Faradhi*-Ringe!«

»O gütige Göttin, nein«, hauchte Rohan.

Ianthe marschierte in einem Wirbel aus hellem Gewand und dunklem, fließendem Haar die Stufen hinab. »Ihr Idioten!« schimpfte sie. »Ihr glaubt tatsächlich an dieses Ammenmärchen! Gib mir sofort diese Ringe! Und behaltet sie im Auge!«

Der Mann hörte auf zu prahlen und näherte sich seiner Herrin. Er verbeugte sich unterwürfig, als er die Ringe in ihre Hand legte. Fackelschein fing das Funkeln von Gold, Silber und einem großen Smaragd ein, ehe Ianthe die Ringe fest mit der Faust umschloß. Sie machte eine Handbewegung, und die Wachen traten zurück, so daß auch er die aufrechte, schlanke Frau in Reitkleidung sehen konnte. Das rotgoldene Haar hing wirr um ihr Gesicht.

»So, dann bist du also endlich gekommen, um dein Prinzchen zurückzufordern«, sagte Ianthe mit süßer Stimme. »Wie ergeben. Wie liebevoll. Ich hatte eine halbe Armee erwartet – aber du warst wohl alles, was sie erübrigen konnten. Eure Wüsten-Armeen sind anderswo beschäftigt, nicht wahr?«

Ianthe drehte sich halb um und hob ihr Gesicht zu Rohans Fenster empor. Er duckte sich in den Schatten, denn er war nicht bereit, ihr die Befriedigung zu schenken, die sie angesichts seiner elenden Miene empfinden würde. »Hörst du mich, Rohan? Jetzt, wo die Merida im Norden und mein Vater im Süden angreifen, ist das hier alles, was sie für dich erübrigen können! Für ihren Prinzen!«

Statt ihn vor Entsetzen erstarren zu lassen, brannte sich diese Information in seine Seele. Allmählich verstand er alles, und die Wut ließ ihn bis in die Knochen erzittern. Nur Sioned, nur seine Lichtläufer-Prinzessin – die diese Reise gewiß nicht angetreten hatte, um mit ihm zu sterben. Er kannte sie zu gut. Zum ersten Mal regte sich Hoffnung in ihm, und das alte Vertrauen stieg in ihm auf. Süßes Wasser für einen halbverdursteten Mann. Gemeinsam konnten er und sie alles erreichen.

Aber da war Ianthe. Rohan starrte aus den Schatten auf Sioned hinab. Er sah ihr nach oben gerichtetes Gesicht und ihre Augen, die ihn suchten, aber nicht fanden.

»Ianthe!« rief sie, und die Prinzessin drehte sich auf den Stufen zum Schloß um. »Ich bin tatsächlich gekommen, um meinen Herrn und Gemahl zu holen – aber auch dich.« Und ganz plötzlich flackerte Lichtläufer-Feuer vor ihr auf, eine wirbelnde Flammensäule, halb so groß wie Feruche selbst. Und im Feuer erschien ein Drache, rot und golden schimmernd.

Niemand schrie; die Kehlen zogen sich vor Entsetzen zusammen, als die *Faradhi* ihren geheimnisvollen Zauber wirken ließ, die langen Finger bar ihrer Ringe. Aber was immer Ianthe auch sein mochte, feige war sie nicht. Sie wandte sich dem Feuerturm zu und schrie: »Stopp – oder ich lasse ihn töten, heute nacht noch, mit seinem eigenen Schwert!«

Die Flammen zuckten und erstarben. Ianthe lachte. »Bringt sie in ein Gemach im Innern, wo kein Sonnen- oder Mondschein hineinfällt! Keine Angst, Lichtläuferin – ich werde ihn dir bald zurückgeben!«

Rohan schloß die Augen und preßte seine Stirn an die rauhe Mauer. Bald – wenn sie sicher war, daß sie sein Kind in sich trug, und Sioned diese Tatsache entgegenschleudern konnte. Sohn oder nicht, er würde sie töten. Und das Kind desgleichen.

Barbar.

Kapitel sieben

Andrade wußte, daß es ein Traum sein mußte. Roelstra, Ianthe und Pandsala, alle in dunkelviolette Umhänge gehüllt, hielten ihre Hände an ein Feuer, das sie selbst beschworen hatte. Als sie sie von den Flammen fortzogen, endeten ihre Arme in schwarzen Stümpfen am Handgelenk. Der Hoheprinz und Ianthe langten daraufhin ins Feuer und retteten die Hände. Pandsala sammelte Ringe und Armbänder ein, dünne, zitternde Ketten. Mit rituellem Ernst umkreisten sie das Feuer und übergaben die Hände einer schattenhaften Gestalt auf der anderen Seite des Lichts. Und in den Tiefen eines voluminösen Umhangs sah Andrade ihre eigenen Handgelenke, Handflächen und Finger mit denen der unbekannten Person verschmelzen. Pandsala schob die juwelenbesetzten Ringe auf die Finger, schloß die Armbänder um die Handgelenke, befestigte die zarten Kettchen. Eine Geste mit diesen Händen, und das Feuer erhob sich mächtig und griff nach Ianthe, die sich ins Nichts auflöste. Die weißgoldenen Flammen formten ein leuchtendes Schwert, das Roelstras Fleisch durchbohrte; auch er wurde vom Feuer ergriffen und war für immer dahin. Nur Pandsala blieb übrig, den Kopf ergeben vor jenem Unbekannten geneigt, der jetzt Andrades *Faradhi*-Ringe trug und all die Macht meisterte, die sie symbolisierten – und sich nicht scheute, diese Macht einzusetzen, um zu töten.

Hier brach der Traum ab, und Andrade erwachte von den Geräuschen des Waldes um sie her. Sie setzte sich auf und atmete tief die klare Morgenluft ein. Sie wußte, daß es dumm war, daß sie ihre Hände musterte – und tat es trotzdem. Sie glaubte nur dann an prophetische Träume, wenn es ihr paßte. Diesen hier wollte sie lieber so schnell wie möglich vergessen.

Sie versuchte, sich mit den Einzelheiten ihrer Umgebung abzulenken. Urival schlief unruhig in ihrer Nähe. Er lag in seinen Umhang gehüllt auf dem Boden. Zwei andere Gestalten hatten sich auf der anderen Seite des erstorbenen Feuers zusammengerollt. Die Bäume hielten das erste Sonnenlicht fern, das durch den blaugrünen nebligen Dunst fiel, der vom Fluß aufstieg. Andrade rieb sich den Rücken. Der schmerzte sie, weil sie wie ein Mehlsack zu Pferde sitzen mußte, um ihre Rolle als Pandsalas Dienerin besser spielen zu können. Fünf Tage dieser Rolle, und nicht nur ihr Körper, sondern auch ihr Selbstverständnis hatte darunter gelitten. Das war die Quelle für ihren Traum. Ihre Hände waren steif, und die Gelenke brannten wie heiße Nadeln; sie schäumte immer noch angesichts der Würdelosigkeit, ihre Ringe und Armbänder in die Tasche stecken zu müssen, bis sie sich um Lord Lyells Männer gekümmert hatten; Wut schäumte in ihr, Wut auf Roelstra, Ianthe und vor allem Pandsala, die sie in diese beschämende Situation gebracht hatte. Aber jene schattenhafte Gestalt, die nicht als Mann oder Frau zu erkennen gewesen war, berunruhigte sie noch immer.

Es gab einfache Mittel gegen morgendliche Schmerzen und Traumbilder. Andrade stand auf, zuckte zusammen, als ihre Knochen gegen die morgendliche Kälte und Feuchtigkeit protestierten, und ging zum Fluß hinab. Die Bewegung, als sie nach einer seichten Stelle suchte, um sich zu waschen, wärmte allmählich ihre Muskeln, und das kalte Wasser sorgte für einen klaren Kopf. Sie schüttelte Tropfen von Gesicht und Händen, frisierte ihr Haar und fühlte sich schon eher in der Lage, der Welt gegenüberzutreten.

Oder wenigstens zu sehen, welche neuerlichen Unannehmlichkeiten diese heute für sie bereithielt. Die vergangenen fünf Tage waren schlimm genug gewesen. Abgesehen von Pandsala hatte sie noch Chianas Gegenwart ertragen müssen, denn dem Mädchen war es gelungen, ein Pferd aufzutreiben und mit ihnen loszureiten. Zu spät erst hatten sie die Kleine entdeckt. Da sie Chianas Drohung, sie werde Lord Lyells Mannen den ganzen Plan erzählen, ernst nahm, hatte Andrade sie zähneknirschend mitgenommen, wobei sie sich stumme Vorwürfe gemacht hatte, daß sie das Gör überhaupt aufgenommen hatte. Aber nun war es zu spät.

Urival, der wußte, daß sie Hilfe benötigen würden, um die Flüsse zwischen der Schule der Göttin und Syr zu überqueren, hatte gezögert, Schlafkräuter und Lichtläufermagie auf jenen Begleittrupp anzuwenden, der Pandsala zu ihrem Vater geleiten sollte. Andrade war dafür gewesen, diese Dinge schon in der ersten Nacht draußen aufzuknüpfen. Aber heute nachmittag, als sie eine kurze Rast eingelegt hatten, hatte sie das Nötige getan, und jetzt waren sie frei. Pandsala hätte kaum glücklicher sein können, und Chiana hoppelte auf einem Pferd dahin, das viel zu groß für sie war, und sang lauthals. Weder der Anblick der einen noch der anderen war dazu angetan, Andrades Laune zu bessern.

Die über den Sonnenschein gesandten Nachrichten waren schrecklich gewesen. Die Merida stürmten Tiglaths Mauern mit wütender Regelmäßigkeit. Ihre Pfeile fanden ein paar Ziele, sie verloren ein paar Mann und zogen sich dann bis zum nächsten Überfall zurück. Andrade erkannte die Taktik: ständige Belagerung, um die Bewohner der Stadt mürbe zu machen. Ein offener Kampf regte auf, aber langsame, unaufhörliche Belagerung sorgte für moralische Erschöpfung. Der junge Walvis hatte Pläne, die Versorgungslinien der Merida zu überfallen, um Vorräte für die Stadt zu gewinnen und seinen Truppen etwas zu tun zu geben. Eine Schlacht auf der Ebene wurde ihm jedoch untersagt.

Tobin und die jüngeren Zwillinge waren sicher in Stronghold eingetroffen, als Andrade sich das Schloß jedoch ansah, mußte sie feststellen, daß es fast verlassen war. Ein Blick auf die Umgebung von Tiglath zeigte ihr, daß sich eine Gruppe von der Hauptmacht der Merida getrennt hatte und auf dem Weg nach Süden war. Und in Feruche ging das Leben weiter, als wäre alles wie immer und ganz normal. Als wäre die Garnison unterhalb der Burg noch immer voll von Rohans Soldaten. Von Rohan und Sioned gab es nichts Neues. Von beiden war nirgends etwas zu sehen.

Andrade trocknete Hände und Gesicht mit einem sauberen Stück ihres Rockes und trat den Rückweg an. Urivals plötzlicher Warnschrei erklang gerade, als sie oben auf der Anhöhe ankam. Er stand neben dem kalten Feuer, wütend und zerzaust, und hielt Pandsalas leeren Umhang hoch.

»Fort!« knurrte er. »Diese verdammte Hexe – sie ist fort!«

Chiana saß da, einen Fuß unter sich gezogen, unbeeindruckt von Urivals Wut. Andrade sah die kunstvolle Anordnung von Sätteln, die nach zwei schlafenden Gestalten ausgesehen hatte, wo doch nur eine gewesen war. Sie ertrug Chianas verschlagenes Grinsen gerade fünf Atemzüge lang, dann zerrte sie das Mädchen auf die Füße und schüttelte es.

»Du wußtest es!«

»Ja, Herrin«, bestätigte Chiana und nickte. »Meine Schwester ist natürlich zu unserem Vater gegangen«, fuhr sie fort, als wäre Andrade zu alt und beschränkt, um das Offensichtliche zu erkennen. »Sie müßte inzwischen bei ihm sein. Und sie hat alle Pferde mitgenommen.«

Andrade ließ sie los. Sie wandte sich ab, denn sie wollte nicht, daß Urival die Mordlust sah, die, wie sie wußte, in ihren Augen stand. Pandsalas heulende, händeringende Vorstellung Lyells Hauptmann gegenüber hatte zwar auch ihr Mißtrauen wieder geweckt, aber sie hatte sich die ganze

Reise über perfekt verhalten, obwohl sie die beiden Lichtläufer jederzeit hätte verraten können. Aber jetzt dies – mit Chiana als Komplizin. Andrade hatte ihnen das Leben gerettete, und sie würden sie ruinieren, denn Pandsala trug jetzt *Faradhi*-Ringe und würde ihr Können in den Dienst des Hoheprinzen stellen.

Langsam wandte sie sich wieder Chiana zu. Sie sah, wie sich ihre eigene Hand zurückzog. Aber sie schlug nicht zu. Chiana gab ein leises, ängstliches Wimmern von sich.

»Du bist alt genug, um zu begreifen, was hier vorgeht – und alt genug, um zu verraten«, erklärte Andrade ihr mit tödlich ruhiger Stimme. »Ich hätte das von jemandem erwarten müssen, dessen Name ›Verrat‹ bedeutet.«

Ohne mit der Wimper zu zucken, verteidigte sich Chiana, und Trotz blitzte in ihren Augen. »Mein Vater –« setzte sie stolz an.

»Ist ein wandelnder Toter.« Andrade wandte sich Urival zu. »Der Tradition zuliebe habe ich bisher gezögert. Aber heute wird das Sonnenlicht erzittern. Die *Faradh'im* stellen sich auf die Seite der Wüste, ihres Prinzen, und ihrer Armeen.«

»Bitte überlegt es Euch nochmals, Herrin«, antwortete er sehr förmlich, und das verriet sein ungutes Gefühl deutlicher, als wenn er ihr einhundert Gründe entgegengeschleudert hätte, die gegen ihre Entscheidung sprachen.

»Ich bin im Recht. Roelstra hat die *Faradh'im* vom Licht ausgeschlossen. Dafür allein verdient er, was wir mit ihm tun werden.«

»Seinen Tod?« erkundigte sich Urival.

»Wir sind keine Mörder.«

»Auch keine Henker?« drängte er.

»Nein«, sagte Andrade und bereute zum ersten Mal in ihrem Leben die zehn Ringe an ihren Fingern, die Armbänder und Ketten, die sie alle und auch Andrade an die alten Schwüre banden. »Nein«, wiederholte sie. »Niemals.«

Sioned hatte sich an die Dunkelheit gewöhnt. Kein Lichtstrahl war erlaubt, nicht einmal eine Kerze. Sie hatte keine Möglichkeit, festzustellen, wieviel Zeit vergangen war. Mahlzeiten wurden ihr in unregelmäßigen Abständen gebracht – wie auch Männer, die von einer Dunkelheit waren, die sie schmecken und riechen, aber auch fühlen konnte.

Sie war nicht in der Lage gewesen, Maetas Information nachzuprüfen, was den verborgenen Eingang nach Feruche anging; obwohl sie die meisten Wachposten gespürt hatte und ahnte, wann sie sich ablösten, hatte einer sie erwischt. Es war ihre eigene Schuld gewesen, sie wußte es, denn in ihrem Eifer war sie leichtsinnig gewesen. Und jetzt saß sie hier in dieser schwarzen Zelle, allein.

Es war das Fehlen von Farben, das sie am meisten beunruhigte. Daß ein Lichtläufer vom Licht ausgesperrt war, widersprach seiner Natur, aber ihre Panik hatte nicht lange vorgehalten. Die stickige Hitze machte ihr nach einem Tag ungefähr auch nichts mehr aus. Aber sie vermißte die Farben. Sie verbrachte ihre Zeit damit, sich jede einzelne ins Gedächtnis zu rufen: nicht die Gesichter, Landschaften und Horizonte, die sie formten – sie wollte sie nur fühlen und wollte sie in der Dunkelheit um sich her zusammenziehen. Für sie bedeuteten sie Leben, das Spektrum, das die Welt ausmachte, die sie als *Faradhi* berührte. Aber ohne Licht konnte sie sie nicht fühlen. Sie hatten keine Substanz.

Sie vergeudete ihre Energie nicht damit, sehr oft Feuer zu beschwören. Es tat an den Augen weh, und die Farben der Flamme wüteten aufgrund ihres inneren Aufruhrs, aufgrund ihrer Angst. Und was hatte es überhaupt für einen Sinn? Sie wußte, daß sie nicht ewig hierbleiben würde.

Das Quietschen von Angeln ein paar Augenblicke, ehe eine Fackel rotgoldenes Licht in die Zelle warf, ließ sie aufhorchen. Sie bedeckte ihr Gesicht und wandte sich ab, um ihre Augen zu schonen, die angesichts des Lichtes anfingen, zu tränen und zu brennen.

»Die Göttin segne dich, Lichtläuferin«, grüßte Ianthe spöttisch.

Sioned nahm die Hände von den Wangen, öffnete die Augen einen Spaltbreit und wischte die Tränen fort. Aber noch war sie nicht bereit, Ianthes Blick zu erwidern.

»Hier«, fuhr diese fort, »deck dich zu. Du siehst schrecklich aus, meine Liebe. Wie Rohan – er hat soviel Angst vor *Dranath*, daß er kaum etwas ißt. Das sieht man, Prinzessin.« Sie lachte. Sioned hielt an sich, um nicht zusammenzufahren, als man ihr Kleider zuwarf.

Sie konnte ihre Augen jetzt ohne allzu starke Schmerzen öffnen, und nachdem sie die letzten Tränen fortgewischt hatte, sah sie die Prinzessin an. Ianthes Lächeln rief Übelkeit in ihr hervor.

»Du würdest mich am liebsten umbringen, nicht wahr, Sioned? Fast ebenso gern wie Rohan es täte. Aber ihr seid beide zu feige, um es hier in meinem Schloß zu wagen. Erzähl mir, Lichtläuferin, ist dir dein Leben so teuer, daß du freiwillig all das hier erträgst? Oder liebst du das Leben vielleicht sogar noch mehr, als du mich haßt?« Wieder lachte sie. »Dir scheint da eine Kleinigkeit entgangen zu sein, fürchte ich. Haß geht über alles. Mein Vater versteht das, und ich auch, dank dir und Rohan. Ja, ich sollte dir wirklich meine Dankbarkeit beweisen! Haß ist das einzige von Bestand. Er hat dich bisher am Leben erhalten, nicht wahr?«

Ianthe trat einen weiteren Schritt in die Zelle. Der Feuerschein spielte mit ihrem offenen Haar, ihrem Schmuck und dem dunkelroten Gewand. »Aber keiner von euch wird sein

Leben riskieren, um seinen Haß auf mich und meinen Vater zu stillen. Sehr praktisch von euch, und sehr befriedigend für mich. Jetzt kommt noch ein weiteres Leben ins Spiel. Wenn eine Frau drei Söhne geboren hat, dann weiß sie, wenn ein weiterer in ihrem Körper heranwächst.«

Sioned starrte auf die Fackel, die Ianthe hielt. Sie könnte es tun – das Feuer höher und heißer werden lassen, es am Körper der Prinzessin hinabzüngeln lassen und mit ihr tun, was Roelstra seiner Mätresse angetan hatte –

Ianthe fluchte und warf die Fackel auf die Steine. Aber Sioned hatte das leichte Flackern bereits erstickt, das ihre Gedanken der Flamme hinzugefügt hatten. Sie würde Ianthe nicht töten. Noch nicht. Ihr eigenes Fleisch brannte nicht, und sie hielt kein Kind in den Armen.

Das Licht flackerte in sonderbaren Schattenmustern auf, die Ianthes Gesicht schwärzten und polierten. »Ich wußte sieben Tage, nachdem ich meinen jüngsten Sohn empfangen hatte, bereits Bescheid«, sagte sie. »Aber diesmal wollte ich besonders sicher sein. Vielleicht glaubst du, daß man mir nicht glauben wird. Sei beruhigt, Sioned. Es wird keinen Zweifel daran geben, daß dieses Kind von Rohan ist. Wenn mein Vater auf seinem Schlachtfeld siegreich ist und ich auf meinem, wer wird da zu zweifeln wagen? Rohan wird lange genug leben, um seinen Sohn anerkennen zu können – und ich wünsche, daß du lebst, damit du ihn dabei hören kannst. Danach ...« Sie zuckte mit den Schultern. »Du bist frei zu gehen, und dein Prinzchen mit dir. Genießt euer Leben, solange ihr könnt, denn es wird nur noch bis zur Mitte des Winters dauern, wenn mein Sohn geboren wird.«

Sioned wartete, bis sich die Prinzessin in einer Woge aus Rot der Tür zugewandt hatte. Dann sagte sie: »Genieße deinen Haß, solange du kannst, Ianthe, wenn Haß für dich Leben bedeutet. Es hört auf, wenn Rohans Sohn geboren wird.«

Die Prinzessin erstarrte für einen Moment. Sioned lächelte vor sich hin. Dann war Ianthe fort. Sie ließ die Tür hinter sich weit offen.

Sioned ließ sich Zeit und sammelte Kraft. Langsam zog sie die Reitkleider an, die man ihr gegeben hatte, um ihre Blöße zu bedecken. Dann verließ sie die vom Fackelschein erhellte Dunkelheit und ging einen leeren Korridor entlang. Es gab viele Treppen, und mehrmals mußte sie stehenbleiben und sich an eine Wand lehnen, da der Schwindel sie schüttelte. Endlich trat sie in einen Raum, der vom schwachen Licht der Morgendämmerung erhellt war und wo Rohan auf sie wartete.

Das bleiche Licht verbarg weder die Vertiefungen an seinen Rippen noch die Magerkeit seines Gesichts. Sie hatten ihm Lumpen zu tragen gegeben, dem stolzen Drachenprinzen – eine Hose, Stiefel, einen Umhang, den er ungeschickt über einem Arm hielt. Sein blondes Haar war dunkel und strähnig von Schweiß, seine Augen lagen in tiefen Höhlen, und in ihnen stand eine Verzweiflung, die an ihrer Seele zerrte.

Sie wußte, was er sehen mußte, als er sie anschaute. Die Kleider hingen von ihren Schultern, das Licht fiel sicher genauso unbarmherzig auf ihre eigene graue Haut, auf ihre Züge, die noch immer starr waren, gewappnet gegen die Schreie, die sie nicht hatte ausstoßen wollen. Sie sah, wie er sie anstarrte, und sein Schmerz tat mehr weh als ihr eigener.

»Ich war mit ihr zusammen«, erklärte er abrupt.

»Ich weiß. Und nun trägt sie deinen Sohn, was ich nicht vermag.«

»Ich hätte sie töten sollen.«

»Nein.« Aber sie konnte es ihm nicht erklären, noch nicht.

Er trat vor und legte den Umhang um ihre Schultern, wobei er sorgfältig bemüht war, sie nicht zu berühren. »Wir können gehen.«

»Rohan – du gehörst mir«, erklärte Sioned ihm.

Er schüttelte den Kopf und trat von ihr fort zur Tür.

»Sie könnte dich mir niemals fortnehmen. Der einzige, der das könnte, bist du – und ich werde dich niemals aufgeben oder gehen lassen.«

»Ich will nicht, daß du jemand bekommst, der so beschmutzt ist«, stieß er mit rauher Stimme hervor.

»Ist das der Grund dafür, daß du mich nicht anfaßt?«

Er wirbelte herum, frischer Schmerz wie ein Aufschrei in seinem Blick. »Sioned – nein –«

Sie wartete, bis die Bedeutung ihrer Worte ihm ganz klar geworden war, und wog seine Liebe für sie gegen seinen Haß gegen sich selbst auf. »Ich weiß nicht mehr, wie viele Männer mich benutzt haben«, sagte sie schließlich. Worte, die sie um ihrer Grausamkeit willen ausgesucht hatte, Worte, die ein schreckliches Risiko bedeuteten. Aber sie kannte diesen Mann – schwer geprüft, bar jeglichen Stolzes war er, den sie soeben erneut verletzt hatte. Der Schock würde ihn entweder brechen oder ihn ihr zurückgeben.

Sie kannte ihn. Er hielt sie ganz vorsichtig umschlungen, als könnte sie in seinen Armen zersplittern. Sioned barg den Kopf an seiner Schulter und ließ die Tränen rinnen, ihre Augen reinigen und seine Haut waschen.

Der Hof draußen war leer, aber Sioned konnte Hunderte von Augen in den Schatten fühlen. Zwei Pferde waren gleich vor den Toren angebunden, ein Wasserschlauch an jedem Sattel befestigt. Ianthe wünschte offensichtlich, daß sie die Wüste überlebten. Als Sioned und Rohan die Pferde bestiegen und aus Feruche hinausritten, entging ihnen beiden nicht der Anblick von Ianthe hoch oben auf den Zinnen, aber sie verloren nicht ein Wort darüber.

Rohan war so angespannt, als erwartete er jeden Augenblick einen Pfeil im Rücken. Sioned wußte, daß keiner kommen würde. In der Mitte des Winters, wiederholte sie innerlich. Bis dahin blieb ihr Zeit, zu entscheiden, auf welche Weise Ianthe den Tod finden sollte.

»Bloß ein kleines Scharmützel«, bat Prinz Jastri. »Die Männer sind unruhig. Sie wissen, daß wir die bessere Streitkraft haben, und sie wollen es beweisen! Nur ein kleines Scharmützel –«

Roelstra verzog die Lippen und schob sein Frühstück beiseite. Es hatte keinen Sinn, daß er das Mahl fortsetzte, während Jastri ihn bearbeitete und ihm den Appetit verdarb.

»Ein kleines Scharmützel«, überlegte er. »Lord Chaynal wird genau wissen, wie er daraus eine große Schlacht machen kann. Hast du denn überhaupt nie zugehört, was von ihm erzählt wird? Er kennt den Krieg, Jastri. Er hatte in Zehava einen sehr erfahrenen Lehrer, und er hat sein Können mehr als genug mit den Merida erproben können. Es wird kein Scharmützel geben. Noch nicht. So, und jetzt sei ein guter Junge und laß mich mein Frühstück in Frieden beenden, ja?«

Jastri, für gewöhnlich rotwangig vor Entzücken darüber, seine eigenen Truppen befehligen zu können, errötete jetzt vor Wut. Er war ein gutaussehender Knabe von sechzehn Wintern und besaß all das Temperament und die Ungeduld von Jugendlichen, die ihren Erziehern und Ratgebern entflohen sind. Aber er hatte feststellen müssen, daß Roelstras Regeln ihn weit mehr einschränkten. Die lederne Kampfrüstung, die hier und dort mit Granat besetzt war, stand ihm jetzt ausgesprochen gut, nachdem er durch das Leben in einem Soldatenlager seinen Babyspeck verloren hatte, aber er hatte noch nicht die Disziplin eines Soldaten. Roelstra musterte die roten Wangen und blitzenden graugrünen Augen und entschied, daß es an der Zeit war, ihm eine Lektion zu erteilen.

»Ich bin ein Prinz«, erklärte ihm Jastri hitzig. »Kein Mann nennt mich Junge!«

»Du bist ein Junge und wirst es bleiben, bis du eine Jungfrau und eine Schlacht hinter dir hast«, fuhr Roelstra ihn an.

»Und Ihr wollt mich in beidem unterweisen!« fauchte der junge Prinz. »Ihr, dessen Weib und fünf Mätressen keine Söhne hervorgebracht haben! Ihr, die Ihr hier im Zelt sitzt und Euch mit Frühstück vollstopft, obwohl wir unsere Schwerter mit dem Blut der Wüste füttern könnten!«

Roelstra seufzte und tröstete sich mit dem Gedanken, wie angenehm es sein würde, dieses Kind töten zu lassen. »Wenn du eigene Söhne hast und Narben auf der Haut, die von Schlachten herrühren, dann magst du spotten, Junge. Aber bis dahin wirst du tun, was ich sage.«

Jastri stürzte aus dem Zelt und rief wütend nach seinem Pferd und seiner Eskorte. Roelstra ignorierte den Wirbel und bemühte sich, erneut Interesse an seinem Frühstück zu finden, aber es gelang ihm nicht. Er hoffte nur, daß Lord Chaynal ebenso unfähig war, seine Mahlzeiten, seinen Schlaf und jeden wachen Augenblick zu genießen.

Aber er lächelte, als er überlegte, was dem Hauptmann der Wüste durch den Kopf gehen mußte. Roelstras Truppen übertrafen die von Chaynal bei weitem, eine Schwäche, die jederzeit ausgenutzt werden konnte – und doch griff Roelstra nicht an. Der Vorwand für den Kampf war ihm von Lord Davvi bereits geliefert worden, da dieser auf der Seite der Armeen der Wüste stand, anstatt seinen rechtmäßigen Herrn zu unterstützen – und dennoch griff Roelstra nicht an. Der Hoheprinz nahm seinen silbernen Kelch und sprach zu seinem Spiegelbild auf dessen polierter Oberfläche.

»Warte ich darauf, daß Lord Chaynal zuerst angreift? Nein, ich bin zu schlau zu glauben, daß er sich ins Unrecht setzen könnte. Warte ich darauf, daß Rohan eintrifft, damit ich ihn und seine Armeen in einer einzigen Schlacht zerstören kann? Nein, denn ich weiß, daß das Prinzchen von einer Mauer aus Schwertern und Schilden umgeben sein wird. Also, warum warte ich hier auf meiner Seite des Flusses?«

Er kicherte und trank und überdachte die Tatsache, daß Jastri unbestreitbar über eine besondere Tugend verfügte: Er konnte den besten Syrener Wein liefern. Das war wohl seine einzige Tugend, fügte Roelstra seufzend hinzu, als er draußen vor seinem Zelt neuerlichen Aufruhr vernahm. Ein Knappe trat ein, verneigte sich und bot ein willkommenes Ziel für die schlechte Laune des Hoheprinzen.

»Soll ich denn überhaupt niemals Ruhe haben? Was gibt es jetzt schon wieder?«

»Verzeiht mir, Euer G-gnaden, ich –«

Die Zeltklappen teilten sich und zeigten ihm eine Frau, von der er geglaubt hatte, daß er sie nie wieder sehen würde. Sie machte eine flüchtige Verbeugung, aber ihre dunklen Augen blickten mürrisch und kühl, als sie sagte: »Heiße mich willkommen, Vater.« Sie hielt die Hände hoch, und er sah die drei Lichtläuferringe an ihren Fingern.

Wächter standen wachsam und unsicher hinter ihr, Roelstra scheuchte sie und den Knappen aus dem Zelt. »Glaubt ihr etwa, meine Tochter wäre gekommen, um mich zu töten? Raus mit euch! Alle! Ich will mit der Prinzessin allein reden.«

Pandsala setzte sich, ohne seine Aufforderung abzuwarten, und faltete ihre Hände im Schoß. »Danke für meinen Titel, Vater. Damit und mit meinen Ringen sollte ich keine Probleme mehr haben, diesen Leuten Gehorsam abzuverlangen.«

»Warum sollten sie dir gehorchen? Und zu welchem Zweck?«

Sie lachte. »Herr der Stürme! Was glaubst du eigentlich, wie diese letzten sechs Jahre gewesen sind? Eingesperrt mit Lady Andrade! Selbst wenn du mich rausgeworfen hättest – aber du bist zu schlau, um das zu tun, nachdem du diese Ringe gesehen hast – und sogar wenn du mich hättest töten lassen, wäre das alles besser gewesen als das, was ich durchgemacht habe.«

Er musterte sie stumm und ließ zu, daß sein Mißtrauen von seinem Gesicht abzulesen war. Schließlich meinte er: »Andrade und ihr frommer Haushalt passen ebenso wenig zu dir, wie sie zu mir passen würden. Ich traue dir nicht, Pandsala. Aber ich glaube, das erwartest du auch gar nicht. Was willst du?«

»Meine Freiheit. Und meine Position als deine Tochter und als Prinzessin. Ich kann dir von Nutzen sein, Vater, und das weißt du.« Sie lächelte. »Auch dir sieht man dein Alter an, weißt du. Weiße Haare hier, mehr Fleisch dort, Falten und Fältchen. Verschwendest du immer noch Zeit und Energie an den Versuch, einen Sohn zu zeugen, oder hast du beschlossen, Ianthes Gören nach deinem Tod zu Prinzen zu machen?« Lachend fuhr sie fort: »Prinzen! Gütige Göttin, ist das komisch! Sie werden dein Land vom einen Ende bis zum anderen entzweien! Alles, was Ianthe geboren und an ihrem Busen genährt hat, kann nur schlecht werden.«

»Das haben sie und ich gemein«, bemerkte Roelstra kalt. »Ich habe deiner kleinen Schwester den Namen gegeben, den ich besser dir hätte geben sollen – nachdem du erst mich und jetzt Andrade verraten hast.«

»Du hast recht, ich erwarte nicht, daß du mir traust. Aber ich kann nützlich sein, Vater. Und du warst noch nie dumm.«

Sie musterten sich eine Weile – Roelstra berechnend und Pandsala mit der Zuversicht und Sicherheit eines Menschen, der nichts zu verlieren hat.

»Nun gut«, sagte er schließlich abrupt. »Diene mir. Aber eines ist sicher: Wenn du mich noch einmal verrätst, werden dir deine Jahre bei Andrade wie ein Jahrmarkt des Entzükkens erscheinen verglichen mit dem, was dich dann erwartet.«

»Wie könnte ich daran zweifeln, Vater?« Wieder lächelte sie und streckte sich genüßlich. »Darf ich dein Frühstück mit dir teilen? Der Weg von der Stelle, wo ich Andrade, Urival und Chiana verließ, bis hierher war länger, als ich dachte.«

Er schrak zusammen und sah, wie zufrieden sie über seine Reaktion war. Aber noch ehe er Fragen stellen konnte, platzte ein Wachposten ins Zelt, nahm sich kaum Zeit zu salutieren und keuchte: »Vergebung, Hoheit – draußen ist ein Reiter, der unverzüglich Audienz begehrt!«

Roelstra erhob sich halb, sank dann in seinen Sessel zurück und warf seiner Tochter einen Blick zu. »Laß mich allein. Ich werde dich bald rufen lassen.«

Sie zog die Brauen hoch, gehorchte jedoch wortlos. Roelstra machte eine Geste, und der Reiter wurde hereingeführt. Nachdem der Mann seine Nachricht überbracht hatte, ließ er Pandsala rufen und empfing sie draußen in der Sonne.

»Ich beabsichtige wirklich, deine Kenntnisse zu nutzen, meine Liebe«, erklärte er ihr. »Und wie es scheint, muß ich dir dazu ein wenig Vertrauen entgegenbringen. Zeig mir jetzt, daß du es wert bist, diese Ringe zu tragen. Suche Rohan.«

»Ich bin eine Schülerin, keine voll ausgebildete *Faradhi.*«

Er genoß die Sorge in ihren Augen. »Dann lerne, und zwar schnell. Ich will wissen, wo Rohan ist. Tu es, Pandsala –

oder du wirst erfahren, was passiert, wenn dein Vater wütend wird.« Er lächelte, Drohung im Blick.

Sie schluckte krampfhaft, wandte sich dann der Sonne zu und schloß die Augen. Er sah sie zittern und fragte sich, warum von seinen Töchtern von Lallante ausgerechnet diese hier die Gabe hatte. Andererseits, wäre es Ianthe gewesen –

Pandsala stöhnte und riß die Augen auf. »Ich habe sie gesehen! Rohan und die *Faradhi*-Prinzessin – und Drachen, draußen in der Wüste – ich habe sie gesehen!«

Roelstra nickte. Er war offensichtlich erfreut, daß sie den Test bestanden hatte. »Ausgezeichnet.«

»Aber ich verstehe das nicht!« rief sie. »Warum hat Ianthe sie gehen lassen?«

»Dafür hatte sie schon ihre Gründe.«

»Du wußtest davon?«

»Der Kurier, der eben eingetroffen ist, hat es mir erzählt.« Er brachte sie ins Zelt zurück und schenkte ihnen beiden Wein ein. »In der Nacht, ehe sie die beiden freiließ, wurden die Signalfeuer entzündet. Überall im Veresch. Bis hin zur Felsenburg, wo ein Schiff wartete, um den Faolain schneller hinabzusegeln, als ein Reiter vorwärtskommen konnte.«

»Aber flußaufwärts befindet sich doch Lord Chaynal –«

»Genau. Auch Pferde haben gewartet. Und jetzt weiß ich etwas, was Lord Chaynal nicht weiß.« Er lächelte, als er daran dachte, daß nur er und Ianthe eine andere interessante Information miteinander teilten, die geheim bleiben würde, bis der richtige Zeitpunkt gekommen war. Er, Ianthe – und Rohan.

Pandsala trank einen Schluck Wein – wurde plötzlich bleich und starrte entsetzt in den Kelch. Roelstra erstickte fast an seinem Lachen.

»Ach, das ist prächtig! Was hast du denn erwartet – *Dra-*

nath? Sei nicht dumm, Pandsala! Wann hätte ich denn Gelegenheit gehabt, etwas in den Wein zu tun?« Er nahm ihr den Kelch ab, trank daraus und machte sich über sie lustig.

Sie beruhigte sich, aber noch immer stand die Furcht in ihren Augen. Er genoß es und wußte, daß sie nichts essen oder trinken konnte, ohne zuerst die Angst vor der Droge überwunden zu haben. Diese ständige Unsicherheit würde dafür sorgen, daß sie ehrlich blieb, wenngleich er ihr niemals wirklich trauen konnte.

»Dann haben wir also beide den ersten Test bestanden«, meinte er. »Ich habe dich nicht mit *Dranath* gefesselt, und du hast auf dem Weg über das Sonnenlicht etwas bestätigt, das ich bereits wußte.« Er hob den Kelch. »Sollten wir nicht auf unser gegenseitiges Vertrauen trinken, meine Liebe?«

Die Mittagssonne brannte auf Rohans ungeschützten Kopf und Rücken. Er wußte, daß sie bald anhalten und vor der größten Hitze des Tages Schutz suchen mußten. Der Morgen war in absolutem Schweigen vergangen, während sie an der leeren Garnison unterhalb von Feruche vorbei- und dann in die Wüste hinausritten. Dabei hielten sie sich dicht an den Hügeln, wo sie ein wenig Schatten finden konnten. Er ritt voraus und schämte sich, daß er froh war, auf diese Weise seine Frau nicht ansehen zu müssen.

Wenn er beunruhigt oder verwirrt war, beruhigte ein Ritt durch sein Land ihn für gewöhnlich. Wo andere nur Leere sahen, sah er Freiheit. Der weite goldene Sand und der endlose Himmel zeigten ihm, daß man Antworten finden konnte, wenn man nur suchte, so, wie man in der Wüste nach Wasser suchen mußte. Hier gab es keine Grenzen, weder für das Land noch für seine Träume. Ein Mann konnte hier die Freiheit finden zu denken, zu fühlen, zu leben.

Nun jedoch bedrohte ihn die Wüste. Der Weite Sand war

zu groß, die Himmel zu weit, alles ragte um ihn her auf und türmte sich über ihm, und Schreie, die ihre Freiheit bewahren wollten, wechselten mit einem Kreischen ab, daß er allein war, allein, ohne Hoffnung auf Antwort. Seine Träume waren vergangen wie Wasser im Sand. Er fand hier keine Kraft und hatte kein Recht, Kraft in Sioned zu suchen.

Rohan lenkte sein Pferd den Hügeln zu, und seine Augen suchten nach einem Schutz in den kühlen Schatten. Er hörte das leise Schlurfen von Hufen hinter sich und das gedämpfte Klirren der Zügel, als das Pferd den Kopf warf. Er konnte sich nicht umdrehen und konnte seine Gemahlin nicht ansehen. Statt dessen blinzelte er zum Himmel empor, in den ein dunkler Schatten aufstieg.

Drachen.

Er hielt den Atem an und hörte Sioneds leises, überraschtes Murmeln hinter sich. Ein Drache, dessen Flügel sich vor dem blauen Himmel abzeichneten, wandte sich den nahen Dünen zu. Gütige Göttin, dachte Rohan, wie konnte er nur so schön sein?

Aber als dann ein zweiter Drache sichtbar wurde und dem ersten seine Aufforderung zum Kampf entgegenschleuderte, begriff er, was hier gleich geschehen würde. »Sioned! Beeil dich!«

Er trieb die Stute vorwärts in eine kleine Höhle, die durch einen Überhang des bräunlichen Felsens entstanden war. Dort blieben sie auf ihren Pferden und versuchten die erschreckten Tiere zu beruhigen, während Drachenschreie die Luft durchschnitten. Sioned kauerte sich tief auf die Mähne ihres Pferdes, die Zügel so fest angezogen, daß das Kinn des Wallachs an seiner Brust lag. Rohan mußte kämpfen, sein eigenes Pferd zu zügeln, wobei es in der Enge herum und wieder herum drehte, wobei er die Zügel fast am Zaumzeug hielt.

Sioned schrie auf, als sich ihr Pferd aufbäumte und sie sich den Kopf an der niedrigen Decke anschlug. Rohan packte zu, verfehlte sie und wäre fast selbst vom Pferd gestürzt. Sioned fiel, einen Fuß verdreht, als er sich im Steigbügel verfing, glitt dann zu Boden und blieb reglos liegen. Der Wallach, nun bar jeglicher Last, galoppierte Hals über Kopf aus dem Versteck.

Rohan sprang ab, die Zügel um seine Hand gewunden, weil sein eigenes Pferd verzweifelt versuchte, sich dem anderen anzuschließen. »Sioned –« Er bückte sich hinunter, berührte mit der freien Hand ihr Gesicht und kämpfte die ganze Zeit über mit seinem Pferd. »Sioned!« Schreie der Drachen und das Wiehern des Pferdes hallten von den Felsen wider, und die Stute hätte ihm fast die Hand gebrochen, so verzweifelt kämpfte sie um ihre Freiheit. Er stöhnte vor Schmerz auf, während sie sich wieder und wieder aufbäumte und sich schließlich losriß.

Als er die Arme um sie legte, öffnete Sioned die Augen. Sie waren glasig vor Schmerzen. »Pst«, beruhigte er sie. »Du hast eine Beule am Kopf und einen verrenkten Knöchel. Beweg dich nicht.«

Sie nahm seine Hand, untersuchte die von den Zügeln zerschundenen Stellen und schaute dann hinaus in den Sand. Ganz leise sagte sie: »Es ist nicht wichtig.«

Aus unerfindlichen Gründen erzürnten ihn diese Worte. Er sprang auf die Füße und funkelte sie an. »Es ist nicht wichtig!« brüllte er zornbebend. »Nichts ist wichtig, oder? Überhaupt nichts! Sieh uns doch an!« brüllte er und verlor zum ersten Mal in seinem Leben die Beherrschung. »Sind wir denn überhaupt wichtig?«

Sie schaute mit ihrer schrecklichen Ruhe zu ihm auf und sagte gar nichts. Er wirbelte herum, preßte seinen zitternden Körper an den Felsen und starrte in die Wüste hinaus, wo die Drachen standen, die Flügel gespreizt und bis zum Platzen angefüllt mit einer Wut, die der seinen gleichkam. Sie stürzten sich aufeinander, und der Kampf begann.

Rohan stand wie angewurzelt. Es war wieder dieser teuflische Traum, nur daß die Drachen diesmal draußen waren. Die in die Wandteppiche gewebten Szenen erwachten wieder zum Leben. Ein Drache grünlich-bronzen, der andere braun mit Flecken von schimmerndem Schwarz auf dem Kopf und den Flanken, beide mit weit aufgerissenen Rachen, von denen das Blut tropfte. Die Unterseiten der ausgebreiteten Schwingen schimmerten in der Hitze. Wieder und wieder gingen sie auf einander los, und immer mehr Blut floß. Der Gestank des Blutes und ihrer Männlichkeit hing schwer in der Luft. Sie bäumten sich auf und hieben aufeinander ein, erregt und obszön und primitiv – und schön. Die Heftigkeit ihrer Schreie und Stöße ließ ihn schaudern, lief durch seine Arme und Schenkel und brachte sein Blut zum Kochen. Er gab einen gutturalen Laut von sich, tief in der Kehle, und preßte seine Finger gegen den Stein. Seine Augen waren wie Schlitze.

Die Berührung an seinem Arm durchfuhr ihn wie ein Schwertstreich. Er starrte in ihre grünen Augen, die so ruhig, so kühl waren, aber als ein Zittern ihn durchzuckte, fand er dessen Widerhall in ihr, und sie trat erschreckt zurück.

»Rohan –«

Er riß sie an seine Brust. Einen Moment lang schluchzte sie und klammerte sich an ihn. Raserei durchlief sie beide wie ein wildes Feuer. Er beugte sie nach hinten, zwang ihren Kopf in den Nacken und nahm ihre Lippen, wie er ihren Körper nehmen wollte.

Keuchend entwand sie sich ihm. »Nein!« spie sie ihm mit blitzenden Augen entgegen, und er schlug sie so heftig, daß ihr Kopf zur Seite flog und Blut von ihren Lippen sickerte.

»Du wirst mich nicht so bespringen, wie du es mit ihr getan hast!« schrie sie.

Der Todesschrei eines Drachen ergoß sich in sein Hirn, und Rohan taumelte. Haß stand in Sioneds Augen. Ihre Finger waren zu Klauen gekrümmt, mit denen sie ihm die Augen ausgerissen hätte, hätte er sie noch einmal berührt. Rohan schluckte und taumelte fort von ihr, hinaus in den Sand, wo er auf die Knie fiel. In der Nähe schlug der siegreiche Altdrache mit seinen großen, blutigen Schwingen, erhob sich in die Luft und ließ im Sand einen gebrochenen Leichnam zurück.

Ich bin schlimmer als ein Barbar. Ich bin ein Wilder. All die gespielte Zivilisation, Vernunft, Ehre – sie alle waren nichts. Er hatte Ianthe verschont, als er sie hätte töten sollen, als alles danach verlangte, daß er sie umbrachte – und warum? Für den Sohn, den Sioned ihm niemals geben würde. Er war ein Wilder, der Geschmack an Vergewaltigungen fand, voller Lust zurückforderte, was ihm gehörte und was andere genommen hatten. Lust, Besitz, Eifersucht, Vergewaltigung. Was war aus ihm geworden? Nur das, was er immer schon gewesen war; aber er hatte nie den Mut gehabt, das zuzugeben.

Die Schatten der Hügel senkten sich allmählich auf ihn und kühlten die sonnenverbrannte Haut auf seinem Rücken und seinen Schultern. Er setzte sich auf und bemerkte benommen, daß es erst kurz nach Mittag war und sie noch lange Zeit warten mußten, bis sie die Wüste weiter durchqueren konnten. Zu Fuß. Bei Nacht. Wenn sie eine Chance hatten, zu überleben.

Da lachte er. Es war ein hartes, krächzendes Geräusch, das in seiner Kehle schmerzte. Überleben. Welch ein Witz. Er konnte diese Dinge denken, diese Dinge fühlen, diese Dinge tun, und trotzdem sagte ihm sein stures, dummes Hirn immer wieder, was er tun mußte, um zu überleben. Es war wirklich witzig. Er zog die Knie an die Brust und lachte, wiegte sich vor und zurück, warf den Kopf in den Nacken und schrie seine Belustigung zum Himmel empor.

Sioned kauerte am Eingang der Höhle und preßte die Hände auf die Ohren, um dieses schreckliche Gelächter auszusperren. Sie hätte zu ihm gehen sollen, sie wußte, daß sie es tun sollte, sie konnte es aber nicht. Er erschreckte sie.

Als sie hörte, daß alles wieder ruhig war, zwang sie ihren schmerzenden Körper auf die Füße und stützte sich gegen die Höhlenwand. Er hatte sich zusammengerollt, den Kopf auf den Knien; aus der Wunde an seiner Schulter sickerte Blut über seinen Rücken. Die Schatten um ihn her wurden länger, während sie ihn beobachtete, ohne zu wissen, wie lange.

Schließlich bewegte sie sich und humpelte durch den Sand. Er zitterte, und seine Muskeln zuckten krampfhaft unter seiner Haut. Sie kniete nieder, unfähig, etwas zu sagen oder ihn zu berühren, und er hob den Kopf. Seine Augen waren dunkel und leer geworden.

»Wir werden nicht sterben, weißt du.«

Sie nickte wortlos, ohne zu verstehen.

»Ich wollte es. Aber ich bin zu feige.« Ein langer Atemstoß kam schaudernd über seine Lippen. »Ich muß leben, damit ich töten kann. Welche Ironie.«

Tränen liefen ihr über die Wangen. Er fing eine mit seiner Fingerspitze auf und starrte sie einen Moment lang an. Als er ihrem Blick begegnete, stand Schmerz in seinen Augen.

»Ich bin das nicht wert«, flüsterte er. »Ach, Sioned. Was habe ich nur getan?«

Kapitel acht

Prinz Jastri bekam seine heiß ersehnte Schlacht am Morgen nach Prinzessin Pandsalas Ankunft. Die Truppen des Hoheprinzen griffen die Lord Chaynals gleich nach Sonnenaufgang an, nachdem sie in der Nacht den Fluß überquert hatten, einmal über eine Brücke an der Hauptstraße weiter nördlich, zum anderen über eine zweite Brücke, die sie hastig errichtet hatten und die Chaynals Lager sehr viel näher war. Chay, der noch vor Tagesanbruch gewarnt worden war, nickte bei der Aussicht auf einen Kampf zufrieden und befahl seinen Männern, sich so leise wie möglich bereit zu machen und den Angriff zu erwarten. Seine Hauptmänner wären am liebsten vorgestürmt und hätten die Brücken niedergebrannt, aber Chay hatte seine eigenen Pläne.

Prinz Jastris Pferd suchte sich eine Furt weiter südlich im Fluß, und von dort wandte er sich dann nach Norden, ein Manöver, das von Roelstras Haupttrupp ablenken sollte. Aber Plan und Ausführung waren zwei völlig verschiedene Dinge. Jastri mit seinem ungeübten Trupp junger Adliger zeigte sich dem Hagel von Pfeilen und Speeren nicht gewachsen, der sie eine volle Länge früher empfing, als sie es erwartet hatten. Entsetzt und wütend wurde der junge Prinz zu einem wirren Rückzug gezwungen. Er verlor neununddreißig von seinen einhundert Pferden an die Bogenschützen der Wüste und an den Fluß. Lord Davvi, den Chay mit diesem Hinterhalt betraut hatte, ging mit nur geringen Verlusten daraus hervor und kehrte außerdem rechtzeitig zurück, um noch Bericht zu erstatten.

Am späten Nachmittag hatten Roelstras Truppen jedoch einen Teil der Küste besetzt, an dem sie sich krampfhaft festhielten. Chay zog sich zurück. Er war bereit, ihnen das Land für den Augenblick zu überlassen. Er war nämlich nicht bereit, weitere Leben zu opfern, um das Land zurückzuerobern. Er ließ genügend Bogenschützen zurück, daß sie weitere Vorstöße abwenden konnten, und zog sich mit seinen Truppenführern, seinem Sohn und Lord Davvi in sein Zelt zurück.

»Verluste: achtzehn Pferde, siebenunddreißig Fußsoldaten, vierzehn Bogenschützen«, faßte er zusammen, nachdem sie ihm Bericht erstattet hatten. »Die Späher halten die feindlichen Verluste für doppelt so hoch, aber sie sind auch doppelt so viele wie wir. Ich bin nicht an einem Zermürbungskrieg interessiert.« Er spielte mit einem juwelenbesetzten Speisemesser, einem Geschenk von Tobin, und sah zu, wie der Kerzenschein sich in den Rubinen und dem Stahl brach. »Aber wir haben jetzt einen Vorteil.«

Lord Davvi drückte die Überraschung der anderen in einem einzigen Wort aus: »Welchen?«

Chay lächelte hart. »Ich schätze ihre Zahl auf über siebenhundert, und bis morgen früh wird wohl ungefähr die Hälfte davon auf dieser Seite des Flusses sein. Ich wünsche regelmäßige Berichte über die Anzahl von Männern, Pferden und Vorräten, die im Laufe der Nacht herübergebracht werden.«

»Wir sollten die Brücken niederbrennen, Herr.«

»Nein, Gryden«, widersprach Chay seinem Hauptmann der Wache. »Noch nicht. Wenn die Hälfte ihrer Streitmacht hier in unserer Reichweite ist, erst dann werden wir die Brücken hinter ihnen niederbrennen.« Mit seinem Messer zog er eine Linie auf der Pergamentkarte. Es hinterließ eine tiefe Narbe. »Ich will Roelstra etwas wirklich Spektakuläres zeigen.«

»Warum nicht jetzt, wo uns weniger von ihnen entgegentreten können?« wollte Davvi wissen.

»Weil ich den Hoheprinzen in zwei Schlachten vernichten will. Zwei – mehr können wir uns nicht leisten. Wenn wir die Hälfte seiner Armee niedergemetzelt haben, überqueren wir den Faolain und machten mit der anderen Hälfte dasselbe.«

»Aber wenn die Brücken niedergebrannt werden –«

»Dazu habe ich auch meine Ideen. Nein, Gryden, du wirst die Ingenieure nicht zusammenrufen und anfangen, Bäume zu fällen. Unsere Brücken werden ganz anders sein als die von Roelstra. Noch Fragen?« Er sah sie der Reihe nach an und stellte fest, daß sie verwirrt waren, genau wie es seine Absicht gewesen war. Zehava hatte ihm vor langer Zeit beigebracht, die Pläne für seine Kriegsführung so lange wie möglich geheim zu halten; das hatte nichts mit Vertrauen zu tun, sondern mit Vorsicht. »Also schön. Das war's dann.«

Maarken blieb und nahm sich die Ausrüstung seines Vaters zum Putzen vor. Chay sah zu, wie der Knabe sich in der Nähe einer Lampe mit einem klaren Glasschirm auf dem Teppich niederließ. Seine geschickten Finger begannen sorgfältig mit ihrer Arbeit und rieben an dem matten Schmutzfilm auf dem Stahl.

»Du solltest im Bett sein«, bemerkte er.

»Ein Knappe schläft erst, wenn sein Herr es tut –«, erwiderte Maarken.

Chay lächelte. »Hübscher Versuch. Jetzt kannst du mir ja sagen, was dich wirklich beschäftigt.«

Der Knabe blickte auf und wandte sich dann wieder seiner Arbeit zu. »Vater, du brauchst keine Bogenschützen und Pfeile, um die Brücken in Brand zu stecken. Du hast mich.«

Chays Gedanken wirbelten durcheinander. Er hatte nie sehr auf die verschiedenen Stufen der *Faradhi*-Ausbildung geachtet, jedenfalls nicht, bis Sioned angefangen hatte, seine Gemahlin zu unterweisen. Zehn Ringe für einen Herrn oder eine Herrin der Schule der Göttin, sieben für einen Lichtläufer-Meister –

»Meine Art von Feuer wird die Brücken nicht so stark beschädigen, wenn ich vorsichtig bin, weil ich es mit einem einzigen Gedanken auch wieder löschen kann.«

– fünf für einen ausgebildeten Lichtläufer, drei für einen Schüler –

»Ich muß nicht einmal so nah sein, gerade so, daß ich dorthin sehen kann, wo du das Feuer haben willst.«

– und einen für die Fähigkeit, Feuer zu beschwören. Chay starrte auf die ringlosen Hände seines Sohnes, die noch immer hartnäckig an einem eingebildeten Flecken auf dem Schwert herumputzten.

»Niemand wird in Gefahr sein, Vater. Roelstra wird nicht durch Truppenbewegungen gewarnt. Ich kann das tun.«

»Wenn diese Brücken zerstört werden, dann befinden sich Menschen darauf. Menschen, die sterben werden.« Er wartete, bis Maarken aufschaute, und erwiderte den Blick aus dessen blauen Augen mit seinem eigenen. »Ich möchte nicht, daß du dafür verantwortlich bist.«

»Andrade hat sich mit der Wüste gegen Roelstra verbündet«, erinnerte Maarken ihn.

»Aber nicht, um zu töten.«

»Du schon«, lautete Maarkens tonloser Einwurf. »Deine Waffe ist dies hier.« Er hob das Schwert. »Meine kann, für den Augenblick, das Feuer sein.«

»Nein!« schrie er seinen Sohn erschreckt an. »Wenn du den Unterschied nicht siehst, dann wirst du keines von beiden gebrauchen, solange ich in der Nähe bin, um dich daran zu hindern! Ich wünsche, daß du so aufwächst, daß du eines Tages Herr über Radzyn sein kannst und kein Gesetzloser, der wegen des Mißbrauchs von *Faradhi*-Kräften verurteilt worden ist, die er überhaupt nicht haben sollte!«

Das Schwert glitt Maarken aus der Hand. »So denkst du?« wisperte er mit bleichen Wangen. »So?«

»Ja. Und genau das hier war nötig, damit ich es begreifen konnte.« Müde schüttelte er den Kopf. »Hast du eigentlich eine Ahnung, was Andrade angerichtet hat, als sie ihre Schwester mit deinem Großvater vermählte?«

»Ich habe darüber nachgedacht. Meath, Eolie und Prinz Lleyn sorgen schon dafür, daß ich darüber nachdenke. Ich wurde so geboren, wie ich bin, und ich könnte es nicht ändern, selbst wenn ich wollte. Aber es geht nicht nur um mich, nicht wahr? Es geht um Sioneds Kinder, wenn sie welche hat. Prinz und Lichtläufer, beides. Was glaubst du, was aus uns allen wird, Vater? Werden wir machtgierig sein und bereit, jeden abzuschlachten, der sich uns in den Weg stellt? Ist es das, was du denkst?« Sein Ton war bitter.

Chay biß sich auf die Lippen. »Ich denke, daß ich einen Sohn habe, auf den ich stolz sein kann. Maarken, die Welt verändert sich, und Menschen wie du werden sie noch weiter verändern. Zu einer Art von Macht geboren – aber auch mit einer ganz anderen.«

»Wir sind weder das eine, noch das andere, Andry und ich. Werden wir über das Land herrschen, das du uns gibst, wenn wir erwachsen sind, oder werden wir Andrades Herrschaft unterstehen?« Sein Blick war jetzt gequält. »Was wird aus mir werden, Vater?«

Rohan würde ihn verstehen, dachte Chay plötzlich. Er liebte die Drachen und war doch gezwungen worden, einen zu töten; er sehnte sich verzweifelt nach einem Leben, das von Regeln oder Gesetzen bestimmt wurde und nicht vom Schwert. Rohan würde den Zwiespalt in Maarkens Seele verstehen. Aber Sioned würde ihn noch besser verstehen, denn sie mußte jeden Tag ihres Lebens mit ihrer Entscheidung leben.

Aber im Augenblick konnte Chay seinem Sohn die Wahl abnehmen, und er tat es. »Ich bin dein Vater und Befehlshaber, und deshalb bist du doppelt verpflichtet, mir zu gehorchen. Du wirst kein FEUER beschwören, Maarken. Ich verbiete es.«

Rebellion und Erleichterung kämpften einen Augenblick in dem Gesicht des Knaben. Aber dann neigte er ergeben den Kopf. »Ja, Herr.«

Aber beide wußten sie, daß es nur den Aufschub einer Entscheidung bedeutete, die Maarken eines Tages selbst würde treffen müssen.

»Komm«, forderte Chay ihn auf, »Zeit zu Bett zu gehen, ob wir nun schlafen oder nicht. Eine der wichtigsten Regeln im Krieg lautet, daß der Oberbefehlshaber immer den Anschein erwecken muß, als würde er nachts in seinem Zelt gut schlafen.«

Der Turm der Ewigen Flamme in Stronghold war ein ausgezeichneter Aussichtspunkt, von dem aus man die Ankunft der Merida beobachten konnte. Tobin und Maeta standen an den Fenstern und beobachteten die einhundert bewaffneten Soldaten zu Pferde, deren Rüstungen im letzten Licht der Abendsonne glänzten. Die beiden Frauen wechselten einen Blick.

»Werden sie es heute nacht versuchen oder bis zum Morgen warten?« murmelte Tobin.

»Beim ersten Tageslicht«, antwortete die Kriegerin. »Sieh dir die da unten an! Die schlagen ihr Lager direkt im Schatten von Stronghold auf! Arrogante Idioten. Tun gerade so, als ständen wir bereits unter ihrer Fuchtel.« Ihr Lächeln wurde boshaft. »Ich werde meinen Spaß haben.«

Sie gingen nach unten, und Tobin sagte: »Chay hätte das auch Spaß gemacht. Zufällig bin ich selbst kein schlechter

Schütze, Maeta. Und links von den Toren gibt es eine hübsche kleine Nische, die wie für mich gemacht scheint.«

»Ich habe keine Angst vor diesem großen Stier, den Ihr Euren Ehemann nennt, wenn Ihr das andeuten wollt. Er kann mich dafür, daß ich Euch am Kampf teilnehmen lasse, anschreien, soviel er will. Der Platz gehört Euch, zusammen mit so vielen Merida, wie Ihr erlegen könnt.« Sie kicherte. »Ich kann mich noch gut erinnern, wie meine Mutter Euch Schießunterricht erteilt hat.«

Der Unterricht von Myrdal allein schien schon Empfehlung genug. »Ich werde einen Bogen mit dem richtigen Gewicht finden und vor dem Morgengrauen bereit sein.«

»Was ist mit Euren Söhnen? Ihr könnt sie nicht in ihre Zimmer sperren, das wißt Ihr doch. Würdet Ihr zulassen, daß sie uns mit Pfeilen versorgen? Wenn ich ihnen den ersten Ring zuteile, dann sind sie die ganze Zeit sicher im innersten Hof aufgehoben.«

»Danke. Ich hatte wirklich keine Ahnung, wie ich sie da heraushalten soll, und wenn wir es so machen, dann sind sie nützlich, ohne in Gefahr zu sein.«

Lange vor Sonnenaufgang war Stronghold bereit – und absolut still. Tobin, in einer Reitkleidung, die mit den Steinen um sie her verschmolz, zwängte sich in einen schmalen Spalt, der extra zu diesem Zweck in die Außenmauer des Torhäuschens gehauen worden war. In einem Köcher auf ihrem Rücken und einem zweiten zu ihren Füßen befanden sich Pfeile. Sie hatte die ganze Nacht damit zugebracht, sie in den Farben ihres Gemahls neu anzumalen, in Rot und Weiß. An den blauen Federn ließ sich nichts ändern, aber sie wollte, daß die Merida wußten, daß auch Radzyn hier vertreten war. Wenn ihre fünfzig Pfeile verbraucht waren, wollte sie diejenigen benutzen, die in Rohans Waffenkammer lagerten. Aber mit nur einhundert Merida da draußen und zwanzig von Myrdal ausgebildeten Bogenschützen, die Stronghold verteidigten, hatte Tobin das Gefühl, daß es sicher lange, ehe sie keine rot-weißen Pfeile mehr hatte, keine Ziele mehr geben würde. Der Kampf um Stronghold begann, als ein behelmter Merida den Canyon entlang auf die Tunnelöffnung zu ritt. Er zügelte sein Pferd und hob die Hand in einer pompösen Geste, die Tobin fast zum Lachen gebracht hätte. Dieser Wunsch verstärkte sich noch, als der Mann mit tönender Stimme – die ihm zweifellos diese Mission eingebracht hatte – rief:

»Bewohner von Stronghold! Ergebt euch jetzt, und lebt! Ihr könnt nicht hoffen, im Kampf gegen uns zu überleben, und es gibt für euch keine Hoffnung von Norden oder Süden! Öffnet den rechtmäßigen Herrschern der Wüste die Tore!«

Weil sie darauf wartete, konnte Tobin das leise Zischen eines Pfeiles hören und war in der Lage, seinen Flug zu verfolgen. Er bohrte sich einen Fingerbreit vom Schenkel des Mannes entfernt in den Sattel und zitterte leicht. Zu seinen Gunsten muß gesagt werden, daß der Merida nicht zusammenzuckte. Aber er ritt nahezu hastig zurück.

Es folgte eine kurze Zeit des Wartens, in der die Sonne am östlichen Himmel über der Wüste aufstieg und sich die Schatten verlagerten und schärfer wurden. Tobin fing an, sich nach der kühlen Meeresbrise von Radzyn zu sehnen. Der Lärm von Pferden auf der Straße ließ sie den Schweiß vergessen, der ihre Tunika an ihre Haut klebte, und sie bereitete sich darauf vor, den Bogen zu spannen.

Unglücklicherweise waren die Merida nicht solche Narren, wie Maeta gehofft hatte. Nicht nur die Soldaten, auch ihre Pferde waren durch Lederrüstungen geschützt, die mit Bronzeplatten besetzt waren. Die Verzögerung hatte es gegeben, weil sie diese Rüstungen angelegt hatten. Tobin sagte sich wütend, daß Rohans Gold zweifellos diesen Weg genommen hatte und die Handwerker in Cunaxa zu ihrem großen Vorteil hart gearbeitet hatten. Sie nahm sich fest vor, die Merida heute nicht gewinnen zu lassen.

Sie zählte sechs Reihen mit jeweils sechs Reitern. Die Pferde standen Schulter an Schulter von einer Wand der Schlucht bis zur anderen. Wenn das erste stürzte, würden die anderen in der Enge behindert werden. Aber das Signal für den ersten Angriff kam nicht, und Tobin fing an, unruhig zu werden. Die Reiter waren in Reichweite. Sie konnte fast die Augenfarbe hinter den Helmen mit ihren langen Nasenstücken und dem Wangenschutz erkennen.

Endlich durchfuhr ein langes, dünnes Heulen die Hitze, der Ton eines Horns, das aus Drachenbein gefertigt war. Die aufsteigenden Töne erschreckten die Pferde unten, und Pfeile schossen zwischen der Schlucht und dem Torhaus hin und her. Es war genau so, wie Maeta es geplant hatte – das schrille, schmerzerfüllte Wiehern der Pferde, als sie scheuten und sich aufbäumten und versuchten, den Pfeilen zu entgehen, die sich in ihr Fleisch bohrten, und die Rufe und Flüche der Reiter, wenn Stahl durch das Leder drang. Tobin zielte, spannte und ließ ihre Pfeile fliegen, alles mit kühler Regelmäßigkeit, und zwanzig andere taten dasselbe.

Acht gefallen, neun, zehn – sie begriff, warum Maeta gewartet hatte, bis auch die letzte Reihe der Pferde in Reichweite war, denn die verletzten hinten drängten die anderen vorwärts, und gefallene Pferde würden einen Teil der Straße versperren, sollten die Merida sich zum Rückzug entschließen.

Aber sie traten den Rückzug gar nicht an, und ganz plötzlich stürzte ein braungekleideter Körper schreiend von Strongholds Stadttor und schlug dumpf auf dem festgetrampelten Sand dort unten auf. Über Tobin und ihr gegenüber befand sich ein Dutzend Bogenschützen. Sie hockten auf einem Sims, der sich über die Schlucht erhob. Tobin hatte keine Zeit, sich zu fragen, wie sie dorthin gelangt waren, denn sie hörte das Zischen eines Pfeiles und das Klirren von Stahl, als er auf den Felsen neben ihrer Schulter auftraf. Sie änderte ihre Haltung, zielte, schoß und hörte Maeta Befehle brüllen, daß alle auf Tobins Seite des Tores es genauso machen sollten. Die anderen waren nicht in der Lage, auf diesen neuen Angriff zu reagieren.

Ein weiterer von Strongholds Bogenschützen fiel. Er stürzte herab wie ein gefallener Drache, einen Pfeil in der Brust. Die Reiter griffen die ersten Tore an, öffneten eines und drangen in den langen Tunnel ein. Maeta befahl eine Neugruppierung oberhalb des äußeren Hofes, wo sie außerhalb der Reichweite der Meridapfeile waren und die Reiter fällen konnten, wenn diese die inneren Tore stürmten.

Tobin hob ihren zweiten Köcher mit einem erstickten Fluch auf, der halb Ärger, halb Schmerz ausdrückte. Ein Pfeil hatte ihren Schenkel gestreift, aber sie merkte es erst jetzt, als sie sich bewegen mußte. Es fiel ihr schwer, von ihrem Platz herabzuklettern, und noch immer fluchend stolperte sie ins Pförtnerhaus.

Sie folgte den anderen durch einen schmalen Gang zu den Schießscharten oberhalb der Innentore. Die Bogenschützen nahmen – jetzt mit grimmigen Gesichtern – ihre Plätze ein. Die Atmosphäre der Vorfreude auf einen leichten Sieg war dahin. Die alte Myrdal stand unten im Hof und brüllte ihre Befehle den Bediensteten zu, die sich mit Schwertern, Speeren und Schutzschilden gewappnet hatten – mit allem, was Ostvel und der Rest der Wache aus Stronghold nicht mit nach Remagev genommen hatten.

Maeta unterzog Tobins Bein einer groben Inspektion und versorgte es dann mit einem noch gröberen Verband, der nach Kräutern stank. »Ich Superkluge«, erklärte die Kommandantin verbittert. »Aber keine Sorge – wir kriegen sie auf dieser Seite. Ich habe deine Söhne in die Passage hinten bei der Grotte bringen lassen. Nur vorsichtshalber.«

»Welche Passage bei der Grotte?« fragte Tobin, aber Maeta war bereits gegangen.

Welche Salbe auch immer auf dem Verband gewesen war, sie linderte die Schmerzen, und Tobin hinkte nicht mehr, als sie sich in der Nähe eines Mannes einfand, der einen ähnlichen Verband um den abgebrochenen Schaft eines Pfeiles in seiner Hüfte trug. Blut sickerte hindurch, und er konnte sein Bein nicht belasten, aber er war dennoch bereit, als sie darauf warteten, daß die Merida durch die Tore direkt unter ihnen stürmten. An dieser Stelle sollten die Bogenschützen aus Stronghold die Merida in den Rücken schießen.

Tobin und der Mann tauschten ein Lächeln aus – aber die Tochter eines Kriegsprinzen wurde abrupt zur Mutter von Zwillingssöhnen, deren trotzige Rufe aus dem Hof unter ihr heraufdrangen. Während die Merida die Tore bearbeiteten, bearbeiteten Sorin und Andry mit langen Küchenmessern kleine Schilde, die zum Training verwendet wurden, Schilde, fast so groß wie sie selbst.

»Nein!« schrie Tobin. »Andry! Sorin! Lauft!«

In diesem Augenblick gaben die Tore nach, und Pferde stürmten hufklappernd in den Hof. Tobin hatte nur ihre schlanken rot-weißen Pfeile, um ihre Söhne zu verteidigen.

»Hier entlang«, sagte Sioned zu Rohan und führte ihn zu einem Gang durch die Felsen, den er bislang nicht gekannt hatte. Er folgte ihr durch einen Spalt, der gerade breit genug für ein einzelnes Pferd war. Zwei Menschen zu Fuß gelangten schnell und leicht durch den Gang, und ehe Rohan sich versah, standen sie, um Atem ringend, neben der Grotte.

»Komm weiter«, brachte er mühsam hervor, als er wieder genug Luft bekam. »Gütige Göttin, ich hoffe, wir kommen nicht zu spät –«

Sie rannten in den verlassenen Innenhof, aber von der anderen Seite der Mauer hörten sie Geräusche, die selbst für Sioned, die nie zuvor eine echte Schlacht erlebt hatte, unmißverständlich waren: das Klirren von Stahl gegen Stahl, das schrille Wiehern von Pferden, die Schreie der Verwundeten und Sterbenden. Rohan hob sie empor und ergriff dann ihre Hände, um sich selbst auf die Mauern zu ziehen. Er warf einen einzigen Blick auf das Chaos, sprang dann hinab und rannte zum nächstbesten Schwert, das zu Boden gefallen war.

Sioned blieb, wo sie war. Die Pferde der Merida hatten sich in Gruppen von drei und vier Tieren aufgeteilt, die festen kleinen Knoten mit Hufen und Schwertern auf allen Seiten glichen. Sie wählte die nächste aus, hob ihre ringlosen Hände und umzingelte die Gruppe mit Feuer.

Dasselbe machte sie mit einem zweiten Trupp, dann mit einem dritten, und schuf so immer wieder neu ein kleines Inferno aus schreiendem, brennendem Fleisch. Ein Reiter löste sich aus einem anderen Trio und stürzte sich auf sie, entschlossen, diese Hexe mit dem wilden Blick und dem Feuerhaar zu töten, die Lichtläufer-Feuer auf sie herabrief. Mit einer beiläufigen Handbewegung webte sie ein Netz aus Flammen um ihn her. Sein Schwert klirrte aus verbrannten Fingern zu Boden, und er schrie schmerzerfüllt auf. Sioned lächelte süß und hüllte eine andere Gruppe zu Pferd in Flammen.

Rohan sah die Flammen aufzüngeln, vier, fünf, sechs Mal. Er bohrte sein geliehenes Schwert in eine nahe Feuersbrunst und tötete Männer und Frauen, die er kaum sehen konnte. Als der Rest der Merida kehrtmachte und die Flucht ergriff, zurück durch den Tunnel, brüllte er Sioneds Namen. Sie kniete noch immer auf der schmalen Mauer, wiegte sich hin und her, die Hände vor sich gespreizt, während ihr Haar wie eine Kaskade aus Feuer herabfiel.

»Sioned!« rief er wieder. »Genug!«

Ihre Hände fielen herab. Ihr Blick fand seinen, und ihr Lächeln erstarb. Sie schwankte und wäre fast gestürzt. Myrdal hinkte herbei, hielt die Arme empor und half ihr von der Mauer herab. Das Feuer war vergangen; es hatte nicht lange genug gebrannt, um zu töten, aber der Gestank von versengtem Fleisch und Fell hing in der Luft.

Rohan fand ein Pferd, dessen Reiter von einem rot-weißen Pfeil getötet worden war – was Tobin überhaupt in Stronghold machte, fragte er sich, als er im Chaos die schlanke Gestalt seiner Schwester ausmachte. Er sprang aufs Pferd, lenkte das verängstigte Tier herum und trieb es durch die Tore.

Tobin riß ihre Söhne in ihre Arme. Die beiden waren unverletzt geblieben, wenngleich Sorins Tunika zerrissen war und Andry einen langen, aber nicht sehr tiefen Schnitt am Arm hatte. Sie umarmte die beiden heftig,ließ sie dann los und gab jedem einzelnen einen schallenden Schlag aufs Hinterteil, der ihnen die Tränen in die Augen trieb.

»Wie könnt ihr es wagen, mir nicht zu gehorchen!« tobte sie. »Macht so etwas ja nicht noch einmal! Geht mir aus den Augen, bevor ich euch auspeitschen lasse!« Sie zog sie noch einmal an sich, umarmte sie, bis ihnen die Luft wegblieb, und stieß sie dann auf die Burg zu. »Verschwindet.«

Das taten sie. Tobin richtete sich auf, einer Ohnmacht nahe vor Zorn und Erleichterung. Doch dann erblickte sie Sioned. Myrdal stützte sie, denn Sioned war halb bewußtlos. Tobin vergaß ihre eigene Benommenheit, eilte zu ihr und schob ihre Schulter unter Sioneds anderen Arm.

»Bringt sie hinein«, sagte Myrdal. »Schafft Ihr es allein?«

»Ich kann gehen«, flüsterte Sioned, aber ihre Stimme versagte.

Tobin musterte sie. Sioneds Gesicht, Hals und bloße Arme waren blutig und mit Blasen übersät. Selbst ihre Hände waren von der Sonne zerstört, ohne Ringe jetzt und sogar ohne weiße Streifen dort, wo die Ringe hätten sein sollen. Und der Körper, den Tobin mit ihren Armen umfing, bestand nur noch aus Haut und Knochen.

»Ich schaffe es«, erklärte sie Myrdal. »Sie kann nicht mehr wiegen als ich selbst. Sioned, komm jetzt mit mir, Liebe. Es ist alles in Ordnung. Du bist daheim.«

»Tobin?«

»Ja, ich bin es. Du bist in Sicherheit. Du bist in Stronghold. Halt dich an mir fest.« Sie murmelte weiter beruhigende Worte, während sie sich langsam ihren Weg ins Schloß suchten. Die Kühle im Haus belebte Sioned ein wenig, und sie konnte sich auf den Beinen halten, als Tobin ihr die Treppe hinaufhalf.

»Wo ist Rohan?«

»Fort, um sich Ostvel und den anderen Truppen anzuschließen, die von Remagev kommen.« Zumindest hoffte sie das, aber es hatte keinen Sinn, sich jetzt darüber den Kopf zu zerbrechen.

Sioned nickte langsam. »Ich habe ihm Maetas Plan erklärt. Der Narr. Er wird die Schlacht anführen wollen.«

»Wir sind fast da. Nur noch diesen Gang entlang, dann kannst du dich ausruhen.«

Tobin bugsierte Sioned auf das große Bett und zog ihr die zerrissenen Kleider aus. Das Hemd mußte einmal ein wunderschönes Kleidungsstück gewesen sein, aus feinem Stoff und von zarten, violetten Bändern durchzogen. Als Tobin die Farbe sah, verkrampften sich ihre Kiefer. Sie holte ein

Becken mit Wasser aus dem Nebenzimmer, nahm ein weiches Tuch und fing an, Sioneds Füße zu waschen.

»Wir mußten laufen, weißt du«, erzählte die jüngere Frau mit klarer, farbloser Stimme. »Die Drachen haben schon am ersten Tag die Pferde verjagt. Wir konnten auch nicht in Skybowl bleiben. Die Merida hatten dort Männer zurückgelassen, die nach uns Ausschau hielten. Ach, Tobin, das tut so gut. Danke.«

Tobin riß ein Kopfkissen in Streifen und verband damit Sioneds blasenübersäte Füße. »Psst. Sei jetzt ruhig und ruh dich aus.«

»Ich frage mich, ob ich irgendeinen von ihnen mit dem Feuer getötet habe«, fuhr Sioned mit dieser merkwürdigen Stimme fort. »Andrade würde das nicht gutheißen. Aber es wäre nicht zum ersten Mal – und nicht zum letzten.« Sie starrte zu Tobin empor. Ihre grünen Augen waren glasig. »Ich bin eine *Faradhi* und eine Prinzessin. Was kann sie denn sonst von mir erwarten?«

»Sie hat den Lichtläufern befohlen, uns gegen Roelstra zu unterstützen.«

Sioneds aufgeplatzte Lippen verzogen sich zu einem schwachen Lächeln. »Tobin, das hat sie eigentlich schon in dem Augenblick getan, als sie mir befahl, nach Stronghold zu kommen.«

Tobin war damit fertig, Sioned zu waschen. Später würde sie diese verbrannte, pergamentartige Haut einsalben und würde sie in mit Kräutern getränkte Tücher hüllen. Aber jetzt war Schlaf am wichtigsten. Sie strich das lange, zerzauste rote Haar zurück und küßte Sioned zärtlich auf die Stirn. »Schlaf jetzt, meine Liebe. Du bist daheim.«

»Tobin…« Sioneds Stimme war verträumt, und ihre Lider schlossen sich langsam. »Du mußt es allen erzählen… es wird einen Sohn geben.«

Die Merida, die durch die Schlucht zurückgaloppierten, rasten geradewegs in eine andere Schlacht. Ostvels Streitkräfte waren aus Remagev gekommen. Sie waren die ganze Nacht marschiert, nachdem Reiter, die in den Hügeln rund um Stronghold versteckt gewesen waren, von der Ankunft der Merida berichtet hatten. Ostvels Truppe schwärmte im Halbkreis aus und war gerade dabei, ihre Reihen zusammenzuziehen, als Rohan und ein paar andere, die auf Merida-Pferde gesprungen waren, in Sichtweite kamen. Der Anblick des Prinzen sorgte dafür, daß zwei Gruppen von beiden Seiten des Bogens sich vereinten, um die Merida von hinten anzugreifen. Zur Mittagszeit war alles vorüber.

Den zehn Merida, die noch immer im Sattel saßen, wurden ihre Pferde und ihre Rüstung genommen, nicht aber ihr Leben. Rohan saß auf seinem Pferd, das geborgte Schwert über den Schenkeln, und sah zu, wie die zehn Merida ihre Toten und Verwundeten von den Sätteln in den Sand zerrten. Ihm war übel vor Erschöpfung nach dem Kampf, und er hatte keine Ahnung, was ihn aufrecht hielt. Aber dennoch blieb er dort, mit Ostvel an seiner Seite. Als alle Merida versorgt waren, ließ Rohan die Überlebenden vor sich antreten.

»Ich werde euer Leben schonen«, erklärte er ihnen. »Denn ich wünsche, daß ihr eine Nachricht überbringt. Das macht es erforderlich, daß ihr die rechte Hand eines jeden eurer Kameraden abtrennt – tot oder lebendig.«

Ostvel hielt den Atem an. Rohan war das völlig egal. Als der grausige Befehl durchgeführt worden war und man den Sterbenden ein Messer ins Herz gestoßen hatte, befahl er, die Hände in Satteltaschen zu legen, eine Tasche für jeden noch lebenden Soldaten.

»Die bringt ihr jetzt nach Norden, zu euren Herren. Ihr –« Er deutete mit seinem Schwert auf den Mann in den besten Kleidern. »Seid Ihr eine Art Hauptmann? Das dachte ich mir. Ihr werdet das Privileg haben, nach Süden zu gehen, nicht nach Norden. Ihr werdet dies als Geschenk von mir zum Hoheprinzen Roelstra bringen und ihn darüber informieren, was hier geschehen ist. Sorgt dafür, daß ihm ganz klar wird, daß ich ihm nicht nur seine Hand abschlagen lassen werde, wenn wir uns das nächste Mal begegnen, sondern seinen Kopf.« Nach einer kurzen Pause fuhr er milder fort: »Ich schlage vor, Ihr macht einen Bogen um Skybowl. Ehe Ihr zu Fuß dort anlangt, werden meine Männer Eure Kameraden dort niedergemetzelt haben.«

»Zu Fuß!« brach es aus dem Hauptmann heraus. »Aber wir haben kein Wasser!«

Rohan bedachte ihn mit einem ruhigen Lächeln. »Das hatten meine Gemahlin und ich, als wir von Feruche hierher gingen, auch nicht. Du hast den längeren Weg, mein Freund. Brich jetzt auf, ehe ich meine Meinung ändere und euch alle hier an Ort und Stelle töten lasse.«

Rohan wendete sein Pferd und ritt nach Stronghold zurück. Im Innenhof stieg er ab. Niemand wagte es, sich ihm zu nähern. Als er langsam zu seinen Gemächern emporstieg, begegnete er seiner Schwester, die nach unten eilte. Sie hinkte, und ein Verband war um ihren Schenkel gewickelt. Trotz seiner enormen Müdigkeit empfand er Sorge.

»Rohan! Ist das wahr?« Sie packte seinen nackten Arm, und ihre kühlen Finger berührten seine sonnenverbrannte, blasige Haut ausgesprochen schmerzhaft.

»Nicht jetzt, Tobin.« Er zog sich von ihr zurück und ging weiter hinauf.

»Antworte mir! Stimmt es, daß ihr ein Kind haben werdet?«

Er blieb abrupt stehen.

»Rohan! Sie hat mir erzählt, ihr würdet einen Sohn bekommen! Ist das wahr?«

»Das hat sie dir also erzählt, ja?« Er drehte sich um und schaute in die schwarzen Augen seiner Schwester. Tobin hörte die Bitterkeit und Leere in seiner Stimme, als er antwortete: »Ja. Es ist wahr. Ich werde einen Sohn haben.«

Rohan zog sich zurück und ließ Tobin verwirrt stehen. Er schloß die Tür seiner Gemächer hinter sich. Lange blieb er neben dem Bett stehen und blickte auf seine Frau hinab. Sie lebten. Wie er es versprochen hatte. Er war nicht umsonst in der Wüste aufgewachsen. Was Sand und Felsen an Nahrung und Feuchtigkeit boten, hatten sie geteilt – und überlebt.

Er folgte den feinen Linien ihres hageren Gesichts, das so seltsam friedvoll war. Leid ließ die meisten Menschen altern, aber Sioneds Gesicht war ein Wunder kindlicher Reinheit, während sie schlief. Ihre Lippen waren zu einem winzigen Lächeln verzogen, und jede Linie ihres Gesichts drückte Erleichterung aus.

Er hatte ihr ihr Leben versprochen. Sie hatte ihm einen Sohn versprochen. Konnte sie Ianthes Bastard an ihre Brust drücken, konnte sie auch nur in Erwägung ziehen, ihn von seiner Mutter zu trennen? Und konnte er das Kind jemals ansehen, ohne an die Frau zu denken, die es geboren hatte?

Wenn Sioned es konnte, dann mußte er es auch. Die Göttin würde ihm helfen.

Er legte sich neben sie, starrte auf die Decke. Überrascht stellte er fest, daß noch immer soviel Wasser in ihm war, daß er weinen konnte.

So fanden Tobin und Ostvel sie, als die Dämmerung hereinbrach. Beide schliefen. Tobin war gekommen, um ihre Verletzungen zu versorgen, und Ostvel, um ihnen zu essen zu bringen. Sie wechselten einen Blick miteinander, und dann fragte die Prinzessin ihn.

»Sie hat nichts von einem Kind zu dir gesagt, ehe sie aufbrach?«

»Nichts. Glaubt Ihr, ich hätte sie sonst ziehen lassen?« Ostvel schüttelte den Kopf. »Allerdings glaube ich kaum, daß irgendwer sie hätte aufhalten können. Aber warum hat Ianthe sie freigelassen?«

»Vielleicht sind sie entkommen.«

»Aus Feruche? Die einzige Möglichkeit, die Burg zu verlassen, ist die Erlaubnis, das zu tun.«

Sie beobachteten das Paar noch eine Weile: Sioned sah friedlich aus im Schlaf, Rohan mitgenommen. Tobin erkannte, daß die Jugend aus dem Gesicht ihres Bruders gewichen war, und sie war traurig über diesen Verlust.

»Wir werden zweifellos alles darüber erfahren, was sie uns wissen lassen wollen«, sagte sie.

»Ohne Zweifel«, stimmte Ostvel zu. »Und jetzt lassen wir sie besser schlafen.«

Kapitel neun

Später am Tag trat der warme Duft von Mahlzeiten, die auf den großen Feuerstellen im Wüstenlager zubereitet wurden, an die Stelle der kühlen Düfte von Wasser und Bäumen rund um den Faolain. Man mußte einem Wachposten eine gewisse Schläfrigkeit nach einer langen, ereignislosen Wache verzeihen, vor allem, wenn die Ablösung bevorstand und das Abendessen lockte. In den zehn Tagen seit der Schlacht war nichts geschehen, und so kurz vor Sonnenuntergang war das auch heute nicht wahrscheinlich; die Frau zuckte die Achseln und nahm eine bequemere Haltung ein, den Rücken an einen Baum gelehnt, die Augen geschlossen.

»Wenn ich der Hoheprinz wäre, dann wärest du jetzt tot.«

Die klare, scharfe Stimme riß sie hoch, und sie legte einen Pfeil ein und spannte den Bogen mit bewundernswerter Schnelligkeit. Aber gleich darauf senkte sie die Arme und neigte den Kopf. »Mein P-prinz!« keuchte sie.

Stahlblaue Augen blickten auf sie herab, als sie es wagte, wieder aufzuschauen. Sie hatte den alten Prinzen anläßlich seiner Besuche in der kleinen Küstenfestung, die sie ihr Heim nannte, ein oder zwei Mal gesehen, und dieser junge Mann war ihm plötzlich sehr ähnlich – nicht in der Größe oder seinen Farben, aber was den Ausdruck in diesem eisigen Gesicht betraf.

»Nun, da du wach bist, bist du vielleicht so freundlich und informierst mich, wo Lord Chaynal sich aufhält«, fuhr er fort.

»In seinem Zelt, Hoheit, mit dem jungen Lord Maarken und Lord Davvi aus River Run.«

Rohan nickte. Sein blondes Haar fing jeden Strahl der untergehenden Sonne ein. »Da ich gerade die Straße aus dem Norden entlang gekommen bin, kann ich dir versichern, daß sie frei von Feinden ist. Wäre es jedoch nicht der Fall gewesen…« Er zog eine Braue hoch. »Habe ich mich verständlich ausgedrückt?«

»Ja, Hoheit.«

»Gut. Du hast meine Erlaubnis, Lord Chaynal davon zu unterrichten, daß ich hier bin.«

Sie verbeugte sich erneut und floh.

Rohan hörte das Geräusch, als er weiterritt, ein Murmeln, das zu Jubel anschwoll, als sie ihn erblickten. Er hatte gehört, wie Soldaten seinen Vater so begrüßten, hatte gesehen, wie sie aus ihren Zelten strömten und ihre Arbeit verließen, um seinen Weg mit Willkommensrufen, mit Schwerten und Bogen zu säumen, stolz über den Sieg, den Zehava immer gebracht hatte. Aber diesmal galten das Spalier und der Willkommenstumult nicht seinem Vater. Alles galt ihm. Rohan. Ihrem Drachenprinzen. Das Wissen verursachte ihm ein wenig Übelkeit.

Er hatte zwanzig Bogenschützen, dreißig Pferde und seinen Knappen Tilal mitgebracht. Das einzige, was ihm Freude machte, war der Gedanke, daß der Knabe wieder mit seinem Vater vereint werden würde. Die Aussicht darauf, Chay erklären zu müssen, was er erlebt hatte, erfüllte ihn mit nichts anderem als Furcht. Er verfluchte seine Feigheit. Keines seiner Gefühle zeigte sich jedoch auf seinem Gesicht, als er zu dem einfachen, dunklen Kriegszelt ritt, das sich von den anderen nur durch das Banner Radzyns unterschied, das an einem silbernen Pfosten hing. Die Farben der Wüste würden schon bald dessen Platz einnehmen, und Chays Flagge würde dann auf die andere Seite des Eingangs wandern. Als wäre er der Oberkommandierende in diesem Krieg, sagte sich Rohan.

Chay erwartete ihn zusammen mit den Hauptleuten und einem Mann, der eine flüchtige Ähnlichkeit mit Sioned und eine sehr viel größere mit Tilal aufwies. Und war das etwa Maarken? Er erwiderte ihre Verbeugungen mit einem knappen Nicken, dankbar für die Rituale, hinter denen sich ein Prinz verstecken konnte. Er war der Göttin dankbar für die Zeremonien, ganz gleich, wie falsch sie sein mochten. Nein, verbesserte er sich, hier gab es keine Falschheit außer der seinen.

»Mein Prinz«, begrüßte ihn Chay und übermittelte ihm mit den Augen eine dringende Botschaft. Rohan verstand sie. Sein Volk wartete dringend auf ein Wort seines Prinzen, und er würde es geben müssen. Er bohrte seine Fersen in die Flanken seines Pferdes und zügelte es. Sein geliebter Pashta, der ihm aus Skybowl gebracht worden war, erhob sich eindrucksvoll auf den Hinterbeinen und wirbelte herum. Rohan reckte die behandschuhte Rechte empor, und alles verstummte. Er lächelte verkniffen.

»Heute nacht ruht der Hoheprinz noch in seinem Lager jenseits des Flusses. Aber im Namen der Göttin, bald wird er die ewige Ruhe finden.«

Gebrüll stieg auf, und Rohan beglückwünschte sich selbst zu dieser dummen Ansprache – die kurz genug war, um sich heute abend wie ein Lauffeuer im ganzen Lager zu verbreiten. Er bemerkte Chays Anerkennung, als er sich vom Pferd schwang. Er warf Tilal die Zügel zu, zog seine Reithandschuhe aus und näherte sich Lord Davvi, dem er nur ein einziges Mal begegnet war, vor zwei Jahren in Stronghold, und da auch nur sehr kurz.

»Meine Gemahlin hat mir erzählt, daß Ihr die Güte hattet, zu uns zu kommen«, erklärte er formell, da er wußte, daß er sehr genau beobachtet wurde. Er wünschte, er könnte wenigstens ein bißchen weniger vorsichtig sein, aber damit würde er warten müssen, bis sie später allein waren. »Ich danke Euch für Eure Hilfe, Mylord, und werde später ausführlicher mit Euch reden. Aber im Augenblick, so denke ich, ist hier jemand anderer, der zuerst Anspruch auf Eure Aufmerksamkeit hat.« Er nickte Tilal zu, der vor Aufregung fast tanzte.

Davvi konnte kaum den Blick von seinem Sohn wenden. Jetzt warf er Rohan ein leicht verlegenes Lächeln zu. »Hoheit, Eure Freundschaft und Nachsicht ehren mich. Ich würde tatsächlich gern mit meinem Sohn reden.«

Das Kräuseln seiner Lippen fühlte sich merkwürdig an; es war das erste ehrliche Lächeln seit langer Zeit für ihn. »Bis später also, Mylord.« Als Davvi zu Tilal trat, um ihn zu umarmen, sah Rohan, daß Chay die Hauptleute entlassen und sie ausgeschickt hatte, um den Truppen Befehle zu erteilen.

Aber einer von ihnen rief Rohans Namen, und der Ruf wurde aufgenommen, in einen Gesang verwandelt und so laut hinausgebrüllt, daß selbst Roelstra auf der anderen Seite des Flusses ihn hören mußte. Rohan blieb auf dem Weg ins Zelt stehen. Die Aufregung und Treue seines Volkes schnitten schmerzlich in sein Herz. Er hob eine Hand, um der Begeisterung Einhalt zu gebieten, und floh dann in das kühle, dämmrige Innere des Zeltes.

Maarken, der als Chays Knappe fungierte, bot seinem königlichen Onkel und seinem Vater Stühle und Weinkelche an und blieb dann in Erwartung weiterer Befehle stehen. Die beiden Männer setzten sich, tranken und starrten sich lange Zeit an. Chay regte sich zuerst.

»Das ist alles, Maarken«, erklärte er seinem Sohn. »Du kannst später wiederkommen und meine Sachen von hier fortbringen in –«

»Nein!« rief Rohan aus. Angesichts ihrer Überraschung fuhr er ruhiger fort: »Nein, ich will nicht allein in diesem großen Windtunnel bleiben, den du Zelt schimpfst, Chay. Maarken, du und Tilal, ihr bereitet mir bitte hier ein zusätzliches Bett.«

»Es ist mir eine Ehre, Euch zu dienen, mein Prinz.« Der Knabe verneigte sich vor ihm.

Wieder fühlte Rohan, wie er lächelte, und diesmal fühlte es sich natürlicher an. »Wie ich sehe, bist du erwachsen geworden. Lleyn hat dich sehr gut unterwiesen. Aber ich denke, hier sind wir unter uns und können uns so benehmen, wie wir es immer getan haben.«

Das Steife wich aus dem jungen Körper, und Maarken lächelte ihm zu. »Ich konnte es kaum glauben, als ich Sioneds Farben auf dem Sonnenschein fühlte und sie mir erzählte, daß ihr beide in Sicherheit wäret! Hast du gehört, wie die Soldaten dir zugejubelt haben? Sie sagen, deine Drachen würden dich beschützen – und ihre Kraft und List hättest du auch in dir.«

»So, sagen sie das?«

Die Schärfe in Rohans Stimme verdüsterte Chays silbergraue Augen. »Du kannst jetzt gehen, mein Sohn. Ich werde dich rufen, wenn du gebraucht wirst.«

»Ja, Herr.« Maarken verbeugte sich, wieder ganz formell, und verließ sie.

»Sehr erwachsen«, bemerkte Rohan. »Du mußt stolz sein.«

»Das bin ich«, gab Chay unumwunden zu. »Und jetzt erzähl mir, was Sioned Maarken nicht erzählt hat.«

Achselzuckend erwiderte Rohan: »Ich glaube nicht, daß sie etwas ausgelassen hat.«

Chay lehnte sich verächtlich schnaubend zurück. »Du hast es jetzt mit mir zu tun, Rohan. Ich kenne dich praktisch von klein auf, mein lieber Drachenprinz. Was ist in Feruche passiert?«

»Was du wirklich meinst, ist doch, warum Ianthe uns hat laufenlassen.« Er trank einen großen Schluck Wein. »Schwöre mir, daß das niemand sonst erfährt. Schwöre es mir auf dein Schwert und beim Leben deiner Söhne, Chay – schwöre.«

Der ältere Mann erstarrte vorübergehend. Dann sagte er langsam: »Du kennst mich gut genug, also mußt du wohl versuchen, mich auf diese Art vom Ernst der Sache zu überzeugen. Also schön. Ich schwöre.«

»Ich wollte dich nicht beleidigen.« Rohan drehte seinen Kelch zwischen seinen Händen und starrte auf den wirbelnden, dunklen Wein. »Sioned –« Das Stocken seiner Stimme war ihm peinlich. »Sie hat dafür gesorgt, daß Stronghold wieder leer ist. Diejenigen, die nicht mit mir gekommen sind, sind nach Skybowl gezogen, um sich um die Merida dort zu kümmern. Sie ziehen dann weiter nach Tiglath. Zu Walvis. Sioned sagt – und Tobin ist ihrer Meinung –, wenn jemand nahe genug kommt, um Stronghold zu bedrohen, dann ist jetzt niemand mehr da, für den es sich lohnt, es zu retten.«

»Logisch«, knurrte Chay. »Warum müssen Frauen immer so logisch sein?«

»Die meisten Bediensteten sind mit den Zwillingen nach Remagev gegangen. Nur ein paar sind in Stronghold geblieben – nur die, die loyal genug sind, zu lügen.«

»Worüber?«

»Ach, dann hat sie es Maarken tatsächlich nicht erzählt.« Er trank noch einen Schluck Wein. »Mitte des Winters wird ein Kind geboren werden. Ianthe hat, was sie von mir wollte.«

Chays ausdrucksvolles Gesicht blieb vor Entsetzen reglos. Rohan zuckte die Achseln.

»Willst du mich nicht fragen, wie sie das geschafft hat? Beim ersten Mal dachte ich, es wäre Sioned. Beim zweiten Mal – habe ich sie vergewaltigt. Ich hätte sie töten sollen. Ich habe es nicht getan. Sie hat den Zeitpunkt perfekt gewählt, und jetzt trägt sie mein Kind. Sioned sagt, daß es ein Knabe wird. Davon abgesehen sagt sie nicht viel. Sie will nicht mit mir reden, Chay, und ich kann nicht mit ihr reden, ich kann nicht –«

»Das reicht jetzt«, flüsterte Chay.

»Ich muß mit jemandem reden!«

Chay stellte seinen Weinkelch ab und erhob sich. Er richtete sich absichtlich hoch über Rohan auf. »Da draußen wartet eine ganze Armee auf deine Befehle. Auf der anderen Seite des Flusses wartet ein Feind, der deinen Tod will. Du kannst später Mitleid mit dir selbst haben – wenn du die Zeit dafür hast!«

Rohan wußte, daß er manipuliert wurde, und ein Teil von ihm haßte Chay deshalb. Aber dieser Mann, der in allem außer dem Blut sein Bruder war, hatte recht – verdammt recht! Er sah die kühlen Augen in seinem Gesicht nach verräterischen Spuren einer Veränderung suchen, und wandte sich ab. Aber selbst diese Bewegung war genug.

»Das ist schon besser«, bemerkte Chay und nahm wieder Platz. »Nun, da du wieder fähig bist, zu denken, widme dich mal dieser Aufgabe. Ich habe Roelstra zehn Tage Zeit gelassen, seine halbe Armee über die Brücken zu bringen, und er hat nicht mehr als fünfzig Mann in Bewegung gesetzt. Wir können noch zwei weitere Kämpfe überstehen, wenn wir Glück haben – aber das ist auch alles. Ich wollte die Hälfte seiner Truppen auf dieser Seite haben, damit ich sie auslöschen kann, und danach wollte ich aufs andere Ufer überwechseln und mich um die andere Hälfte kümmern. Aber er tut mir diesen Gefallen nicht. Wenn du irgendwelche Vorschläge hast, würde ich die gern hören.«

Rohan hätte fast laut gelacht. Er war kaum lange genug im Lager, um seine Kehle anzufeuchten, und schon verlangte Chay von ihm eine taktische Entscheidung, ein Gebiet, auf dem er sowieso noch nie gut gewesen war. Er trank den Rest seines Weines aus, stand auf und sagte: »Ich mache einen Spaziergang. Wenn ich zurückkomme, erwarte ich hier ein zusätzliches Bett vorzufinden.«

»Iß auch etwas, wenn du schon draußen bist. So, wie du jetzt aussiehst, könntest du dich hinter einer Schwertklinge verstecken.«

»Denkst du das? Daß ich mich verstecken will?« fragte er.

Ein schwaches Lächeln zuckte um Chays Mundwinkel. »Viel besser. Jetzt bist du wieder ein Prinz.«

Urival sah ihre langen Finger ungeduldig auf den Tisch trommeln, auf dem eine unberührte Mahlzeit stand. Kerzenlicht ließ jeden einzelnen Stein in jedem einzelnen ihrer Ringe aufleuchten, während sich Andrades Finger in wütendem Rhythmus hoben und senkten: Rubin-Achat-Amethyst-Saphir an der Linken, Smaragd-Topas-Granat-Diamant an der rechten. Beide Daumen lagen flach auf dem polierten Holz, Bernstein auf dem einen, Mondstein auf dem anderen. An Andrades Fingern befanden sich die Symbole wichtiger Eigenschaften: Glück im Kampf, Überzeugungskraft, Edelmut, Wahrheitsliebe, Hoffnung, Intelligenz, Beständigkeit und List. Aber irgendwie sorgte sich Urival mehr wegen der beiden anderen Steine, die Schutz vor Gefahr und Weisheit verhießen. Beides brauchten sie dringend.

»Nun? Ist es bloß die Untätigkeit oder die Unfähigkeit, ihnen allen Befehle erteilen zu können?« fragte er. Er provozierte sie bewußt.

»Würde denn auch nur einer von ihnen zuhören? Wenigstens sind wir von nun an die gute Lady Wisla los. War rücksichtsvoll von ihr, nach River View zurückzugehen.«

Urival nickte. Das Zimmer, in dem sie saßen, war das von Lord Davvi selbst in River Run, ein ordentlicher Raum, der nicht wie der Rest der Burg mit den Vorstellungen seiner Gemahlin von Eleganz belastet war. Lady Wisla war vor Entsetzen fast ohnmächtig geworden, als sie diese hohen Besucher empfing, und erschrak noch mehr, als man ihr Chianas Identität enthüllte. Sie war nur zu gern auf Urivals Vorschlag eingegangen, der erklärt hatte, sie würde das Leben in River View, der Burg ihres verstorbenen Vaters, weit leichter und sicherer finden und wäre dort doch nur fünf Längen entfernt. Ihre Abwesenheit befreite alle von ihrem nervösen Gezeter und schuf eine angenehme Handlungsbasis. Die Frage war natürlich, was sie überhaupt tun konnten. Die *Fara-*

dh'im wußten alle, wo Andrade war – jedenfalls diejenigen, die nicht vom Licht ausgesperrt waren –, und berichteten regelmäßig. Andrade und Urival waren nahe genug, um beide Armeen ohne Mühe beobachten zu können, und doch weit genug, um nicht von Roelstra entdeckt zu werden. Wenn er beschloß, Lord Davvis Familie als Geiseln zu nehmen, würden sie in Schwierigkeiten geraten. Aber Roelstra hatte bislang noch keinen Ausfall nach River Run unternommen. Wahrscheinlich war er der Meinung, daß Lady Wisla schon längst abgereist wäre. Und Urival konnte sich beim besten Willen keinen einzigen Grund denken, warum ein Mann eine solche Gemahlin auslösen sollte.

Trotzdem, ihr Haushalt war gut eingespielt und tüchtig, und sie hatte genügend Bedienstete zurückgelassen, die sich um die Bedürfnisse der Gäste kümmern konnten. Doch da sie sich hier nicht um die Dinge des täglichen Lebens sorgen mußten, blieb ihnen zuviel Zeit, über die außergewöhnlichen Ereignisse anderswo nachzudenken.

»Noch immer nichts von Sioned«, murmelte Urival vor sich hin.

»Dank der Ausbildung, die du ihr hast angedeihen lassen, kann ich sie nicht zwingen«, fuhr Andrade ihn an, und ihre Finger trommelten jetzt schneller. »Ich brauche einen Lichtläufer in Stronghold, einen, dem ich trauen kann, daß er mir wirklich alles erzählt, was dort vorgeht.«

»Und Sioned traust du nicht mehr. Das willst du doch eigentlich sagen, Andrade. Du selbst hast sie dorthin gebracht, wo sie jetzt ist! Du hast sie ausgebildet, hast sie zu Rohan gebracht, schon halb in ihn verliebt, und hast sie ihm so gezeigt, daß er sich genauso in sie verlieben mußte. Du hast es geplant, Andrade, und jetzt wirst du damit leben müssen.«

»Du gibst nie nach, oder?« Sie marschierte vor den Fenstern auf und ab, und die Ringe blitzten, als sie die Hände öffnete und schloß, öffnete und schloß. »Wie hätte ich das wissen können? Was ich vorausgesehen habe und was wirklich daraus geworden ist, sind zwei ganz verschiedene Dinge. Was hätte ich tun sollen?«

Achselzuckend erwiderte er: »Wahrscheinlich überhaupt nichts.«

»Verdammt, Urival, laß mich in Ruhe!« schrie sie. »Begreifst du denn nicht, warum ich sie überhaupt zusammengebracht habe? *Faradhi*-Prinzen würden allen diesen kleinen Streitereien ein Ende machen –«

»Du verstehst es immer noch nicht, oder?« Er trat zu ihr und legte die Hände auf ihre Schultern. »Du vergißt immer die Menschen. Aber das werden deine neuen Prinzen doch sein: Menschen mit allen guten und schlechten Eigenschaften und Gefühlen, die wir anderen auch haben. Aber du hast dich nie sonderlich um Gefühle gekümmert, nicht wahr? Außer, du kannst sie gebrauchen.« Angesichts des hartnäckigen Leugnens in ihren blassen, blauen Augen runzelte er die Stirn. »Hast du geglaubt, du könntest die Kinder genauso benutzen wie die Eltern?«

»Hör auf, mich als teuflisch hinzustellen! Ich hätte sie unterrichtet, hätte sie geformt –«

»Hättest aus ihnen Werkzeuge für deine ehrgeizigen Ziele gemacht. Was gibt dir das Recht dazu, Andrade?«

»Du willst, daß ich es zugebe?« schrie sie und riß sich von ihm los. »Ja, ich habe sie alle benutzt, angefangen mit meiner eigenen Schwester und Zehava! Ich habe die Gelegenheit ergriffen, weil ich hoffte, sie würden einen Prinzen mit der Gabe zeugen. Als es nicht geschah, habe ich es mit Sioned und Rohan wieder versucht.«

»Wer soll der nächste sein? Tobins Söhne? Andrade, du kannst Menschen nicht auf diese Art benutzen – und dabei selbst menschlich bleiben!«

»Ich habe sie geliebt! Ich liebe Rohan und Sioned, als wären sie mein eigen – und Tobin und Chay und ihre Söhne –« Sie lehnte die Schulter an die glatte Steinmauer und schlang die Arme fest um sich selbst. »Ich habe sie zu sehr geliebt. Ich wollte zuviel für sie. Und ich habe Roelstra sogar noch mehr gehaßt, als ich die anderen geliebt habe. Macht mich das menschlich genug, Urival?«

»Ich glaube, da ist etwas, was du noch immer nicht gelernt hast«, erwiderte er sanft. »Es gibt nichts, was du jetzt noch tun kannst. Was immer du in Bewegung gesetzt hast, aus welchen Gründen auch immer, jetzt mußt du warten, bis es vorbei ist – so wie alle anderen auch.«

Er war erstaunt, als er Tränen in ihren Augen schimmern sah. »Streu nur noch etwas mehr Salz auf die Wunde. Blute ich noch nicht genug?«

Und dann war er noch erstaunter, als er seine Arme um sie legte. »Es paßt nicht zu dir, hilflos zu sein«, flüsterte er an ihrem silberblonden Haar. »Das ist gar nicht typisch für meine Herrin.«

Die Gärten, die Prinzessin Milar geplant und so liebevoll gepflegt hatte, welkten dahin, als der Sommer älter wurde. Der Wasserfall in der Grotte war zu einem dünnen Rinnsal geworden und der Teich nahezu ausgetrocknet, weil durstige Pflanzen und Moos das bißchen Feuchtigkeit aufsogen, das das Frühjahr gebracht hatte. Dennoch blieb der Platz ein Hafen kühler Schatten in der stickigen Hitze und Stille von Stronghold, und hierher zog Sioned sich in den langen Tagen des Wartens häufig zurück.

Sie kam nicht hierher, um allein zu sein. Die Burg war leer; sie, Tobin und Ostvel waren geblieben, zusammen mit Myrdal und drei Dienern. Die anderen waren mit Rohan nach Norden oder nach Tiglath gezogen oder hatten Sorin und Andry nach Remagev begleitet. Einsamkeit gehörte jetzt zum Leben in Stronghold.

Sie suchte die Grotte auch nicht auf, um in Erinnerungen zu schwelgen. So paradox es war, die Burg erschien ihr ohnehin immer leer, wenn ihr Gemahl fort war, und doch erfüllte seine Gegenwart den ganzen Ort. Das zarte Schwanken zwischen dem Schmerz, ihn zu vermissen, und dem Schmerz, ihn überall zu spüren, paßte genau zu ihrem gefährdeten Gleichgewicht zwischen Heiterkeit und Wut. Die meiste Zeit über bewahrte sie ihre Ausgeglichenheit. Wenn es nicht ging, zog sie sich in die Grotte zurück und zählte die Tage von Ianthes Schwangerschaft, die Tage, die bis zur Wintermitte noch vergehen mußten. Dann würde sie nach Feruche zurückkehren.

Sie wußte nicht mehr, wie oft sie die Berührung von Andrades Farben auf dem Sonnenlicht gespürt hatte. Sie hatte jeden Kontakt mit Hilfe von Verteidigungsmaßnahmen verhindert, die Urival sie gelehrt hatte – nicht, weil sie fürchtete, Andrade würde sie verunsichern, sondern weil sie eifersüchtig über ihre Ausgeglichenheit wachte, die sie so große Anstrengungen gekostet hatte. Die Argumente und Verbote der Herrin hätten Sioneds Zorn erregt, und das konnte sie sich nicht leisten. Nicht vor Mittwinter, wenn sie sich der Verursacherin dieser Wut stellen konnte.

Eines Tages, nach einem neuerlichen Versuch, Kontakt mit ihr aufzunehmen – einer Weberei von größter Geschicklichkeit, die fast funktioniert hatte –, verließ Sioned den sonnenhellen Innenhof, wo sie ihr Pferd gestriegelt hatte, und ging durch die halbtoten Gärten zur Grotte. Ein paar Schritte von den schattigen Bäumen entfernt blieb sie wie angewurzelt stehen, als sie plötzlich Musik hörte. Ostvels Laute erklang so selten, daß die Töne ihr Tränen in die Augen trieben. Es hieß, der Gott des Sturmes würde Lichtläufer nur selten mit der Gabe der Musik versehen, die wie seine Stimme in Wind und Wasser war; Mardeems Talent war ungewöhnlich gewesen. Und Ostvel hatte den größten Teil seines Lebens in der Schule der Göttin verbracht und stand jetzt dem Hof einer *Faradhi*-Prinzessin vor, verfügte aber über die sensiblen Finger und die Seele eines Barden.

Er spielte Camigwens Lieblingslied. Als sie noch lebte, war das eine muntere Ballade gewesen, die jetzt, nach ihrem Tod, zu einer getragenen Weise geworden war, die immer wieder in eine Moll-Tonart abglitt. Sioned war erfüllt von zärtlichen, schmerzhaften Erinnerungen an das dunkle Gesicht ihrer Freundin, an die leuchtenden Augen, an ihr Schimpfen und ihr Lächeln, an die Wärme ihrer Farben. Obwohl sich Sioned mit einer Mauer vor den Berührungen anderer *Faradh'im* geschützt hatte und Tobin diejenige war, die auf dem Sonnenschein Nachrichten erhielt, war sie in diesem Augenblick erfüllt von Erinnerungen an das erste fröhliche Verweben von Sonnenlicht, an Lektionen, die sie mit Cami gelernt und geübt hatte. Wie jung waren sie damals gewesen, wie eifrig bemüht, ihre Gaben zu entdecken, wie aufgeregt angesichts der Wunder, die man auf dem Licht entdecken konnte, wie entzückt über diese unglaubliche Fähigkeit, die sie besaß. Sioned erinnerte sich daran, wie das alles gewesen war, und instinktiv öffnete sie dem Sonnenlicht um sich her Geist und Herz.

Sie fühlte die Farben der Musik – Saphir und Diamant und Topas und Amethyst, alles durchzogen von pulsierenden, silbernen Schatten. Sie neigte den Kopf nach hinten, bot ihr Gesicht der Sonne dar, die Augen geschlossen, und beobachtete ihre eigenen Farben, die deutlich das Muster formten, das sie benutzte, wenn sie das Licht verwebte. Aber die Farben der Laute waren sonderbar eindringlich und wirbelten scheinbar wirr durcheinander, ehe sie zu einem beständigen Muster wurden – als gehörten sie einem Lebewesen und nicht Draht und Holz.

Hilf mir!

Sioned konnte nicht anders, als auf diesen Schrei zu reagieren. Ihre Ausbildung zum Lichtläufermeister setzte sich durch, und eilig verwebte sie die Töne miteinander und empfing das einzigartige Muster eines klugen, ja verschlagenen Geistes, der ihr nicht vertraut war, aber merkwürdig vertraute Untertöne zeigte.

Die Göttin segne dich, Lichtläuferin – ich versuche schon seit Tagen, dich zu finden. Deine Farben sind bekannt, aber du wolltest nicht gefunden werden – und ich kann gut verstehen, weshalb. Bitte – zieh dich nicht von mir zurück – bitte!

Sioned zog sich nicht zurück, aber ebensowenig trat sie den Gang über das Sonnenlicht an, um zu entdecken, wer sie auf diese Weise anrief. Angespannt und wachsam untersuchte sie das Muster und fand nur wenig, was sie beruhigte. Es gab Schatten hier und da und ein Flackern von Diamant-Weiß, der Farbe der List.

Ich habe nur drei Ringe – ich bin keine Gefahr für dich! Hör mir bitte zu! Ich weiß Dinge, die dein Prinz brauchen wird, wenn er Roelstra schlagen will. Prinz Jastri ist zornig und hitzköpfig, und anstatt sich von seinen Verlusten im Kampf einschüchtern zu lassen, dürstet er nach Rache. Er befehligt mehr als dreihundert. Er wird Roelstra nicht gehorchen, wenn die Versuchung für ihn groß genug ist. Gebt ihm einen Grund!

Die tieferen, brennenden Farben waren umgeben von Feuer und klarem Haß. Sioned wich zurück. Sie war unsicher, wem dieser Haß galt.

Glaub mir! Würde ich das wagen, wenn es mir nicht ernst wäre? Ich möchte euch helfen!

»Sioned?«

Erschreckt verlor sie das Muster, und ein schwacher Schrei verhallte im Sonnenlicht. Sie öffnete die Augen und sah Ostvel, der mit der Laute in der Hand auf sie herabstarrte.

»Ich habe gerade nachgedacht«, brachte sie mit ziemlich natürlicher Stimme hervor. »Verzeih mir, Ostvel, ich wollte deine Musik nicht stören.«

»Das hast du nicht. Ich war fertig.« Er wandte sich ab. »Sioned, ich muß mit dir reden. Tobin hat heute früh von Kleve in Tiglath gehört.«

»Was hat er gesagt?«

»Keine Veränderung. Kleinere Scharmützel, aber die Belagerung hält an. Walvis ist beunruhigt und ungeduldig, und das ist eine gefährliche Kombination. Sie brauchen eine Schlacht, um die Moral zu heben.« Er lächelte traurig über diese Ironie.

»Tod, damit sie mehr Hoffnung im Leben haben?« Sie schüttelte den Kopf. »Was tun wir diesen Kindern an, Ostvel? Walvis sollte eigentlich noch mit seinem Schwert spielen und es nicht ernsthaft benutzen. Und Maarken – er sollte lernen, sich wie ein Herr zu benehmen, nicht wie ein Krieger.«

»Wenigstens tun sie etwas.« Ostvel zuckte verärgert mit den Schultern. »Ich komme mir vor wie eine von Roelstras Töchtern, eingesperrt oben in der Felsenburg.«

Sioned starrte ihn einen Augenblick mit offenem Mund an, warf dann ihre Arme um ihn und lachte. »Roelstras Töchter! Ostvel, du bist brillant!« Ohne ihm Gelegenheit zu geben, sein Staunen in Worte zu fassen, rannte sie zur Burg und rief nach Tobin.

Rohan wußte sehr wohl, daß er nicht länger den Idioten spielen konnte. Zwischen seinem ersten *Rialla* und diesem Feldzug zur Rettung seines Prinzenreiches lagen sechs Jahre fähiger Regierung und hinlänglicher Demonstration, daß er kein Narr war. Daher waren seine Kriegsberater verblüfft, als er am zwanzigsten Morgen nach seiner Ankunft befahl, das Lager abzubrechen und sich vom Faolain zurückzuziehen. Er lächelte ein wenig und freute sich, daß ihnen der Gedanke an Rückzug zuwider war. Dann wartete er darauf, daß sie es begriffen.

Chays Hauptmann Gryden sah es zuerst. »Ihr wollt sie in den Weiten Sand locken, Hoheit?«

»Genau. Ich möchte, daß sich die Truppen so weit verteilen, wie wir es wagen können, aber immer in Sichtweite des Meeres. Ihr brecht alle zu verschiedenen Zeiten und auf verschiedenen Wegen auf. Verwirrung ist hier wichtig, dazu die Andeutung, daß einige von euch heimkehren. In drei Tagen wünsche ich das ganze Gebiet hier leer, und damit meine ich, daß Roelstras Truppen hier nichts finden, wovon sie leben können. Sorgt dafür, daß Bäume und Felder kahl sind.« Sie rissen entsetzt die Augen auf, aber Rohan erklärte achselzuckend: »Lord Baisal wäre noch unglücklicher, wenn der Hoheprinz über die Wüste herrschen würde. Wir führen sie so weit wir können von seinem Besitz fort. Er hat den Befehl erhalten, seine Burg ausreichend mit Vorräten zu versehen, also wird er überleben. Außerdem ist nicht er derjenige, den sie wollen, sondern ich. Noch Fragen?«

Sollte es welche geben, so waren die Hauptleute klug genug, sie nicht zu stellen. Als sie fort waren, erwiderte Chay ruhig Rohans Blick. »Bist du sicher, daß du dieser Information trauen kannst? Sioned hat Maarken nicht einmal erzählt, woher sie sie hat.«

»Ich vertraue der Information und Sioned uneingeschränkt. Was nun die Identität angeht – wir wissen alle, daß *Faradh'im* in der Lage sind, andere als ihre eigenen Augen und Ohren zu benutzen. Es ist mir eigentlich egal, wie sie die Nachricht bekommen hat. Du mußt zugeben, daß die Analyse von Jastris Stimmung wahrscheinlich zutrifft.«

»Trotzdem gefällt mir das Ganze nicht.«

Davvi räusperte sich. »Bisher hat Roelstra den Knaben beherrscht. Können wir damit rechnen, daß er seine Macht verliert?«

»Was können wir sonst tun? Selbst wenn sie der Versuchung widerstehen können, uns zu verfolgen, so sind sie doch gewiß nicht fähig, ein Flußufer zu ignorieren, das ganz offen für sie daliegt.«

Grüne Augen, die denen von Sioned so ähnlich waren, tanzten vor Vorfreude. »Wir werden ja sehen, inwieweit sie bereit sind, den Köder zu schlucken. Schließlich können wir jederzeit umkehren und sie angreifen. Dafür hat Chay gesorgt.«

In sorgfältig geplantem Durcheinander packten die verschiedenen Kompanien von Bogenschützen, Reitern und einfachen Soldaten zusammen und marschierten offenbar in jede beliebige Richtung, die ihre Anführer anordneten. Roelstra brauchte mehrere Tage, um sich einen Überblick zu verschaffen, und dann noch weitere zehn, bis er sich eine Blöße gab. Wenn er auf Chays List damals auch nicht hereingefallen war, so konnte er nun Rohans Verlockung doch nicht widerstehen. Es war die Anwesenheit des jungen Prinzen, die den Köder unwiderstehlich machte.

So zogen sie im Hochsommer dahin. Rohan befahl den Rückzug, jeweils um wenige Längen, und seine Streitkräfte schwärmten in gefährlich dünnen Reihen aus, als sie sich an den Rand des Weiten Sandes zurückzogen, einige immer in Sichtweite des Meeres. Die grünen Hügel der Faolain-Tiefebene blieben zurück. An ihre Stelle trat braunes Gestrüpp, und nicht weit dahinter lagen goldfarbene Dünen. Aber Roelstra war sehr vorsichtig dabei, seine Versorgungslinien auszudehnen. Sioned berichtete Maarken, daß Roelstras eigene Männer hauptsächlich auf der anderen Seite des Flusses geblieben waren und es Jastris Leuten überließen, den Vorstoß zu wagen. Und Jastri war bereit, den Köder zu schlucken.

Als Rohan Nachricht erhielt, daß Jastris Truppen genau dort waren, wo Chay sie haben wollte, zögerte er. Da sie in der Wüste aufgewachsen waren, wußten seine Leute, wie sie dort überleben konnten. Jastris jedoch nicht. Nachts diskutierte er mit Chay und Davvi darüber, ob es klug war, jetzt anzugreifen, oder ob sie weiter abwarten sollten, damit die Hitze Jastris Truppen schwächte. Er wußte, daß seine eigenen Leute angesichts seiner Unentschlossenheit verwirrt waren. Von seinem Verhalten in Stronghold hatte inzwischen jeder erfahren, und sie fragten sich, warum ein Prinz, der ganz ruhig den Befehl gegeben hatte, seine Feinde abzuschlachten, jetzt zögerte, sich einem noch größeren Feind gegenüber ebenso zu verhalten.

Und doch wartete er. Wenn er ein paar Leben retten konnte, indem er auf die Hitze wartete und den Feind schwächte, so war er bereit, zu warten. Er fürchtete weder den Kampf noch seinen eigenen Tod; er fürchtete den Verlust von Menschenleben, die in seiner Hand lagen, Leben, für die er als ihr Prinz verantwortlich war.

Des Nachts war es am schlimmsten. Tagsüber waren Berichte anzuhören, Pläne zu besprechen und die sengende Hitze durchzustehen. Aber abends, wenn die Karten zusammengerollt worden waren und er auf seinem Lager ruhte, wenn er wußte, daß die Kühle ihm den dringend benötigten Schlaf ermöglichen konnte, dann blieb er wach. Er wagte nicht, sich zu erheben und durchs Lager zu gehen, denn er wollte Chay, Maarken oder Tilal ebensowenig wecken, wie er wollte, daß die Soldaten seine Unruhe bemerkten. Und so drehten sich seine Gedanken unaufhörlich im Kreis, während sein Körper ruhig blieb.

Am schmerzlichsten waren die Gedanken an Sioned. Zum Abschied hatte sie ihm kühle Lippen und ein heiteres Lächeln geboten, aber hatte er sie nicht Nacht für Nacht in den Armen gehalten, wenn entsetzliche Träume sie heimsuchten? Die Frau, die weinte und sich an ihn klammerte, war eine Fremde, so unbekannt wie diejenige, die ihm spröde, ringlose Hände zum Kuß entgegenhielt. Doch keine von ihnen war so beunruhigend wie die Lichtläuferin, die für ihn in der Nacht vor seiner Abreise aus Stronghold ein Bild im Kerzenlicht beschworen hatte.

Noch immer schrak er zusammen, wenn er an dieses Bild von ihr und dem kleinen Knaben dachte, an den Klang ihrer Stimme, tief und an Feuer und Schatten gemahnend. »Was Andrade von mir gewünscht hat, wird Ianthe ihr geben. Aber sie werden beide verlieren, Rohan. Dieser Prinz wird dir und mir gehören. Was kümmert es mich, was du mit ihr gemacht oder ihr angetan hast? Du hast mir erzählt, es wäre eine Vergewaltigung gewesen. Haben sie und Andrade mit uns nicht dasselbe gemacht? Andrade hat mich benutzt, Ianthe dich. Aber unseren Sohn werden sie nicht benutzen. Das kannst du mir glauben, Rohan.«

Ja, er glaubte es ihr. Er sah Ianthes Tod in Sioneds Augen, und er glaubte ihr. Sioned würde die Geburt des Kindes abwarten, als wäre sie selbst schwanger, während Rohan den Hoheprinzen vernichtete wie jeden anderen Barbaren.

Sein Kind. Sioneds Kind. Mochte die gütige Göttin dem Knaben helfen! Was war das für eine Welt, in die er hineingeboren wurde. Eine Welt, in der die Gemahlin seines Vaters seine Mutter getötet hatte und sein Vater seinen Großvater. Mochte die gütige Göttin ihm helfen!

Acht Tage später war das Warten für Rohan zu Ende. Maarken, der ganz plötzlich auf dem Sonnenlicht angerufen wurde, kämpfte gegen die Wirkung von Sioneds Berührung und eilte zum Zelt seines Vaters. Er stürzte an der Wüsten-Standarte auf ihrem goldenen Stab vorbei und unterbrach eine Konferenz zwischen dem Prinzen und dem *Athri*.

»Jastri ist auf dem Weg nach Süden! Sechzig Pferde, siebzig Bogenschützen und zweihundert einfache Soldaten! Er hat sich mit dem Hoheprinzen überworfen und will morgen angreifen.«

Rohan langte nach einer Karte. »Jetzt wollen wir mal sehen, ob du ein guter Stratege bist, Chay. Alle Hauptleute sofort hierher, Maarken. Laß dir von Tilal helfen, und gib dann in der Truppe bekannt, daß wir morgen endlich kämpfen werden.«

Prinz Jastris dreihunderteinunddreißig Mann trafen aus dem Süden ein, unbehelligt von den berittenen Soldaten, die Chay dorthin gesandt hatte. Sie bewachten die Angreifer nur, ohne sich sehen zu lassen. Als Jastri sich nach Osten wandte, um dort anzugreifen, wo Rohans schwächste Stelle war – so hatten es seine Kundschafter berichtet –, sah er sich dreihundert Soldaten gegenüber, mit dem Prinzen selbst an der Spitze.

Diesmal war kein Faolain-Fluß da, der das Blut fortwaschen konnte. Es sickerte Stunde über Stunde in den Sand und blieb dort zurück, als Rohans Streitkräfte Jastris Truppe Länge für Länge auf den Faolain zu zurücktrieben. Aber es gab keine Möglichkeit zur Flucht über den Fluß, denn zwischen Jastri und den Brücken befanden sich weitere einhundert Wüstensoldaten, angeführt von Lord Davvi.

Der junge Prinz floh gen Süden, woher er gekommen war.

Rohan, neben dem Tilal und Davvi ritten, erreichte gerade rechtzeitig die Kuppe eines kleinen Hügels, um Chays rotweiße Standarte zwischen den Bäumen aufblitzen zu sehen. Jastri saß in der Falle. Die Reservetruppe der Berittenen donnerte von Süden her auf ihn zu, während Rohans und Davvis Truppen unerbittlich von Norden und Westen her auf ihn zu marschierten.

Rohan schickte einen Mann mit seiner Kampffahne vor, der Jastri ein Zeichen geben sollte: Man würde ihm sein Leben schenken, wenn er augenblicklich aufgab. Aber Sioned und ihr Informant hatten recht gehabt: Der junge Mann war heißblütig und sehr stolz. Er führte die Überreste seiner Armee gegen Rohan und brüllte seine Wut heraus.

Rohan spürte Davvis Augen auf sich und wußte, daß sein Schwager sich fragte, ob wohl auch Gnade zu seinem Charakter gehörte. Er zögerte, denn er wußte, daß er befehlen konnte, Jastri von seinen Männern zu trennen und zu verschonen. Aber als er den älteren Mann ansah, sah er dort auch Sioneds grüne Augen und erinnerte sich an ihr gramzerfurchtes Gesicht. Rohan hob sein Schwert.

Jastris Truppe zerbrach. Einige Soldaten legten die Waffen nieder; andere kämpften, um ihr Leben zu retten, und dachten nicht mehr daran, eine bereits verlorene größere Schlacht zu gewinnen. Rohan mußte den Mut dieser Soldaten ebenso bewundern wie den von Jastri, selbst wenn eine solche Tapferkeit unter diesen Umständen dumm war. Er versuchte, sich zu dem jungen Prinzen durchzukämpfen und beschloß, ihm ehrenhafte Behandlung zuzusagen, wie sie Prinzen zukam. Aber er hatte zu sehr damit zu tun, sich und Tilal gegen Lords zu verteidigen, die seinen Kopf wollten. So erfuhr er niemals, wer Prinz Jastri getötet hatte.

Die Ufer des Faolain waren inzwischen von Davvis Abteilung gesichert worden, und so führte Rohan seine Leute dorthin zurück, nachdem der Kampf endlich vorüber war. Pashta schnaubte angesichts des Todesgeruchs, während er sich vorsichtig seinen Weg um die Gefallenen herum suchte. Rohans Blick blieb an den leeren Brücken hängen. Roelstra war zu schlau, um mehr als eine Handvoll seiner eigenen Truppen eine Blöße zu geben; wahrscheinlich hatte er sie bereits am Morgen über den Faolain zurückgeschickt. Auch sein eigenes kostbares Leben hatte er nicht aufs Spiel gesetzt. Ein Jammer. Rohan hätte ihm gern hier und jetzt ein Ende bereitet.

Chay kam zu ihm geritten, Jastris zerrissene und blutige türkisfarbene Standarte vor sich auf dem Sattel. Rohan streckte die Hand aus, und Chay ließ zwei Ringe hineinfallen, einen aus Gold und einen aus Silber, beide mit dunklen Granaten besetzt, den Steinen der Syrener Prinzen.

»Ich habe ihn vom Feld bringen lassen«, murmelte Chay.

»Danke.« Rohan wandte sich ab, rief eine Gruppe Bogenschützen zu sich und bat sie, ihre Pfeile bereitzuhalten.

»Was hast du vor?« zischte Chay, als sie mit Feuersteinen ein kleines Feuer im Sand entzündeten. »Wir brauchen diese Brücken!«

»Wenn wir sie jetzt überqueren, werden wir niedergemetzelt. Roelstras Truppen sind frisch und ausgeruht, und wir sind erschöpft. Wenn wir die Brücken in Ruhe lassen, wird er sie entweder benutzen oder selbst verbrennen, damit wir sie nicht überqueren können. Mir ist es lieber, sie gehen in unseren Flammen auf, nicht in seinen. Bist du meiner Meinung?«

Die Frage war reine Formsache, aber Chays Reaktion überraschte ihn. Ein kleines, hartes Lächeln zuckte über das schweißnasse Gesicht, als Chay sagte: »Das hätte Zehava auch getan, weißt du. Die große Geste – und die Warnung.«

Rohan krampfte seine Finger um die beiden Ringe und

schaute zu den Bogenschützen hinüber. Aber noch ehe er ihnen einen Befehl geben konnte, ertönte auf der anderen Seite des Flusses ein Schrei, der gleich darauf von seinen eigenen Truppen aufgenommen wurde. Feuer sprang in Flammenfontänen von den Brücken auf.

Maarken, die Wangen weiß unter dem Schmutz und Schweiß der Schlacht, stand am Ufer des Flusses, die Arme emporgereckt und die Hände zu bebenden Fäusten geballt. Er rief das Feuer herab, und es nährte sich an den Holzbrükken und sandte tanzende Funken in das spiegelnde Wasser. Als die Sonne sank und Schatten das Ufer berührten, prasselte das Feuer höher, und die Wüste bejubelte ihren jungen Lichtläufer-Herrn.

Besorgt flüsterte Chay den Namen seines Sohnes. Rohan saß stumm auf seinem Pferd und fühlte, wie die Hitze des Kampfes aus seinem Körper wich, und spürte wieder die verletzte Schulter und seine müden Muskeln. Es gab noch andere, kleine Wunden, Schwert- und Messerschnitte, die an und für sich unbedeutend waren. Aber sie verschmolzen zu einem Ganzen und wurden durch den Kummer um einen anderen dummen, jungen Prinzen verstärkt. Als die Flammen flackerten, zuckte er zusammen.

Maarken beendete sein Werk und erklomm mit sichtbarer Anstrengung den Hügel bis dorthin, wo sein Prinz und sein Vater warteten. »Ich habe niemanden getötet, Herr«, erklärte er Chay.

Da er sah, daß der Vater nichts zu sagen vermochte, erklärte der Prinz: »Ihr habt unsere Dankbarkeit, und Ihr habt Roelstras Furcht gewonnen. Seht.« Er deutete auf das gegenüberliegende Ufer, wo sich der Feind versammelt hatte, um zu beobachten, wie Lichtläufer-Feuer gierig durch den Wald züngelte. Rot-golden glühten zwei gleißende Flüsse aus Licht über dem kühlen, dunklen Wasser. Es fiel ihm leicht, die Gestalten auszumachen, die er am meisten zu sehen wünschte: Roelstra in dunkelvioletter Robe, mit bloßem Kopf, das schwarze Haar von der Brise der Feuersbrunst zerzaust, und Pandsala, deren Augen dunklen Löchern ähnelten.

»Bogenschütze«, rief er leise, und ein Mädchen eilte herbei. Er reichte ihr den mit Granat besetzten, goldenen Ring. »Für den Hoheprinzen, mit meinen besten Wünschen.«

Sie blickte lachend zu ihm auf, und unter den Wunden und dem Schmutz erkannte er, daß sie die Wache war, die er hier, an diesem Ufer, gescholten hatte. »Ich werde ihm den direkt zu Füßen legen, Hoheit!«

Sie hätte es fast geschafft. Rohan bewunderte ihr Geschick, mit dem sie den Flug des Pfeils mit dem daran befestigten Gewicht berechnete, so daß er die große Entfernung auch überwand. Die blau-weißen Federn fielen zehn Schritt von Roelstra entfernt zu Boden. Pandsala schoß vorwärts. Sie riß den Pfeil aus der Erde und reichte ihrem Vater den Ring.

Rohan hielt den anderen empor. »So, wie ich Prinzessin Sioned als Zeichen meiner Dankbarkeit einen Ring schenkte, ehe sie meine Gemahlin wurde, erweise ich heute meinem geliebten Neffen aus Radzyn meine Anerkennung.« Maarkens Augen wurden groß, bevor er den Kopf neigte und die linke Hand ausstreckte. »Nein«, sagte Rohan laut und deutlich. »Die andere Hand, und den Mittelfinger. Dies ist der erste deiner *Faradhi*-Ringe.«

Schmutzig und erschöpft wie er war, leuchtete Maarkens Gesicht doch, als er den Blick zu Rohan erhob, und in seinen Augen kämpfte der Stolz des Mannes mit der Aufregung des Knaben. Die Truppen aus Radzyn jubelten ihrem Herrn zu, und Maarken lief plötzlich dunkelrot an.

Rohan lächelte. Als er dann aber die Überlebenden zählte,

wußte er, wieviel ihn dieser Sieg gekostet hatte. Mehr als ein Viertel ihrer Streitkraft war dafür geopfert worden, wieder einzunehmen, was ihnen anfangs gehört hatte. Dabei hatten sie Roelstras Streitkräfte zwar um die Hälfte gemindert, aber sie waren im wesentlichen wieder da, wo sie angefangen hatten. Chay hatte von zwei Schlachten gesprochen, und die erste war vorüber.

Ein plötzlicher Instinkt ließ ihn erstarren, als ein sonderbares, vertrautes Gefühl durch seine Brust fuhr. Er blickte auf, und der Atem stockte ihm. Am Himmel zogen Drachen vorüber, mehr als einhundert an der Zahl. Die Altdrachen und Drachenweibchen, die Feylin so sorgfältig gezählt hatte, hatten Junge gezeugt, und kein einziges war von einem Jäger getötet worden. Sie waren kaum größer als kleine Kinder und schlugen dennoch kraftvoll mit den Schwingen, sie hielten auf dieser Reise von den Höhlen um Skybowl und Feruche zu den kühlen Höhen der Catha-Berge im Süden bereits Schritt mit ihren achtsamen Eltern.

Rohan fühlte, wie sich seine Kehle zusammenzog, und seine Augen brannten. Seine Drachen, mehr als er je zuvor in seinem Leben gesehen hatte, frei und stolz und lebendig. Seine Drachen!

Als sie von der Wüste über den Faolain flogen, setzte der Gesang erneut ein. Aber es war nicht sein Name, der am Flußufer erklang und immer lauter wurde, der den Drachen über Roelstras Lager folgte, wo Hunderte von Schwingen ihren Schatten auf die violetten Zelte warfen. Jemand, der die alte Sprache kannte, hatte Rohan einen neuen Namen gegeben, hatte ihm das eine, mächtige Wort gegeben, das seines sein würde, bis ans Ende seines Lebens.

Azhei. Drachenprinz.

Kapitel zehn

Pandsala stand auf einem Hügel und starrte mürrisch auf die Sturmwolken im Norden. Gegenwärtig bedeuteten sie nur eine ferne Drohung, sowohl für die Truppen im Lager als auch für die Lichtläufer, aber schon bald würden sie die Weiten von Meadowlord in ihren Schatten tauchen und dann durchtränken, ehe sie nach Syr weiterzogen. Pandsala fürchtete den bevorstehenden Schauer und hieß ihn gleichzeitig willkommen, diesen ersten Regen des Herbstes. Sechs Winter in der Schule der Göttin hatten sie gelehrt, bedeckte Himmel zu verabscheuen, aber hier, wo sie vergleichsweise frei war, würden die Stürme die Armeen festhalten und würden auch alle *Faradh'im* sehr wirksam eingesperrt sein – und nicht nur die, die ihr Vater hatte einsperren lassen.

Er ging neben ihr auf und ab, noch immer tobend – wenn auch jetzt zum Glück innerlich – wegen einer Nachricht, die am Morgen an einem Pfeil aus Rohans Lager zu ihnen geflogen war. Prinz Jastri war gefallen, ohne daß ein Sohn oder Bruder seinen Titel erben konnte, und nur eine Schwester, Gemma, war von diesem Zweig des Syrener Königshauses noch übrig. Rohan hatte den Vorschlag gemacht, und Andrade hatte dem zugestimmt, daß Lord Davvi aus River Run zum Prinzen erhoben werden sollte, wenn die anderen Prinzen damit einverstanden waren. Er war aus königlichem Hause; er war dor Erbc. Die kleine Gemma, kaum zehn Winter alt, konnte nicht erben, ohne daß Verträge aufgesetzt werden mußten, die festhielten, daß alle anderen Prinzen und die *Athrim* von Syr einverstanden waren. Wenn Roelstra einen Sohn gehabt hätte, dann hätte er diesen das Mädchen natürlich umgehend ehelichen lassen können, ganz gleich, wie jung sie noch war. Aber wenn Roelstra einen Sohn gehabt hätte, dann hätte er ohnehin nicht die Probleme, die ihn in seiner augenblicklichen Situation quälten. Der Gedanke bedeutete für Pandsala grimmige Belustigung.

»Du lächelst?« höhnte ihr Vater. »Ist es das Wetter, das dir gefällt, meine Tochter? Oder die Tatsache, daß der Bruder dieser Hure zum Prinzen von Syr ernannt worden ist? Ich werde Rohan aufspießen und über einem Lichtläufer-Feuer rösten lassen – und seine Hexe ebenso!«

Pandsala schwieg klugerweise.

»Ihn zum Prinzen zu erklären und ihn in Hoch-Kirat unterzubringen, sind zwei verschiedene Dinge! Die Syrener Lords werden ihre Prinzessin verteidigen – was ich genauso vorhabe! Und was ihren lieben Onkel aus Ossetia angeht – Chale wird Truppen entsenden. Ja. Er will Gemma als Herrscherin von Syr sehen.«

»Aber wird er auch Krieg gegen Rohan führen wollen?« murmelte sie.

»Das wird er, wenn ich es ihm befehle!« blaffte Roelstra. »Und er wird auch die Schule der Göttin ausradieren, und Andrade dazu!«

Pandsala hatte das Gefühl, etwas Tröstendes sagen zu müssen. »Gewiß werden die anderen Prinzen erkennen, wie mächtig dieses Vorgehen Rohan werden läßt. Wenn nicht, dann kannst du es ihnen klarmachen. Sie können Davvi erst ernennen, wenn sie alle versammelt sind, und die Zeit für ein *Rialla* ist in diesem Jahr bereits verstrichen. Zwischen heute und jenem Tag, an dem Rohan in der Lage sein wird, eine Versammlung einzuberufen –«

»Er wird den Mittwinter nicht überleben!« brüllte er.

»Natürlich nicht, Vater. Verzeiht.«

Sein wütender Blick wurde sanfter. »Du hast das Temperament deiner Mutter. Sie hat auch immer leise gesprochen, ganz gleich, was drohte. Ich habe sie sehr geliebt, weißt du. Gütige Göttin, wenn doch nur eine von euch ein Sohn gewesen wäre!« Er runzelte die Stirn und zuckte dann mit den Schultern. »Weitere dreihundert Mann sollten hier sein, ehe der schlimmste Regen einsetzt.«

»Wer kann denn so kurzfristig eine solche Streitkraft entsenden?«

»Mein gieriger Freund Prinz Saumer von Isel zum Beispiel. Und Lyell von Waes, der Auserwählte deiner Schwester Kiele, wird ihm erlauben, seine Soldaten in Waes an Land gehen zu lassen. Er hat erkannt, daß seine Interessen bei seiner künftigen Gemahlin liegen und nicht beim Ehemann seiner toten Schwester in Tiglath.«

Sie nickte. »Gestern kam ein Kurier.«

»Ja.« Roelstra sah grimmig aus. »Wie es scheint, will man in Cunaxa mehr Geld. Die Höflinge, die seit Prinz Durrikens Tod geherrscht haben, sind der Ansicht, mein Gold würde derzeit zu leise klingeln. Sie wollen lautere Töne hören. Wenn diese dummen Merida doch nur angegriffen hätten, wie ich es geplant hatte! Sie sollten warten, bis Tiglath frei von Truppen wäre. Es war abzusehen, daß die ausgezogen wären, um das Prinzchen zu retten. Dann hätten sie einfach in die Stadt einmarschieren und diese als Basis nutzen können. Rohan wäre gezwungen gewesen, seine Armeen aufzuteilen, um Tiglath zu Hilfe zu eilen. Das hätte funktioniert.«

»Mit solchen Ergebnissen ließe sich leben«, bemerkte sie.

»So gerade. Aber jetzt wollen die Leute in Cunaxa mehr Gold, um die Merida zu unterstützen, die sich alles, was sie benötigen, aus Tiglath selbst hätte holen sollen.« Er schnippte einen eingebildeten Schmutzfleck von seinem Umhang. »Sie hätten nach Süden ziehen, Stronghold einnehmen und die Wüsten-Armee von hinten angreifen können.«

»Rohan wird auf diese Seite des Flusses kommen müssen, um Davvi in Hoch-Kirat einzusetzen. Dann kannst du ihn töten.«

»O nein. Noch nicht. Er ist immer noch nützlich.« Roelstras Ausdruck wurde nachdenklich. »Auch du warst von Nutzen, Pandsala. Du verdienst eine Belohnung dafür, daß du mich davor gewarnt hast, den Faolain mit Jastri zu überqueren, und daß du mich auf Rohans Manöver aufmerksam gemacht hast. Jetzt weiß ich, wie sein Verstand in Kriegszeiten arbeitet. Wie würde dir ein eigenes Schloß gefallen, so wie das deiner Schwester Ianthe?«

»Wie Feruche?« Sie lachte. »Danke, nein. Ich war sechs Jahre lang in der Schule der Göttin, und ich habe nicht den Wunsch, ein nebliges Gefängnis gegen eines in der Wüste einzutauschen.«

»Man hat mir erzählt, River Run wäre ein hübscher Ort. Es war die Heimat der Lichtläufer-Hexe, als sie noch ein Kind war. Vielleicht macht es dir ja Spaß, dort mit einem hübschen jungen Lord als Ehemann zu leben.« Seine Augen funkelten listig. »Oder selbst als Prinzessin von Syr.«

Sie war überrascht, als sie fühlte, wie Begeisterung und Mißtrauen in ihr wetteiferten. »Ich hatte erwartet, du würdest einen von Ianthes Söhnen als Prinz einsetzen.«

»Die sollen sich ihre Position verdienen, wenn sie älter sind«, lautete seine mürrische Antwort. »Willst du Syr haben oder nicht?«

»Ich will«, antwortete sie. »Aber nicht, um Prinzessin in River Run zu sein. Ich will Hoch-Kirat selbst. Und dann wäre da noch eine kleine Bedingung.«

»Bedingung? Ich schenke dir ein Prinzenreich, und du –«

»Nur eine kleine.« Sie lächelte. »Ich suche mir meinen Gemahl selbst aus.«

Roelstra beschloß überrascht zu lachen, und Pandsala entspannte sich. »Du hättest ein Sohn sein sollen«, sagte er ihr. »Ich werde dich bis Mitte des Winters dort eingesetzt haben, mein Schatz. Aber du mußt mir den Spaß erlauben, zuerst Andrade aus River Run zu entfernen.«

Die häufige Erwähnung des Mittwinters verwirrte Pandsala, aber sie verbarg ihr Erstaunen und lächelte wieder. »Danke, Vater«, murmelte sie demütig und neigte zum Zeichen ihrer Unterwerfung den Kopf vor ihm.

Prinz Lleyn war außerordentlich wütend darüber gewesen, daß seine Schiffe nicht rechtzeitig eingetroffen waren, um am Kampf teilzunehmen. Er ließ Meath seine Gefühle wissen, und die wiederum hielt Maarken eines Morgens über das Sonnenlicht in Trab. Anschließend begab sich der Knappe ins Kommandozelt, verbeugte sich und trug seine Information mit einem breiten Grinsen im Gesicht vor. Tilal, dem er die Neuigkeit bereits erzählt hatte, grinste ebenfalls.

»Er hat sie nach Tiglath gesandt!« rief Tilal aus, ehe Maarken sprechen konnte. »Sie waren schwer beladen und schlingerten im Wasser, als sie auf dem Rückweg an Graypearl vorüberzogen.«

»Ha!« Chay klatschte in die Hände und rieb sie genüßlich. »Lleyn hatte noch nie etwas für die Leute aus Cunaxa übrig, seit er sie dabei erwischt hat, daß sie seine Perlen gestohlen haben. Ist es in Tiglath zu Kämpfen gekommen?«

Maarken brachte Tilal mit seinem Ellbogen zum Schweigen. »Die Merida haben versucht, die Gruppe aus dem Hinterhalt zu überfallen, die die neuen Truppen eskortieren sollte – und sie haben verloren.« Er kicherte. »Tiglath ist für den Augenblick sicher. Lleyns Schiffe werden noch einmal nach Dorval segeln, um neue Vorräte aufzunehmen, und dann hierherkommen.«

Rohan schüttelte den Kopf. »Gütige Göttin, was Lleyn als

Bezahlung hierfür wohl an Konzessionen im Seidenhandel fordern wird!« Aber seine Augen tanzten.

»Wir lassen Davvi auch seinen Teil übernehmen«, schlug Chay vor.

Der neue Prinz von Syr verneigte sich. »Ich verspreche feierlich, jeglichen Pferdediebstahl entlang der Grenzen zu unterbinden und dafür zu sorgen, daß der Syrener Wein, der in die Wüste gelangt, zumindest zweitklassig ist und nicht drittklassig.«

»Anständig von dir«, spottete Rohan. »Was sagt Meath sonst noch, Maarken?«

»Kleve ist von Walvis auf irgendeine Mission geschickt worden. Er befindet sich überhaupt nicht in Tiglath.« Achselzuckend fuhr der Knabe fort: »Meath berichtet, sie hätten sich auf einen Spurenleser verlassen müssen, der von Tiglath gekommen war und den Prinzen informierte.«

»Das ist ja herrlich«, murmelte Davvi. »Jetzt haben wir überhaupt keine Möglichkeit mehr zu erfahren, was in Tiglath passiert.«

»Walvis wird gute Gründe dafür haben«, verteidigte Tilal sein Idol.

»Ich wünschte nur, ich würde sie kennen«, seufzte Rohan.

»Und ich wünschte, wir wüßten auch, welche Nachrichten über das Sonnenlicht von Stronghold nach Tiglath übertragen werden«, warf Chay ein.

»Glaubst du, meine Schwester hat etwas damit zu tun?«

»Davvi, ich glaube, Sioned hat so ziemlich mit allem etwas zu tun. Und ich danke der Göttin, die sie geschaffen hat, daß meine Tobin dem Sonnenschein nur zuhören, aber nicht darauf laufen kann.« Er nahm seinen Worten den Stachel, indem er seinem Sohn zulächelte.

»Aber Vater, du sagst doch immer, Mutter wäre mehr mit dem Gott des Sturmes verwandt«, erwiderte Maarken keck.

»Das ist sie auch, und du ebenfalls.« Er erhob sich, reckte sich und fuhr dem Knaben durchs Haar. »Ich muß eine Runde an den Linien entlang drehen, Knappe.«

»Ja, Herr. Aber wenn Lleyns Schiffe eintreffen, könnte ich dann bitte davon befreit werden, sie zusammen mit Euch inspizieren zu müssen?«

»Eher werfe ich dich in eines von ihnen und sende dich auf große Fahrt in alle Prinzenreiche, um deine Ausbildung zu vervollständigen.«

»Vater! Wie würde es denn aussehen, wenn der künftige Herr von Radzyn dabei gesehen wird, wie er sich vom einen Ende des Kontinents zum anderen kotzt?«

Chay schimpfte zärtlich mit ihm und schob ihn aus dem Zelt. Rohan sah ihnen lächelnd nach, lehnte sich dann in seinem Sessel zurück und wandte sich ernst an Davvi.

»Du gehörst in diesen Teil der Welt. Wann werden denn die schweren Regengüsse einsetzen, und wie lange werden sie anhalten?«

»Bald – und vielleicht bis zum Frühjahr.« Er fuhr die gewöhnliche Route der Stürme auf der Karte nach, die vor ihnen ausgebreitet war. »Wenn der Fluß anfängt zu steigen, wissen wir, daß die schweren Regenfälle den Veresch und Meadowlord erreicht haben. Bist du für das Winterlager ausgerüstet?«

»Gut genug.« Er stand auf, ging auf und ab, ertappte sich dabei und runzelte die Stirn. »Was wird Roelstra tun? Wird er sich über den Winter zurückziehen? Wenn ja, sollten wir es dann auch tun? Wir könnten das Schiff nehmen, wenn Lleyns Leute eintreffen, und uns nach Tiglath zurückziehen. Wir könnten aber auch bleiben und warten und die nächste Gelegenheit ergreifen, um nach Hoch-Kirat zu marschieren und dich dort in den Sattel zu heben.«

Davvi trat verlegen von einem Bein aufs andere. »Ich wäre

dort lieber nicht von Euch abhängig, Herr, wenn Ihr es nicht als Beleidigung nehmt. Ich würde diese Schlacht lieber selber auskämpfen.«

Rohan lächelte. Ihn freute diese Antwort. »Das dachte ich mir schon. Und ich bezweifle, daß man dir viel Widerstand leistet. Noch eine Saison mit Roelstra, und die *Athr'im* in Syr werden nur zu froh sein, dich zu bekommen.«

»Es ist mir klar, daß du als erster Anspruch auf ihn hast, Rohan, aber bitte laß mir noch ein kleines Stück von ihm übrig, ja? Wenn ich auch glaube, daß ich mit Chay um einen Platz in der ersten Reihe kämpfen muß.«

»Ach nein. Chay und ich, wir verstehen uns gut. Er wird mir die Stange halten. Ich fürchte, vom Hoheprinzen wird nichts übrigbleiben. Hoffentlich bist du darüber nicht allzu sehr enttäuscht«, schloß er trocken. Er setzte sich wieder an den Tisch und starrte auf die Karte vor sich. »Regen«, murmelte er. »In Stronghold sehen wir den nicht oft, denn dafür sind wir auf der falschen Seite der Vere-Hügel. Radzyn und die anderen Güter an der Küste erwischen hin und wieder eine Bö vom Meer her, und man weiß, daß es hoch im Norden regnet und sogar schneit.«

»Hier werdet ihr mehr Regen bekommen, als ihr je zu sehen gewünscht habt.« Davvi stieß seinem Sohn spielerisch in die Rippen. »Auch du wirst dich wieder daran gewöhnen müssen, nach der langen Zeit in der Wüste.«

»Können wir jagen gehen? Und meinen Herrn mitnehmen?«

»Wir werden ihm zeigen, welches Entzücken es bereitet, auf der Jagd nach einem einzigen, knochigen Elch bis auf die Haut durchnäßt zu werden.«

Sie lachten beide, offenbar versunken in gemeinsame Erinnerungen. Rohan zwang sich zu einem Lächeln und fragte sich, ob er denn immer von liebenden Vätern und ihren sie bewundernden Söhnen umgeben sein würde, und haßte sich selbst für diese Gedanken. Mit einem Finger fuhr er auf der Landkarte von Faolain nach Feruche, wo Ianthes Sohn in ihrem Leib heranwuchs. Sein Sohn, den Sioned in ihrer *Faradhi*-Vision bereits gesehen hatte.

Tobin und Ostvel wollten sie aufhalten? Davon war er nur so lange überzeugt gewesen, wie er brauchte, um von Stronghold hierher zu reiten. Aber seither hatte er Pläne geschmiedet. Der wollte diesen Krieg so schnell, wie er konnte, zu Ende bringen und dann Feruche ausradieren. Ianthe würde sterben, und das Kind mit ihr.

Aber konnte er wirklich seinen ungeborenen Sohn töten?

Rohan versank in düsteres Schweigen und bemerkte gar nicht, daß Davvi und Tilal ihn allein gelassen hatten.

Andrade, eingesperrt mit einem schlauen kleinen Mädchen, einem scharfzüngigen Lichtläufer und einem Haufen dummer Diener, zählte die düsteren Tage des Herbstes sogar noch ungeduldiger als die des Sommers. Der Gott des Sturmes hatte gut lachen und amüsierte sich damit, endlose Regenschauer und Wolken zu senden, die jegliche *Faradhi*-Kommunikation unmöglich machten.

Aber wenigstens eines hatte sie noch erledigt, ehe die Stürme einsetzten, tröstete sie sich eines grauen Nachmittags in Lady Wislas Salon. Davvi war in jeder Beziehung Prinz von Syr, nur noch nicht offiziell ernannt. Daß Roelstra Hoch-Kirat und damit auch Prinzessin Gemma beherrschte und daß die anderen Prinzen Davvi noch nicht bestätigt hatten, entlockte ihr nur ein Achselzucken. Sie konnte jederzeit eine Versammlung der Prinzen einberufen, wenn es ihr so gefiel. Ihre Vorgängerin hatte das getan, um das Linser Abkommen zu ratifizieren, durch das die Wüste in den Besitz von Zehavas Familie übergegangen war, »so lange der Sand

Feuer speit«. Sie spielte mit dem Gedanken, jetzt ein ähnliches Treffen in River Run einzuberufen, entschied dann aber, daß der Spaß, den es ihr machen würde, die Prinzen wegen einer Laune von ihr durchnäßt und erzürnt eintreffen zu sehen, das Risiko, Roelstras Armeen an den Toren zu haben, nicht wert war.

Sie stand am Kamin, rieb ihre Hände aneinander und runzelte die Stirn. Eine kleine Tat, die Anerkennung von Davvi als Prinz von Syr, wog nicht so schwer wie diese unendlichen Tage des Nichtstuns. Langeweile war das Schlimmste. Das – und ihre bittere Aversion Chiana gegenüber. Das Mädchen war in diesem Sommer gewachsen, so schnell und plötzlich, wie Kinder es manchmal tun. Mit knapp sechs Jahren sah sie jetzt aus – und benahm sich auch eher so – wie ein Kind von zehn. Wann immer sie sie erblickte, mußte Andrade an ihre Schwester denken und daran, daß Pandsala Roelstra diente, mit all der Verschlagenheit ihres Blutes und den Fertigkeiten ihrer drei *Faradhi*-Ringe.

Als hätten ihre Gedanken sie herbeigerufen, kam Chiana ins Zimmer getänzelt, strahlend und blühend. Sie machte einen ironischen Knicks vor Andrade und trällerte: »Mein Vater kommt mich holen! Seht nur über die Mauern, und Ihr werdet Hunderte von Soldaten sehen, alle gekommen, um mich zu retten!«

Andrade preßte die Lippen zusammen und verließ den Raum. Sie trat in die Halle, von der aus große Fenster auf den Hof gingen. Urival war unten, und als er den Kopf hob, weil er ihre Gegenwart spürte, sah sie in seinem Gesicht die Wahrheit. Chiana neben ihr kicherte und drehte sich im Kreise, und Andrade hatte Mühe, sie nicht zu ohrfeigen.

»Wie viele sind es?« rief das Kind eifrig. »Zweihundert? Dreihundert?«

»Schweig!« zischte Andrade und ging in die Halle hinab,

um Urival zu treffen. Noch immer lachend hüpfte Chiana hinter ihr her.

Das Gesicht des Mannes war verbittert, als er berichtete: »Sechzig Mann aus der Truppe des Hoheprinzen scheinen die Absicht zu hegen, da draußen im Schlamm ein Lager aufzuschlagen.«

»Ein wenig spät, nicht wahr? Warum hat er das nicht im Sommer versucht?«

»Du kennst ihn besser als ich«, fuhr Urival sie an.

»Ich kenne ihn besser, als ich es will. Sechzig, hast du gesagt?«

»Sie werden angreifen und Euch töten, und ich werde frei sein!« krähte Chiana. »Ich muß nie wieder in diese entsetzliche Schule zurück!«

»Still!«

»Ihr habt verloren! Ihr seid nichts, und ich bin eine Prinzessin!«

Mit Augen wie Donner machte Urival einen Schritt auf sie zu, aber Andrade stand näher und war schneller. Grob packte sie den Arm des Kindes. »Jetzt hör mir mal gut zu! Ich habe geholfen, dich zur Welt zu bringen, und war dabei, als dein hochverehrter Vater fast deinen Tod befohlen hat! Du willst zu ihm gehen, Chiana? Was der braucht, ist gerade noch eine Tochter! Möchtest du gern mit den anderen in der Felsenburg eingesperrt sein?«

»Ianthe ist frei – und sie hat ihr eigenes Schloß! Und Pandsala –«

»Hat dich benutzt«, erzählte Andrade ihr. »Das ist es nämlich, was die Leute aus deiner Familie am besten können. Ianthe ist wertvoll für ihn, weil sie so listig ist, und Pandsala, weil sie ihre Ringe hat. Aber du? Nutzlose Töchter hat er mehr als genug! Er hat keine Verwendung für dich!«

»Er ist gekommen, um mich zu holen!« heulte Chiana und

riß sich los, um in den Hof zu fliehen. Ihr dichtes, kastanienbraunes Haar flatterte hinter ihr her.

Andrade und Urival folgten sehr viel langsamer. Keiner von beiden sagte ein Wort; es gab nichts zu sagen, bis sie gehört hatten, was der Hauptmann der Truppe wollte. Er hatte offensichtlich auf Andrades Erscheinen auf den Zinnen gewartet; jetzt ritt er heran und salutierte mit allem Zeremoniell, das ihr zukam. Seine Worte waren höflich und präzise: Er hatte vom Hoheprinzen Befehl erhalten, River Run vor möglichen Angriffen durch den verräterischen Lord Davvi zu schützen, der durch sein Verhalten jeglichen Anspruch an diesem Besitz verwirkt hatte.

»Ich vermute, du meinst Prinz Davvi aus Syr«, erwiderte Andrade freundlich.

»Der Hoheprinz erkennt diesen Titel nicht an. Er bietet Euch jedoch seinen Schutz an. Solltet Ihr den Wunsch haben, River Run zu verlassen, haben wir Befehl, Euch zurück in die Schule der Göttin zu begleiten.«

Urival flüsterte: »Warum will Roelstra uns denn von hier fort haben?«

Andrade rief von den Zinnen hinab: »Ich finde einen Käfig so gut wie den anderen. Und ich habe keine besondere Vorliebe für irgendeinen.«

Der Hauptmann lächelte gewinnend. »Und wohin sonst wünscht Ihr zu gehen, Mylady? Zwischen Euch und der Wüste lagert der Hoheprinz – und ein ziemlich tiefer Fluß, den Ihr lieber nicht überqueren würdet, dessen bin ich sicher. Im Norden gibt es kein Ziel für Euch, und die Catha-Hügel im Süden sind bei jedem Wetter schwierig zu bereisen. Eure einzige Wahl ist die Schule der Göttin, und ich bin bereit, eine Eskorte abzustellen.«

»Zu freundlich«, höhnte Andrade. »Aber habt Ihr noch nie gesehen, wie Lichtläufer-Feuer entzündet wird?«

»Solltet Ihr das versuchen, werde ich River Run zusammen mit River View einnehmen.« Er lächelte jetzt nicht mehr. »Und Euch am Leben lassen.«

Die Bedeutung seiner Worte war klar genug, das mußte Andrade zähneknirschend eingestehen. Sie konnte mit ihren Fähigkeiten nur einen Ort verteidigen, und wenn sie sie einsetzte, würden Lady Wisla und die Bewohner von zwei Burgen sterben. »Da wäre noch der Sonnenschein«, versuchte sie es mit einem Bluff.

»Natürlich«, stimmte er bereitwillig zu. »Mögt Ihr darauf laufen, wie Ihr wollt, Herrin. Aber ich bin auch noch da.« Er machte der Unterhaltung mit einer Verbeugung ein Ende und ritt ins Lager zurück.

»Ich hoffe, er versinkt im Schlamm«, murmelte Andrade.

»Wir könnten fliehen«, sagte Urival. »Ein Feuerkreis rund um die Burg –«

»Für wie lange? Würde er wirklich entsetzt davonreiten, wenn er es sieht? Hier sind wir, und hier bleiben wir. Ich werde nicht in die Schule der Göttin zurückkehren. Dort bin ich noch weiter von allem entfernt.«

»Vorausgesetzt, natürlich, daß du lange genug lebst, um zu dem allen zu kommen.«

»Genau. Es muß doch einen Ausweg geben.«

Urival schüttelte den Kopf. »Den ganzen Sommer über hättest du fortreiten können, falls und wann es dir gepaßt hätte. Jetzt, wo Truppen draußen sind, die uns daran hindern sollen, willst du sofort aufbrechen. Herrin, ich werde nie verstehen, wie Euer Gehirn arbeitet.« Er machte eine Pause. »Aber ich glaube, Roelstra kann es.«

Andrade warf ihm einen scharfen Blick zu. »Willst du damit sagen, er will, daß ich –«

»– daß du ihm eine Ausrede lieferst.« Urival nickte. »Aber da ist tatsächlich noch der Sonnenschein.«

»Und an wen soll ich mich wenden? An Maarken, der Rohan und Chay alles erzählen und ihnen noch mehr Sorgen machen würde? An Sioned, die nicht zuhören will? An Tobin, die in Stronghold festsetzt, genauso hilflos wie wir? Oder vielleicht hast du an Pandsala gedacht! Ich muß sagen, das wäre wirklich mal ein brillanter Gedanke!«

Er nahm ihren Ellbogen und führte sie die Treppe hinab. »Ich habe tatsächlich an jemanden gedacht. An Meath.«

Andrade starrte ihn mit offenem Mund an. »Gütige Göttin! Natürlich!« Sie war so entzückt von seinem Einfall, daß sie nicht einmal etwas dagegen hatte, daß er ihr eine Lektion erteilt hatte, weil sie alle für dumm hielt außer sich selbst, und dabei doch die Dümmste von allen war.

Rohan bekämpfte den Impuls, auf und ab zu gehen, während er Maarken beobachtete. Der Knabe saß auf einem Klappstuhl, in das bleiche Wintersonnenlicht um ihn her verwoben. Seine Augen waren geschlossen, die Stirn in konzentrierte Falten gelegt. Chay stand in der Nähe. Er hatte seinem Sohn den Rücken zugewandt, während der mit einem anderen *Faradhi* kommunizierte. Rohan brachte nur wenig Geduld auf, wenn Chay sich angesichts der Fähigkeiten seines Sohnes so unwohl fühlte, aber er konnte ihn verstehen. Was Tobin vor sechs Jahren zugestoßen war, hatte jedoch nur geschehen können, weil sie keine Ausbildung erhalten hatte. Maarken jedoch würde ein tüchtiger *Faradhi* werden – genau wie Andry. Es wäre besser, wenn Chay sich allmählich an diese Vorstellung gewöhnte.

Sechs Jahre war es her, überlegte er, daß er zugesehen hatte, wie Lichtläufer den Wind angerufen hatten, um die Asche seines Vaters und des Drachen über der Wüste zu zerstreuen. Hätte Zehava es gutgeheißen, was er jetzt tat? Wahrscheinlich. Zehava hatte sich niemals Illusionen über die

Welt oder die Menschen gemacht, die darin lebten. Im Gegensatz zu seinem Sohn, der erst jetzt erkannte, daß all seine hübschen Pläne und Einsichten nutzlos waren. Und doch wandten sich seine Gedanken wieder in diese Richtung, als er Maarken zusah. Die kommenden Generationen sollten nicht dieselben Schlachten durchzustehen haben wie ihre Väter. Es sollte mehr für die Kinder getan werden, sagte er sich, etwas Besseres für Maarken, Sorin und Andry – und für seinen eigenen Sohn.

Bei diesem Gedanken wäre er beinahe zusammengezuckt. Er wandte sich Tilal und Davvi zu, die sich näherten und seinen Namen riefen. Er hob ruhegebietend eine Hand und ging auf sie zu.

»Herr – wunderbare Neuigkeiten! Die Schiffe sind eingetroffen.«

Davvi brachte seinen Sohn mit einem Blick zum Schweigen. »Sie sind so weit, wie sie konnten, den Faolain heraufgesegelt und laden jetzt Truppen und Vorräte aus. Sie haben einen Reiter vorausgesandt, der Euch informieren sollte, Herr.«

Chay drehte sich um. Ein breites Lächeln lag auf seinem Gesicht. »Keine Schiffe – Brücken!«

»Hä?« Rohan starrte ihn an.

»Denk darüber nach«, riet Chay. Eine Hand auf Tilals Schulter, fuhr er fort: »Bring mich dorthin. Wir müssen Pläne schmieden.«

Davvi wandte sich an Rohan und suchte dort eine Erklärung. Der Prinz versuchte hastig, Chays Bemerkung zu verstehen. Brücken? Roelstra hatte seine Truppen wieder über den Fluß zurückgezogen und ahmte ganz offensichtlich Rohans Taktik von diesem Sommer nach. Gegenwärtig lagerte er auf einer großen Ebene, die hervorragend für einen Kampf geeignet war. Rohan wäre der Versuchung vielleicht erlegen, wären da nicht zwei Dinge gewesen: Maarken hatte die beiden Brücken brauchbar hinterlassen – nach nur einigen wenigen Reparaturen –, und Roelstra erwartete sicher, daß die Wüsten-Armee den Fluß an genau diesen Stellen überqueren würde. Wenn Rohan von Zehava und Chay auch sonst nicht viel über den Krieg gelernt hatte, so wußte er doch, daß der sicherste Weg zur Niederlage der war, sich so zu verhalten, wie der Feind es erwartete. Deshalb hatte er Roelstras Einladung abgelehnt, den Faolain zu überqueren und niedergemetzelt zu werden.

Aber nun waren Lleyns Schiffe eingetroffen, und Chay schien Verwendung dafür zu haben. In Davvis Gesicht sah er denselben Schluß auftauchen, und zuckte mit den Schultern. »Ich bezweifle stark, daß die Herren dieser Schiffe sich gern zu Kapitänen von Fährschiffen erniedrigen lassen.«

Davvi schnaubte. »Dafür überleben sie.«

Rohan lächelte und setzte zu einer neuen Bemerkung an, als er hinter sich hörte, daß etwas in den Schlamm fiel. Als er sich hastig umwandte, sah er Maarken, der sich mit benommener Miene und glasigen Augen vom Boden hochstemmte. Rohan und Davvi halfen dem jungen Mann auf die Füße.

»Was ist passiert?« stammelte Maarken.

»Du bist hingefallen. Hier, setz dich und trink das.« Rohan hielt ihm einen Weinkelch an die Lippen.

Maarken nippte daran, hustete und schüttelte den Kopf, damit er wieder Klarheit gewann. »O Göttin«, hauchte er. »Ich kann es kaum abwarten, bis ich ein richtiger Lichtläufer bin –«

»Du machst es doch prima«, versicherte ihm Davvi.

»Ich kann überhaupt nichts kontrollieren«, jammerte der Knappe. »Es geschieht mir einfach, und ich habe dabei kein Wort zu sagen. Es ist – als wenn man ein Feld wäre, und irgend jemand marschiert darüber.« Er verzog sein Gesicht und bürstete ohne nennenswerten Erfolg an dem Schlamm auf seiner Kleidung herum.

Rohan biß sich auf die Lippen, um ungeduldige Fragen zurückzuhalten. Als schließlich die Farbe in Maarkens Wangen zurückkehrte und ein Lächeln auf seinem Gesicht erschien, machte sich Rohan keine weiteren Sorgen mehr, und die ersten Worte des Jungen bestätigten seine Vermutung.

»Walvis hat die Merida besiegt!«

Davvi schickte im Flüsterton ein Dankgebet an die Göttin, während Maarken seinen Bericht gab. Wie es schien, waren die Vorräte aus Cunaxa merkwürdigerweise mit einiger Verspätung eingetroffen – niemand wußte, warum –, und als ihre Vorräte zur Neige gingen, hatten sich die Merida der einzigen erreichbaren Quelle zugewandt: Tiglath selbst. Der Kampf hatte zwei volle Tage lang getobt, aber am Ende waren die Merida vernichtet und Tiglath mehr oder weniger intakt geblieben.

»Die Mauer zwischen dem Meerestor und dem Sandtor ist zusammengebrochen, nachdem die Merida eine ganze Nacht daran gearbeitet haben«, erklärte Maarken, »aber Lord Eltanin macht sich deshalb keine Sorgen. Er will sie sogar lassen. Was war es noch, was er gesagt hat?« Er runzelte die Stirn. »Etwas über eine Erinnerung und eine Warnung, und daß die Mauern, die sein Prinz errichtet, eine bessere Verteidigung darstellen, als bloßer Stein es je könnte.« Verwirrt blickte er zu Rohan empor. »Wißt Ihr, was er meint, Herr?«

»Ich weiß es«, sagte Davvi. »Und er hat völlig recht damit. Weiter, Maarken.«

»Nun, Kleve hat noch eine Menge mehr erzählt. Die Merida waren um Tiglath aufgereiht wie an einer Halskette, hat Walvis gesagt, aber Kleve meinte, sie wären mehr wie Insekten gewesen, gefangen in einem Spinnennetz, mit Reihen von Bogenschützen dazwischen. Die Mauer brach zusammen, und dann marschierten sie ein, aber Walvis war vorbereitet. Unsere Leute kamen aus den Toren und lenkten die Schlacht auf die Ebene hinaus, und –« Er machte eine Pause, um Atem zu holen. »Walvis hat den Anführer getötet und mindestens fünfzig weitere. Kleve und Feylin haben zugesehen, sind aber mit dem Zählen nicht mehr mitgekommen.«

»Ist Walvis verletzt?« wollte Rohan wissen.

»Nur ein, zwei Kratzer. Er ist ein zu guter Soldat, um verletzt zu werden. Die Feuer, auf denen die Merida verbrannt wurden, leuchteten drei Tage. Walvis will jetzt nach Süden marschieren, um Stronghold zu verteidigen oder hier zu uns zu stoßen.«

Davvi stieß einen erstickten Aufschrei aus. »Lleyns Schiffe!«

»Genau.« Rohan nickte.

»Welche Schiffe?« fragte Maarken.

»Später«, befahl Rohan. »Davvi, würdest du ihn bitte in sein Zelt bringen, damit er sich ein wenig ausruhen kann? Ich bin bei Chay.«

Als er Pashta bestieg und langsam am Flußufer entlangritt, dachte er an Eltanins Worte. Mauern stärker als Stein, errichtet von Rohan. Der Glaube seines *Athri* stieß ihm bitter auf. Er würde Festungen stürzen müssen, die prächtiger waren als Schlösser, wenn sein Traum in ihm wieder lebendig werden sollte. *Wir verstecken uns hinter unserer Wildheit*, dachte er verbittert. *Wir alle. Ich muß diese Wände zerstören, ehe ich andere bauen kann.* Was die Gegenwart anging, so würde er die Festung von Feruche zerstören müssen, und zwar schnell. Die Wintermitte war fast erreicht. Er mußte die Dinge dort hinter sich bringen und mußte mit Roelstra den barbarischen Kriegsprinzen spielen, ehe er dasselbe in Feruche tat. Aber danach – Nie wieder, ich schwöre es, sagte er sich innerlich. Er mochte vielleicht ein Barbar sein, aber er konnte sein Schwert niederlegen. Das mußte sein. Er konnte auf diese Weise nicht leben.

Rohan hatte recht gehabt, was die Reaktion der Herren auf Chays Vorschlag anging, wie er ihre Schiffe nutzen wollte. Es wurden Truppen, Pferde und Vorräte innerhalb von zwei Tagen auf das Syrener Ufer des Faolain gebracht, ein gutes Stück südlich der Stelle, wo Roelstra Rohan erwartet hatte. Der Hoheprinz hatte keine Gelegenheit, seine Armee Gefechtsstellung beziehen zu lassen; es kam zu kurzen Scharmützeln, aber die Bogenschützen der Wüste hielten die Verluste gering. Eine Länge wurde marschiert und dann ein neues Lager aufgeschlagen. Alles war bereit, bevor der nächste Sturm von Norden hereinbrach. Wieder richteten sich beide Seiten dauerhaft ein, polierten die Schwerter und hielten die Bogensehnen trocken.

Lleyns Schiffe mußten an der Mündung des Faolain auf einen Wetterwechsel warten. Es dauerte lange. Zehn Tage vergingen, bis der Flottenkommandeur es für sicher hielt, wieder auszulaufen. Rohan und Chay beobachteten, wie die Segel gesetzt wurden und sich im Wind blähten. Sie wußten, daß mit den Schiffen auch jede Möglichkeit einer Flucht zurück über den Fluß verschwunden war. Sie waren in Syr, auf Gedeih und Verderb. Wie auch immer die Schlacht ausgehen mochte, wann immer sie gekämpft werden würde, Rohan war merkwürdig froh darüber, zu Aktionen gezwungen zu sein. Indem er die Auswahl gering hielt, verringerte er auch innere Konflikte.

Er, Chay und Davvi faßten endlos neue Pläne ins Auge, kämpften Schlachten auf Landkarten durch, um verschiedene Taktiken zu erforschen, und stritten über Zeit und Ort. Das war alles, was sie tun konnten, bis ihre Späher mit Berichten kamen. Und als sie das taten, waren es schlechte Neuigkeiten. In den beiden Tagen, als die Sonne schien, wodurch es den Schiffen möglich geworden war, Segel zu setzen, hatte sich Roelstras Armee anscheinend erneut zurückgezogen, und wie es schien, hatte sich seine Streitkraft dabei verdoppelt.

Der Morgen brachte einen eisigen Nebel, als das Trio mit seinen Knappen und Hauptleuten ausritt, um eigene Erkundigungen einzuziehen. Rohan schauderte unter seinem schweren Umhang und verfluchte die Wolken, die regenschwer im Norden hingen. Aber was er von einer Hügelkuppe aus sah, ließ ihn mehr frieren als der Wind.

Das ganze Weideland, auf dem sich bis vor kurzem noch das Lager des Hoheprinzen befunden hatte, stand knietief unter Wasser. Gräben waren ausgehoben worden, die sich mit Wasser aus dem Faolain füllten. Auf diese Weise war ein Gebiet von mehr als zwei Längen Breite in einen See verwandelt worden. Ihn zu überqueren, war unmöglich; der Boden bestand aus dickem, bösartigem Schlamm wie dem am Ufer des Sees. Die Hitze eines ganzen Sommers würde erforderlich sein und darüber hinaus der Unterstützung durch Entwässerungsgräben bedürfen, um dieses Land wieder trockenzulegen. Aber da war noch etwas, etwas, an das nur Roelstra mit all seiner List hatte denken können, etwas, das dieses Land für lange Zeit ruiniert hatte.

»Riecht ihr es?« fragte Rohan leise. »Salz.« Er hörte Davvi fluchen und Chay scharf einatmen. Rohan atmete tief den unverkennbaren Geruch im Wind ein. »Ich nehme an, die Bäume waren zu feucht, um abgebrannt zu werden, sonst hätten sie das auch noch getan«, lautete sein Kommentar. Dann drehte er Pashta um und ritt zu seinem Zelt zurück. Bis zum Einbruch der Nacht war er für niemanden zu sprechen.

Als Chay endlich gemeldet wurde, Prinz Rohan wünsche

ihn zu sprechen, betrat er das Zelt mit den lebhaftesten Erwartungen dessen, was er dort vorfinden würde. Rohan saß mit hängenden Schultern auf seinem Feldbett. Eine leere Flasche lag auf dem Teppich, eine halbleere stand zwischen seinen Stiefeln. In den Händen hielt er einen Kelch, den er vor jedem Schluck in einem geheimen Ritual zwischen den Händen drehte und wendete, fünf Mal, ehe er trank. Chay sah sich das eine geraume Zeit an und fragte sich, ob der Alkohol, wenn er auf Rohans Wunde aufgetragen wurde, diese wenigstens für eine kurze Weile betäuben würde. Aber als sich die blauen Augen schließlich zu ihm hoben, wußte er, daß der Schmerz so stark brannte wie eh und je.

»Setz dich«, forderte Rohan ihn auf, und das war keine Einladung. »Einmal muß ich reden. Und diesmal wirst du mir zuhören.«

Chay setzte sich. Ihm wurde kein Kelch angeboten, und er hätte ihn auch nicht angenommen. Rohan starrte ihn so lange an, wie er brauchte, um den Kelch erneut rotieren zu lassen, fünf Mal, ehe er einen weiteren Schluck trank. Seine Stimme und seine Augen waren eiskalt und nüchtern.

»Ich habe mir gesagt, ich wäre klug und zivilisiert. Ich habe erklärt, mein Ziel wäre es, mit dem Gesetz zu herrschen, nicht mit dem Schwert. Und jetzt sieh, was ich getan habe. Ich wurde zum Prinzen erhoben, um das Land und mein Volk zu schützen und zu ernähren.« Noch ein Schluck. Rohans sensible Finger drehten den Kelch im Kreis. »Ich bin nicht besser als irgendein anderer Mann, der vor mir war. Ich habe mir gesagt, ich würde nur tun, was ich tun muß. Aber ich habe wirklich Talent dafür, Chay. Ich bin ein Künstler in all diesen barbarischen Künsten – Krieg, Vergewaltigung –«

Rohan trank und beugte sich vor, um den Kelch mit erschreckend ruhigen Händen erneut zu füllen. »*Azhei.* Noch nie haben sie irgend jemanden so genannt, nicht einmal meinen Vater. Eltanin will die Mauer in Trümmern lassen – und weißt du auch, warum? Er glaubt, die Mauern, die ich bauen werde, um die Wüste zu schützen, müßten besser sein als jeder Stein. Ich bin dieses Vertrauen nicht wert. Ich bin überhaupt nichts anderes wert, als zu sterben. Mit einem Schwert im Bauch, so, wie ich andere getötet habe. So, wie ich wieder töten werde.«

Obwohl er eigentlich nicht ständig über seine Umgebung nachdachte, konnte Chay doch den großen Unterschied zwischen diesem müden, fast emotionslosen Grübeln und dem Zorn erkennen, den Rohan bei seiner Ankunft in diesem Sommer gezeigt hatte. Damals hatte er vor Wut und schlechtem Gewissen gekocht, hatte sich in Worte geflüchtet und Chay angefleht, sie anzuhören, und gehofft, daß er ihm vergeben könnte. Aber jetzt hatte er resigniert. Er war ein Mann, der sich selbst von außen beobachtete und wußte, daß es keine Entschuldigung gab – und der auch keine suchte.

»Es hat mir Spaß gemacht, Jastris Armee abzuschlachten. Ich habe es genossen, Ianthe zu vergewaltigen. Ich werde es lieben, Roelstra zu vernichten. Jetzt schau, was das alles aus mir macht.«

»Es macht dich zu einem Mann, wie wir alle es sind«, erwiderte Chay ruhig.

Ein winziges Lächeln zuckte um Rohans Lippen. »Weißt du eigentlich, welche Qual das für jemanden wie mich bedeutet?«

»Du verstehst mich nicht«, sagte Chay und bemühte sich, Worte zu finden. Es war jetzt so wichtig, daß es die richtigen waren. »Du bist wie wir, aber doch anders. Rohan, du hast es versucht. Du hast den Mut zu deinen Träumen – aber die meisten von uns wissen noch nicht einmal, wie man träumt. Du weißt, daß dies nicht die richtige Art zu leben ist, immer dem anderen an die Gurgel zu gehen. Dein Volk vertraut dir, weil es weiß, daß das Schwert nicht deiner Natur entspricht. Es erfordert mehr Mut zu –«

»Danach zu leben, wenn ich es mir nicht selbst ausgesucht habe? Oh, aber ich habe es doch ausgesucht. Ich lebe hervorragend mit dem Schwert in der Hand.«

»Aber wenn das hier vorüber ist, gibt es etwas anderes für dich – und für alle anderen.«

»Ja, natürlich. Ich kann jeden zwingen, alles so zu tun, wie ich es will, und das macht mich zu einem anderen Roelstra. Keinen Deut besser als er, trotz meiner Versprechungen. Ich würde alles tun, um ihn und seine Armee auszulöschen, und ich habe alles getan, um mir einen Sohn zu sichern. Aber es gibt etwas, was ich habe, das er haben wollte und das er nicht bekommen hat. Ich habe meine ganz eigene Lichtläuferin, und ich kann sie benutzen, ohne sie erst mit *Dranath* an mich binden zu müssen. Sie gehört mir, Chay, genau so, wie Andrade es geplant hatte.« Wieder hob er den Kelch, aber diesmal trank er nicht. »Was gibt mir das Recht dazu?«

Chay hörte Gefühle, die darum kämpften, die ruhige Oberfläche zu durchdringen, und sandte ein kurzes Dankgebet gen Himmel. Ein Rohan, der vorgab, sich verloren zu haben, war ein verlorener Rohan. »Macht erschreckt dich«, murmelte Chay. »Du benutzt sie, aber du freust dich nicht daran, so wie Roelstra es immer getan hat.«

»Und das gibt mir das Recht? Die Tatsache, daß ich ein Feigling bin?«

»Du hörst mir nicht zu.« Chay beugte sich in seinem Sessel vor und sprach schnell, damit Rohan sich nicht wieder in diese gefühllose Hülle zurückziehen konnte. »Mit dir haben wir eine Chance, zu leben. Du bist unsere einzige Hoffnung. Glaubst du etwa, es macht mir Spaß, meinen Sohn im Krieg zu sehen? Gütige Göttin, er ist gerade erst zwölf geworden! Was dich anders macht, ist die Tatsache, daß du all das hier haßt! Du fürchtest die Macht und hast Angst, du könntest sie nicht klug nutzen – auch Sioneds Macht. Und sie ist genauso wie du! Das macht euch zu dem Prinzen und der Prinzessin, die wir brauchen! Glaubst du denn, sie hat keine Angst vor ihrer Macht?«

Rohan zuckte zusammen. »Ich habe meinen Sohn im Feuer gesehen. Ich kann ihn nicht verleugnen – ganz gleich, wer seine Mutter ist.«

»Wenn Sioned genug Mut aufbringt, ihn anzunehmen, kannst du es dann nicht dabei bewenden lassen, ihn als deinen und ihren zu akzeptieren, nicht als Ianthes?«

»Ich soll so tun, als wäre er nicht das Ergebnis einer Vergewaltigung?« Rohan schüttelte verbittert den Kopf. Im Licht der Lampe hing sein blondes Haar schlaff und matt um seinen Kopf. »Es geht nicht bloß um Ianthe. Ich würde den Enkel des Hoheprinzen großziehen.«

»Rohan, es geht um ein Baby! Was kann ein unschuldiges, kleines Kind schon an sich haben?«

»Seine Geburt!« Rohan schleuderte den Kelch durchs Zelt, und der Wein hinterließ einen karmesinroten Fleck auf dem Stoff, ehe er zu Boden tropfte. »Er hätte Sioneds Sohn sein sollen!«

»Warum denkst du, daß das nicht sein kann? Maarken ist jetzt genauso Lleyns Sohn wie Tobins und meiner. Rohan, es ist nicht so, daß zwei Menschen auf der Welt allein dafür verantwortlich sind, was aus einem Kind wird. Ianthe trägt das Kind vielleicht aus, aber er wird euer Sohn sein, deiner und Sioneds. Ihr beide werdet ihn aufziehen.«

Rohan legte sich auf seiner Pritsche nieder und starrte zum Zeltdach empor. Er schwieg lange Zeit. Schließlich seufzte er leise und sagte: »Du hast recht. Die Macht erschreckt mich. Nicht die alltägliche Macht, die Prinzen nun einmal haben – daß sie entscheiden können, wer den größeren Anspruch auf Weideland hat, und befehlen, eine neue Burg zu bauen oder eine alte erneuern zu lassen. Es ist diese Art von Macht, Chay – die Armee um mich her, Macht, die mir zur Verfügung steht, einfach weil ich ein Prinz bin, und daß ich entscheide, wer sterben wird und wer nicht. Ich akzeptiere es als meine Verantwortung, aber ich werde niemals glauben, daß mir irgend etwas das Recht dazu gibt. Ich bin nicht weise. Ich bin nicht schlau.« Er legte eine Hand über seine Augen. »Ich bin bloß verängstigt.«

Zum ersten Mal seit Zehavas Tod schnitt Rohan nicht schlechter ab, als Chay Vater und Sohn verglich. Zehava hätte einen Weg gewählt und wäre ihn ohne weiteres Nachdenken gegangen. Aber der Sohn unterschied sich von seinem Vater dadurch, daß er wirklich alles ständig daraufhin untersuchte, ob es richtig war. Rohan fragte und zweifelte und suchte nach verborgenen Wahrheiten und Motiven. Genauso würde es sein, wenn der Tod des Hoheprinzen ihm Wege zu noch größerer Macht eröffnete. Rohan würde sie niemals arrogant beschreiten, nie blind sein für alles andere. Er würde nicht so leben, daß er nie das Recht in Frage stellte, zu tun, was er wollte. Er würde immer fragen – und dies machte ihn weise. In diesem Moment hörte Chay auf, zu bedauern, daß der Sohn seinem Vater nicht ähnlicher war. Er wäre beiden gefolgt, wohin auch immer sie ihn führen mochten, aber bei Rohan wußte er, daß der Weg immer der richtige sein würde.

Kapitel elf

Diesmal begab sich Sioned nicht allein nach Feruche.

Als Ianthes Zeit näherkam, schmiedeten Tobin und Maeta in aller Stille Pläne, die sie erst dann mit dem zögernden Ostvel besprachen, als alles soweit vorbereitet war, daß er praktisch keine Einwände mehr erheben konnte. Wenn er auf ein anderes Ende gehofft hatte als das, welches die Zeit über unausgesprochen blieb und doch von allen erwartet wurde, so war diese Hoffnung jetzt dahin. Rohan und Chay saßen im Süden fest, und obwohl Tiglaths Kämpfer jetzt frei waren und Feruche hätten angreifen können, hatte Sioned Walvis befohlen, in der Stadt zu bleiben. Das Kind mußte heimlich entführt werden, wenn sie eine Chance haben wollte, es als ihr eigenes auszugeben.

Daß Ianthe sterben würde, war etwas, das ebenfalls allen klar war und das ebenfalls nicht ausgesprochen wurde. Eines Abends zu Winteranfang präsentierten Tobin und Maeta Sioned Pläne, wie sie ins Schloß eindringen konnten. Sie nickte bloß. Ianthes Name wurde nicht einmal erwähnt.

In den klaren Herbsttagen war Ianthe häufig auf den Zinnen von Feruche herumgeschlendert, fast so, als wüßte sie, daß Sioned sie beobachtete. Für gewöhnlich wurde sie von ihren Söhnen begleitet, und Sioned fragte sich verbittert, warum die Göttin es für angebracht gehalten hatte, eine solche Frau so reich zu beschenken. Als Ianthes Schwangerschaft weiter fortschritt, konnte Sioned ihren Neid manchmal kaum ertragen. Aber nun war Ianthes Last zu schwer, um noch große Spaziergänge zu erlauben. Sie schlief unruhig in dem riesigen Bett mit den Drachenvorhängen, denn Rohans Sohn zappelte rastlos in ihrem Leib. Ihr Neid wurde zu Haß, als Sioned den großen Smaragd an Ianthes Finger funkeln sah. Die Herrin von Feruche besaß Dinge, die ihr von Rechts wegen nicht gehörten, und Sioneds Bedürfnis, zurückzufordern, was ihr gehörte, drohte ihr mühsam gewonnenes Gleichgewicht zu stören.

Nachdem die Pläne für die Reise nach Feruche feststanden, verfiel Sioned einige Tage lang in ein sonderbares, abwartendes Schweigen. Tobin verstand; wenn sich bei ihr die Zeit der Geburt näherte, war sie selbst auch immer geistesabwesend geworden, hatten sich auch bei ihr alle Gedanken und Gefühle nach innen gewandt. Sioneds Leib mochte leer sein, aber sie durchlebte die Schwangerschaft ebenso sicher wie Ianthe.

In einer frühen Winternacht, bei Mondaufgang, als die Wolken über den nördlichen Horizont glitten, trieb der Alarm, auf den Sioned gewartet hatte, die Bediensteten in Feruche aus ihren Betten. Sie hielt sich gerade lange genug auf dem Mondlicht auf, um sicher zu sein, daß es sich nicht um falsche Wehen handelte, und lächelte – eine seltsame Mischung aus Neid und Befriedigung –, als sie sah, wie sich Ianthes Körper in Krämpfen wand. Dann kehrte sie nach Stronghold zurück und ließ Tobin und Ostvel rufen.

»Vierzig Tage zu früh«, erzählte Sioned ihnen, als die beiden verschlafen und besorgt in ihren Gemächern eintrafen. »Ich hatte so ein Gefühl. Wir reisen heute nacht ab.«

Bald darauf galoppierten drei Reiter auf Chays besten Pferden gen Norden. Bleiche Gestalten auf bleichen Pferden ritten stumm und schnell durch die Nacht, die von drei Vollmonden erhellt wurde. Sioned allein zeigte keine Furcht. Tobin, die den ganzen Sommer und Herbst hindurch von Sioned in bestimmten *Faradhi*-Techniken unterwiesen worden war, wiederholte im Geiste, was man ihr beigebracht hatte. Sie konnte jedoch die Schauder nicht unterdrücken, die hin und wieder durch ihren Körper liefen. Ostvel öffnete und schloß die Finger um sein Schwert. Er vermochte nicht zu protestieren, vermochte aber auch nicht zurückzubleiben. Keiner von beiden wagte es, die Frau anzusprechen, die zwischen ihnen ritt, den Körper eifrig vorgebeugt, mit blitzenden, grünen Augen.

Am Tage übernahm Sioned die Führung durch die Hügel, wo sich – früher im Jahr – Drachen bekämpft und gepaart hatten. Sie hatte diesen Pfad nach Feruche schon früher benutzt, aber diesmal kannte sie ihn. Im Frühjahr hatte sie einen falschen Weg eingeschlagen. Der düstere Alptraum dieser einsamen Reise war mit dem Horror von Feruche und der Rückkehr nach Stronghold verschmolzen. Aber wenn dieser Ausflug auch einem Traum ähnelte, so schien doch alles wie bei einer Feuerbeschwörung von strahlenden Flammen umgeben zu sein.

Zehn Längen von Feruche entfernt, direkt hinter den ersten Wachtposten, hielt sie an, um nach dem langen, schnellen Ritt des Tages eine Weile auszuruhen. Nachdem sie abgestiegen waren und die Pferde angebunden hatten, gingen sie das letzte Stück des Weges zu Fuß, während bereits die Nacht anbrach. Das Schloß kam über den Felsen in Sicht, in die letzten Strahlen der Wintersonne getaucht, die Türme von einem goldenen Leuchten gekrönt, das wie Honig an den Mauern herablief. Sioned blieb einen Moment stehen, um die Schönheit Feruches in sich aufzunehmen. Sie erinnerte sich daran, daß Rohan ihr versprochen hatte, eines Tages würde das Schloß ihr gehören. Und das würde es, sagte sie sich. Heute!

Lärm drang aus der Burg, offenbar die trunkene Feier der sicheren Geburt eines weiteren Sohnes der Prinzessin. Sioned lauschte, und ein winziges Lächeln zuckte von Zeit zu Zeit um ihren Mund. Sie spürte Tobin und Ostvel hinter sich, die nervös warteten. Innerlich beschwor sie Maetas Anweisungen aus diesem Frühjahr herauf. Sie sah sie jetzt so deutlich vor sich, als wäre die Kriegerin bei ihr.

»Es gibt in der ganzen Wüste kein einziges Schloß, das ich nicht in- und auswendig kenne. Und was noch wichtiger ist: Ich weiß, wie man von außen nach innen kommt. Es gibt hier in Stronghold mehr Geheimnisse als nur diesen Grotten-Durchgang, aber darüber werden wir ein andermal reden. Jetzt will ich Euch von Feruche erzählen.«

Sioned schloß die Augen, rief sich den verborgenen Eingang vor Augen, die aus dem Stein geschlagenen Gänge, die Windungen und Kurven, die sie sich eingeprägt, aber bislang nicht gebraucht hatte. Am Ende befand sich der obere Gang, der zu Ianthes Gemach führte. Ein Schauder durchlief sie, aber sie hatte keine Angst. Sie fühlte nichts.

»Sioned...«

Tobins Wispern ließ ihren Kopf herumfahren, und sie nickte langsam. »Ja. Es wird Zeit, daß ich meine Arbeit hier zu Ende bringe.«

Sie führte sie in den Schatten unterhalb der Abendsonne weiter, außer Sichtweite des Postens, wo sie beim ersten Mal gefangengenommen worden war. Diesmal machte sie sich deshalb keine Sorgen; ganz Feruche feierte Ianthes vierten Sohn, und die Steine außerhalb des Schlosses waren stumm. Sie bewegte sich um die Mauer bis zu der Stelle, wo Schloß und Klippe zusammentrafen. Ein Spalt im Stein. Eine dünne Messerschneide, um den unsichtbaren Spalt zu bearbeiten. Ein Augenblick, in dem Ostvels Atem vor Angst schneller ging, so groß war die Furcht, daß der Mechanismus zu alt und zu lange unbenutzt geblieben sein könnte, um noch zu funktionieren.

Die Platte aus grob behauenem Felsen glitt geräuschlos zur Seite. Sioned schlüpfte als erste hindurch, konzentrierte sich einen Moment und beschwor einen Fingerbreit Feuer, mit dessen Hilfe sie sehen konnte. Als Tobin und Ostvel neben ihr in den schmalen Gang traten, untersuchte sie die Konstruktion des Eingangs. Die Göttin allein wußte, wie lange das alles nicht mehr angerührt worden war, aber der Erbauer war so geschickt gewesen, daß das System aus Gewichten und Scharnieren noch immer perfekt funktionierte.

Die winzige Flamme wies ihnen den Weg durch den Gang. Sie fiel auf seit langem leere Fackelhalterungen, die an den Wänden durchrosteten. Der Boden stieg leicht an, machte eine scharfe Kehre, fiel dann ab, und hier und dort hatte man Planken über das Wasser gelegt, das aus der unterirdischen Quelle sickerte, die das Überleben von Feruche sicherte. Aber es gab keine Ratten, keine Spinnweben, nicht das leiseste Anzeichen von Leben hier unten.

Endlich erreichten sie eine weitere schwere Steintür und gelangten durch sie an einen Ort, den Sioned nur zu gut erkannte. Hier war sie in einer Zelle festgehalten worden, fern vom Licht. Ein Schauder lief an ihrem Rückgrat hinab, als der Alptraum der Farblosigkeit durch ihre Erinnerung zuckte, und sie ließ die kleine Flamme ein wenig höher brennen, ein wenig heller.

»Wer ist da?«

Tobin unterdrückte ein Stöhnen und wechselte einen wilden Blick mit Ostvel, der mit einem scharfen Zischen sein Schwert zog. Sioned schien es nicht zu bemerken. Sie schritt vorwärts, als der Wächter um eine Ecke bog.

Er schluckte und erbleichte im Schein des Lichtläufer-Feuers. »Ihr!«

»Ja«, murmelte sie. »Ich kann mich auch an dich erinnern.« Sie deutete mit einem langen, ringlosen Finger auf ihn, und ein neues Feuer züngelte nur eine Handbreit von seiner Brust entfernt. Er preßte sich flach an die Wand, riß die Augen auf und starrte sie an, den Mund zu einem stummen Schrei geöffnet.

»Sioned –« Ostvel legte eine Hand auf ihren Arm. Sie schüttelte ihn ab und lächelte; was er in ihren Augen sah, ließ ihn krampfhaft schlucken. Aber dann trat er vor und senkte seine Klinge in die Kehle des Mannes. Der Wächter glitt an der Wand nach unten. Noch immer starrend. Tot.

Sioned wirbelte zu Ostvel herum. Wut stand in ihrem Gesicht. Er wischte die Klinge ab und begegnete ihrem Blick, ohne mit der Wimper zu zucken. »Niemand darf wissen, daß wir hier gewesen sind – nicht, wenn unser Plan funktionieren soll. Jeder, der uns sieht, muß sterben – und ich werde das Töten nicht Euch überlassen, *Faradhi.*«

Der Ausdruck in Sioneds Augen erschreckte Tobin. Sie hatte ihn im Frühjahr schon bei Chay gesehen, dieses dunkle Funkeln, das Tod verhieß. Sie ergriff Sioneds Hand und wollte sie nicht loslassen. »Ostvel hat recht. Sioned, wir müssen uns beeilen.«

Der feuergoldene Kopf nickte einmal. Sioned sagte nichts, als sie ihre Finger aus Tobins Hand zog. Sie ließ das Feuer verlöschen und hastete auf die Treppe zu. Tobin wechselte einen weiteren besorgten Blick mit Ostvel – der sein Schwert nicht wieder eingesteckt hatte.

Feruches Ruf als uneinnehmbare Burg hatte die Wachen leichtsinnig gemacht. Die paar Wächter, die nicht an den weinseligen Feierlichkeiten teilnahmen, waren leicht zu umgehen; Tobin schuf einen leichten Luftzug, der ihre Aufmerksamkeit ablenkte, wenn sie einen Vorhang flattern oder ein Fenster klappern ließ. Sioned kümmerte sich nicht darum. Sie war überzeugt, daß Ostvel die Wachen, die Tobin nicht abzulenken vermochte, für immer zum Schweigen bringen würde. Aber das Schwert schmeckte auf dem Weg zu Ianthes Gemächern kein Blut mehr.

Sioned blieb an einem hohen Fenster stehen, von dem aus man den Hof überblicken konnte. Der Schein des Freudenfeuers unten im Hof erhellte ihr Gesicht. Tobin packte Ostvels Arm, als Sioned die Hände hob.

»Sioned – nein!« rief Tobin aus.

Ein unnatürliches Licht erschien jenseits der Fenster, das Gold und Rot eines Lichtläufer-Feuers. Tobin starrte entsetzt auf den Anbau direkt unter ihnen, dessen Holzdach in hellen Flammen stand. Funken stoben auf das nächste Dach und das übernächste. Hungrige Flammen züngelten dort. Gewöhnliches Feuer hätte nicht so schnell um sich gegriffen, aber das Lichtläuferfeuer flackerte und wuchs. Warnschreie wurden laut, und Panik brach aus. Sioned lächelte nur.

»Verdammt!« brüllte Ostvel. »Die Balkone werden Feuer fangen! Sioned, du Närrin!«

»Es muß ein Feuer geben«, sagte sie leise und wandte sich von der Feuersbrunst ab, von dem Geschrei trunkener Panik im Hof, und schritt unbeirrt auf Ianthes Gemächer zu.

Geschwächt von der Geburt, lag Roelstras Tochter in ihrem Bett mit den Drachenvorhängen und schluchzte um Hilfe. In einer Ecke schaukelte sanft eine Wiege, aber die Frau, die für das Kind sorgen sollte, war geflohen – und sie hatte allen Grund dazu, denn die Flammen waren durch die Fenster jetzt deutlich zu sehen, selbst hier ganz oben im Turm. Die Stufen, die innerhalb der Mauern nach oben führten, hatten Feuer gefangen, und drei Stockwerke tiefe brannte ein Holzbalkon. Als Rauch in das Zimmer drang, fing das Baby an zu weinen.

Ianthes Hilferufe wurden zu Wutgebrüll. Sioned ignorierte sie. Sie ging zu der Wiege hinüber, wo das Baby lag. Es war blond wie der Sonnenschein. »Gütige Göttin«, hauchte sie und hatte fast Angst, ihn zu berühren. Ein Finger glitt zögernd und schüchtern über seine Wange. »Psst«, wisperte sie. »Ich bin ja jetzt hier, mein Kleiner.«

Ianthe richtete sich mühsam auf und kreischte: »Laß meinen Sohn in Ruhe!«

»Meinen Sohn«, antwortete Sioned leise. Sie hob den Knaben aus der Wiege und hielt ihn an ihr Herz. Ihre Lippen liebkosten den goldenen Flaum auf seinem Kopf. Er hörte auf zu wimmern und schmiegte sich an sie. »Mein Sohn, jetzt und für alle Zeiten.«

»Das wagt Ihr nicht!« Ianthe mühte sich hoch, stöhnte, fiel in ihre Kissen zurück. »Nehmt Eure Hände fort von ihm! Ihr werdet es nicht wagen, ihn mir zu stehlen!«

»Ihr seid es gewesen, die dieses Kind aus dem Körper meines Gemahls gestohlen habt.« Sioned sah die Prinzessin jetzt direkt an, hielt das Baby fester und wickelte es in seine Decke. »Ich bringe Rohan zurück, was ihm gehört – und mir.«

»Ich werde Euch in Eurem eigenen Feuer verbrennen lassen! Wache!« schrie Ianthe mit einer Stimme, die von früherem Schreien schon heiser war. »Wache!«

»Seid ruhig«, murmelte Sioned geistesabwesend und strich mit einem Finger über die runde Wange des Kindes.

Tobin trat neben sie und starrte auf den Knaben, als wäre sie unfähig, die Wirklichkeit zu begreifen. »Ach, Sioned«, flüsterte sie. »Er ist so schön…«

»Und er gehört mir.« Sioned hielt ihn so, daß Ostvel ihn sehen konnte.

»Gebt ihn mir«, erklärte dieser.

»Du Hexe!« heulte Ianthe. »Ich bringe dich mit meinen eigenen Händen um –«

Sioned wich zurück, als Ostvel die Hände nach dem Kind ausstreckte. »Nein! Er gehört mir!«

»Glaubt Ihr, ich wollte ihn der da zurückgeben?« fauchte

er und nahm das Kind. Mit fester Hand entfernte er schnell die Samtdecke. In einem Schauer aus golddurchwirktem Violett fiel sie zu Boden. »Kein Sohn von Rohan trägt Roelstras Farben.«

Der Rauch wurde immer dichter. Ihre Panik verlieh Ianthe Kraft, und sie erhob sich nackt aus ihrem Bett. Ihre Finger krallten sich in die Vorhänge, ihr Gesicht war zu einer Maske der Wut verzerrt, als sie sich an einem Bettpfosten abstützte. »Dafür werdet ihr sterben, ihr alle!«

Sioned ging langsam zu ihr und löste Ianthes Finger von den Vorhängen. »Du hast noch etwas, was mir gehört, Ianthe.« Die Prinzessin versuchte sie zu schlagen, aber Sioned war schneller und stärker. Sie packte ein Handgelenk und verdrehte es. Ianthe stöhnte und brach auf dem Bett zusammen. Sie fluchte, als Sioned ihr den Smaragd vom Finger zog und ihn an seinen rechtmäßigen Platz an ihrer eigenen Hand zurückschob.

Wieder kam Ianthe hoch. Ihre Augen waren jetzt schmal vor Wut. »Du wagst es, mir meinen Sohn zu nehmen? Du Hure! Ich werde ihn abschlachten, und Rohan und du, ihr werdet dabei zusehen!«

»Mutterliebe«, meinte Ostvel.

Ianthe kam schwankend auf die Füße. »Hat Rohan dir erzählt, wie es gewesen ist?« brüllte sie Sioned zu. »Hat er dir erzählt, wie er mich hier in diesem Bett geliebt hat? Er gehört jetzt mir, und sein Sohn mit ihm! So, wie es sein sollte!«

Sioned ohrfeigte sie ganz plötzlich mit dem Handrücken, und der Smaragd hinterließ einen Riß auf Ianthes perfekter Wange. Sie stürzte in die Kissen zurück. Jetzt stand Angst in ihren Augen. Sioned genoß das einen Moment lang und wandte sich dann um. Tobin hatte das Baby genommen und in ihre Tunika gewickelt. Der Junge wimmerte ängstlich, denn der Rauch brannte in seiner Nase.

»Pst, Kleiner«, tröstete ihn Tobin und wiegte ihn. »Kleiner Prinz.«

»Sioned, wir müssen uns beeilen«, warnte Ostvel. »Das Feuer –«

»Ja«, sagte sie und sah Ianthe noch einmal an. »Das Feuer.«

Die Prinzessin spuckte trotzig aus. »Du hast mich zuvor nicht töten können, Lichtläuferin, und wirst es auch jetzt nicht! Du bist –«

»Ich bin, was ich sein muß. Bist du damals eigentlich lange genug geblieben, um zu sehen, wie dein Vater das Bett seiner Mätresse angezündet hat, Ianthe?« Sioned schlug die Prinzessin erneut, als sie aus dem Bett aufsprang. »Mein Feuer ist von anderer Art.«

Sie streckte ihre Hände aus, so daß Ianthe sie sehen konnte. Der Smaragd spiegelte die Flammen vor den Fenstern wider. Angesichts des Entsetzens in Ianthes dunklen Augen lächelte Sioned. Der Haß war wie ein wundervolles Lebewesen in ihren Eingeweiden und verlieh ihr Macht, die über alles hinausging, was sie je gefühlt hatte. Heiß und süß und mächtig wirkte der Haß seine Magie mit Fäden aus geschwärztem Sonnenlicht und verband ihr Bedürfnis, zu töten, und ihr Entzücken an Ianthes Todesangst mit feinen Stichen.

Aber ganz plötzlich richtete sich die Prinzessin gerade auf und schaute auf das Kind, das Tobin hielt. Sioned sah Triumph in ihrem Gesicht und Lachen in ihren Augen. Sie sehnte sich danach, Ianthe noch einmal zu schlagen, aber es gab bessere Arten, sie zu töten, und der Smaragd blitzte als Antwort, als Sioned das Feuer in ihm suchte. Sie sammelte sich, um Flammen um die höhnisch grinsende, siegreiche Prinzessin zu hüllen.

Wie ein Blitz bohrte sich plötzlich feuergehärteter Stahl in

Ianthes Brust. Sie packte ihn mit einem Schrei, der mehr Überraschung als Schmerz verriet. Verstehen zuckte durch ihre Augen, ehe das Licht darin für immer erlosch. Sie sank zurück und nahm das Schwert mit sich, die Hände schwach um den Griff gelegt.

Ostvel zog seine Waffe aus der toten Frau und wischte die Klinge an den Bettvorhängen ab. Er begegnete Sioneds Zorn ohne Entschuldigung. Sein Gesicht war versteinert und hart.

»Es ist vorbei, Lichtläuferin«, sagte er.

Sie wollte ihm das Gesicht zerkratzen, bis Blut floß. »Sie war mein, ich sollte sie töten, ich!«

»Nein. Es ist nicht an dir zu töten.« Er schob sein Schwert in die Scheide. »Du hast, wofür du gekommen bist, Sioned. Willst du jetzt bleiben und zusehen, wie das Feuer sie verschlingt? Es ist vorüber!«

Sioned gab einen rauhen, tierischen Laut von sich und wirbelte herum. Dann setzte sie das Bett mit einem einzigen Gedanken in Flammen. Ianthes langes Haar fing Feuer und dann die Vorhänge. Die gestickten Drachen wanden sich in obszönen Fruchtbarkeitstänzen, und Feuer züngelte aus ihren Zähnen und Klauen. Sioned schleuderte Flammen auf einen der Bettpfosten, daß er zerbarst. Die brennende Welle ergoß sich auf Ianthes Leichnam. Vorhangstangen fielen herab, und Sioned schrie, als eine auf ihre Schulter stürzte und ihr Flammen ins Gesicht spie. Ihr Wangenknochen wurde nur einen Fingerbreit von ihrem Auge versengt.

Ostvel riß sie fort, und sie schrie ihn an, wobei Tränen über ihr Gesicht strömten. »Sioned! Hör auf damit! Hörst du mich? Hör auf!« Seine flache Hand krachte auf ihre verletzte Wange und riß ihren Kopf herum. Durch den Rauch sah sie die leere Tür und schrie.

»Mein Sohn! Wo ist er? Wo?«

»Tobin hat ihn nach unten gebracht, und wenn wir ihr

nicht sofort folgen, werden wir hier sterben! Sioned, es ist vorüber! Ianthe ist tot!«

Sioned rang nach Atem und wehrte sich gegen Ostvels Griff. Ihre Vernunft kehrte zurück, und sie fürchtete, daß sie den Haß verlieren könnte, der ihr solche Kraft verliehen hatte. »Laß mich los! Verdammt sollst du sein, weil du sie getötet hast, Ostvel – sie gehörte *mir*!«

»Und wie könntest du *ihm* das jemals erklären, wenn er älter ist?« fragte er verbittert und zerrte sie aus dem Raum, in dem der Gestank von Ianthes brennendem Fleisch in dicken Rauchwolken emporstieg.

Sie liefen den Gang entlang und stolperten hustend die Treppen hinab. Das Feuer breitete sich in den unteren Räumen aus; Wandteppiche lösten sich in brennende Fetzen auf und sprühten Funken. Sie konnten Feruche nicht auf demselben Weg verlassen, auf dem sie hereingekommen waren. Das ganze Schloß stand in Flammen.

Draußen auf den Stufen suchte Sioned verzweifelt nach Tobins kleiner, weißgewandeter Gestalt und sah sie durch die Menge auf die Tore zulaufen. Das Kind lag eingewickelt in einem Bündel an ihrer Brust. Der Hof stand in Flammen. Die Gebäude stürzten ein. Rauch stieg aus den Fenstern der Burg. Bis zum Morgen würden von Feruche nur noch qualmende, schwarze Steine übrig sein.

Jemand stieß mit Sioned zusammen. Seine Kleider brannten. Von ihrem Feuer. Sie hätte Ianthe damit getötet und noch gelacht, aber dieser Mann war nicht ihr Feind. Das Inferno würde Feruche vernichten, und sie konnte nichts für diejenigen tun, die darin in der Falle saßen, aber diesen Mann konnte sie retten. Konnte sich davor bewahren, daß sie ihn getötet hatte. Sie stieß ihn aufs Pflaster, warf sich auf ihn, um die Flammen zu ersticken. Stiefelabsätze stießen an ihr Bein und zerquetschten ihre Fingerspitze. Sie schluchzte vor Schmerz in den Nacken des Mannes und erbat seine Vergebung. Sie roch sein verbranntes Fleisch und ihr eigenes versengtes Haar. Aber dann regte er sich unter ihr, stöhnte und versuchte kraftlos, sie von seinem Rücken zu stoßen. Kräftige Hände halfen ihr auf und stellten sie auf die Füße.

»Sioned! Beeil dich! Er wird sich erholen. Ich verspreche dir, er wird wieder gesund.«

Sie konnte anscheinend nicht aufhören zu weinen. Selbst als sie den Mann auf die Füße zog und ihm einen Stoß zu den Toren hin versetzte, als sie ihn dann nach draußen taumeln sah, stockte der Atem in ihren Lungen, und sie wiederholte nur immer wieder: »Es tut mir leid – es tut mir ja so leid –«

»Ich weiß«, vernahm sie Ostvels tiefe, traurige Stimme. Seine Arme legten sich für eine kurze, heftige Umarmung um sie. Dann sagte er: »Komm, sonst verlieren wir Tobin und das Baby.«

Sie klammerte sich an ihn, als er ihnen einen Weg durch diese Feuersbrunst bahnte, die sie hervorgerufen hatte. Die Haupttore waren ein Ring aus Feuer, durch den die entsetzten Menschen sprangen, um ihr Leben zu retten. Sioned holte vorsichtig Atem, schluckte rauchschwere Luft und folgte Ostvel. Sie blickte noch einmal über ihre Schulter. Flammen quollen jetzt aus dem Schloß. Heiß und tödlich. Feruche starb ihretwegen; vielleicht würden ihretwegen sogar Menschen sterben.

Sie fuhr sich mit einem Ärmel über die schweißnasse Stirn und die brennenden Augen und wimmerte, als der Stoff an ihrer verbrannten Wange riß. Aber so hatte es doch nicht sein sollen, dachte sie, und Panik zog ihre Brust zusammen. Das Mal ihres eigenen Feuers in ihre Schulter gebrannt. Das hatte sie gewußt. Aber in ihrer Vision hatte sie Narben auf ihrer Stirn gesehen. Aber nicht eine auf ihrer Wange.

»Ostvel, so sollte es nicht geschehen! So nicht!«

»Was, im Namen der Göttin, hast du denn erwartet?« krächzte er und zog sie mit sich von den brennenden Burgmauern fort.

»Nicht so etwas!« Sie riß sich los und starrte mit großen Augen in die Flammen, eine Hand an der Wange, um das Brennen zu fühlen, das ihr neue Tränen in die Augen trieb. »Es sollte ein Feuer geben – aber nicht so! Ostvel, wie viele habe ich getötet?«

Er drehte sie an den Schultern und nahm dann ihren Kopf zwischen seine Hände. »Fang nicht erst damit an«, befahl er rauh. »Ich werde nicht zulassen, daß du auch nur einen einzigen dieser Toten auf dich nimmst. Hörst du mich, Sioned?«

»Es war mein Feuer! Gütige Göttin, was habe ich getan?«

»Frag dich das, wenn wir in Sicherheit sind! Sioned, ich werde dich niederschlagen und tragen, wenn es sein muß. Aber jetzt beweg dich endlich!«

Es war ein langer Weg bis zu der Stelle, wo sie die Pferde angebunden hatten. Jemand hatte sie gestohlen. Tobin wartete dort auf sie. Sie ging im Schatten auf und ab und versuchte das verängstigte Baby zu beruhigen. Sioned nahm ihren Sohn in ihre Arme. Sie wurde von stummen Tränen geschüttelt.

Es war Tobin, die vorschlug, in der verlassenen Garnison unterhalb der Burg Schutz zu suchen. Die meisten anderen Flüchtlinge zogen auf der Hauptstraße weiter, die durchs Veresch in die Prinzenmark führte. Das brennende Schloß erhellte die Nacht und die Menschen um sie her und zeigte Sioned dabei Verletzungen, die schwerer waren als ihre eigenen. Ostvel fragte eine Dienerin, ob jemand in den Flammen gefangen worden sei, und erhielt nur ein dumpfes Achselzucken zur Antwort.

»Nicht, daß ich wüßte. Die meisten waren draußen im Hof und tranken auf die Prinzessin und ihren neuen Sohn.« Das Gesicht der Frau fiel plötzlich zusammen. »Und jetzt ist sie tot und das Baby und die drei anderen Knaben mit ihr –«

Ein Mann, der neben ihr ging, sagte: »Wenn der Hoheprinz das hört, gebe ich nichts mehr für das Leben irgendeines Menschen, der dort gewesen ist. Ich kenne Euch nicht, also müßt Ihr zu dem Lord aus Cunaxa gehören, der vor wenigen Tagen gekommen ist. Gebt Eurem Herrn meinen Rat – verschwindet. Das ist genau das, was ich tun werde.«

Sioned, die sich ein wenig im Hintergrund gehalten und zugehört hatte, streckte die Hand nach Ostvels Arm aus. »Laß es gut sein«, flüsterte sie. »Ich werde es niemals mit Sicherheit wissen.« Sie trottete einen Moment stumm weiter. Dann fügte sie bitter hinzu: »Bei Ianthe hätte ich wenigstens gewußt, daß ich sie absichtlich getötet habe, und ich hätte gern die Konsequenzen getragen.« Sie drückte das Kind fester an sich. »Ich hätte nicht so tun können, als wäre es ein Unfall gewesen.«

Kurz danach trennten sie sich von der Menge und zogen sich in die Schatten der Felsen neben der Straße zurück. Als die letzten Nachzügler vorüber waren, kamen sie wieder heraus und hielten auf die Garnison zu. Es war fast Tag, als sie sie endlich erreichten. Sie standen an den leeren Fenstern und beobachteten, wie Feruche hoch droben auf den Klippen brannte. Sioned wiegte das erschreckte Baby und wollte es weder Tobin noch Ostvel geben, nicht einmal, als die Prinzessin die Wunden an ihrer Schulter und Wange versorgen wollte.

»Nein. Es tut nicht weh. Laß mich in Ruhe.«

Tobin war klug genug, sie nicht zu bedrängen. Sioned saß mit gekreuzten Beinen am Boden, hielt ihren Sohn in den Armen, als er endlich schlief, und sah zu, wie das Schloß niederbrannte. Sie konnte an nichts anderes denken, nur daran, ihr Kind zu halten. Sollten sich doch Tobin und Ostvel Gedanken machen, wie sie nach Stronghold zurückkehren konnten. Sie konnte es nicht.

Sie warf einen Blick auf den Smaragd, der wieder da war, wo er hingehörte, an ihrer Hand. Die Flammen auf den Felsen tauchten ein in seine Tiefen, verliehen ihm ein ganz eigenes Feuer, ein ganz eigenes Leben. Andrade hatte ihr vor langer Zeit erzählt, daß sie eine Vision Wirklichkeit werden lassen konnte, wenn sie es nur stark genug wollte. Nun, sie hatte es gewollt, und es hatte funktioniert, und nun lag das Kind hier in ihren Armen, und über ihre Schulter zog sich eine Brandverletzung, die eine tiefe, breite Narbe hinterlassen würde.

Aber auf ihrer Wange befand sich noch eine, die nicht hätte dort sein sollen, und ihr Pochen und Brennen erinnerte sie daran, daß die Macht, eine Vision wirklich werden zu lassen, nicht unbedingt auch die Weisheit verlieh, dies auch richtig zu machen.

Der Morgen dämmerte sanft wie der Frühling über River Run herauf. Als Urival die Lichtstränge verwebte, machte er eine Pause, um sich von ihrer Sanftheit liebkosen zu lassen. Zarte Farben gehörten diesem Morgen, ein rosiges Grau und ein gedämpftes Grün-Gold, das Blau eines Himmels, so zerbrechlich wie Fironeser Kristall. Er reiste durch Syr und Meadowlord und über die Vere-Hügel. Das Licht des Tages wurde immer stärker und die Farben damit immer intensiver. Und doch ging immer noch etwas Verhangenes, Geheimnisvolles, ja fast Quälendes davon aus, schön und zurückhaltend.

Die Farben jedoch, die sich von einem Hügel in der Wüste erhoben, waren an diesem Morgen grob: Kräftige Spiralen aus grauschwarzem Rauch befleckten den Himmel. Er sah die qualmende Ruine, die einst ein Schloß gewesen war, und sein zartes Gewebe einer Winterdämmerung wäre unter der Heftigkeit des Schocks fast gerissen. Er suchte nach Spuren von Leben, fand aber nichts. Hier und dort züngelten kleine Flammen aus der noch verbliebenen Asche, ansonsten war alles tot und verkohlt. Außerhalb der Burg entdeckte er Gruppen von hohläugigen Menschen, die sich auf die Berge im Westen zuschleppten. Einige Längen vor ihnen ritten andere zu Pferde. Drei dieser Pferde zogen seinen Blick an, denn es gab keinen Zweifel, daß sie aus Lord Chaynals Zucht stammten. Woher hatte Ianthe diese Pferde? fragte er sich – und sah dann die unverkennbaren blauen Satteldecken der Wüste. Wieder drohte der Schock seine Ruhe zu gefährden, und er beherrschte sich mühsam. Und dann stieß er einen stummen Schrei aus, als er die Reiter genauer betrachtete und feststellte, daß auf den drei Pferden große, muskulöse Wachen saßen und jeder der Männer ein schlafendes Kind vor sich auf dem Sattel liegen hatte.

Urival zog sich zurück. Er schwebte in der Morgenstille und versuchte, den Aufruhr seines Geistes zu besänftigen. Dann kehrte er nach Feruche zurück. Er wußte, wer diese Kinder sein mußten, und war sich auch sicher, daß ihre Mutter tot war. Ianthe hätte ihre Söhne niemals irgend jemandem überlassen, so lange sie lebte.

Erneut durchsuchte Urival die schwarzen Überreste der Burg und kreiste darum herum. Eine Bewegung weckte seine Aufmerksamkeit. Bleiche Gestalten vor blaßgoldenem Sand. Das Trio marschierte auf die Straße nach Skybowl zu. Der Mann war groß und breitschultrig, und sein dunkler Kopf war nackt der Morgensonne ausgeliefert. Eine der Frauen hatte ihr schweres schwarzes Haar im Nacken zusammengedreht. Die andere Frau war größer. Sie hatte den

Umhang mit Kapuze dicht um sich gezogen und trug etwas in den angewinkelten Armen vor ihrer Brust. Urival mußte nicht erst ihr Haar sehen, um zu wissen, wer sie war. Und er fürchtete, er wußte, was sie getan hatte.

Er webte das Sonnenlicht nach Süden, über den Faolain und die Salzsümpfe, die Roelstra so rücksichtslos geschaffen hatte, und stieß endlich auf Rohans Lager, in dem schon kräftig gearbeitet wurde, wenngleich der Tag kaum angebrochen war. Es reizte ihn, den jungen Maarken zu suchen und ihm von Feruche zu erzählen, aber er hielt sich zurück. Andrade würde es zuerst erfahren müssen, und sie war im Augenblick damit beschäftigt, Roelstras Vorkehrungen für die Schlacht zu beobachten. Alle wußten, daß er bald losschlagen würde. Der Himmel über dem Veresch war klar geworden, dort, wo der Vater des Sturmes für gewöhnlich seine Arbeit tat, und die Luft über dem Wasser des Südens war auf viele Längen frei von Wolken. Pandsala würde ihrem Vater dasselbe berichten können wie Andrade Maarken: Tagelang gutes Wetter lag vor ihnen, und es war Zeit zum Angriff.

Er kehrte nach River Run zurück und öffnete die Augen. Angesichts des stillen, ummauerten Gartens ruhte er sich etwas aus, ehe er langsam zu der Bank hinüberging, wo er Andrade verlassen hatte. Sie saß mit geschlossenen Augen und verschränkten Händen in tiefer Konzentration. Das gesponnene Sonnenlicht schimmerte ganz schwach um sie, wie es manchmal bei mächtigen Lichtläufer-Meistern der Fall war. Urival bewahrte respektvolles Schweigen und überlegte, wie er die Neuigkeiten in Worte fassen sollte. Er sah noch einmal vor sich, wie sich Sioneds Körper um die kleine Last geschmiegt hatte, die sie trug.

Ganz plötzlich öffnete Andrade ihre Augen, die vor Vergnügen funkelten, und lachte: »Urival! Komm mit, sonst versäumst du es!«

Er gehorchte erstaunt angesichts ihrer Fröhlichkeit, die so überschäumend war, ihre Farben veränderte und um seine eigenen Lichtfäden tanzte, als sie ihn führte. Ungefähr vierzig Längen von River Run entfernt, noch ein gutes Stück südlich von Roelstras Hauptlager, hatten etwa zweihundert seiner Soldaten einen Außenposten eingerichtet. Aber die strenge Militärdisziplin war zusammengebrochen, denn die Narren hatten sich den Jagdgründen der Drachen zugewandt, und die wütenden Jungtiere waren zum Angriff übergegangen.

Auf der Flucht vor ihren scharfen Krallen stoben Pferde in wilder Panik in alle Richtungen, Männer und Frauen rasten mit irrer Geschwindigkeit hierhin und dorthin oder kauerten am Boden, ihre Umhänge über sich gezogen, während die kleinen Drachen herumwirbelten, brüllten und nach unten stießen, um die Eindringlinge aus ihrem Territorium zu vertreiben. Die bronze-grünen, dunkel-goldenen und rötlichen Wesen waren seit dem Sommer beträchtlich gewachsen, aber die meisten von ihnen verfügten noch über die Fähigkeit, ausreichend Feuer zu speien, daß ein paar Hinterteile versengt wurden.

Es herrschte das vollständige Chaos. Ein kleiner, grauer Drache mit blauen Flügelunterseiten flatterte wütend über einem riesigen Kochtopf. Als der Koch floh, hockte er sich vorsichtig auf den Rand und genoß ein kostenloses Frühstück. Nachdem er den größten Teil des Eintopfs geschlürft hatte, hob er den Kopf und stieß einen kräftigen, feurigen Rülpser aus. Zwei Jungdrachen, einer fast schwarz, der andere braungesprenkelt, kämpften um einen violetten Umhang; offenbar roch er noch immer so stark nach dem Schaf, dem die Wolle ursprünglich gehört hatte, daß sich die Drachen für ihn interessierten. Einige der kleinen Ungeheuer hatten sich auf den Pferden niedergelassen und erlebten jetzt den wildesten Ritt ihres Lebens. Es sah aus, als hätten die Pferde Flügel ausgebreitet und wären bereit, sich in die Luft zu erheben. Ein Drache erwischte einen Sattel. Die Gurte baumelten herab, und er stieß einen glücklichen Schrei aus, aber als er den Kopf beugte, um einen Bissen von dem Leder zu genießen, spuckte er voll Abscheu aus und ließ den Sattel fallen. Er traf damit den Kopf einer Kriegerin, die taumelte, sich an den Kopf griff und dann wie ein gefällter Baum umfiel.

Der Kommandeur der Truppe, der einen violetten Umhang mit einem riesigen Riß auf dem bestickten Rücken trug, machte einen verzweifelten Satz nach einem fliehenden Pferd und zog sich hinauf, um seine Truppe zu sammeln. Er schwenkte eine Hand hoch in der Luft – und verlor beinahe mehrere Finger an einen kleinen, scharfen, blaugrünen Jungdrachen. Der Mann gab seinen sinnlosen Versuch auf und ließ dem Pferd die Zügel. In Panik trat er den Rückzug von diesem Schlachtfeld an, von dem die Drachen so entschieden Besitz ergriffen.

Wieder zurück in River Run, lachten Urival und Andrade, bis sie völlig außer Atem waren. »Perfekt!« gluckste Andrade. »Oh, die kleinen Süßen! Hast du gesehen, wie sich der Grüne auf den Mann in Unterwäsche gestürzt hat?«

Urival saß neben ihr auf der Bank und wischte sich die Lachtränen aus den Augen. »So habe ich seit Jahren nicht gelacht!«

»Es wird noch besser«, versicherte ihm Andrade. »Wir müssen Rohan davon berichten. Es ist ein Omen, das er nicht übersehen kann! Ich werde Maarken das ganze beschreiben, während du alles für uns vorbereitest, damit wir aufbrechen können. Wie es scheint, hat unser Drachenprinz Verbündete, an die er niemals auch nur im Traum gedacht hat!«

Erst als Urival sich bereits den Toren näherte, fiel ihm ein, daß er Andrade nichts über Feruche erzählt hatte. Er zögerte einen Moment, zuckte dann mit den Schultern und beschloß, ihr ihre gute Laune nicht zu verderben. Sie würde es schon früh genug erfahren. Er stieß die Tore auf und marschierte über das Feld dorthin, wo Männer in Roelstras Uniform in der Sonne herumlungerten. Einer von ihnen erhob sich, um ihn lächelnd zu begrüßen.

»Ein schöner Tag, Herr.«

»Das ist wahr, Cahl. Und wir werden endlich aufbrechen.«

»Aufs Meer hinaus?« fragte Cahl eifrig und lachte, als Urival schauderte. »Ach, ich vergaß – ihr Lichtläufer! Nun, es wird eine Erleichterung sein, endlich aus den Kleidern des Hoheprinzen zu kommen.« Cahl zupfte an der goldbestickten Tunika und verzog sein sommersprossiges Gesicht in komischer Abscheu.

»Wie geht es deinem guten Freund, dem Hauptmann? Hat er sich schon von all den Lügen erholt, die er Roelstras Boten aufgetischt hat?«

»Oh, er ist sehr philosophisch geworden, selbst was seine Verluste beim Würfeln angeht. Wollt Ihr ihn zusammen mit dem Rest seiner Männer einsperren, ehe wir aufbrechen?«

»Ja. Lady Wisla wird einen Schock erleiden, wenn sie heimkehrt.« Urival grinste. »Wir nehmen alle Pferde mit. So können sie, selbst wenn ihnen die Flucht gelingt, Roelstra auf keinen Fall rechtzeitig warnen.«

Urival erteilte seine Anweisungen und kehrte in den Hof zurück. Bei den Erinnerungen, die seine Gedanken erfüllten, mußte er kichern. Roelstras Hauptmann hatte einen ziemlichen Schock erlitten, als sich eines schönen Morgens die Tore von River Run vor ihm geöffnet hatten und Lady Andrade ihre Bereitschaft signalisiert hatte, sich zurück zur

Schule der Göttin eskortieren zu lassen. Lleyns Matrosen, deren Geschicklichkeit beim Erklimmen von Schiffsmasten sich als ausgesprochen nützlich erwiesen hatte, als es darum ging, die rückwärtigen Mauern der Burg zu erklettern, hatten den Hauptmann und zehn seiner Männer um ihre Waffen, ihre Kleider und auch die Möglichkeit gebracht, ihre Kameraden zu warnen. Andere waren gekommen, um Nachforschungen anzustellen, und waren auf ähnliche Weise behandelt worden. Nur ein Minimum von Blut war vergossen worden, bis Roelstras Männer nach gründlichem Nachdenken in den Weinkeller von River Run eingesperrt worden waren. Andrade hatte überlegt, daß Davvi nichts gegen den Verlust einiger Fässer einzuwenden haben würde, und sie wollte schließlich nicht, daß Roelstras Männer Grund hatten, über schlechte Behandlung zu klagen. Nur der Hauptmann war wieder herausgelassen und ein paar scharfäugigen Matrosen überlassen worden, die ihn die ganze Zeit über beobachteten. Als Roelstras Kuriere eintrafen, hatte er die richtigen Dinge gesagt – motiviert von einem Messer, das unauffällig in sein Kreuz gedrückt wurde.

So hatte Andrade zu *ihren* Bedingungen gewartet, nicht zu denen von Roelstra. Aber ein Käfig war wirklich wie der andere, außer wenn die Wachen auf der eigenen Seite standen und man hinausgehen konnte, wann immer man wollte.

Nur etwas hatte bei der ganzen befriedigenden Prozedur gestört: Chiana. Sie war in ihr Zimmer eingesperrt worden, damit sie während des Manövers ruhig blieb, hatte aber erst nachgegeben, als sie an einen Stuhl gefesselt worden war und man ihr ein Tuch die halbe Kehle hinabgeschoben hatte. Das war für niemanden eine angenehme Erfahrung gewesen, und Urival hatte jeden Tag irgendeinen Racheakt erwartet. Er war entschlossen, das Mädchen an seinen Sattel zu fesseln und ihm wieder einen Knebel in den Mund zu stopfen, wenn es sich an diesem Morgen nicht richtig benahm.

Aber er vergaß sie, als er die Vorbereitungen für die Abreise überwachte. Am späten Vormittag war alles bereit – und Chiana war nirgends gesehen worden. Urival ließ die Burg durchsuchen und trat dann verwirrt und ungeduldig in den Hof hinaus, um seinen Mißerfolg Andrade zu gestehen.

Sie stapfte über die Steine und spie praktisch Feuer. »Weißt du, was Chiana getan hat? Sie hat einen dieser dummen Stallknechte überredet, ihr schon früher ein Pferd zu geben! Und jetzt ist sie fort!«

»Du lieber Himmel«, murmelte Urival. »Ich hoffe, sie verirrt sich und fällt in den Fluß.« Und weil Andrades ausgezeichnete Laune ohnehin schon verdorben war, erzählte er ihr schließlich auch die schlechten Neuigkeiten von Feruche.

Der Hoheprinz Roelstra erhielt an diesem Tag drei Nachrichten, eine scheußlicher als die andere, und seine Tochter Pandsala konnte jeden einzelnen Schock genau beobachten.

Der erste kam, als er gerade sein Frühstück beendet hatte und einen Morgenspaziergang durchs Lager machte. Er war spät aufgestanden, und Pandsala mußte einige Zeit vor seinem Zelt warten. Er hatte es gern, wenn sie ihn begleitete, weil dann die Soldaten sehen konnten, daß sie ihre ganz eigene Lichtläuferin hatten. Vater und Tochter hatten ihre Runde angetreten, hatten Bemerkungen über das klare Wetter und über die Möglichkeit einer baldigen Schlacht ausgetauscht, als ein Reiter auf dem niedrigen Hügel im Süden auftauchte und ins Lager hinabgaloppierte. Ihm folgten Versprengte in schlechter Ordnung. Der Reiter sprang vom Pferd, grüßte hastig seinen Prinzen und fing an, etwas von Drachen zu brabbeln.

»Mehr denn je zuvor auf der Welt – und alle hinter uns her! Wir haben sie bekämpft, aber es hatte keinen Sinn, Hoheit. Dieser Zauberer, Prinz Rohan, hat sie verhext, er oder diese Lichtläufer-Hexe, die er seine Gemahlin nennt! Da waren Hunderte von ihnen, Hoheit – mit Krallen wie Schwerter und Feueratem –, wir mußten den Rückzug antreten, sonst wären wir alle verloren gewesen! Das ist gewiß Prinz Rohans Werk!«

Pandsala sah, daß ihr Vater den Hauptmann sprachlos angaffte, während der Hauptmann jetzt an drei blutenden Fingern saugte, nachdem er seine Geschichte erzählt hatte. Der Rest der zerlumpten Gruppe, die einst die feinste berittene Kompanie des Hoheprinzen gewesen war, galoppierte ebenfalls herbei, und die Männer riefen ihren entsetzten Kameraden dieselbe Geschichte zu. Von ihnen erfuhr man, daß die meisten Pferde geflohen waren und daß kaum Hoffnung bestand, sie je wieder einzufangen. Die restlichen Krieger waren zu Fuß auf dem Weg zurück ins Lager. Pandsala zählte hastig die Überlebenden und hielt dabei ihre Miene streng unter Kontrolle. Das Gesicht ihres Vaters, der nicht die harte Ausbildung in der Schule der Göttin genossen hatte, nahm nacheinander alle Farben des Regenbogens an.

»Fünfunddreißig!« brüllte er. »Von zweihundert bringst du mir fünfunddreißig zurück und preist noch deine eigene Klugheit bei diesem Verlust! Du Idiot! Drachen! Als ob Rohan denen befehlen könnte, daß sie gegen uns kämpfen!«

Der Hauptmann warf sich auf die Knie. »Ich bitte um Vergebung, Hoheit – aber die anderen werden Euch dasselbe erzählen – die Heftigkeit des Angriffs – wären wir geblieben, wären nicht einmal fünfunddreißig übrig –«

»Narr!« Roelstra wirbelte herum und zeigte mit einem Finger auf Pandsala. »DU! Das ist dein Werk!«

»Meines?« gab sie zornig zurück. »Ist es meine Schuld,

daß er ein Idiot ist? Ich habe dir geraten, einen berittenen Trupp gegen jene Einheit zu schicken, die Rohan in den Wäldern im Süden versteckt hält. Ich habe nichts davon gesagt, daß dieser Dummkopf sein Lager auf einem Futterplatz der Drachen aufschlägt, was er offensichtlich getan hat! Wie also kann dies meine Schuld sein?«

Der Hoheprinz holte mit einem Stiefel aus und trat dem Hauptmann in die Rippen. »Geh mir aus den Augen! Und sei dankbar, daß ich jeden brauche, der zu Pferd sitzen kann!« Er stürmte davon, und Pandsala eilte hinter ihm her. Sie wahrte Abstand, war aber neugierig, was er als nächstes tun würde.

Er umkreiste das Lager weit schneller als mit dem für ihn typischen königlichen Gang. Er wurde erst langsamer, als er den Anpflockplatz für die Pferde erreichte, aber sie schloß nicht auf. Sie vermutete, daß er die Tiere zählte, die ihm noch zur Verfügung standen, und daß dies seine Wut nur neu entfachen mußte.

Dann erlitt er den zweiten Schock dieses Morgens.

Er kam in Gestalt eines kleinen Mädchens mit kastanienbraunem Haar, das sich an den Hals eines schwitzenden grauen Ponys klammerte, dessen Lungen wie Blasebälge arbeiteten. Einige Soldaten versuchten, das Mädchen herunterzureißen, aber die Kleine trat und spuckte mit einer Wut um sich, die angesichts ihres Alters nicht weniger beeindruckend war. Ein wirklich königliches Scheusal, sagte sich Pandsala, und ihr wurde übel, denn sie kannte die Wutanfälle ihrer Halbschwester seit langem.

»Ich will meinen Vater sehen!« kreischte Chiana. »Wagt nicht, mich anzufassen! Ich bin die Tochter des Hoheprinzen!«

Roelstra drehte sich auf dem Absatz um und fluchte. Pandsala eilte an seine Seite, und er schenkte ihr einen mörderischen Blick aus Augen, die grün waren wie gefrorenes Meer.

»Vater«, fing sie an.

»Woher kommt diese Göre?« knirschte er.

»Sie war bei mir und Andrade und Urival –«

»Was macht diese Hurentochter hier?« brüllte er.

Chiana drehte sich um. Ihr Blick entdeckte augenblicklich den Vater, den sie nie zuvor gesehen hatte. Sie sprang vom Pony, wich den Soldaten aus, warf die Arme um Roelstras Beine und hob ihr blasses, schmutzverschmiertes Gesicht zu ihm hoch.

»Ihr müßt mich anhören, Vater, bitte! Andrade kommt, mit Soldaten – sie kann nicht sehr weit hinter mir sein! Ich bin gekommen, Euch zu warnen!«

Roelstra starrte auf dieses Abbild seiner selbst und seiner toten Mätresse. Dann löste er Chiana von seinen Beinen, packte sie bei den Schultern und hob sie hoch, so daß er ihr Gesicht mustern konnte. Sie zuckte vor Schmerz leicht zusammen, gab aber keinen Laut von sich.

»Du siehst aus wie deine Mutter«, sagte er leise mit einem gefährlichen Ton in der Stimme. »Meine Tochter, Verrat – die ihr ganzes Leben in Andrades Schule verbracht hat.«

»Ich hasse sie noch mehr, als Pandsala es tut!«

»Komm, Verrat, erzähl mir, wie sehr.« Abrupt löste er seinen Griff, und Chiana fiel zu Boden. Augenblicklich stand sie wieder auf, stolz und aufrecht.

»Ich habe sie immer gehaßt! Und jetzt werde ich es ihr heimzahlen! Sie hat Eure Soldaten hereingelegt, Vater, sie kommt mit Prinz Lleyns Truppen hierher und –«

»Lleyn?«

»Sie haben eines Nachts die Mauern erklommen, und Urival hat mich gefesselt und geknebelt, damit ich nicht schreien und Eure Männer warnen konnte –«

»Seine Schiffe sollten vor der Küste liegen«, grübelte Roelstra. »Und von River Run kamen Berichte, die aussagten, alles wäre in bester Ordnung.« Er schaute auf seine jüngste Tochter hinab, und ein schmales Lächeln zuckte um seine Lippen. »Sehr schön, Verrat. Ich habe beschlossen, dir zu glauben, aber nur, weil es unwichtig ist. Unsere liebe Lady Andrade ist hilflos und machtlos, selbst in ihrer Freiheit. Sie kann nichts gegen mich unternehmen, aber es ist interessant zu wissen, daß sie frei ist. Du hast recht getan, zu mir zu kommen, Verrat.«

Das Kind starrte ihm direkt in die Augen. »Mein Name ist Chiana«, erklärte es ausdruckslos. »Und ich bin eine Prinzessin.«

Roelstras Augen verengten sich einen Moment. Dann platzte er los. »Beim Vater des Sturms – so ist es, und das bist du! Du mußt Andrade eine Menge Schwierigkeiten gemacht haben! Ich habe immer gewußt, daß Palila und ich statt dieser jammernden Kätzchen in der Felsenburg eine Wildkatze hervorbringen würden! Also gut, Prinzessin Chiana, geh mit deiner Schwester und richte dich her.« Er zwickte dem Mädchen ins Kinn. »Meine Töchter erscheinen nicht in schmutzigen Lumpen.«

Pandsala verbarg ihren Kummer darüber, daß das Kind so offen anerkannt wurde. Sie nahm Chiana mit in ihr eigenes kleines Zelt und gab dem Mädchen Wasser, Seife und den Befehl, sich von Kopf bis Fuß abzuschrubben. Eine Dienerin wurde ausgesandt, um etwas zu suchen, das Chiana anstelle ihres schmutzigen Kleides tragen konnte. Dann machte sich Pandsala erneut auf die Suche nach ihrem Vater. Sie mußte bei ihm sein, wenn sie seine neuen Pläne erfahren wollte.

Sie erspähte ihn, als er gerade sein Zelt verließ und als der dritte – aber nicht letzte – Schock dieses Tages ihn traf. Ein Späher, noch mit einem Pfeil in der Schulter und Blutflekken auf der Tunika, fiel vor seinen Knien ins Gras und schaute zum Hoheprinzen auf.

»Hoheit, die Wüste greift an! In diesem Moment!«

Kapitel zwölf

Rohan packte mit seinen behandschuhten Händen die Zügel noch fester und bewegte die Schultern unter der Kampfrüstung. Die steife Ledertunika war dunkelblau eingefärbt und über Brust und Rücken mit Messing verziert, das wie Gold glänzte. Chay war ähnlich gekleidet, allerdings in dunkelrotes Leder, und Davvi trug das Türkis der Syrener Prinzen. Sie waren so bunt wie Paradiesvögel, in dieser Ausrüstung würden ihre Soldaten sie auf eine Entfernung von einer Länge ausmachen können. Der Feind allerdings auch, aber das tat Rohan mit einem Achselzucken ab. Die Rüstung diente ihrem Schutz, natürlich, aber in erster Linie diente sie dem Zeremoniell. Heute würden sie sich nicht einfach in den Kampf stürzen. Es würde keine schnelle Schlacht werden, sondern ein Kampf nach allen traditionellen Regeln des Krieges. Sie würden als Prinzen und Befehlshaber auftreten, nicht als Krieger im Feld.

Rohan beruhigte Pashta. Er wußte, daß der Hengst wild war auf einen Kampf, an dem er nicht teilnehmen durfte – es sei denn, Chay irrte sich gewaltig und sie würden anfangen zu verlieren. Selbst dann würde sich um Rohan herum eine Wand aus Schwertern und Schilden erheben, um ihn zu schützen. Andere würden sterben, sagte er sich, aber nicht er. Nicht ihr Drachenprinz.

Davvi grinste noch immer über die Nachricht, die Maarken vor einer Weile gebracht hatte; Andrade hatte ihm von Roelstras Truppen und den Drachen berichtet. »Was ich nicht verstehe ist, warum sie überhaupt da unten im Süden waren«, bemerkte er, während sie auf Chays Signal warteten, um die Schlacht zu beginnen.

»Eine Art flankierender Aktion, vermute ich. Warum er allerdings glaubte, wir würden dorthin Soldaten entsenden und sie hügelaufwärts zum Kampf reiten lassen, ist mir ein Rätsel.« Er kicherte gegen seinen Willen. »Eine Drachen-Futterstelle! Ich wünschte, ich hätte das sehen können!«

»Vielleicht sollten wir sie dorthin treiben, damit deine Drachen sie fertigmachen können«, murmelte Davvi.

»Ich bin mit einem sauberen kleinen Kampf auf offener Ebene zufrieden, vielen Dank. Und zwar ohne Drachenjunge, die mir die Nase abbeißen. Es gibt schließlich keine Garantie, daß die kleinen Biester ihren Prinzen auch erkennen!«

Die Drachen hatten Rohan einen großen Gefallen getan, denn sie hatten Roelstras Heer geschwächt, sowohl was die Zahl als auch was die Moral der Männer anging. Als die Geschichte im Wüstenheer bekanntgegeben wurde, hatten die Krieger ihren Prinzen bejubelt. Jetzt waren sie sich ihres Sieges völlig sicher. Rohan selbst fühlte eine sonderbare Erregung in den Adern pochen, allerdings nicht die Vorfreude auf eine Schlacht oder sogar darauf, diese Schlacht zu gewinnen, wenngleich diese Dinge auch eine Rolle spielten. Er fühlte sich fast so, wie Sioned ihre Empfindungen beschrieben hatte, wenn sie auf dem Sonnenlicht reiste: flink, frei, von den Farben der Göttin berührt.

Mit der Armee hinter sich, ritten er und Davvi auf Chays Signal auf eine niedrige Anhöhe, von der aus man Roelstras Lager überblicken konnte. Überall auf der Ebene sah man dessen Krieger, es war ein Schlachtfeld von ungefähr fünf Quadratlängen. Für keine Seite bot es Vorteile, noch bedeutete es für eine der beiden Parteien einen Nachteil. Nachdem ungefähr zweihundert an diesem Morgen von den Drachen in die Flucht geschlagen worden waren, war die Größe der beiden Heere jetzt nahezu gleich. Die Waagschale schlug zwar noch immer ein wenig zu Roelstras Gunsten aus, das war für Chay aber annehmbar. Denn Rohan hatte auf seiner Seite einen unschätzbaren Vorteil: die Überraschung. Gerade war im Lager unter ihnen Alarm ausgelöst worden, und die Krieger hasteten verzweifelt hin und her.

Rohan sah das Nicken von Chay und hob die Faust. Das Drachenhorn ertönte. Plötzlich schien es, als wär ein altes Schlachtengemälde vor ihm zum Leben erwacht. Siebzig Reiter rauschten von rechts heran, während zu seiner Linken Fußsoldaten in ordentlichen Reihen aufmarschierten, gerahmt von fünfzig Bogenschützen zu beiden Seiten. Die restlichen achtzig Pferde, einhundert Fußsoldaten und einhundert Bogenschützen schwärmten zu beiden Seiten von Rohan aus und bildeten einen Halbkreis, den er um Roelstra zusammenziehen wollte. Mit gerunzelter Stirn wartete er ab, während seine Streitkräfte ihre Stellungen bezogen. Er sah das Leuchten der Rüstungen, der Schwerter und Scheiden, die helle Fiederung in den über die Schultern gehängten Köchern.

»Das macht allem ein Ende«, murmelte er so leise, daß nur Chay es hörte, der auch der einzige gewesen war, der sein Versprechen vernommen hatte, niemals wieder einen Drachen zu töten. »Mein Schwert wird rosten, und ich werde froh darüber sein.«

»Und meines ebenfalls, mein Prinz«, erwiderte Chay ruhig.

Rohan warf ihm einen Blick zu; er war überrascht über

diese Worte aus dem Mund seines kriegerischen Freundes. »Warum?«

Ein fast trauriges Lächeln verzog Chays Lippen. »Ehrlich. Lord Eltanin hatte recht, weißt du, was die Wände anging.«

»Aber niemand hat uns erkannt!« rief Tobin noch einmal aus. »Und selbst wenn ein paar sterben, wer wird schon jenen Glauben schenken, die ihre Herrin verlassen und somit ihre Ehre verspielt haben? Vor allem, wenn ihre Geschichte gegen das Wort von zwei Prinzessinnen steht!«

Sioned neigte den Kopf zu dem Baby hinab und versuchte, nicht auf den Streit zu hören, der hinter ihr ausgetragen wurde. Sie konzentrierte sich auf jede Bewegung, denn ihr Körper verlangte nach Ruhe, nach Wasser und Nahrung.

Ostvels Stimme war rauh vor Müdigkeit. »Willst du das Leben des Knaben auf einer Lüge aufbauen? Was wird, wenn er älter ist und die Leute zu flüstern anfangen, was in Feruche passiert ist?«

»Wer würde das wagen?«

»Dann soll es ihm also niemand sagen? Niemals?«

»Willst du derjenige sein, der es ihm sagt? Du?« forderte Tobin ihn heraus.

Sioned blieb stehen und wirbelte herum. »Das Kind ist meines«, erklärte sie klar und deutlich. »Ich habe auf sein Kommen gewartet. Ich bin diejenige, die den Knaben aufzieht, und ich bin es, die ihm seinen Namen geben wird. Nur seine Mutter kann einem Kind einen Namen geben. Dieses Baby gehört einzig und allein mir!« Sie sah die beiden entschlossen an und ging dann wieder weiter.

Es gab keinen weiteren Streit mehr.

Als sie die Steinskulpturen im Hofe des Gottes des Sturms passierten, hatte Sioned keinen Blick für die Majestät dieser Gebilde. Es waren nur sonderbare, furchterregende Schatten, die von der Wintersonne geworfen wurden. Der Aufstieg aus dem Canyon bedeutete mühevolle Arbeit, und als sie nicht mehr weitergehen konnte, sank sie im Schatten nieder und schloß die Augen. Das Baby nuckelte schwach an ihrer Brust, aber sie hatte keine Milch, die sie ihm hätte geben können. Die alte Myrdal kannte Kräuter, die einer jungen Mutter halfen, Milch zu geben, und sie hatten gemeinsam überlegt, daß diese auch Sioned helfen könnten. Sie hatte gierig nach der Möglichkeit gegriffen, das Kind selbst stillen zu können und die Quelle des Lebens für diesen Knaben zu werden. Aber die Geburt war zu früh gewesen, sie selbst war nicht vorbereitet. Sie würden Skybowl bald erreichen müssen, sonst würde er sterben.

»Armer Kleiner«, murmelte Tobin, die neben Sioned saß und über das flaumige, goldene Haar des Babys streichelte. »Wenn wir nur die Pferde nicht verloren hätten.«

Sioned nickte. »Heute abend in Skybowl wird er etwas bekommen. Und dann gebe ich ihm einen NAMEN. Ich brauche dich an meiner Seite, Tobin.«

»Solltest du nicht warten? Rohan –«

»Wird mir eben noch etwas mehr verzeihen müssen«, antwortete sie ruhig. Dann blickte sie zu Ostvel auf. »Eher als ich dir verzeihe, daß du mir Ianthes Tod genommen hast.«

Er zuckte mit den Schultern, und seine Stimme war kalt, als er sagte: »Besser, du vergibst mir niemals, als daß du dir selbst niemals vergibst.« Er warf einen Blick auf die Sonne. »Wenn ihr ausgeruht seid, sollten wir wieder aufbrechen.«

Sie ging neben Tobin, während Ostvel die Führung übernahm, und versuchte, an gar nichts zu denken. Aber ihr Verstand gehorchte ihr nicht.

Sie hatte getötet. Absichtlich oder nicht, sie hatte ihre Macht eingesetzt, und Menschen waren gestorben – vor Jahren bei dem *Rialla*, jetzt in Feruche. Aber es war weder Andrades Vergebung, die sie brauchte, noch die von Ostvel oder Rohan, nicht einmal ihre eigene. Sie blickte auf ihren schlafenden Sohn hinab und flehte die Göttin an, daß sie in seinem Blick niemals Vorwürfe entdecken mußte.

»Davvi! Hinter dir!« Rohan riß sein Pferd herum, um seinen Schwager zu verteidigen, und vergaß dabei seine eigene Rückendeckung. Er hackte ein Handgelenk ab, und der Speer, den die Hand hielt, fiel herab. Sekundenbruchteile, ehe die Waffe sich in Davvis Rücken gebohrt hätte. Ein flinker Soldat in Roelstras Violett machte einen Satz, schlitzte Rohans lederne Tunika entzwei und riß die alte Wunde an seiner rechten Schulter wieder auf. Er fluchte, wand sich im Sattel und lenkte Pashta mit den Absätzen. Die Hinterhufe schlugen aus und trafen den Schwertkämpfer im Bauch.

Tilal, dem aus einem Riß über dem Auge Blut über die Wange lief, schrie erschreckt auf, als Rohan schwankte. Davvi brüllte ihm zu, er solle den Prinzen aus der Gefahrenzone bringen. Rohan taumelte. Er war unfähig, sich selbst zu verteidigen, da jetzt sein rechter Arm taub wurde. Tilal beugte sich gefährlich weit hinüber, um Pashtas Zügel zu ergreifen. Er trieb sein eigenes Pferd zum Galopp an und ignorierte Rohans gemurmelte Ansicht über diesen Rückzug.

Als sie auf dem Hügel unter ein paar Bäumen in Sicherheit waren, sprang Tilal vom Pferd und rief nach einem Arzt. Rohan funkelte ihn wütend an, und der Knabe stammelte: »Herr – Ihr seid verletzt – es ist meine Pflicht –«

»Zum Teufel mit deiner Pflicht!«

»Halt den Mund«, ertönte ein vertrautes Knurren, und Chay, den Unterarm mit weißem Tuch umwickelt, streckte die unverletzte Hand aus und hievte Rohan aus dem Sattel. »Du läßt das versorgen, oder ich verbinde dich höchstpersönlich.«

Nach einem großen Kelch Wein und einer ziemlich rauhen Behandlung mußte Rohan mürrisch zugeben, daß Tilal und Chay recht gehabt hatten. Sein saurer Ton ließ Chay grinsen.

»Unser guter, großzügiger Prinz«, erklärte er dem jungen Knappen. »Mach dir wegen dieses Schnitts keine Gedanken, Tilal. Es wird keine Narbe bleiben, und du wirst keinen Deut von deinem guten Aussehen verlieren.«

Der Knabe errötete und zupfte an dem Verband, der um seine Stirn lag. »Es tut nicht einmal weh.«

»Nun, meines schon.« Chay deutete mit dem Finger auf seinen Arm. »Geschieht mir ganz recht. Warum habe ich nur Roelstras Ausfall nach Norden nicht vorausgesehen! Laß dir das eine Lehre sein, Tilal.« Er streckte sich und schüttelte den Kopf. »Ich werde langsam zu alt für diese Sachen. Aber trotzdem, es ist ein guter Kampf. Schade, daß du den Rest davon nicht miterleben wirst, Rohan.«

»Den Teufel werde ich!« Rohan bewegte die Schulter und unterdrückte ein Zucken. »Sobald die Salbe wirkt und ich mein Schwert wieder halten kann –«

»Ach ja? Hier – fang!« Chay warf ihm einen leeren Kelch zu und blinzelte überrascht, als Rohan ihn geschickt auffing. »Also schön, du hast gewonnen«, murmelte er.

»Noch nicht, aber es wird nicht mehr lange dauern.« Rohan ließ sich den Schmerz nicht anmerken, den ihm diese Bewegung bereitet hatte, und fuhr fort: »Im Norden sieht es gut für uns aus, trotz des Angriffs von Roelstra. Davvi hat die Neugruppierung in die Hand gonommen, und wir werden sie umzingeln wie Drachenklauen. Aber sie fallen nicht so schnell, wie ich es gehofft hatte. Was nun, Taktiker?«

»Ich werde der Südflanke befehlen, sich ein wenig zurückzuziehen. Das sollte sie verwirren. Wir machen einen Bogen und greifen sie von hinten an.« Er schaute sich um, nahm einen langen Stock und skizzierte seinen Plan auf der Erde. »So ungefähr. Verstehst du?«

Rohan prägte sich den Plan ein und nickte. »Richtig, Tilal, mein Pferd!«

»Aber Eure Wunde, Herr –«

»Ich spüre überhaupt nichts«, log Rohan fröhlich. »Auf geht's. Es ist schon spät am Nachmittag, und ich habe Roelstra noch immer nicht gesehen.«

»Gib mir ein Zeichen, wenn du ihn findest«, erinnerte Chay ihn.

»Mach ich. Weiß die Göttin, du bist leicht zu sehen.«

»Tobin findet mich darin unwiderstehlich«, informierte Chay ihn mit funkelnden Augen.

»Sie sollte dich am Ende dieses Tages lieber noch in einem Stück vorfinden!« Er erhob sich und drückte Chay die Hand. »Viel Glück, und den Segen der Göttin.«

»Euch auch, mein Prinz.«

Als das Licht nachließ, ließ auch Roelstras Verteidigung nach. Maarken hatte auf einer Hügelkuppe Lichtläufer-Feuer entzündet, das das Schlachtfeld wie eine Arena beleuchtete. In diesem unwirklichen Licht kämpfte und tötete Rohan und war froh, daß die Umstände ihn gezwungen hatten, selbst in den Kampf einzugreifen. Wäre er gezwungen gewesen, noch länger nur dazusitzen und zuzusehen, wäre er verrückt geworden. Aber jetzt nützte sein Fieber seinen Soldaten, und die Jubelrufe, mit denen sie ihn auf dem Schlachtfeld begrüßt hatten, klangen ihm noch in den Ohren. Wenn dies schon das letzte Mal sein sollte, daß sein Schwert Blut schmeckte, dann sollte es viel trinken.

Wo immer es ihm möglich war, suchte er wütend und verzweifelt nach Roelstra. War der Feigling etwa schon früh geflohen? Hielt er sich versteckt? Wo zum Teufel war er? Und Pandsala – was war mit ihr? Beobachtete sie den Kampf vom

Licht der schwächer werdenden Sonne aus und dirigierte die Armeen ihres Vaters? Er würde sie finden, und wenn es die ganze Nacht und den kommenden Morgen dauern sollte.

Ganz plötzlich stieß Tilal einen Schrei aus. Rohan sah eine Gruppe Reiter von Süden herangaloppieren. Es waren ungefähr fünfzig an der Zahl, die den Soldaten der Wüste auswichen. Sie waren zu weit entfernt, als daß er sie im Dämmerlicht hätte erkennen können, und so hieb er sich durch die Truppen, die die Farben Saumers aus Isel trugen, einen Weg frei. Er fluchte, als sein Schwert sich in einem Lederriemen verfing. Er riß es los und brüllte Tilals Namen.

»Such Chay! Das könnte Roelstra sein!«

»Sofort, Herr!«

Die Salbe betäubte seine Wunde schon lange nicht mehr, und seine Schulter schmerzte unerträglich. Er spürte klebrige Wärme auf dem Rücken und konnte sein eigenes Blut durch den Gestank des Todes riechen, der ihn umgab. Rohan kämpfte und hatte dabei immer ein Auge auf die näher kommenden Reiter. Er fürchtete, jemand anderer könnte den Hoheprinzen töten, ehe er selbst es tun konnte.

Und dann war er frei von feindlichen Schwertern und Speeren, und Chay war an seiner Seite, und sie trieben ihre müden Pferde zum Galopp über die gestürzten und verstümmelten Körper. Aber es war nicht Roelstra, der ihnen in der Dämmerung entgegenkam. Es war Andrade.

Ihr silberblondes Haar hatte sich gelöst, wehte hinter ihr her und hing ihr um die Schultern. Sie zügelte ihr Pferd erst, als sie ihn fast erreicht hatte. Ihre Augen blickten wild.

»Du hast ihn verloren!« kreischte sie. »Er ist an uns vorbei nach Süden entflohen! Verdammt, Rohan, du hast ihn entkommen lassen!«

»Noch nicht, im Namen der Göttin!« brüllte er zurück. »Chay!«

»Sofort, mein Prinz!«

»Ich reite mit euch«, erklärte Andrade grimmig.

Rohan lachte ihr ins Gesicht. »Du willst dir deine Rache wohl nicht entgehen lassen, was, Andrade? Wenn du glaubst, du kannst mit mir Schritt halten, dann komm. Aber misch dich nicht ein!« Er drehte sich zu Tilal um. »Reite zu deinem Vater und erzähl ihm, wohin ich geritten bin und daß er die Ehre hat, diesen Kampf auf seinem eigenen Grund und Boden zu beenden, wie er es sich gewünscht hat. Du und Maarken, bleibt bei ihm. Das ist ein Befehl, Knappe!«

Tilal gehorchte, aber er sah unglücklich aus. Chay hatte dreißig Reiter versammelt, Männer und Frauen, in deren kampfmüden Gesichtern neue Entschlossenheit stand. Der Lord von Radzyn kniff die Augen zusammen, als er Andrades Begleiter musterte.

»Lleyns Matrosen. Holt euch ein Stück von Roelstras Armee für euren Prinzen.«

Ihr Anführer strahlte eifrig, warf dann aber einen schuldbewußten Blick zu Andrade hinüber. Doch diese nickte. »Bleibt und kämpft, Cahl«, erklärte sie.

Er verbeugte sich voller Dankbarkeit, daß er aus ihren Diensten entlassen war, und wandte sich dann an Rohan. »Eine Bitte noch, Herr. Wenn es dazu kommen sollte, verbrennt unsere Schiffe, ehe Roelstra an Bord gehen kann.«

»So weit wird er nicht kommen, das verspreche ich euch.«

Urival sagte ruhig: »Ich komme mit Euch, Herr. Ihr werdet Lichtläufer-Feuer benötigen, damit Ihr sehen könnt.« Er starrte Andrade an, als wollte er sie herausfordern, ihm zu widersprechen. Rohan lachte wieder.

»Skrupel? Ihr habt Euer Schicksal in dem Augenblick, als Ihr mir Sioned gebracht habt, mit meinem verbunden. Komm schon, Tante. Komm und genieße das Ergebnis deines Werkes.«

Sioned kniete am Rande von Skybowls Krater, als die letzten Schatten mit der mondlosen Nacht verschmolzen. Das Baby lag still und schläfrig auf einer blau-goldenen Decke, den Bauch voll mit Ziegenmilch. Es hatte keine Ahnung, welchen Wirbel es verursacht hatte.

Skybowl war fast so leer wie Stronghold. Diejenigen, die nach Tiglath gezogen waren, um zu kämpfen, waren noch nicht zurückgekehrt, und die wenigen, die geblieben waren, akzeptierten das Kind ohne weiteres als das von Sioned. Tobin hatte nichts anderes erwartet. Nachdem sie so lange über das Gold geschwiegen hatten, würden sie auch dieses neue Geheimnis nicht verraten.

Tobin kniete zur Linken von Sioned, Ostvel zu ihrer Rechten. Die vierte Position, die eigentlich Rohan hätte einnehmen sollen, hatten sie offengelassen für die Wüste unterhalb der Klippe.

Das Kind wimmerte verschlafen. Sein Körper war im Dämmerlicht bleich und perfekt und so winzig, verglichen mit der Leere der Wüste und der Unendlichkeit der aufgehenden Sterne.

»Kind«, wisperte Sioned schließlich und begann mit dem Ritual, »du bist ein Teil dieser Welt. WASSER wird deinen Durst löschen, LUFT wird deine Lungen füllen. Die ERDE wird deine Schritte lenken, und das FEUER wird dich in der Kälte des Winters wärmen. Sie alle gehören dir kraft deiner Geburt. Es ist das Recht jedes Sohnes und jeder Tochter, die geboren werden.«

Als Sioned eine kurze Pause machte, erinnerte sich Tobin an andere Namensgebungen. Sie dachte daran, wie das sanfte Ritual über Maarken und Jahni, über Andry und Sorin gesprochen worden war. Ostvel hatte die Finger auf den Knien verkrampft, und sie wußte, daß auch er sich an die Nacht erinnerte, als Sioned und Rohan dabeigewesen waren, als Camigwen dem kleinen Riyan seinen Namen gegeben hatte.

»Aber du bist ein Prinz«, fuhr Sioned mit gesenkter Stimme fort. Ostvel blickte auf. Er war angesichts dieser Abweichung von der uralten überlieferten Formel nicht weniger überrascht als Tobin. »Geboren als Glied einer langen Kette von Prinzen, Ahne von kommenden Generationen. Für dich hält diese Welt mehr bereit – und sie wird mehr von dir verlangen.«

Sioned hob die Hände. Der Smaragdring funkelte, und eine sanfte Brise erhob sich von dem See hinter ihr. Mit der LUFT kam ein Nebel aus WASSER und winzigen Partikeln aus ERDE. Roelstra spürte, was Ostvel nicht konnte: daß zarte Fäden aus Sternenlicht sorgfältig gesammelt wurden, fein und zart wie Spinnweben. Sie spürte, wie das bleiche FEUER in die Brise gewebt wurde. Der langsame Wirbel umhüllte sie, verdichtete sich allmählich über dem Baby und wurde dort zu einer leuchtenden Spirale.

Tobin war hin- und hergerissen zwischen Staunen und Furcht. Die *Faradh'im* benutzten den Schein von Sonne und Monden, nie aber das Licht der Sterne. Doch genau das tat Sioned jetzt. Sie zog Stränge von nahezu unsichtbarer Brillanz herab, um diese einzigartige Namensgebung für ihren Sohn zu kreieren.

»Kind, im Namen deiner Verwandten Tobin, der Tochter von Zehava und Milar, Ehefrau von Chaynal, Mutter von Söhnen, gebe ich dir die LUFT, die der Seufzer des Vaters der Stürme in den Armen der Göttin ist. Möge sie sich erheben und deinen Schwingen zum Flug verhelfen, so stark wie die Frau, in deren Namen er gegeben ist.«

Der Sternenschein wurde auf Tobin gerichtet, und der Kopf des Babys wandte sich ihr zu. Seine Augen waren riesig, als es zu seiner Tante emporstarrte. Tobin sah ihre eigenen Farben in dem wirbelnden Nebel funkeln, Bernstein und Amethyst und Saphir, und hielt den Atem an.

Wieder sprach Sioned: »Kind, im Namen dieses Mannes, Ostvel, Sohn von Ostlach und Avina, Gemahl von Camigwen, Vater eines Sohnes, gebe ich dir WASSER, um deine Seele zu reinigen – denn seine Seele ist die reinste, die ich je kennengelernt habe.«

Wieder machte sie dem wirbelnden Licht ein Zeichen. Diesmal schien es auf Ostvels verspannten Zügen, und weitere Farben wurden hinzugefügt – tiefes Granat, leuchtendes Rubin, schwarzer Onyx, den er nicht sehen konnte. Oder vielleicht doch, denn er begegnete ehrfürchtig Sioneds Blick, gefangen in dem Zauber, den sie aus dem verbotenen Sternenlicht gewebt hatte.

»Kind, im Namen deines Vaters Rohan, Sohn von Zehava und Milar, gebe ich dir die ERDE – diesen Sand und Stein um dich her, diese Wüste, die du ebenso weise beherrschen wirst, wie er es tut, der sie dir übergeben hat. Dies ist sein Fleisch, wie es auch dein eigenes ist.« Und Farben, die Tobin nie zuvor erspürt hatte, wirbelten ins Licht – das klare Weiß von Diamanten, das intensive Saphir von Rohans Augen, das goldene Bernstein seines sonnenhellen Haares. Dies war ihr Bruder, sagte sie sich, diese Farben, die in der Nacht tanzten und leuchteten.

»Kind...« Sioned zog all das sanft wirbelnde Sternenlicht in ihre Hände und hielt es über das Kind. »Mein Kind, ich gebe dir FEUER, damit es deinen Weg erleuchtet. Lichtläufer-Feuer von der Mutter, die dir auch deinen Namen gibt.«

Das Baby streckte die Hände nach den verwobenen Farben aus, und Sioned erlaubte ihm, sie einen Augenblick zu berühren. Dann hob sie die LUFT und das WASSER und die ERDE, die alle mit dem FEUER der Sterne zusammen wirbelten, und schleuderte sie auf die Wüste unter ihnen. Die Weberei breitete sich aus wie ein Teppich, durchzogen von Farbsträngen, die jetzt von Sioneds eigenen Farben noch verstärkt waren, und zum ersten Mal sprach sie den Namen ihres Kindes aus.

»Pol«, hauchte sie. »Geboren aus dem Feuer der Sterne. Dies ist dein Name, mein Sohn, und es ist deine Mutter, die dir all diese Dinge gibt.«

Sie hob ihn hoch und drehte ihn so, daß er das verwebte Licht über der Wüste sehen mußte, das jetzt vibrierte wie Funken aus einem zugigen Kamin oder wie ein Teppich aus vielfarbigen Blüten, die in der Brise schimmern. Es glitt über die Hügel und Vertiefungen der Dünen unterhalb, wickelte sich um die Felsen, leuchtete blau und rot und grün und golden, alles durchwirkt mit glitzernden Pünktchen wie Diamanten. Endlich senkte es sich auf den Sand, und alles war wieder sternenhelles Schweigen.

Nach einem Moment murmelte Sioned den traditionellen Abschluß des Namensrituals. »Es ist die Pflicht einer Mutter, ihr Kind zu benennen. Dies habe ich getan. Sein Name sei Pol.«

Die Vertrautheit der abschließenden Worte löste Tobin nicht aus ihrer Verzückung. Sie wußte, daß sie Zeugin von etwas nie zuvor Gesehenem geworden war, von etwas, das noch nie auch nur erträumt worden war. Und doch war da etwas anderes, Vertrautes, das Gefühl, das sich in ihrem Kopf und ihrem Herzen ausgebreitet hatte. Sie hatte es in der Nacht des Rituals für ihren Vater empfunden, als die *Faradh'im* das Mondlicht bereist und sie mit sich genommen hatten. Aber jetzt schien weder die Sonne noch die Monde, es gab kein Licht, das sich zu einem Weg durch den Himmel verweben ließ – nichts außer den Sternen und ihrem zarten Feuer. Zerbrechliche, fast transparente Lichtwege erzittern um sie her, Straßen, die Sioned eröffnet hatte, die neben ihr kniete und mit verhangenen Augen das Kind umklammerte. Tobin wußte, daß sie nicht mehr bei ihnen war, sondern auf diesen Bändern aus Sternenlicht reiste. Und Tobin schloß die Augen und folgte ihr.

Sie war sich des Fluges nicht bewußt, der sie schnell und sicher zum Schlachtfeld brachte. Im Schein des Feuers sah sie, wie die Toten eingesammelt und die Verwundeten behandelt wurden, und sie schauderte. Wo waren ihr Gemahl, ihr Sohn und ihr Bruder? Sie konnte Sioneds Farben vor sich fühlen, die ebenso verzweifelt suchte wie sie. Und dann waren sie zusammen, glitten an einem einzelnen Strang aus Sternenlicht entlang, jenseits des stummen Feldes und über kleine Hügel, die schattige Täler beherbergten wie die leichten Vertiefungen zwischen den Muskeln auf dem Rücken eines kräftigen Mannes.

Dann sah sie die beiden Gruppen von Reitern, die sich in einem breiten Teil gegenüberstanden, und erkannte sie. Sie sah ihren Gemahl, groß und angespannt saß er regungslos auf seinem Pferd, mehr wie die schön geschnitzte Darstellung eines Kriegers als wie ein lebendiger Mann. Sie sah ihren Bruder, das goldene Haar silbrig, aufrecht, abwartend, so reglos wie Chay. Sie sah Andrade, deren bleiches Haar sich über ihren Rücken ergoß und die merkwürdig hilflos war, als sie eindringliche Worte sprach, die Rohan und Chay ignorierten. Es waren noch andere da, aber Tobin sah sie nicht an – denn der Sternenstrang zog sie über die Leere hin weiter zu Roelstra.

Der Hoheprinz machte eine scharfe Bewegung, und eine schlanke junge Frau ritt vorwärts. Chay ritt ihr entgegen. Sie wechselten mit Mienen, die sie im Schatten nicht lesen konnte, Worte, die Tobin nicht hören konnte. Aber sie sah, daß ihr Gemahl zögernd nickte, und als sich die Frau aus ihrer abwartend gebückten Haltung aufrichtete, sah Tobin, daß es Pandsala war. Beide kehrten zu ihren Prinzen zurück, und Rohan und Roelstra stiegen ab.

Verwirrt und verängstigt bebte Tobin im Griff des Sternenlichts. Andrade hielt beide Hände hoch, und die Ringe leuchteten, und ihr Mund verzerrte sich, als sie die Worte des Verbots herausschrie. Ihr Gesicht war schrecklich, als sie den Kopf in den Nacken warf. Roelstra brüllte, und Rohan schüttelte den Kopf. Nicht einmal Andrade konnte das hier noch aufhalten.

Die beiden Prinzen entledigten sich ihrer Kampfrüstung und Kleidung, bis sie nur noch Hosen und Stiefel trugen. Um Rohans rechte Schulter war ein Verband gewickelt. Blut sickerte hindurch und breitete sich zu einem deutlichen Flecken aus. Chay sprach schnell und eindringlich auf ihn ein und warnte ihn; Rohan nickte geistesabwesend und zog sein Schwert. Tobin bildete sich ein, das wütende Zischen hören zu können, mit dem es aus der Scheide glitt. Die Schneide war ein langes Funkeln von Stahl in der Nacht, geschmeidig und bleich wie ihr Besitzer.

Schließlich gab Andrade nach und zog sich zurück, als Urival an ihrem Ärmel zerrte. Die beiden *Faradh'im* entfernten sich und stiegen ab. Urival schritt ans andere Ende der Reihe von Rohans Soldaten. Beide Lichtläufer machten eine kurze Pause, ehe ihre erhobenen Hände zwei kleine Feuerkreise beschworen. Rohans Leute bildeten einen Halbkreis auf der einen Seite, Roelstras auf der anderen. Die *Faradh'im* und das Feuer kauerten dazwischen und vervollständigten den Kreis. Sie gaben den Prinzen Licht, bei dem sie sehen und in dem sie einander töten konnten. Andrade stand mit gesenktem Kopf dabei, die Schultern gebeugt wie eine alte Frau; Tobin sah es. Sie war traurig und wußte doch, daß dies die einzig mögliche Lösung war, was auch immer die Herrin für Rohan und Roelstra geplant hatte.

Sie schritten wachsam umeinander herum und bewegten sich mit äußerster Vorsicht. Die Vorteile seiner Jugend, Kraft und Schnelligkeit, die Rohan hätten eigen sein sollen, wurden von der Wunde in seiner Schulter zunichte gemacht, die ihn langsamer und schwächer machen würde, je länger der Kampf andauerte. Roelstra war schwer und langsam, und es war lange her, daß er seine Ausbildung als Krieger eingesetzt hatte. Aber daß die Muskeln unter seinem Fleisch kräftig und seine Instinkte intakt waren, wurde beim ersten Streich mit dem Schwert offensichtlich.

Tobin hörte das Klirren der Klingen nicht, ebensowenig die Laute aus der Kehle ihres Bruders, als sich der Aufprall bis zu der Wunde in seiner Schulter fortsetzte. Sie konnte nichts hören, auch nicht die spöttischen Worte, die Roelstra hervorstieß. Aber sie konnte sehen – und da war ein Funkeln, das Leuchten von Stahl weit hinten zwischen Roelstras Leuten. Sie bewegten sich. Ein Weg wurde freigemacht. Das Sternenlicht wirbelte um Tobin herum. Ihre Farben bebten vor Panik und verschmolzen mit Sioneds – und Urivals und Andrades – und denen von jemand anderem, der in den *Faradhi*-Künsten ausgebildet, aber nicht perfekt war. Plötzlich war da noch ein anderes, ein winziges, grobes Geschenk, das sich als Antwort auf Sioneds Forderung erhob. Licht und Schatten wirbelten um Tobin herum und durch sie hindurch, und sie verlor ihre eigenen Farben an den größeren Wirbel aus Macht, die auf dem Feuer der Sterne herangetragen wurde.

Andrade war zu verblüfft vom Angriff auf ihre Sinne, um sich zu verteidigen. Dann war es zu spät. Gefangen in den Fäden des Sternenlichts, sah sie einen Augenblick den Verrat des erhobenen Messers – und zum ersten Mal, seit sie den zehnten Ring an ihrem Finger trug, fühlte sie sich der Macht eines anderen Lichtläufers ausgeliefert.

Eisige, silbrige Flammen züngelten um die beide Prinzen auf, ein Kreis aus gefährlichem Sternenlicht, das sich erhob, sich verband und eine schimmernde Kuppel formte, die Rohan und Roelstra in bebendes Feuer hüllte. Farben blitzten, als jedes *Faradhi*-Muster tiefer in die Struktur gewebt wurde: ihre eigenen Farben, die von Urival, Tobin und Sioned – und die von zwei anderen, deren Gegenwart Andrade bis in ihre Seele erschütterte. Zu spät begriff sie, daß Sioned sie in die Falle gelockt hatte. Sie bekämpfte ihre Panik und versuchte, die Herrschaft über das Sternenlicht zu gewinnen. Aber dieses Gewirk gehörte Sioned, und Andrade konnte nichts anderes tun, als zu fühlen, wie ihre Kraft zu Sioned strömte, als diese danach verlangte.

Rohan wich angesichts des kalten Feuers, das um sie her aufstieg, benommen zurück. Roelstra fluchte, als ein diamantklares Funkeln die Kuppel traf und ein Laut erklang wie von einer großen Glasglocke, der sich wie ein Echo von einer Seite der Kuppel bis zur anderen ausbreitete. Rohan nutzte die Verwirrung seines Gegners und machte einen Satz vorwärts, das Schwert bereit, um Roelstras Kopf abzuschlagen. Aber der Hoheprinz bewegte sich rechtzeitig und kam mit einem Kratzer am linken Arm davon.

»Andrade hat uns also eingeschlossen«, krächzte er. »Das ist zu schade – ich wollte, daß alle sehen, wie du stirbst.«

Rohan verschwendete keinen Atem auf eine Antwort. Seine Schulter war durch die Bewegung nicht besser geworden, wie er gehofft hatte; er spürte kein Kampfesfieber, das er seiner Müdigkeit hätte entgegenstellen können, und die Vorfreude, die auf dem Ritt hierher in seinen Adern gebrannt hatte, war längst vergangen. Er hatte sich an diesem langen Tag zu sehr verausgabt, und seine einzige Hoffnung bestand darin, Roelstra ein schnelles Ende zu bereiten – wenn er konnte.

Der Hoheprinz lachte, als würde er Rohans Gedanken kennen. »Müde, kleiner Prinz?« Er stieß zu. Ohne große Finesse, aber dafür mit einer Menge Kraft. Rohan sprang zur Seite.

Stahl klirrte wieder und wieder gegen Stahl und hallte von der Kuppel aus Sternenlicht wider, bis Rohan die Ohren dröhnten. Keiner der Männer erging sich in elegantem Spiel mit dem Schwert; beide lechzten nach Blut. Kalter Schweiß rann Rohan in die Augen und hüllte seinen Körper in Eis. Ausfall, Parieren, Ausweichen, Zustoßen, Ducken, neuer Ausfall. Sein rechter Arm wurde schnell schwer und beinahe unfähig, das Schwert zu bewegen. Er hörte Roelstras rauhen, keuchenden Atem und roch den Schweiß, in den der fleischige Körper getaucht war. Er sah die Risse im Fleisch des Hoheprinzen, die er ihm beigebracht hatte und aus denen jetzt Blut sickerte. Aber er hätte in diesem Augenblick nicht auf seinen Sieg gewettet. Denn trotz seines Alters und all seiner Ausschweifungen schien Roelstra unerschöpfliche Ausdauer zu besitzen.

Rohan schwang sein Schwert, als Roelstra sein eigenes mit einem heftigen Hieb niedersausen ließ, und versuchte, dem Mann die Beine unter dem Leib fortzuschlagen. Die Spitze seiner Klinge erwischte ihn in der Kniekehle, Stahl blitzte auf, als seine Waffe sich in den weichen Lederstiefel des Hoheprinzen bohrte. Beim Versuch, sich zu befreien, trieb sich dieser die scharfe Spitze nur tiefer ins Fleisch. Er stöhnte vor Schmerz. Rohan riß die Klinge heraus und versuchte nachzustoßen, aber sein Arm wählte genau diesen Augenblick, um zu versagen. Sein Schwert glitt ihm aus der Hand. Er verlor das Gleichgewicht, stürzte hart auf die Knie und stöhnte unter der Wucht des Aufpralls auf.

»Ausgezeichnete Stellung«, höhnte Roelstra, »die hättest du schon längst einnehmen sollen. Ich werde sie deiner Lichtläufer-Prinzessin beibringen, ehe ich sie lehre, dich zu vergessen – in meinem Bett, so, wie du sie im Bett meiner Tochter vergessen hast!«

Rohan langte nach seinem Schwert. Er umklammerte es mit beiden Händen, wobei die gesunde Hand sich um die kraftlose schloß. Roelstra schnitt beinahe verächtlich in seinen Rücken, als Rohan sich fortrollte und auf ein Knie hochkam. Er spürte den neuen Riß in seiner Haut kaum, abgesehen von dem Blut, das sich mit dem neuerlichen Fluß aus seiner rechten Schulter vermischte. Roelstra brach in ein kurzes, atemloses Gelächter aus und drang auf ihn ein. Indem er sich umdrehte, preßte Rohan den Griff seines Schwertes gegen den von Roelstras und bemühte sich, die Klingen beisammen zu halten, obwohl der Hoheprinz versuchte, sie voneinander zu lösen. Vor Schmerz stöhnend, als die Anstrengung seine Schulter vollständig aufriß, spürte Rohan schließlich, daß Roelstra nachgab. Das geschah so plötzlich, daß ihn der Verdacht durchzuckte, es wäre mit Absicht geschehen – aber der Hoheprinz taumelte fluchend ins Gras.

Rohan keuchte. Jeder Atemzug war wie ein Feuerstoß. Es war ihm unmöglich, sein Schwert noch weiter zu benutzen. Dessen Gewicht war ihm zu groß. Er langte nach seinem Stiefelmesser, doch kräftige Finger schlossen sich um sein Handgelenk, bogen seinen Arm zurück und rissen ihn beinahe von seiner Schulter. Rohan erkannte, daß er bewußtlos zu werden drohte, und entwand sich Roelstras Umklammerung.

Der Hoheprinz stöhnte vor Schmerz, als er mühsam auf die Füße kam. Er schwankte, und Blut tropfte von seinem Knie.

Rohan griff nach einem anderen Messer, und als Lohn für seine Mühe wurde er in die Rippen getreten. Sein Körper krümmte sich vor Schmerz zusammen, der Atem blieb ihm in der Kehle stecken, und zum ersten Mal packte ihn eiskalt die Angst, er könnte sterben.

Roelstra stand keuchend über ihm. Er hatte sein Schwert wieder ergriffen, stützte sich jetzt jedoch darauf, die Spitze in die Erde gebohrt. Der juwelenbesetzte Griff leuchtete in dem silbrigen Feuer, das sie umgab.

»Ich werde deinen Sohn lehren zu knien«, zischte Roelstra.

Rohans Ohren dröhnten plötzlich, und seine Lippen schmeckten salzig und bitter. Endlich packte ihn der Zorn, eine mörderische Wut, die nichts mit einem ehrlichen Kampf oder auch nur mit Rache zu tun hatte. *Mein Sohn.* Die Worte hallten im Rhythmus seines heftig pulsierenden Blutes in ihm wider: *Mein Sohn!*

»Knie nieder vor mir, kleiner Prinz«, forderte Roelstra ihn auf, und seine Stimme war belegt vor Haß. »Knie nieder!«

Rohan bewegte sich ganz langsam. Er richtete sich auf, hielt sich mit der unverletzten Hand die Rippen und tastete mit der anderen, als suche er einen Halt, um sich hinknien zu können. *Mein Sohn.* In seinem Fleisch spürte er Hitze und in seiner Hand etwas Kaltes, Taufeuchtes. Einen Fuß unter sich, schwer auf das andere Knie gestützt, blickte er durch einen brennenden Nebel zum Großvater seines Sohnes empor.

Der Hoheprinz lächelte. Er lächelte auch noch, als Rohan mit einem Messer aufsprang und es, obwohl er es kaum halten konnte, in das weiche Fleisch an seiner Kehle trieb. Die lange Klinge durchbohrte das Kinn von unten, und Rohan trieb sie tiefer, durch die Zunge und den Mund bis hinauf ins Gehirn.

Der Hoheprinz stürzte auf die Seite. Rohan sah ihn fallen. Er wußte, daß Roelstra tot war. Und dann kam ihm das blutdurchtränkte Gras entgegen, und er wußte nichts mehr.

Nur das ängstliche Krächzen von Chays Stimme sorgte dafür, daß Andrade sich erinnerte, daß sie noch eine andere Existenz hatte außer diesem wütenden, kalten Sternenfeuer, das inzwischen seine Blässe mit allen Farben angefüllt hatte. Sie hörte ihn und sammelte unter Schmerzen das zersplitterte Muster zusammen, das sie selbst war. Die anderen, weniger mächtig als sie, waren noch immer in der glühenden Kuppel gefangen. Mit all ihrer Kraft bemühte sie sich, sie zu trennen und den Schimmer jedes einzelnen Geistes neu zu errichten.

Urival war der erste. Sein tiefblaues Saphir, der bleiche Mondstein und das leuchtende Bernstein formierten sich wieder zu dem vertrauten Muster. Ehrlichkeit, Weisheit, Schutz gegen Gefahr – all das war Urival, und sie weinte vor Erleichterung, daß er wieder ein Ganzes war. Er half ihr mit den anderen, entwirrte das chaotische Gewebe, das aus Sioned, Tobin und den beiden anderen bestand, die sie überrascht und schockiert hatten. Die beiden Prinzessinnen, die ihnen bekannt waren, wurden flink getrennt und neu geformt, geliebte Muster, die nicht an die Schatten verloren werden durften, die in der Nacht lauerten. Das letzte Paar – hier überließ Andrade Urival den vertrauten Teil und erforschte die neue und unerwartete Gegenwart persönlich. Topas für scharfe Intelligenz, Smaragd für Hoffnung, schimmernde Perle für Reinheit, alles erleuchtet von diamantener Helligkeit, die für Schönheit und Klugheit stand. Sie wußte, wer er war, dieses strahlende Muster aus Grün und Weiß und Gold. Der Lichtläufer-Prinz. Rohans Sohn.

»Andrade!« Chay schluchzte jetzt fast, und sie öffnete die Augen und erblickte sein erschrecktes Gesicht über sich. Sie war ein wenig erstaunt, daß sie am Boden lag, den Kopf in seinen Armen. Als sie sich bewegte, verrieten ihr Schmerzen und blaue Flecken, daß sie schwer gestürzt war. »Gütige, gnadenreiche Göttin«, hauchte Chay. »Ich fürchtete schon, Ihr hättet Euch in den Schatten verloren.«

»Nein«, sagte sie und hustete. »Es gehört schon mehr dazu, um mich zu töten.« Sie richtete sich auf. »Urival?«

»Hier«, erklang seine Stimme aus der Nähe, wo Pandsala bewußtlos im Gras lag. »Weißt du, was passiert ist und was sie getan hat?« fragte er leise, mit tief eingesunkenen Augen. »Und warum?«

Andrade schluckte und nickte. »Ja. Ist sie –«

»Es ist mir egal, was mit ihr ist oder was passiert ist!« fuhr Chay sie an. »Es ist Rohan, der dich braucht, verdammt!«

Er zerrte sie hoch und half ihr beim Gehen. Sie überquerten die schwache, dunkle Linie, wo sich Feuer erhoben hatte. Noch niemand hatte es bisher gewagt, in den Kreis einzudringen. Obwohl Roelstras Leute sahen, daß das Unfaßbare geschehen und ihr Prinz gefallen war, waren sie zu verblüfft, um auch nur an Rache oder Flucht zu denken. Rohans Soldaten waren genauso stumm und reglos. Andrade sank neben der schlanken Gestalt nieder, die sich im Sternenlicht krümmte. Das Licht schimmerte auf seinem hellen Haar.

Er lebte. Blut hüllte ihn wie ein Umhang ein, aber er lebte.

Andrade nickte Chay zu, der Rohan ganz vorsichtig hochhob und ihn dorthin trug, wo Urival ein kleines, wärmendes Feuer entfacht hatte. Andrade erhob sich. Sie stand neben Roelstra und blickte in seine toten Augen hinab. Rohans Messer steckte in seiner Kehle, und seine Lippen waren zu einem halben Lächeln verzogen, das sie bis in die Knochen gefrieren ließ. Steif beugte sie sich nieder und schloß seine Augen, aber das Gefühl von Insekten, die über ihre Haut krochen, verging nicht. Denn er lächelte noch immer; er hatte endlich bekommen, was er sich gewünscht hatte, wenn auch nicht so, wie er es geplant hatte. Genau wie sie.

Sie befahl, den Leichnam in seinen violetten Umhang zu wickeln, und machte sich dann daran, die Wunden ihres Neffen zu versorgen. Sie hatte weder Salben noch Tinkturen, keine mildernden Kräuter, sondern nur einen Schlauch mit Wein, den sie einem von Rohans Männern abgenommen hatte. Diesen flößte sie ihm ein, während Urival das Blut abwusch. Chay sandte Reiter zum Schlachtfeld zurück, um alles Nötige zu holen. Sie kehrten mit größter Schnelligkeit wieder, angeführt von dem verängstigten Tilal und Maarken.

Es dauerte lange, bis sie zufrieden feststellen konnte, daß Rohan keine ernsthaften Verletzungen davongetragen hatte. Er hatte seine Augen noch nicht wieder geöffnet, aber aus der Bewußtlosigkeit war Schlaf geworden. Die Anzeichen waren für Andrades geübtes Auge unverkennbar. Zwei Tragen wurden vorbereitet, eine für den lebenden Prinzen und eine für den toten. Tilal hatte daran gedacht, Roelstras Banner am Mast umzudrehen: als Zeichen seines Todes. So konnten Rohans Leute nicht denken, es sei ihr eigener Prinz, der gefallen war.

Andrade blickte auf, als Chay ihren Arm berührte und ihren Namen nannte. Sein Gesicht war von rauhen Bartstoppeln übersät, er roch nach Schmutz und Schweiß, und seine grauen Augen waren matt und blutunterlaufen, als er zum Himmel aufblickte. Sie stellte überrascht fest, daß die Sterne fast verblaßt waren und daß aus der Schwärze dunkles Blau geworden war, am Horizont mit Rosa und Gold abgesetzt.

»Drachen«, murmelte er.

Sie flogen in kleinen Grüppchen, Jungdrachen, die von wachsamen Drachenweibchen und Altdrachen durch die Luft getrieben wurden. Die Alten stießen Warnungen nach unten aus, damit niemand ihre kostbare Brut bedrohte. Dunkle, grazile Schatten vor der dunstigen Dämmerung, so zogen sie dahin. Auf der Suche nach Futterplätzen, die noch nicht von Menschenblut verdorben waren. Andrade wollte ihnen auf dem neuen Licht folgen, wollte mit ihnen auf eigenen Schwingen dahinziehen, sie verstand langsam Rohans Liebe zu den Drachen. Für sie gab es keine Komplikationen durch Wahl, Motive, Verrat, Täuschung: keinen Kampf wider ihre eigene Natur. Sie blickte auf sein schlafendes Gesicht hinab und strich das glatte, helle Haar zurück.

»Ich wünschte, du könntest sie sehen«, flüsterte sie. »Sie gehören dir, Drachenprinz.«

»Sie gehören der Wüste«, verbesserte Chay sie ruhig. »Genau wie er. Nicht andersherum, Andrade.«

»Ich beneide ihn – und sie«, murmelte sie. »Ich habe niemals etwas anderes besessen als meine Ringe und meinen Stolz. Und nichts hat mich jemals besessen.«

»Um irgend etwas zu beanspruchen, mußt du bereit sein, auch selbst beansprucht zu werden. Das ist der erste Schritt, Andrade. Du mußt dich selbst geben, zuerst.« Er machte eine Pause, kniete neben Rohan nieder und berührte dessen Schulter. »Wir können von Glück sagen, daß Rohan das schon die ganze Zeit über gewußt hat.«

»Ich habe ihm Sioned gegeben, nicht wahr?«

»Glaubst du wirklich, sie hat dir gehört, so daß du sie geben konntest?« erkundigte sich Urival leise.

Andrade erstarrte. Sie stand auf und befahl mit einer Geste, Rohan auf die Bahre zu legen. Dann wandte sie sich von den anderen ab. Nichts außer ihren Ringen und ihrem Stolz – aber das war alles, was sie hatte, und sie würde sich damit verteidigen, so lange sie lebte.

Ein Drache brüllte in der Morgendämmerung auf, und sie blickte wieder hoch und fragte sich plötzlich, wie es wohl sein mochte, gleichzeitig frei zu sein und besessen zu werden.

Tobin schlug die Augen auf.

Ostvel drückte das zitternde, weinende Baby an seine Brust. Pols Augen waren auf Sioned gerichtet. Das verhangene Blau des Säuglings war in flammendes Feuer aufgegangen. Winzige Hände wurden ausgestreckt, Fäustchen, genauso geballt wie Sioneds Hände. Sie lag auf den Knien. Der weiße Umhang blähte sich hinter ihren Schultern wie Drachenschwingen, sie hielt die Arme ausgestreckt, und ihre Züge waren in schrecklicher Intensität erstarrt. Die Sterne waren in ihre Augen gedrungen und schienen in den Adern ihres schlanken Körpers zu fließen, während ein kalter, silbriger Schimmer sie umgab, ein weißes Feuer von den Sternen, Regenbogenfarben, die ihrer Farblosigkeit entsprungen waren. Tobin wußte, was Sioned getan hatte, wie sie jeden Faden Licht vom Himmel zu den Mustern der Macht verwebt hatte, die ihr Werk waren: Urival, Andrade, Tobin, sie selbst – und das Kind.

Ostvel blickte auf. »Er hat zu weinen angefangen. Ich konnte ihn nicht beruhigen.«

Tobin nickte. Es gab keine Möglichkeit, das Kind vor diesem Erbe zu schützen. Lichtläufer und Prinz.

Ganz plötzlich fing Sioned an zu zittern. Das Weinen des Babys wurde zu einem Wimmern, dann verstummte der Knabe, und das kleine Gesicht entspannte sich und wurde endlich heiter. Es dauerte lange, bis auch Sioneds Gesicht denselben Frieden zeigte.

»Der mit dem Messer – du hättest ihn töten können«, flüsterte Tobin heiser.

Sioned nickte, und in ihren Augen zeigten sich noch Spuren der Sterne und der Macht. »Jetzt verstehst du, was mit Pandsala war, nicht wahr? Sie und ich bedauern beide dasselbe – daß Roelstra nie erfahren hat, daß sie ihn die ganze Zeit über betrogen hat.«

Da sie Ostvels Verwirrung fühlte, wandte sich Tobin ihm zu und erklärte zögernd: »Da war – ein Kampf zwischen Rohan und Roelstra. Einer der Männer des Hoheprinzen versuchte, ihn mit einem Messer zu beenden. Sioned – sie hat die Sterne benutzt, Ostvel. Es gab kein anderes Licht.«

Sioned berührte Pols Wangen. »Es gibt Feuer in den Sternen«, murmelte sie. »Lichtläufer-Feuer.«

Ostvel hielt Pol fester. »Er hat es gefühlt. Alles, Sioned. Du weißt, was das aus ihm macht.«

Sie nickte wieder, den Kopf tief gebeugt. »Es fängt zu früh für ihn an. Ich hoffe, daß er mir eines Tages vergeben kann.«

Kapitel dreizehn

Drachengold.

Damit wurde die Arbeit von einhundert Handwerksmeistern gekauft, und zu Beginn des Frühlings erstrahlte die Große Halle von Stronghold in neuem Prunk. Die Künstler hätten natürlich auch unentgeltlich gearbeitet; die Ehre, damit prahlen zu können, daß sie daran beteiligt gewesen waren, war mehr wert als jede Bezahlung. Aber Rohan zahlte. Gold war nur Metall und kostete ihn wenig, wenngleich das nur wenige Menschen wußten. Er stand da und betrachtete seine Bühne, denn ihm war bewußt, daß die Halle genau das war. Der Prinz nickte zufrieden.

Dreihundert Lampen mit Schirmen aus funkelndem Fironeser Kristall befanden sich hoch oben an den Wänden, wo einst Fackeln gebrannt hatten. Kacheln aus Kierst bildeten ein blau-grünes Muster auf dem Boden. Neue Eßtische und

Stühle aus Syr bogen sich unter einem prachtvollen Dinnerservice aus Gribainer Porzellan und Besteck aus Fessenden-Silber. In flachen Vasen aus blauem Glas aus Ossetia waren Blumen arrangiert; zu beiden Seiten davon befand sich ein Weinkrug, hergestellt aus riesigen Meeresmuscheln, die an der Küste von Isel gefunden worden waren. Die grünen Servietten, die phantasievoll gefaltet auf den Tellern thronten, waren aus Seide aus Dorval; in Pinienholzkästchen aus Cunaxa befanden sich Gewürze; Fingerschälchen aus schwarzem Hirschhorn aus Meadowlord und weißem Elchhuf aus der Prinzenmark warteten nur auf edle Hände, die anschließend an kleinen, weichen Tüchern aus blauer Gilader Wolle getrocknet werden würden. Neben jedem prinzlichen Kelch stand ein zarter, kleiner Becher, der einzige offene Hinweis auf das Drachengold, von dem alles andere gekauft worden war.

Die Banner der *Athr'im* aus der Wüste waren ins Foyer gebracht worden. In der Halle waren sie durch einen einzigen Wandteppich hinter dem Tisch ersetzt worden: das neue Drachensymbol. In schlichten, eleganten Linien bildete der kühne Schwung ausgebreiteter Schwingen das Gegengewicht zum stolz erhobenen Kopf des Tieres. Der Drache war Gold auf Blau stilisiert dargestellt. Gekrönt von einem schmalen Reif, hielt er einen kleinen Ring mit einem echten Smaragd, der auf dem Stoff befestigt war. Zehava hätte diese große Geste genossen – und die Warnung.

Rohan beendete seine Inspektion der Großen Halle und sprach seinen Bediensteten ein Lob aus. Dann schritt er zwischen den leeren Tischen hindurch in den Seitenflügel, wo Maeta in voller Kampfrüstung über einer neuen, blauen Seidentunika stand. Ihre schwarzen Augen sprühten vor Stolz.

Rohan lächelte ihr zu. »Rühr dich! Du machst mich nervös.«

Sie schnaubte. »Ihr habt mir die Verantwortung für seine Sicherheit übertragen, und hier stehe ich.« Sie nickte Sioned zu, die an dem Ehrentisch saß, Pol auf dem Schoß.

»Hast du gehört, wie dieser alte Narr Chale erklärt hat, daß Pol Sioneds Augen hätte?«

»Und deine Manieren«, rief Sioned herüber, als das Baby laut rülpste. »Laß uns anfangen, Rohan. Im Augenblick ist er ruhig, aber man kann nie wissen, wie lange das dauert. Ich will nicht, daß er die Gäste ankreischt, die doch gekommen sind, um ihn zu bewundern.«

»Und dich«, fügte er hinzu. Sie trug ein grünes Gewand, dunkel wie ein Bergwald. Die Smaragde schmiegten sich um ihren Hals, und ein schmaler Silberreif hielt das offene Haar über der Stirn zurück. Er bestieg das Podest, um neben ihr, ein wenig hinter ihr zu stehen. Seine Finger ruhten auf der kunstvoll geschnitzten Darstellung eines Drachen im Flug, die die Lehne des Stuhls zierte, und er wußte sehr wohl, welches Bild sie abgaben. Er trug eine dunkelblaue Tunika mit passender Hose, ein Topas funkelte in tiefem Gold an einer Kette um seinen Hals, ein schlichter Silberreif lag um seinen Kopf. Pols Kleider waren grün, um zum Gewand seiner Mutter zu passen, und die Decke, in die er gehüllt war, war blau und mit winzigen goldenen Drachen bestickt. Man hätte sich kein perfekteres Bild königlicher Häuslichkeit vorstellen können – und genau das war Rohans Absicht gewesen.

Er gab Ostvel ein Zeichen, und die großen Türen wurden geöffnet. Das Chaos im Foyer verstummte abrupt, als der Präfekt von Stronghold Ihre Königliche Hoheit Prinzessin Tobin und Lord Chaynal von Burg Radzyn ankündigte. Tobin mußte ihr verletztes Bein zwar noch immer ein wenig schonen, das tat sie jedoch nicht in der Öffentlichkeit. Sie und Chay waren in sein Rot und Weiß gewandet und mit Rubinen und Diamanten geschmückt, überquerten die glänzenden Kacheln, machten ihre Verbeugung und gesellten sich zu Rohan und Sioned an den Ehrentisch.

Als nächstes kamen Rohans Vasallen: Eltanin aus Tiglath, Abidias von Schloß Tuath, der über die Grenze hoch im Norden der Wüste wachte, der alte Hadaan aus Remagev und Baisal aus der Faolain-Tiefebene. Weniger alte und wichtige Vasallen folgten, verneigten sich, erneuerten ihre Gelübde dem neuen Erben gegenüber und nahmen dann Aufstellung hinter ihren Stühlen an verschiedenen Stellen überall in der Großen Halle – eine strategische Plazierung positiver Stimmen, die Rohan, Ostvel und Sioned im vornherein ausgearbeitet hatten. Walvis war der letzte der Edlen der Wüste, der eintrat, groß und gutaussehend, blaue Augen blitzten über einem sauber gestutzten schwarzen Bart. Er nahm seinen Platz am Haupt des Tisches der Ritter ein. Rohan fing seinen Blick auf und lächelte.

Als nächstes kamen die Prinzen, mit Ausnahme von Miyon aus Cunaxa. Er war sechzehn Winter alt, und es war ihm verboten, eine eigene Entscheidung zu treffen. So hatte er Nachricht gesandt, er sei zu krank, um die lange Reise von Schloß Pine zu machen. Man hatte beschlossen, darin keine Beleidigung zu sehen, da seine Gegenwart ohnehin nicht notwendig war. Es waren genügend Prinzen anwesend, um dieser Versammlung Gültigkeit zu verleihen.

Lleyn aus Dorval trat als erster ein und zwinkerte Rohan zu. Er drückte einen langen Kuß auf Sioneds Handgelenk, kitzelte Pol am Kinn, bis das Baby vor Vergnügen jauchzte, und begab sich dann zu seinem Platz in der Nähe des Ehrentisches. Pimantal aus Fessenden folgte. Er drückte seine Dankbarkeit darüber aus, daß seine Stadt Einar sicher war – denn niemand zweifelte daran, daß Fessenden als nächstes auf der Liste gestanden hätte, hätte der verstorbene Hoheprinz in Syr Erfolg gehabt. Saumer aus Isel, Roelstras einstiger Verbündeter, trat wachsam und trotzig ein, aber er war höflich. Ihm folgte sein Feind, Volog aus Kierst, der sehr zufrieden aussah, daß er Sioned als Verwandter grüßen konnte. Prinz Ajit, dem trotz seines vorgeschrittenen Alters die lange Reise von Firon nach Stronghold nichts ausgemacht zu haben schien, sagte ein paar hübsche Dinge zu Sioned und schloß sich Chales Ansicht an, das Baby hätte ihre Augen.

Clutha aus Meadowlord kam ernst und reumütig. Er hatte sich bereits mehrfach lang und breit bei Rohan entschuldigt, weil er Lyell aus Waes nicht besser beaufsichtigt hatte – den er im Schlepptau hatte und der vor Angst fast krank zu sein schien. Ein Stoß in die Rippen reichte aus, daß der junge Mann sich in einer langen, überstürzten Rede erging, die sich Rohan ausdruckslos anhörte. Er nickte kurz als Zeichen, daß Lyell entlassen war, denn er wünschte, daß dieser noch ein wenig länger schwitzte.

Chale aus Ossetia trat ein. Er strahlte angesichts von Lyells Werk Unschuld aus. Dann kamen die jüngeren Prinzen, die – wie Miyon – ihre Väter an die Seuche verloren hatten, aber – im Gegensatz zu ihm – selbst über ihre Leute herrschten. Cabar aus Gilad und Velden aus Grib waren etwa im selben Alter. Sie hielten sehr viel von Würde bei dieser ersten Prinzenversammlung, seit sie ihr Land übernommen hatten. Doch sie waren noch immer jung genug, um zu erröten, als Sioned ihnen ihr bezauberndes Lächeln schenkte.

Schließlich trat Davvi in Begleitung seiner Gemahlin ein, Wisla war protzig aufgemacht, behängt mit Syrener Türkisen und Granaten, und ein riesiger Diamant hing zwischen ihren enormen Brüsten. Sie strahlte alle an, als wäre sie Prinzessin von Stronghold und Syr zusammen.

Dann war die Reihe an Roelstras Töchtern. Zwölf waren

noch übrig; fünf waren an der Seuche gestorben, und die Umstände von Ianthes Tod in den Flammen, die Feruche zerstört hatten, waren noch immer Thema intensiver Spekulationen. Pandsala führte ihre Schwester und ihre Halbschwestern zum Ehrentisch, und keine von ihnen wußte, daß der Knabe, vor dem sie sich verbeugten, der Sohn ihrer Schwester Ianthe war.

Als sie sich erhoben, sprach Sioned klar in die Stille: »Einen Augenblick bitte, meine Damen, wenn Ihr so freundlich sein wollt.«

Sie erstarrten, drängten sich zusammen, die Augen vor Angst oder Überraschung oder beidem weit aufgerissen. Alle, mit Ausnahme von Chiana und Pandsala. Die erstere funkelte Rohan trotzig an; die letztere starrte zu Boden.

»Ihr habt Euch ehrenhaft verhalten, und das ist das wahre Zeichen von Adel. Ihr habt zuerst an den Frieden und das Wohlergehen Eures Landes gedacht. Indem Ihr auf jeglichen Anspruch für Euch und Eure Nachkommen verzichtet habt, was Ländereien, Titel und Reichtum angeht, habt Ihr mit großer Weisheit entschieden, wie alle hier Anwesenden anerkennen werden.«

Beschwichtigung für ihren verletzten Stolz, dachte Rohan und schickte sich an, den Rest von Sioneds Rede zu genießen. Sie hatte darauf bestanden, daß sie es sein würde, die den Schwestern diese Gunst erwies.

»Euer Leben gehört nun Euch«, fuhr sie fort. »Solltet Ihr den Wunsch haben, ruhig und zurückgezogen in der Felsenburg zu leben, so mögt Ihr das tun. Gibt es ein Gut, auf dem Ihr zu leben wünscht, so sollen dieses und all seine Erträge Euch gehören, so lange es Euch beliebt.«

»Hoheit!« stöhnte Naydra, die älteste von ihnen.

»Es lag niemals in unserer Absicht, Euch arm und namenlos zu lassen«, versicherte Sioned ihr, und Rohan hörte erstauntes Flüstern überall in der Halle. »Und sollte es einen Mann geben, den Ihr zu heiraten wünscht, so werdet Ihr eine Mitgift erhalten, wie sie Eurem königlichen Blut zukommt.«

Stimmengewirr war die Antwort auf diese Mitteilung. Rohan wartete amüsiert, bis sich der Lärm gelegt hatte. Er und Sioned hatten die Rolle der großzügigen Prinzen übernommen, aber sie hatten ihre Gründe dafür. Es lag nicht in Rohans Natur, Roelstras Töchter einzusperren, nicht einmal um Pols willen. Und hätte er stumme, gefangene Märtyrer aus ihnen gemacht, so wäre dies gefährlicher gewesen, als sie freizulassen, selbst wenn sie Kinder in die Welt setzten, die eines Tages eine Gefahr werden könnten. Die meisten würden wahrscheinlich in Vergessenheit geraten, würden entweder auf hübschen Gütern leben, schwer, wenngleich unauffällig bewacht – er war kein Dummkopf –, oder würden sich mit dem einen oder anderen weniger wichtigen Lord verheiraten. Er beobachtete sie, als sie sich bemühten, diese völlige Umkehrung ihres Schicksals zu fassen, die Aussicht auf mehr Freiheit, als ihr Vater ihnen je eingeräumt hatte. Acht unbedeutende Menschen, aber vier, die man besser beobachten sollte: Kiele mit ihrem neuen Gemahl Lyell aus Waes; Cipris, die mit ihren achtzehn Jahren scharf und schön war wie ein junger Morgen; und die verschlagene kleine Chiana mit ihrer Schwester Moswen.

Er zweifelte jedoch daran, daß viele Männer bereit sein würden, eine Tochter des verstorbenen Hoheprinzen zu ehelichen, trotz der reichen Mitgift, die er zur Verfügung stellen würde. Er konnte es sich leisten, großzügig zu sein – vor allem, weil er für die Wüste ein hübsches Stück der Prinzenmark gefordert hatte, darunter die Ruinen von Feruche und die Drachenhöhlen in ihrer Nähe. Alle glaubten, dies wäre auf irgendeinen alten Anspruch seiner Familie zurückzuführen. Rohan dachte nicht daran, sie aufzuklären.

Die Prozession in die Große Halle war nahezu beendet. Roelstras Töchter nahmen ihre Plätze ein, Kiele wütend bei der Aussicht, verheiratete Schwestern zu haben. Sie gesellte sich zu Lyell. Absolutes Schweigen senkte sich dann über den Raum, als Andrade und Urival eintraten. Sie waren beide in Silber und Weiß gewandet, sie mit Mondsteinen im weiß-goldenen Haar, er mit denselben Steinen in einem Gürtel um die Taille. Knie und Häupter neigten sich, als sie durch den langen Gang zum Ehrentisch schritten, und als Rohan selbst den Kopf vor seiner Tante neigte, sah er das erwartungsvolle Leuchten der Vorfreude in ihren Augen. Er hatte ihr gewisse Dinge über seine Pläne für den heutigen Abend erzählt, die dieses boshafte Funkeln rechtfertigten; gewisse andere Dinge hatte er ihr nicht erzählt, Dinge, bei denen sie wahrscheinlich der Schlag getroffen hätte. Dennoch – sie liebte eine gute Show.

Das Fest begann, sobald die Ehefrauen, Erben und wichtigen Gefolgsmänner einiger anwesender Prinzen hereingekommen waren und ihre Plätze eingenommen hatten. Die niedrigsten Tische waren für die Ritter und Knappen bestimmt, wobei die letzteren von ihren Pflichten bei Tisch befreit und durch Rohans eigene Diener ersetzt worden waren. Ihre Gruppe wurde von Maarken und Tilal angeführt, zwei Knaben, die sich von ihren Kameraden durch ihre Selbstsicherheit unterschieden, die von ihrer Kampferfahrung herrührte. Auch Andry und Sorin waren anwesend, zusammen mit Ostvels Sohn Riyan. Die drei hatten Erlaubnis, so lange aufzubleiben, wie sie nicht die Etikette verletzten und damit die elterliche Aufmerksamkeit erregten.

Als der erste Gang serviert wurde, kamen Maeta und ein Kindermädchen, um Pol zu Bett zu bringen. Er war schlecht gelaunt, nachdem er der Bewunderung durch so viele Fremde ausgesetzt worden war. Rohan fühlte mit ihm; er hatte selber unschöne Kindheitserinnerungen an Gelegenheiten, bei denen er auf ähnliche Weise ›ausgestellt‹ worden war. Aber ein Prinz war eben ein Prinz. Pol würde sich daran gewöhnen müssen.

Walvis war für den Tisch der Ritter verantwortlich, und seine Haltung wurde nur erschüttert, wenn er zufällig zu einem schlanken, rothaarigen Mädchen mit grauen Augen hinüberblickte. Rohan und Ostvel hatten sich einen Spaß daraus gemacht, sie am nächsten Tisch zu plazieren, direkt in seinem Blickfeld. Die beiden Männer wechselten jetzt einen vielsagenden Blick und grinsten.

Es hatte Rohan auch Freude gemacht, für den Ehrentisch besondere Becher anfertigen zu lassen. Sie sollten an diese Nacht erinnern und waren prachtvoll gearbeitet. Ein Kelch aus rotem Fironeser Kristall mit Silberfuß für seine Schwester und ihren Gemahl; schlichtes Silber, mit Mondsteinen besetzt, für Andrade und Urival. Neben Ostvels Teller befand sich ein goldener Becher, mit einem einzelnen Karneol besetzt, und für sich selbst und Sioned gab es ein Paar schimmernde, blau-grüne Kelche, graviert mit ihrem neuen Zeichen und mit einem Fuß aus Drachengold versehen. Er hob stumm seinen Becher, trank ihr zu, und sie lächelte. Doch dann berührte sie den kleinen, leeren, goldenen Becher zwischen ihnen, der denen entsprach, die auch all die anderen Prinzen erhalten hatten. Er verstand. Heute abend waren sie nicht Rohan und Sioned, sondern der Drachenprinz und seine Lichtläufer-Prinzessin.

Nach Lord Farids Tod hatten Rohans *Athr'im* Baisal zu ihrem Sprecher gewählt. So kam es, daß Baisal sich auf ein Zeichen von Ostvel hin erhob, nachdem auch die letzten Teller abgeräumt worden waren, und auf Ruhe wartete. Sein glückliches Grinsen, wann immer er an die feine, neue Steinburg dachte, die ihm versprochen worden war, hatte seit Mittwinter noch nicht nachgelassen und würde wohl erst verschwinden, wenn er tot und verbrannt war. Davvi hatte Rohan unter vier Augen darüber aufgeklärt, daß er dem geliebten Gemahl seiner geliebten Schwester, ohne mit der Wimper zu zucken, den Hals brechen würde, sollte die Bezahlung der Steine auch nur erwähnt werden. Baisal hatte Syr wie auch der Wüste einen großen Dienst erwiesen, und Davvi beabsichtigte, ihn dafür zu belohnen.

Mit einer Stimme, die tief aus einer Brust heraufdröhnte, die den Umfang eines Weinfasses hatte, bat Baisal um Schweigen und strahlte jedermann an. »Hoheiten, Herren und Herrinnen, Ritter, Knappen und alle hier Versammelten!« donnerte er. »Erhebt Eure Kelche und trinkt mit mir auf den glorreichen Frieden von Drachenfeld!«

»Drachenfeld!« rief jemand, und Rohans Leute machten daraus »Drachenprinz!« Er fing Sioneds Blick auf, die sich amüsierte, daß er so ungezogen war, auf sich selbst zu trinken. Er kicherte.

»In den vergangenen Tagen hatten wir alle die Ehre privater Besprechungen mit Prinz Rohan, und er hat sich unsere Hoffnungen und Pläne für die Zukunft angehört. So ist es Brauch«, fügte er fröhlich hinzu, und Rohan unterdrückte ein Lächeln angesichts dieser Beschreibung eines Vorgehens, die nur ein einziges Mal Anwendung gefunden und seine Vasallen vor seinem ersten *Rialla* als ihr Prinz sehr nervös gemacht hatte. »Wir hatten auch die Ehre, mit Prinz Lleyn zu sprechen, und am heutigen Nachmittag wurden Verträge unterzeichnet, in denen die Grenzen jedes Prinzenreichs und jedes Gutes für alle Zeiten festgelegt wurden!« Wieder hob er den Kelch, mitgerissen von seiner eigenen Wortgewandtheit und Davvis bestem Syrener Wein. »Auf die Weisheit unseres Prinz Rohan, und möge der Friede für alle Zeiten anhalten.«

Als die Anwesenden tranken, flüsterte Sioned: »Wir sollten ihn besser zum Schweigen bringen, ehe er alle dazu bringt, diese dumme Ballade zu singen.«

»Ach, ich weiß nicht. Ich genieße das eigentlich«, spottete er und grinste, als sie heimlich das Gesicht verzog. »Also schön. Um der Bescheidenheit willen stimme ich dir zu, daß zwei Toasts ausreichen müßten.«

»Bescheiden? Du?«

Saumer aus Isel löste das Problem. »Verzeiht, Herr, aber wir wissen noch nichts über die Art dieses Friedens!«

»Paß auf«, flüsterte Chay.

»Er hätte mir kein besseres Stichwort geben können, selbst wenn ich ihm vorgeschrieben hätte, was er sagen soll«, antwortete Rohan leise und stand auf. »Meinen Dank, Lord Baisal, für den Tribut, den Ihr dem Frieden gezollt habt, den wir alle so sehr wünschen.« Als Baisal sich voller Stolz über das Kompliment von seinem Prinzen setzte, wandte sich Rohan an Saumer. »Ihr seid weise, wenn Ihr Erleuchtung sucht. Mit Erlaubnis dieser Versammlung werde ich den Zweifeln unseres Vetters aus Isel begegnen.«

»Da bist du wieder in deinem Element, du verdammter Prahlhans«, murmelte Tobin neben ihrem Bruder, und er trat gegen eines der Beine ihres Stuhles.

Danach nannte er den Namen jedes Prinzen, der sich daraufhin erhob. Er nahm den kleinen, goldenen Kelch in die Hand und bedeutete den Prinzen, es ihm gleichzutun. Dann wartete er, während die Diener dünnen, süßen Syrener Wein einschenkten. »Alle hier anwesenden Prinzen werden in ihrem Besitz bestätigt, wie er in den Verträgen festgehalten ist, die heute hier im Beisein von Lady Andrade unterzeichnet wurden.« Die Edlen tranken auf ihre eigenen Ländereien und Titel. »Alle *Athr'im* wurden ebenfalls bestätigt«, fügte Rohan hinzu.

Lyell aus Waes starrte mit Augen, die fast aus seinem Kopf sprangen, auf den Ehrentisch. Clutha stieß ihn an, und als er aufschaute, sah er sich einem festen Blick gegenüber, der ihm undenkbare Folgen verhieß, sollte er in Zukunft auch nur einen falschen Schritt machen. Kiele sank auf ihren Stuhl zurück, schwach vor Erleichterung.

»Es gibt noch einige Namen, die der Liste der *Athr'im* hinzuzufügen sind, und ich freue mich, sie Euch heute nennen zu können.« Er hörte Sioned zufrieden seufzen. »Als erstes möchten wir Euch Lord Walvis aus Remagev vorstellen.«

Es dauerte ein paar Augenblicke, bis der junge Mann begriff, was da gesagt worden war. Feylin beugte sich über ihren eigenen Tisch und zischte ihm zu: »Steh auf und verneige dich vor deinem Prinzen, der dir diese Ehre erweist!« Sie rief damit in der Halle lautes Gelächter hervor und auf Walvis' Wangen verlegene Röte. Er warf dem Mädchen einen wütenden Blick zu und legte dann den langen Weg zum Ehrentisch zurück, den Kopf hoch erhoben und mit nur leicht zitternden Knien.

Als er seine Verbeugung gemacht hatte, murmelte Rohan, so daß nur er es verstehen konnte: »Hadaan hat darauf bestanden, daß wir dir Remagev heute abend vor jedermann übergeben. Er hat allerdings eine Bedingung daran geknüpft – daß du ihn in der Burg bleiben läßt, damit er deine Kinder verwöhnen und mit deiner Gemahlin flirten kann.«

Unwillkürlich warf Walvis einen Blick über seine Schulter, nicht jedoch zu Hadaan, der so stolz grinste, als wäre Walvis sein eigener Sohn. Sioned bebte vor stummem Gelächter und flüsterte: »Was hab ich gesagt? Ein Rotkopf!«

Rot bis zu den Ohren starrte Walvis sie an und schluckte. »Ich – Herr, Herrin, diese Ehre ist zu groß für mich.«

»Ach, Unsinn«, widersprach Sioned. Und während Rohan ihm einen Ring auf den Finger schob, fuhr sie fort:

»Topas für ein langes und glückliches Leben, mein lieber Walvis. Wir lieben dich noch mehr, als du uns liebst, und als weiteres Pfand dieser Liebe –« Langsam zog sie einen schimmernden Strang aus einer Tasche ihres grünen Gewandes, ein spöttisches Lächeln auf den Lippen und ein Sprühen in den Augen. Sie war so schön, daß Rohan sie am liebsten vor der ganzen Versammlung geküßt hätte.

»Herrin!« Walvis stöhnte auf, als die Schnur aus leuchtenden silbergrauen Perlen in seine Hand gelegt wurde.

»Passend für ein Hochzeitshalsband, würde ich sagen«, murmelte Tobin, aber Chay kam ihm zur Hilfe und erklärte: »Mach den Knaben nicht nervös, Tobin. Er hat schon die richtige Idee.«

Walvis' große, blaue Augen wanderten hilflos von seinem Prinzen zu seiner Prinzessin. Sioned zwinkerte ihm zu. »Eines Tages, Walvis, mußt du mir genau erzählen, was in Tiglath passiert ist. Jetzt dürft Ihr Euch vor uns verneigen, Mylord«, drängte sie. Das tat er und begab sich benommen zu seinem Platz zurück. Ostvel erhob sich und eskortierte ihn zu einem Platz zwischen Rohans anderen Vasallen. Dort saß er und hielt verblüfft die Perlen in beiden Händen.

Rohan räusperte sich. »Als nächsten präsentieren wir Euch Lord Tilal aus River Run. Prinz Davvi, Euch gebührt die Ehre, Euren Sohn in seinem Range zu bestätigen.«

Diese Enthüllung war keine Überraschung für die Beteiligten. Tilal verließ den Tisch der Knappen und ging hinüber zu seinen Eltern und seinem älteren Bruder Kostas. Ein Ring wurde ihm übergeben, und Tilal verbeugte sich vor seinem Vater, ehe er sich umwandte, um sich vor dem Ehrentisch noch einmal zu verneigen. Wisla, bereits jetzt benommen vor Entzücken, weil sie fünf Tage lang von anderen Prinzen als Ihre Gnaden aus Syr tituliert worden war, brach in Glückstränen aus. Kostas, achtzehn Winter alt und selbst ein Prinz, grinste seinem kleinen Bruder zu und machte ihm Platz an ihrem Tisch. Ein Diener brachte einen Stuhl für den neuen Herrn von River Run, der kaum zu atmen wagte.

»Gütige Göttin, ich liebe es, ein Prinz zu sein!« flüsterte Rohan Sioned zu und lächelte auf sie hinab. Sie strahlte jetzt, erfüllt von noch weit größerer Aufregung, denn als nächstes würde die beste aller Überraschungen dieses Abends kommen, eine, die nur sie beide kannten.

»Wir präsentieren Euch nun«, rief Rohan, »Lord Ostvel von Skybowl.«

Er erstarrte am anderen Ende des Ehrentisches, unfähig sich zu rühren oder etwas zu sagen. Chay stemmte ihn hoch, eine Hand unter seinem Ellbogen, und es gelang ihm, einen Fuß vor den anderen zu setzen, bis er Rohan und Sioned gegenüberstand, den Rücken der Versammlung zugekehrt. Sein Gesicht war aschfahl und so verwirrt, daß Rohan fürchtete, er könnte sich nicht aufrecht halten.

Vom anderen Ende der Großen Halle rief eine kleine Stimme: »Hat Papa Probleme, Prinz?«

»Nicht im geringsten!« übertönte Rohan das Gelächter. »Komm du auch hierher, Riyan.«

Der Knabe eilte herbei und klammerte sich an die Hand seines Vaters. Ostvel blickte auf ihn hinab, auf diesen unbezähmbaren kleinen Knaben mit Camigwens wunderbaren dunklen Augen. Als er Rohan wieder ansah, standen Tränen in seinen Augen.

»Du vertraust mir die Höhlen an?« murmelte er.

Sioned antwortete für sie beide. »Wir vertrauen dir sogar unser Leben an.«

»Vergeben?« fragte er leise.

Rohan verstand den Blick nicht, der zwischen ihnen hin- und herging. Sioned biß sich auf die Lippen. Dann nickte sie ernst. »Wenn du mir vergibst.«

Ostvel neigte den Kopf. »Sie hätte viel früher verstanden als ich, Sioned. Wenn du entschlossen bist, uns diese Ehre zu erweisen, dann tu es für sie, nicht für mich.«

»Für euch beide«, erwiderte sie.

Rohan schob einen Ring auf Ostvels Finger, dessen Topas von so dunklem Goldbraun war, daß er fast die Farbe von Riyans Augen hatte. Zu dem Kind gewandt, sagte er: »Dein Papa ist jetzt ein großer Lord.«

Riyan sah erst aufgeregt aus und dann plötzlich verloren. »Heißt das, daß ich jetzt immer brav sein muß? Darf ich nicht mehr Drache spielen?«

»Doch, doch«, beruhigte ihn Rohan. »Du mußt es später doch Pol beibringen, weißt du.« Er dachte daran, daß in künftigen Jahren echte Drachen in großer Zahl die Höhlen um Skybowl herum aufsuchen würden, nun, da sie Rivenrock für alle Zeit aufgegeben hatten. Er beneidete Riyan um die Chance, sie so oft sehen zu können.

Der Knabe nickte vor Erleichterung. »Dann ist es ja gut. Und ich werde brav sein, Prinz. Das verspreche ich.«

Vater und Sohn begaben sich ans Ende des Ehrentisches, und Riyan kuschelte sich bequem auf Ostvels Schoß. Rohans Blick suchte die anderen edlen, jungen Herren, die Pol unterweisen würden: Maarken, Sorin, Andry, Tilal, alle sie würden in Zukunft seine Freunde und ihm eine Stütze sein. Eltanins Sohn Tallain wäre ein weiterer. Und die Kinder, die Walvis mit Feylin haben würde – mit ihr, die Drachen liebte. Er lächelte und fragte sich, ob Sioneds andere Vorhersage auch wahr werden und sie eine Tochter nach ihr benennen würden.

Als hätte Rohan es so arrangiert, erklang in diesem Moment eine laute, kräftige Stimme. »Vetter«, rief Prinz Volog aus Kierst laut, »ich bitte diese Versammlung um Nachsicht, weil ich in einer privaten Angelegenheit sprechen möchte.«

»Du hast unsere Aufmerksamkeit, Vetter«, willigte Rohan freundlich ein.

Volog grinste, unfähig, seine Freude zu unterdrücken. Seine Stimme wurde plötzlich seidenweich, und Saumers Kopf fuhr herum, die Augen mißtrauisch zusammengekniffen. »Mein geschätzter Vetter aus Isel und ich haben mehr als nur unsere Insel gemeinsam. Wir haben beide eine Reihe charmanter Töchter – und wir haben jeder einen unverheirateten Erben.«

»Ja? Das ist interessant«, bemerkte Rohan nur und konnte sich kaum noch beherrschen, als Andrade ein Schnauben ausstieß. »Fahr nur fort, Vetter.«

Volog wandte sich an Saumer. »Muß ich noch mehr sagen?« fragte er liebevoll.

Saumer lief scharlachrot an und kämpfte gegen einen Erstickungsanfall. Das Publikum kicherte, denn es hielt es für richtig, daß Saumer, wenn er sein Prinzenreich behalten wollte, nachdem er Roelstra unterstützt hatte, jetzt damit würde zahlen müssen, daß es mit Kierst vereinigt wurde. Seine Gnaden aus Isel warf seinem grinsenden Rivalen aus Kierst einen wütenden Blick zu, schluckte dann und erklärte: »Wie weitsichtig von Euch, Herr, und welch eleganter Vorschlag.«

Rohan lächelte gutgelaunt. »Wir sind alle sicher, daß Eure Insel bis zum nächsten *Rialla* in wahrer Zuneigung und Harmonie vereint sein wird.« Sein Blick bedeutete Saumer, daß dies besser der Fall sein würde. Es war ein ausgezeichneter Handel; sie hatten während und nach der Seuche gut zusammengearbeitet, und wenn sich beide Seiten ein wenig bemühten, dann würde die Verbindung von wenigstens einem Paar von Kindern die uralte Feindschaft zwischen den Prinzentümern im Interesses der Familienharmonie begraben. Er fühlte sich ein wenig schuldbewußt, weil er so über das

Leben junger Leute bestimmte. Schließlich hatte auch ihm die Vorstellung nicht sonderlich gefallen, mit einem Mädchen verheiratet zu werden, das seine Eltern für ihn ausgewählt hatten. Aber als er auf die Gemahlin hinabsah, die Andrade für ihn ausgesucht hatte, mußte er innerlich lachen. Die Chancen standen nicht schlecht, daß Pflicht mit Zuneigung zusammentraf, denn beide Erben waren angenehme junge Männer, und die meisten der Töchter waren so charmant, wie Volog behauptet hatte. Auch in den Adern der prinzlichen Familie von Kierst floß *Faradhi*-Kraft; Sioneds Großmutter war auch Vologs Großmutter, und so war es möglich, daß ein wenig Magie vorhanden sein würde, selbst wenn kein Nachkomme über die volle Gabe verfügen sollte. Die Möglichkeit, daß es neben Pol einen weiteren Prinzen mit Lichtläufer-Talenten geben könnte, beunruhigte Rohan ein wenig. Aber auch das war eine Sache der Zukunft. Erst dann würden sie herausfinden, welche Art von neuem Prinzen Andrades Intrigen geschaffen hatten.

Der Gedanke an seinen Sohn brachte Rohan zurück zum letzten und ernstesten Schock, den er der Versammlung an diesem Abend geben wollte. Indem er sich die Freude gemacht hatte, Walvis, Ostvel und Tilal zu erheben, hatte er für Pol die Zukunft vorbereitet; bei dem Manöver mit Saumer und Volog war es ebenso gewesen, und nebenbei hatte er seine Prinzen noch prächtig amüsiert, wenn er an ihre funkelnden Augen dachte. Jetzt würde seine letzte Ankündigung kommen. Er warf Andrade einen verstohlenen Blick zu, die sich auf ihrem Stuhl zurücklehnte. Alles an ihr verriet, wie sehr sie diesen Abend genoß. Sie las nichts in seinen Augen – aber Sioned tat es, erhob sich und stand neben ihm und nahm seine Hand in ihre. Dieser Bruch der Etikette – eine Prinzessin, die stand, obwohl dies nur den Prinzen zukam – sorgte für Ruhe in der Halle.

»Es gibt noch ein Land, dem ein Prinz fehlt«, erklärte Rohan leise, eine fast beiläufige Beobachtung, die in den letzten fünf Tagen niemand laut auszusprechen gewagt hatte, zumindest nicht in seiner Gegenwart. »Kein männlicher Erbe, der aus dem Körper des verstorbenen Hoheprinzen hervorgegangen ist, ist am Leben. Seine Töchter haben auf jegliche Ansprüche für sich und ihre Nachkommen verzichtet. Wir waren der Sieger in dem Krieg, den Roelstra begonnen hat und mit dem er das Gesetz verletzt hat. Es war ein Sieg, der errungen wurde durch die unschätzbare Hilfe der Edlen aus Syr und Dorval.« Er brach ab und ließ seinen Blick durch den Saal gleiten, als wollte er sich alle einprägen, die ihm aktive Unterstützung versagt hatten. »Dieser Sieg im Krieg gibt uns das Recht, Anspruch auf die Prinzenmark zu erheben, auf alles Land, alle Besitztümer, alle Titel, auf den Handel und auf alle Reichtümer. Wir fordern dies nicht für uns selbst, sondern für unseren geliebten Sohn, Prinz Pol. Seid Ihr bereit, ihn frei zu akzeptieren?«

Sie konnten nicht anders, aber Rohan war dennoch ein wenig verblüfft über das Ausmaß ihrer Zustimmung. Sie mußten ihn mehr fürchten, als ihm bewußt gewesen war, oder vielleicht fingen sie auch an zu glauben, was Chay und Tobin und Lleyn und Davvi ihnen seit fünf Tagen erzählten: daß Rohan ihre einzige Hoffnung war.

»Wir danken Euch«, sagte er. Sioneds Finger verkrampften sich in seinen eigenen, denn sie wußte, was jetzt kam. Seinen nächsten Schritt hatte sie vorgeschlagen. Chay, Tobin und Ostvel waren anfangs entsetzt gewesen, hatten aber zögernd erkannt, wie weise dieser Zug war. Die eingeschüchterten Vasallen der Prinzenmark konnten nicht so regiert werden, wie Rohan die Wüste regierte – noch nicht. Pol war noch ein Baby. Und es gab niemanden sonst, der wirklich gut über sein zweites Prinzenreich wachen würde.

»Es wird noch viele Jahre dauern, bis unser Sohn alt genug ist, um die volle Verantwortung für diesen Titel zu übernehmen. Deshalb haben wir beschlossen, einen Regenten einzusetzen, der die Prinzenmark regieren soll, bis unser Sohn erwachsen ist.«

Einige von ihnen sahen zu Chay hinüber, andere zu Maarken, obwohl er noch so jung war. Rohan staunte, wie blind sie sein konnten – selbst Andrade, die jetzt vornübergebeugt dasaß, so daß er aus dem Augenwinkel ihr helles Haar sehen konnte. Nicht einmal sie blickte zu der Person seiner Wahl, die unbeachtet dort saß, stumm abwartend.

»Wir ernennen zum Regenten der Prinzenmark Ihre Königliche Hoheit, Prinzessin Pandsala, *Faradhi* von drei erworbenen Ringen.«

Aufruhr.

Inmitten des Tumults erhob sich Pandsala und schritt graziös zum Ehrentisch. Ihre Schwestern waren benommen von diesem Schock – abgesehen von Kiele, die vor Wut weiß wurde, und Chiana, die aufsprang und aus der Halle stürzte.

Der Aufruhr legte sich. Pandsala stand vor Rohan, ruhig und schlank in einem schlichen, braunen Seidenkleid. Sioned gab ihr einen Ring, der mit dem Topas der Wüste besetzt war sowie mit einem Amethyst von Roelstras Schwert; diesen Ring würde Pol eines Tages tragen, als Prinz beider Länder. Rohan nahm ihre gefalteten Hände zwischen seine, und Sioned legte ihre Finger darauf.

Pandsala blickte mit einem schüchternen Lächeln zu ihnen auf und murmelte: »Ich habe Andrade aus der Schule der Göttin geholt, habe meinen Vater bespitzelt und Euch vor seinen Plänen gewarnt, habe seine Armeen fehlgeführt und Euch unterm Sternenlicht unterstützt. Ich habe alles riskiert, und doch wissen wir alle, daß Ihr mir nie wirklich trauen werdet.«

»Wir verstehen dich, Pandsala«, antwortete Sioned ebenso leise, und Rohan dachte: *Wir verstehen den Haß, den du auf deinen Vater und deine Schwester hattest. Und du wirst niemals die Wahrheit über Pol erfahren. Niemals.* »Ich habe deine Farben berührt«, sagte Sioned, »du bist eine *Faradhi.*«

»Und das reicht, um ihr zu vertrauen?« zischte Andrade wütend.

»Das muß es wohl, nicht wahr, Herrin?« Pandsala begegnete ruhig ihrem Blick. Dann, laut genug, um überall in der Halle gehört zu werden: »Im Namen des Lichtläuferblutes meiner Mutter, Prinzessin Lallante, bei meinen *Faradhi*-Ringen, bei meinem Glauben und meinem Leben schwöre ich, die Prinzenmark zu bewachen und zu erhalten, für Sicherheit und Reichtum zu sorgen bis zu der Zeit, wo Prinz Pol sie für sich selbst beansprucht.«

Diesmal schoß Andrades Stimme vor wie Stahl, drohend und kalt zerschnitt sie die Stille: »Bei den Ringen, die ich dir verliehen habe: Wenn du dich nicht dieses Vertrauens würdig erweist, werde ich als Herrin der Schule der Göttin dafür sorgen, daß du den Schattentod stirbst.«

»Unsere Wahl ist auf sie gefallen, Lady Andrade«, warnte Rohan. Und nur für ihre Ohren bestimmt, fügte er hinzu: »Mache damit deinen Frieden, wenn schon nicht mit ihr.«

»Denk daran«, war die einzige Antwort, die sie Pandsala drohend entgegenschleuderte.

Die Prinzessin begab sich zu dem entsetzten Urival ans andere Ende der Ehrentafel. Ein Diener erschien mit einem Stuhl und dem letzten der prinzlichen Goldkelche. Wieder wurde in tödlichem Schweigen Wein eingeschenkt.

Es war Lleyn, der seinen Kelch erhob und in einem Ton, der den angemessenen Beifall förmlich forderte, ausrief: »Auf die Prinzregentin Pandsala!«

Stimmen erhoben sich, der Wein wurde getrunken. Es war vollbracht.

Rohan nahm Sioned den kleinen Kelch ab, nachdem sie den letzten Tropfen daraus geleert hatte, und stellte ihn auf den Tisch. Er bemerkte, daß seine Hand leicht zitterte, und wurde sich einer plötzlichen Erschöpfung bewußt. Er wollte auf einmal nichts weiter, als alle aus seinem Schloß vertreiben können, um sich mit seiner Gemahlin und seinem Sohn in seine Gemächer zurückzuziehen und einige Tage dort zu bleiben, wenn er wollte. Aber es blieb noch eine Sache zu tun, und er widerstand dem Impuls, Andrade mit einem scharfen Befehl niederzuzwingen.

Endlich erhob sie sich und verließ den Ehrentisch. Sie begab sich ins Zentrum der Großen Halle. Urival folgte ihr, dann auch Rohan und Sioned, Hand in Hand. Er spürte die Kraft ihres Feuers, das ihn durchfloß und ihm genügend Ausdauer verlieh, um dieses Ritual durchzustehen, das von der Frau vollzogen werden würde, die ihn auf diesen Platz gestellt hatte und die ihn jetzt mit kalten Augen anstarrte, als würde sie ihm nie vergeben, was er getan hatte.

Alle standen jetzt, angespannt vor Erwartung. Die Herrin der Schule der Göttin hob die Arme, die Ärmel fielen von ihren Ringen und Armbändern zurück, die silbern, golden und juwelenbunt funkelten. Urival war an ihrer Seite. Er hielt eine schlichte, goldene, mit Wasser gefüllte Schüssel. Rohan und Sioned standen ihr gegenüber, mit dem Rücken den Fenstern zugewandt, durch die das Mondlicht bleich und ruhig in den Saal fiel.

»Wollt Ihr sie als Hoheprinz und Höchste Prinzessin anerkennen?« fragte Andrade.

Einer nach dem anderen gaben die Prinzen und Herren ihre Einwilligung. Rohan hörte das Zögern in manchen Stimmen und unterdrückte mühsam ein verbittertes Achselzucken. Nicht einmal die ehrliche Freude und sogar Erleichterung in den meisten Antworten konnte den Schmerz lindern, den er empfand, als er Andrades Blick begegnete. *Du hast mich hier gewollt. Sie haben keine Wahl, und vielleicht ist es besser so. Da ist ein Sohn, der mir nachfolgen wird. Prinz und Lichtläufer gleichermaßen, genau wie du es geplant hast. Aber wenngleich ich alles verstehe, so werde ich dir die Pein nie vergeben. Niemals.*

Seine Finger schlossen sich krampfhaft um die Hand seiner Gemahlin, und er blickte auf ihr stolzes, ruhiges Profil und sah die halbmondförmige Feuernarbe auf ihrer Wange. Sie weigerte sich, sie zu überschminken, sondern trug sie statt dessen wie ein Ehrenmal – und das Zeichen einer Strafe. Das Mal würde immer dort sein, so, wie er seine rechte Schulter immer ein wenig steif bewegen würde, so, wie Tobin immer ein wenig hinken würde – und Andrade würde mit der Tatsache leben müssen, daß Pandsala die Regentin der Prinzenmark war.

Und Rohan würde mit der Macht leben müssen.

Andrade nahm die Schüssel aus Drachengold und hielt sie hoch, nur mit den Fingerspitzen – wie Krallen, die ein riesiges Juwel hielten. Die Schüssel bebte und leuchtete. Eine Brise, die durch die offenen Fenster wehte, verlöschte die meisten der dreihundert Lampen und blähte den Drachenvorhang hinter dem Ehrentisch.

»Bei der ERDE, die uns umfängt und aus der diese Schüssel gemacht ist; beim WASSER darin, das uns unser Leben schenkt; beim FEUER, das unseren Welt erhellt; bei der LUFT, die unser Atem ist.« Sie hielt die Schüssel über die beiden gesenkten Köpfe. »Im Namen all jener, die in diesem Lande leben, verpflichte ich diesen Mann und diese Frau: Setzte Eure Gaben rechtmäßig ein. Gehorcht den Gesetzen. Ringt um Weisheit. Sucht in Euren Seelen die Wahrheit. Bescheidet Euch in Augenblicken größten Glanzes. Kämpft nicht um persönliche Gewinne. Schützt das Land und alle, die darin leben. Liebt sie, wie Ihr Euch liebt. Werdet Ihr das alles tun?«

»Das werden wir«, antworteten sie.

Sie hielt Rohan die Schüssel hin. Er trank und reichte sie an Sioned weiter. Sie nippte und hielt sie weiter fest, als Andrade erneut sprach.

»Hiermit ernenne ich Euch denn im Namen der Göttin und des Vaters der Stürme zum Hoheprinzen und zur Höchsten Prinzessin.«

Die Lady streckte die Hände nach der Schüssel aus, aber der Prinz und die Prinzessin hatten sich geeinigt, das Ritual zu verletzen. Sioned stellte die Schüssel auf die blauen und grünen Kacheln. Es war noch ein wenig Wasser darin, ein Hauch von Luft wirbelte, ein Hauch von Lichtläufer-Feuer tanzte auf dem Rand. Rohan sah, wie Andrade flüchtig die Stirn krauste, ehe er sich Sioned zuwandte, um zu beobachten, wie seine Prinzessin die Hände über die Schüssel reckte. Sioneds Smaragd, der einzige Ring, den sie je wieder tragen würde, spie grüne Flammen in die Dämmerung; die Kaskade ihres feuergoldenen Haares schimmerte.

Die Schüssel fing Feuer.

Rohan sprach in die Stille hinein: »Dies ist das erste der neuen Gesetze. Niemand soll einen Drachen töten. Nicht aus Sport, nicht aus Grausamkeit, weder aus Angst um seinen Besitz noch aus irgendeinem anderen Grund soll irgend jemand einen Drachen töten. Wer immer dieses Gesetz bricht, verwirkt die Hälfte seines Besitzes, den er an uns auszuliefern hat für seinen Angriff gegen uns, denn wir betrachten das Töten eines Drachen als ein Schwert, das gegen uns persönlich erhoben wurde.«

Er wußte, daß sie entsetzt waren, aber es kümmerte ihn

nicht. Der Reichtum, den dieses Gesetz sicherstellte, würde ihnen zugute kommen. Auch wenn sie das nie verstehen würden.

Als er sprach, fing der Kessel aus Drachengold an zu kochen. Flammen erhoben sich zu einer mächtigen Beschwörung, und die Luft vibrierte unter dieser Vision. Aus dem Orange und Gelb und Silber, das sich dort wand, entstand ein Drache, fast deckenhoch. Die Spitzen seiner Schwingen waren Flammen, die Krallen sprühten Feuer, die Augen brannten blau und grün und wieder blau, und der Kopf des Drachen zuckte zur Decke empor. Die feurige Erscheinung schlug mit den Flügeln, stieg empor, schwirrte durch die Luft und verschwand im Wandteppich. Sie verschmolz mit dem stilisierten, gekrönten Drachen, der einen *Faradhi*-Ring mit einem Smaragd hielt.

Rohan konnte später nie sagen, wer den Ruf anstimmte – vielleicht einer seiner eigenen Leute. Aber die höhlendunkle Große Halle erbebte davon.

Azhei. Drachenprinz.

Sioned stützte sich auf die weichen Kissen. Die Spitzen an ihrem Nachtkleid waren geöffnet, und sie lächelte, als Rohan ihr ihren Sohn an die Brust legte. Er setzte sich neben sie und streichelte mit einem Finger das blonde Haar des Babys.

»Andrade wird sich nicht so schnell davon erholen, wie du ihre Zeremonie gestört hast«, bemerkte er mit mildem Vorwurf.

»Es war unsere Zeremonie, nicht ihre. Sie hat uns weder ein Prinzenreich gewonnen noch einen Sohn eingebracht.«

Er teilte ihre Vorbehalte. »Ich finde nicht, daß sie irgendeinen Grund hat, unglücklich zu sein. Wir machen schließlich ihren Prinzen einer neuen Art.«

»Rohan...« Sie zögerte, und er ermutigte sie, indem er

ihre Schulter streichelte. »Wenn ich es gewesen wäre, die Pol ausgetragen und zur Welt gebracht hat, dann wäre er in gewisser Weise auch Andrades Kind gewesen. Aber so gehört er nur uns. Verstehst du? Das, was wir getan haben – haben wir für uns getan, nicht um einen *Faradhi*-Prinzen für sie zu schaffen.«

Er nickte, denn für Sioned war dies die Wahrheit. Aber ebenso wahr war, daß sie es für die Zukunft getan hatten, die Pol schaffen würde, der Prinz einer neuen Art, zu der er heranwachsen würde.

Die Dinge, die sie getan hatten… Rohan hatte im Kampf getötet, wo von jedem Barbaren, der ein Schwert verdiente, erwartet wurde, daß er tötete. Und – welche Ironie dabei – er hatte sogar das Recht auf seiner Seite gehabt, ein Recht, das er immer dazu hatte einsetzen wollen, Frieden zu schaffen. Als Entschuldigung war es bequem und sauber – aber es rechtfertigte nicht die heiße Freude, die er empfunden hatte, als er sein blutiges Schwert an sich nahm, als er sein Messer bis zum Schaft in Roelstras Kehle bohrte.

Auch vergewaltigt hatte er – aber das taten schließlich alle guten Wilden. In die Falle gelockt, unter Drogen, verführt? Vielleicht beim ersten Mal, aber nicht beim zweiten. Er wollte glauben, daß Ianthe Pol beim ersten Mal empfangen hatte, als er sie für Sioned gehalten hatte. Er wünschte, er könnte das glauben. Aber die Tatsache, daß er es nicht tat, war keine Entschuldigung dafür, Sioned zu erlauben, das Kind für ihn zu fordern. Die Umstände waren gegen ihn gewesen – der Krieg hatte sich hingezogen, dann Ianthes vorzeitige Niederkunft –, aber es gab keine Entschuldigung für ihn, daß er sie nicht selbst getötet hatte, als er die Gelegenheit dazu hatte. Er hätte es tun sollen, aber er hatte es nicht getan. Jeder Barbarenprinz sehnte sich nach einem Sohn, der nach ihm herrschen würde.

Er hatte die Macht benutzt, die sein Schwert ihm eingebracht hatte, um sich zum Hoheprinzen zu machen und sich zu nehmen, was Roelstras gewesen war, um seine eigenen Leute in Machtpositionen unterzubringen und allen seinen Willen aufzuerlegen – all das war legal, allem hatten die anderen Prinzen zugestimmt. War seine Entschuldigung die, daß er zum Herrschen besser geeignet war als Roelstra? Welches Recht hatte er, zu tun, was er getan hatte, was er Sioned hatte tun lassen, was Chay und Tobin und Ostvel und Walvis und all die anderen in seinem Namen getan hatten?

In frühester Jugend hatte er sich bemüht, alles zu lernen, was es auf dieser Welt an Gutem gab, alles, das er einsetzen konnte, um das Leben besser, friedlicher, zivilisierter zu machen. Er hatte sich ein Leben reich an Träumen gewünscht, reich an Versuchen, diese Träume zu verwirklichen, nicht angefüllt mit Tod, Verrat und Täuschung. Er hatte das alles lernen wollen, was er als gut erachtete, hatte sein Gesicht vom Bösen abgewandt – nicht nur vom Bösen in der Welt, die ihn umgab, sondern auch vom Bösen in seiner eigenen Seele. Er hatte sich gesagt, wenn er erst einmal Prinz war, dann würden die Dinge aus der Vergangenheit, die die Menschen dazu gebracht hatten, sich zu bekriegen, durch seine eigene Unterwerfung unter das ehrenvolle Gesetz ausgelöscht werden.

Aber dieses Jahr des Krieges und des Schmerzes hatte ihn gelehrt, daß die Vergangenheit in ihm lebendig war – all die Impulse zu töten, zu wüten und zu vergewaltigen, die seine Welt so lange regiert hatten. Sie waren alle in ihm, all die Taten, die ihn als Barbaren kennzeichneten, all die Dinge, die gesagt und getan worden waren und deretwegen sich seine Seele jetzt vor Scham krümmte. Er wußte, was er war, und gestand es sich ein.

Rohan hatte in sein eigenes Herz geschaut und Roelstras

wiedererkannt, wie er die Prinzen gegeneinander ausspielte und daran auch noch Vergnügen fand; er hatte Ianthes Intrigen gesehen, entstanden aus ihrem Verlangen nach Macht; er hatte die Kriegerinstinkte seines Vaters Zehava siegreich gesehen, diesen Drang, dem sogar Drachen zum Opfer gefallen waren, obwohl er sehr wohl wußte, wie wichtig sie für die Wüste waren.

Aber hatte Rohan wirklich und wahrhaftig das Schlimmste von sich selbst gesehen? Wahrscheinlich nicht – denn all dies war nichts, verglichen mit dem, was Macht aus ihm machen konnte.

Nur Sioned wußte, wie abgrundtief er die Prinzen und Herren verabscheute, die ihm eine derartige Macht übertragen hatten, die Männer, die sich vor ihm verbeugten, wie sie sich vor Roelstra verbeugt hatten, ohne jemals die Wahrheit der Macht selbst zu erblicken. Nur Lleyn, Davvi, Chay, diejenigen also, die Rohan als Mann kannten, verstanden ein wenig, was es für ihn bedeutete, Hoheprinz zu sein. Er würde seine Position nutzen, um neue Gesetze zu schaffen, die bei seinem Tode wie alte Gesetze erscheinen würden. Chay hatte ihm gesagt, daß er ihre einzige Chance war; Rohan wußte, welches Risiko für ihn darin lag. Es war sein Herz, das die Macht verdrehen konnte, seine Träume, die durch sie zerstört werden mochten.

Und doch hätte er niemals das Wissen darüber aufgegeben, was er war. Er hatte sich selbst gesehen, hatte all die Dinge erkannt, die er gefürchtet hatte, die das Leben bedrohten, das er führen wollte – und er hatte keine Angst mehr vor ihnen. Das einzige, was er fürchtete, war Macht. Er hatte sie in die Hand genommen und hatte sichergestellt, daß alle seine Autorität akzeptierten, und doch wußte er, daß sie immer noch zu seinem Feind werden konnte, einem Feind, weit tödlicher als der Barbar in ihm. Aber für seinen Sohn wollte er es wagen, denn er wußte, daß Pols Kampf mit seiner Macht als Prinz wie auch als Lichtläufer noch weit schrecklicher werden würde.

Lange Zeit betrachtete Rohan stumm seine Gemahlin und seinen Sohn und fragte sich, wie es dem Kind gelungen war, ihn so schnell für sich zu gewinnen. Nach seiner Rückkehr nach Stronghold hatte es harte Zeiten gegeben, Augenblicke, in denen er Sioned absichtlich verletzt hatte, in denen er versucht hatte, seine eigene Pein, sein eigenes schlechtes Gewissen zu lindern, indem er ihren Schmerz noch vergrößerte; aber auch Zeiten, da sie ihn aus demselben Grund angegriffen hatte. Aber immer war da das Kind gewesen, und in vieler Hinsicht hatten sie über das Kind wieder zu sich zurückgefunden. Pol hatte eine Art, seinen Vater mit großen, blau-grünen Augen anzublicken, als wollte er in seine Seele sehen. Rohan hatte diesen Sohn nicht anerkennen wollen, der nicht von Sioneds Blut war, aber Pol hatte ihn mit diesen Augen gefordert. Es war die Liebe zu ihrem Kind, die Rohan und Sioned in diesen ersten, schweren Tagen nach seiner Rückkehr verband – Liebe, die das Feuer zwischen ihnen zu neuem Leben erweckt hatte.

Rohan streichelte den flaumigen Kopf seines Sohnes und lächelte, als sich das Kind zufrieden an Sioneds Brust schmiegte. Sie mochte glauben, daß sie das, was sie getan hatten, für sich selbst getan hatten, aber Rohan wußte, es war Pols wegen geschehen. Lange Zeit hatte er etwas vergessen gehabt, was er immer gewußt hatte, etwas, das sich bei Roelstras Spötteleien inmitten des Sternenfeuers wieder in ihm geregt hatte. Er hatte vermutet, daß Sioneds Unfruchtbarkeit ihn alles hatte absichtlich vergessen lassen; er hatte es nicht gewagt, zuviel an Kinder zu denken, nachdem die Hoffnung so gering war. Aber als er unter dieser Kuppel aus silbrigem Licht auf den Knien lag, hatte er wieder gewußt, daß alles, was er geträumt und geplant und getan hatte, für sein Kind geschehen war. Pol, der so unschuldig war an der Vergangenheit, würde die beste Zukunft bekommen, die er und Sioned ihm geben konnten. Ein Leben bedeutete nur wenig, wenn die Welt, die zu formen es die Macht hatte, nicht besser war als die, in die es hineingeboren worden war.

»Ich glaube, unser Kleiner ist für den Augenblick fertig«, murmelte Sioned. »Möchtest du ihn halten?«

Rohan nahm Pol in die Arme. Schläfrige Augen blinzelten zu ihm empor, und das Kind stieß einen wenig eleganten Rülpser aus. Rohan grinste. »Er scheint von all diesen Ehrungen nicht sonderlich beeindruckt.«

Sioned kicherte und band die Spitzen ihres Nachtkleides. »Die anderen loben und verneigen sich genug. Der letzte Ort, an dem du so etwas finden wirst, ist bei deiner Familie.«

»Würdest du mir glauben, wenn ich dir sage, daß diese Tatsache eine Erleichterung ist?«

»Natürlich – und ich kann es kaum abwarten, diese ganzen Hochwohlgeborenen endlich abreisen zu sehen, damit wir wieder ganz wir selbst sein können.«

»Sie werden bald fort sein. Aber es wird nicht mehr so sein wie früher, Sioned«, warnte er liebevoll.

»Ich weiß. Zuviel hat sich verändert – vor allem wir.« Sie strich ihm das Haar aus der Stirn, dort, wo der Silberreif seine Spuren hinterlassen hatte. »Ich verstehe, was geschehen ist, aber verstehen heißt nicht vergeben.«

»Ich kann nicht sagen, ob es mir wirklich wichtig ist, daß Andrade uns verzeiht, oder nicht.«

»Das geht mir ebenso«, gab Sioned zu. »Ich liebe dich, und das ist stärker als irgendein *Faradhi*-Eid, den ich je geleistet habe. Anfangs hat es mich erschreckt. Das tut es immer noch. Aber ich glaube, derjenige, der verzeihen muß, ist Pol.«

Sie brachten das Kind im Nebenzimmer zu Bett, wo das Kindermädchen im sanften Lampenlicht auf sie wartete. Die geschnitzte Holzwiege war ein Geschenk von Chay und Tobin zu Neujahr gewesen. Feine blaßgrüne Seide war über die halbe Wiege drapiert. Sie wurde über dem Kopf des Babys von den Fängen eines gütigen Drachen mit rubinroten Augen zusammengehalten, dessen geschnitzte Schwingen sich zu beiden Seiten ausbreiteten, um das Kind zu beschützen. Rohan und Sioned blieben so lange, bis sie sicher waren, daß Pol schlief. Dann kehrten sie in ihr eigenes Gemach zurück.

Sie setzte sich aufs Bett, um ihr Haar zu bürsten. Rohan legte sich neben sie und schaute ihr zu. Das Kerzenlicht umspielte weich den graziösen Schwung ihrer Schultern und Arme und schimmerte golden auf ihrem roten Haar. Er gewöhnte sich langsam an den Anblick des einzelnen Smaragds an ihrer Hand. Obwohl Andrade ihr angeboten hatte, die anderen Ringe zu ersetzen. Sioned hatte das abgelehnt. Dies war einer ihrer größten Streitpunkte gewesen, denn es bedeutete, daß Sioned zwar immer noch eine Lichtläuferin war, sich aber nicht länger von jenen in der Schule der Göttin beherrschen lassen wollte.

»Lleyn hat mir neulich etwas erzählt«, murmelte Rohan nachdenklich. »Andrade hat vielleicht gedacht, sie würde die Macht eines Prinzen mit der einer *Faradhi* verbinden – aber er sagte, was sie wirklich getan hat, war, diese Mächte in Liebe zu vereinen. Ich glaube, das macht uns zu gefährlichen Menschen, Sioned.«

»Gefährlicher als Roelstra und Ianthe?«

»Viel gefährlicher. Sie haben ihre Kraft aus dem Haß gezogen. Was, wenn sie gewonnen hätten? Es wäre nichts mehr für sie übriggeblieben, um Rache zu üben. Aber für uns, Liebling – es gibt nichts, was wir nicht tun könnten, und nichts, was Pol nicht tun kann. Und das macht uns wirklich äußerst gefährlich.«

»Kein Wunder, daß Andrade nicht mehr mit mir spricht«, bemerkte sie leichthin. Aber dann legte sie die Bürste aus der Hand, lächelte und fuhr fort: »Wo du es gerade erwähnst, es gibt jemanden, der es zu schätzen weiß, vom Hoheprinzen im Arm gehalten zu werden – gefährlich oder nicht. Und nun, wo unser Sohn schläft, wäre wieder ein Feuer zu entfachen.«

»Herrin, das war niemals erloschen – und so wird es immer sein.«